히콘

제3지구 센트럴시티

제3지구

Vol.1

제3지구

Vol.1

윤재호 장편소설

MIND MARK

〈제3지구〉 Vol.1 등장인물 소개

해성　　　　8구역에서 자란 파이터이자 특수한 능력을 가진 소유자.

아리아 4세　　'빛의 기사' 전통을 이어온 아리아 가문의 후계자.

프랑수아 5세(케이)　제3지구 제국을 다스리는 황제.

크루거　　　제3지구 제국 내 비밀경찰 조직인 플릭의 제1팀 대장.

헤나　　　　해성의 오랜 친구이자 반란군인 레볼트의 전사.

카이로　　　제3지구 제국과 맞서는 레볼트의 지도자.

카림　　　　제3지구 제국의 군 총사령관으로 실질적인 2인자.

타케시　　　과거 크루거와 함께 플릭이었으며 의지와 체력을 겸비한 파이터.

키아라　　과거 실험 대상이었으며 그 결과 블루 다이아몬드의 강력한 힘을 갖게 된 여성.

미스터 창　　센트럴시티의 사업자이자 전투 중에는 괴물로 변하는 특이한 종족.

예리엘　　정체를 드러내지 않지만, 전장에서 강력한 존재감을 발휘하는 초능력자.

차례

프롤로그 • 012

Part 1. 여명 黎明

1. 심문 • 019	2. 해성 • 030	3. 타워 • 040	4. 접근 불가 • 058
5. 의혹 • 068	6. 블러드 다이아몬드 • 077	7. 추적 • 088
8. 삶과 생존 • 104	9. 조작된 희망 • 122	10. 카타콤 • 130
11. 녹색 연기 • 141	12. 배틀 로얄 • 149

Part 2. 야망 野望

1. 뜻밖의 방문객 • 165	2. 음모의 연속 • 175
3. 타락한 영웅의 초상 • 180	4. 신인류의 사랑 • 196
5. 도주 • 204	6. 완벽한 추억 • 211	7. 바다 밑에 지하 • 217
8. 저장소 • 234	9. 빛의 아리아 • 247	10. 기프트 • 255
11. 다가오는 결전 • 262	12. 운명의 날 • 275
13. 수용소 • 284	14. 악몽 • 292

Part 3. 비상 飛上

| 1. 방문자 • 301 | 2. 대학살의 밤 • 314 | 3. 메시아의 조건 • 325 |

| 4. 밝혀지는 비밀 • 330 | 5. 방황 • 342 | 6. 의혹 • 351 |

| 7. 탈주 • 364 | 8. 사막의 사투 • 381 | 9. 괴물은 되지 않도록 • 388 |

| 10. 사랑할 땐 누구나 • 396 | 11. 시간이 머무는 곳 • 404 |

| 12. 인연의 고리, 악연의 사슬 • 413 | 13. 과거의 굴레 • 423 |

| 14. 뜻밖의 함정 • 439 | 15. 예리엘의 정체 • 446 |

| 16. 새로운 희망 • 457 | 17. 최후의 결전 • 469 |

| 18. 살아남은 자들 • 485 | 19. 후일담 • 491 |

| 20. 끝나지 않은 전쟁 • 503 |

프롤로그

> 세상은 '쾅' 소리가 아니라
> 흐느낌과 함께 끝난다.
>
> -T.S 엘리엇, 「텅 빈 사람들」 중

많은 사람들은 지구의 멸망이 소행성 충돌이나 전염병, 혹은 핵전쟁과 같은 드라마틱한 사건에 의해 한순간에 찾아올 거라고 예상했던 것 같다. 하지만 실제로 벌어진 일은 그것과는 무척 달랐다.

지구는 어떠한 대재앙에 의해 순식간에 멸망하지 않았다. 대신 인류는 탐욕을 연료 삼아 꾸준하고 부지런하게 파멸의 길로 달려갔다. 시나브로 땅은 메마르고 여러 종의 동식물이 차례로 멸종했으며, 공기는 오염되었다. 경고하는 사람들은 존재했지만 그보다 많은 이들이 눈앞의 이익에 충실했고 주변의 여러 징조들을 보면서도 자신들 세대에 지구가 최후를 맞을 일은 없을 거라 믿었다.

그렇게 한 발 한 발 멸망을 향해 걸어가던 인류는 지구상 생명체의 80%가 멸종되고, 고갈되지 않을 것 같던 화석연료가 바닥나고 나서야 사태의 심각성을 깨달았다. 그제야 당황한 인류는 원자력으로 에너지원을 대체했지만 문제는 더 커졌다. 원자력에 대한 의존도가 커질수록 토양과 수질의 오염 역시 심각해졌고, 지구는 인간들이 먹을 식량을 더이상 제공해줄 수 없는 곳으로 변해버린 것이다.

하지만 인류는 자신의 탐욕을 반성하기보다 지구를 포기하는 것을 택했다.

그리고 아이러니하게도 지구를 지키기 위해 노력한 사람들이 아닌, 환경을 파괴하고 개발과 효율성만 강조한 사업가들과 그들의 로비를 받아 미래를 외면한 정책을 펼친 정치인들, 즉 지구를 황폐하게 만든 장본인들이 지구를 벗어나는 이주 우주선의 첫 좌석을 차지했다.

인류가 택한 최초의 이주지는 화성이었다. 애초부터 예상했던 이주가 아니었기에 인류는 오랜 시간 우주를 헤맬 준비가 되어 있지 않았고, 일단은 가까운 화성으로 결정한 것이었다.

하지만 풍족한 지구 환경에 익숙했던 사람들에게 화성은 그리 좋은 대체재가 아니었다. 살아남은 지구인을 이끄는 것은 지구를 황무지로 만들어버린 지도자들이었다. 그들에겐 자신들이 지배하고 착취할 대상이 필요했다.

다행인지 불행인지 화성에서도 인류의 과학기술은 눈부신 발전을 거듭했다. 그중에서도 특히 많은 성과를 보인 것은 우주 항해 기술이었다. 화성을 떠나 새로운 개척지를 찾겠다는 욕망은 관성제어 기술과 중력제어 기술 분야에서 놀라운 결과를 만들어냈고, 마침내 아공간 도약 항법을 통해 전에는 꿈도 꾸지 못했던 먼 우주 공간까지 여행이 가능하도록 기술을 진보시킬 수 있었다. 그리하여 인류는 다시 한번 자신들의 터전을 찾아 이주를 결심하게 된다.

*

가나안을 찾아 광야를 떠돌던 옛 유대인들처럼, 우주 공간을 항해하던 인류는 마침내 자신들이 살아남아 번성할 수 있는 환경을 가진 행성 하나를 발견했다.

물론 겉으로 보이는 모습은 지구와 많이 달랐다. 12개의 행성으로 구성된 태양계에 2개의 달을 가진 그 별은 30%의 우림지대와 70%의 사막으로 형성되어 있었다. 얼핏 보면 목초지가 없어 생존에 부적합하다고 볼 수도 있었지만 사막 아래에는 지하수가 풍부했고, 지구의 두 배 정도 되는 크기를 가지고 있었기 때문에 거주할 공간 역시 충분했다. 밤에는 기온이 급격히 떨어지고 산소 부족 현상도 나타났지만, 다행히 그 정도는 기술력으로 충분히 보완할 수 있었다.

인류를 이끌고 이주에 나선 지도자들은 습한 우림지대가 아닌, 건조하지만 식수가 풍부한 사막지대에 정착한다면 충분히 생존이 가능할 거라 판단했다. 그리고 얼마 지나지 않아, 그 결정이 결코 틀린 것이 아니었다는 것을 증명할 새로운 근거가 나타났다.

사막지대에, 지구에는 존재하지 않는 나노 메탈과 나노 크리스털이라는 자원이 매장되었다는 사실이 밝혀진 것이다.

행성에 자리 잡은 인류는 이 미지의 자원을 자신들의 기술력과 결합시켜 놀라운 발명품들을 만들어내기 시작했다. 그리하여 인류의 기계 문명은 또 한번 급격히 발전했고, 다시 인류가 이 행성의 기후와 환경에 서서히 적응하도록 도와줄 수 있었다.

마침내 인류는 이 행성을 새로운 터전으로 선언하며 '제3지구'라는 이름을 붙이고 자신들의 문명을 세웠다.

그렇게 또 한번 역사가 쓰였고, 수백 년의 시간이 빛의 속도로 흘러갔다.

Part 1.

여명 黎明

1.
심문

좁고 긴 복도는 짙은 어둠을 머금고 있었다. 복도의 벽에는 언제 생긴지 알 수 없는 오래된 핏자국이 얼룩져 있었고, 그곳을 채운 공기에선 정체를 알 수 없는 퀴퀴한 냄새가 났다. 그것으로 충분했다. 이 공간이 내뿜는 음침함을 눈치채기엔.

하지만 무엇보다 이 공간을 기분 나쁘게 만들고 있는 건 복도의 끝, 굳게 닫힌 거대한 철문 사이로 새어 나오는 끔찍한 비명이었다.

"으으아아아아악!"

철문 안쪽의 좁은 공간에는 피를 흘리고 있는 포로 십수 명이 가득 차 있었다. 그들의 손은 쇠사슬에 묶인 채 천장에 매달려 축 늘어져 있었고, 방 안은 고문에 시달린 포로들의 피와 땀 냄새로 가득 차 있었다.

오래 전, 지구에 살던 인류가 믿었던 지옥이란 게 이런 모습이었을까.

묶인 포로들의 이마엔 'Z'라는 표식이 새겨져 있었다. 30년 전 제국에 반기를 들어 봉기했던 반역집단 레볼트의 표식이었다. 그리고 제국의 비밀경찰 '플릭'의 제1팀 대장인 크루거가 그들을 심문하고 있었다.

"카이로는 어디에 있지?"

카이로는 제국에서 1급 반란자로 구분하고 있는, 레볼트의 핵심 인물이었다. 플릭은 오랜 시간 레볼트를 추적했고 그중에서도 카이로를 체포하기 위해 수단과 방법을 가리지 않았다.

"그렇게 물어보면 내가 말할 것 같아?"

포로는 피 흘리며 괴로워하면서도 멀쩡한 발음으로 크루거에게 저주의 말을 내뱉었다.

"더러운 플릭놈, 지옥에나 가버려!"

이런 대답이 반복될 때마다 크루거는 지겹고 화가 났지만, 동시에 자신이 쫓고 있는 카이로라는 남자에게 약간의 질투와 경외감을 느끼기도 했다.

도대체 그자에겐 어떤 매력과 힘이 있기에 이렇게 많은

사람들이 자기의 목숨을 걸고 충성을 다하는 걸까?

30년 전, 12개로 나뉜 제국의 8구역에서 폭동이 일어났다. 제국은 그것을 종종 발생하는 산발적인 소요사태로 보았고, 때문에 초기에 대처도 미온적이었다. 8구역은 원래 12개의 구역 중에서도 가장 가난하고 힘이 없는 곳이었기 때문에 별다른 대처가 없어도 저절로 사그라질 거라 본 것이다. 하지만 레볼트의 리더 카이로는 그런 제국의 예상을 완벽하게 깨부쉈다.

8구역에서 태어난 카이로는 자신의 고향에서 폭동을 일으킨 것을 시작으로, 폭동은 12개 전구역으로 확장됐고, 제국과 반란군이 교전하는 '레볼트 전쟁'으로 이끌었다. 폭동이라는 작은 불씨로 시작했지만, 그것은 결국 제국 전역을 뒤덮은 전쟁이라는 거대한 산불로 변했다. 오로지 카이로의 힘과 능력에 의해.

결국 전쟁은 제국의 승리로 끝나고 카이로는 도망자 신세가 되었지만, 제국에 남긴 상처 또한 적지 않았다. 또한 아직도 많은 자들이 레볼트의 표식을 새기고 자신을 카이로의 후계자로 자처하기도 했다.

가장 중요한 건, 카이로를 따르는 자들은 30년 전의 그 일을 '레볼트 전쟁'이나 '반란'이라고 부르지 않는다는 것이다. 그들은 그 사건을 '카이로 혁명'이라고 불렀다. 그러니 최근 카이로가 다시 나타나 반란군을 규합하고 재정비한다는 소식이 제국의 수뇌부에 전해졌을 때 비밀경찰인 플릭이 발칵 뒤집힌 것은 당연한 일이었다.

레볼트 잔당을 색출해서 모조리 체포하라는 명령이 내려왔고, 제1팀 대장인 크루거에게는 카이로의 행방을 추적하라는 임무가 하달되었다.

지금 벌어지고 있는 이 아수라장 역시 바로 카이로를 찾기 위한 시작이었다.

"피커라고 했나? 그거 한번 써보는 거 어때?"

크루거는 잠시 포로에게서 시선을 떼고 자신의 직속 부하인 마뉴에게 말했다.

"아직 시험 단계라 불안정한데 괜찮으시겠습니까?"

마뉴의 질문에 크루거는 대답하지 않았다. 불필요한 질문에는 반응하지 않는 것이 그의 철칙이었다. 그는 이미 명령했으니, 그 이후에는 질문이 아니라 실행이 따라와야 할 것이었다.

자신의 실수를 알아챈 듯, 마뉴는 빠르게 행동했다. 포로들 사이를 지나 구석에 있는 메탈박스의 보안장치에 지문을 인식시키고, 안쪽에 수십 개의 바늘이 빽빽하게 장착된 헬멧을 꺼냈다.

플릭의 요원들이 브레인 피커brain-picker, 혹은 피커라고 부르는 고문 장치였다.

"무, 무슨 짓을 하려는 거야?"

갓은 고문에도 초연하던 포로의 목소리가 조금 떨리기 시작했다.

"걱정 마. 보이는 것처럼 무식하거나 잔인한 도구는 아니니까. 생긴 게 좀 끔찍하긴 하지만, 그냥 뇌 신경계에 접속해서 필요한 기억만 뽑아내는 아주 과학적인 장비라고."

크루거가 말하는 동안 마뉴는 이미 포로 머리에 헬멧을 씌웠다.

"하지 마! 미친놈들아 하지 말라고!"

포로의 외침에도 크루거는 눈 하나 깜짝하지 않았다.

"괜찮아, 생각보다 별로 안 아플 거야."

그 말은 거짓이 아니었다. 피커의 바늘은 초당 1만rpm으로 회전하며 포로의 두개골을 뚫고 대뇌피질 안쪽을 파고들었지만, 통각 신경은 사람의 피부에만 존재하기 때문에 고통은 두피가 따끔하는 정도에 그칠 것이다.

다만 날카로운 나노 크리스털 섬유가 회전해 두개골을 깨뜨리며 내는 소음과 열, 타는 냄새 때문에 엄청난 공포감을 느낄 뿐.

"뇌 신경에 성공적으로 접속했습니다."

마뉴는 무미건조한 목소리로 그렇게 말하고 나노 아머

를 조작하여 피커에 연결했다. 나노 아머에서 카이로로 추정되는 인물들의 몽타주 데이터를 홀로그램으로 띄워 보여주었다.

"피험자의 두뇌에서 해당 인물과 일치하는 데이터를 검색합니다."

포로의 머릿속에 박힌 나노 크리스털 튜브가 빠르게 움직이며 뇌 속의 신경들을 헤집었다. 그리고 뇌에서 발생하는 크고 작은 전기 신호들은 튜브에 의해 데이터로 변환되어 마뉴의 나노 아머로 전송되었다. 크루거와 마뉴는 나노 아머에서 출력되는 홀로그램 영상을 통해 포로의 두뇌가 분석되는 과정을 실시간으로 지켜보고 있었다.

"근데 이게 무슨 냄새지?"

한참 동안 홀로그램 영상에 정신이 팔려 있던 크루거는 코끝을 괴롭히는 불쾌한 냄새에 정신을 차리고 주변을 바라보았다. 포로의 머리에서 검은 연기가 피어오르고 있었다.

"마뉴, 지금 저게 무슨······."

마뉴도 그제야 포로 쪽으로 시선을 돌렸고, 머리에서 검은 연기를 내뿜는 포로와 눈이 마주치고 말았다. 그리고 그 순간,

펑! 포로의 머리에서 솟아오르던 검은 연기는 거대한

굉음과 함께 폭발해 붉은 액체로 바뀌어버린 머리와 함께 방 안을 뒤덮었다.

*

피커 과부하로 포로의 머리가 터져버린 후, 크루거는 잠시 바람을 쐴 겸 지상으로 올라왔다. 8구역에서 쐴 수 있는 바람이라곤 모래바람이 전부였지만. 어차피 현장을 정리하려면 시간이 필요했다.

크루거는 모래바람이 다 지나가기를 기다린 뒤 담배를 꺼내 물었다. 여전히 텁텁한 모래의 느낌은 남아 있었지만, 잠시 후 이어질 흡연의 쾌감이 그 불쾌함을 싹 가져줄 것임을 의심하지 않았다.

피어오르는 담배 연기와 희뿌연 모래 사이로 매일 보는 익숙한 풍경이 눈에 들어왔다. 플릭의 시설을 보호하고 있는 나노 메탈 장갑차와 요원들, 얼굴을 반쯤 가린 채 고개를 숙이고 지나가는 사람들의 모습. 그들은 8구역 공장의 노동자들이었다.

엄격한 신분제도를 가진 제국의 중심부엔 지배계층이 거주하는 센트럴시티가 있었고, 이를 중심으로 나머지 영토를 12개의 구역으로 나누었다. 그리고 각각의 구역 내부에는 시티를 유지하기 위해 거대한 에너지를 생산하는 공장들이 자리 잡고 있었다.

센트럴시티에서 태어난 국민은 죽을 때까지 센트럴시티에서 살았고, 구역에서 태어난 자들은 죽을 때까지 각 구역에서 센트럴시티를 위해 일하며 살았다. 그것이 지금의 제국이 내세우고 있는 중요한 원칙 중 하나였다.

'저건 또 뭐야?'

늘상 보던 장갑차와 노동자들 사이로 갑자기 낯선 인물이 등장했다. 흰 머리가 헝클어진, 바짝 마른 노인이 장갑차 쪽으로 비틀거리며 걸어오고 있었던 것이다.

"내 아들 살려 내! 이 썩을 놈들아!"

노인의 이마에는 8로 시작되는 고유번호가 새겨져 있었다. 그것은 노인이 8구역의 주민이라는 것을 의미했다. 그는 술에 취해 쉬어버린 목소리로 몇 번이고 소리를 지르더니, 이내 분을 못 이기고 장갑차를 향해 술병을 집어던졌다.

요란한 소리를 내며 술병은 깨졌지만, 당연히 그 술병은 나노 메탈 장갑차에 어떠한 대미지도 줄 수 없었다.

하지만 노인의 그 행위가 아무 의미도 없는 것은 아니었다. 방금 전까지 그냥 취해서 술주정하던 사람이었던 노인은 제국의 공무원을 공격한 위험인물로 바뀌었고, 구역경찰이 신속하게 출동해 노인을 끌고 가버린 것이다.

크루거는 방금 본 그 장면만으로 어떤 상황인지 정확히 알 수는 없었다. 하지만 그럼에도 불구하고 몸도 제대로 못 가누는 노인을 그렇게 무지막지하게 끌고 가야 했을까, 의문이 들었다. 이유야 어쨌건 보기에 편한 그림은 아니었다.

'뭐야, 내가 지금 그 노인을 동정하고 있는 건가?'

그리고 그때, 어떤 깨달음이 크루거의 머릿속을 탁 치고 지나갔다.

그것은 저 노인이 살려 내라고 외치는 그 아들이, 어쩌면 자신이 심문했던 누구일지도 모른다는 사실이었다.

크루거의 몸이 가볍게 떨렸다. 이내 머리가 아파오기 시작했다.

'빌어먹을, 또 시작이군.'

요즘 크루거는 간헐적으로 찾아오는 극심한 두통에 시달리고 있었다.

"긴장성 두통입니다. 아마 덥고 건조한 기후 때문일 가능성이 높고요. 약을 지어드릴 테니까 통증이 있을 때마다 드세요."

의사는 전혀 심각한 일이 아니라는 듯 그렇게 말했었다.

'돌팔이 아냐? 날씨하고 두통이 무슨 상관이라고?'

크루거는 속으로 투덜대면서도 그가 처방해준 약을 정성껏 입에 털어넣었다. 진료는 엉터리일지 몰라도 약의 효과만은 확실했으니까.

플릭의 제1팀 대장인 크루거는 자신의 임무가 무엇인지 정확히 알고 있었다. 그리고 그 임무에는 때론 더럽고 잔혹한 일들까지 포함된다는 사실 또한 인식하고 있었다. 하지만 그 모든 일을 놓고 밖에 나와 담배를 피우는 자신은, 붙잡혀가는 노인을 보며 마음 아파하는 평범한 사람일 뿐이라는 것또한 잘 알고 있었다.

-오염 물질 접근 중. 경고! 오염 물질 접근 중! 돌풍 경고!

크루거의 나노 아머가 갑자기 경고음을 토해내기 시작했다. 멀리서 반경 50m에 높이가 7m 쯤 되어 보이는 거대한 모래 돌풍이 녹색의 오염 물질을 머금고 빠르게 접근하고 있었다.

실내로 다시 들어갈까 고민했지만 이내 크루거는 마음을 바꿨다. 대신 나노 아머의 방어 시스템을 작동시켰다. 플릭이 자랑하는, 메탈과 나노 크리스털의 합성 기술로 탄생시킨 나노 아머는 3초만에 천에서 쇳덩이처럼 단단한 물질로 변화했다. 또한 아머에서 생성된 나노 크리스털 방탄 유리막이 크루거를 머리까지 감싸주었다. 돌풍은 빠르게 크루거를 지나쳐 센트럴시티를 향해 날아갔다.

지배계층의 거주지인 센트럴시티는 공격, 테러 등의 각

종 위협은 물론 오염 물질 같은 자연 재해에 대해서도 완벽한 방호 시스템을 갖추고 있었다. 폭풍이 그쪽으로 향하고 있지만 그곳에 거주하는 사람들은 그것에 대해 손톱만큼도 걱정하지 않을 것이다. 그리고 그 방호 시스템에 에너지를 공급하는 건…….

 크루거는 자신도 모르게 고개를 돌려 아까 그 노동자들을 찾았다. 하지만 사막 어디에서도 노동자들의 모습은 보이지 않았다.

 대피한 것인지 아니면 폭풍에 날아간 것인지 알 수 없었다. 왠지 이번엔 약을 먹어도 소용없을 것 같은 강력한 두통이 또다시 크루거를 괴롭히기 시작했다.

2.
해성

　8구역의 광장은 본디 구역의 시민들이 모여 구역의 앞날을 의논하고 친목도 다지기 위해 만든 곳이었다. 하지만 언젠가부터 이곳에 모이는 이유는 오직 하나, 비정기적으로 열리는 8구역 내의 격투기 시합을 보기 위해서가 되고 말았다.
　예전 지구의 어떤 역사가가 말했다.
　"고대 로마부터 발견되는 타락한 제국의 공통점이 무엇인지 아는가? 상류층의 첫 번째 엔터테인먼트가 하층민들이 목숨을 걸고 싸우는 투기鬪技라는 사실이다."
　그리고 인류가 우주로 떠나 세 번째 안식처를 찾은 지금까지도 그 사실은 변하지 않았다. 제3지구 제국의 상류층은 하층민들이 목숨을 걸고 싸우는 격투기 대회에 누구보다도 열광했다. 특히 매년 센트럴시티에서 열리는 격투기 대회는 12개 구역에서 선정된 최고의 전사들이 모두 참가해 대결을 펼치는 만큼 인기와 파급효과가 엄청났다.

물론 그 대회를 준비하기 위해서 각 구역별로 작은 격투기 대회를 종종 열었는데, 그중에서도 8구역의 대회는 특히 인기가 있었다. 구역의 통치자인 도로시가 부패한 사업가들에게 뇌물을 받고 불법도박을 눈감아주고 있었기 때문이다.

격투기 시합은 제국을 대표하는 합법적인 게임이지만, 이 게임에 내기 도박을 하는 것은 금지되어 있었다. 물론 각 구역마다 암암리에 도박판이 벌어지곤 했지만, 8구역처럼 대놓고 할 수 있는 곳은 제국 내 그 어디에도 없었다.

지금도 8구역 광장에선 이마에 고유번호가 찍힌 두 남자의 격렬한 격투기 시합이 벌어지고 있었고, 광장이 내려다보이는 건물에 있는 도로시의 접견실에는, 부패하기로는 둘째가라면 서러운 사업가들이 모여 격투기 도박에 몰두하고 있었다.

"저 덩치를 해가지고 작은 놈 하나를 못 쓰러뜨려?"

커다란 스크린으로 경기를 보던 한 남자가, 이해가 가지 않는다는 듯 탄식하며 말했다. 화면 안에서는 척 보기에도 상대가 안 될 정도로 덩치가 큰 참가자와 격투기 따윈 평생 꿈도 못 꿀 것 같은 체격의 소년이 싸우고 있었는데, 모두의 예상과는 달리 소년이 상대를 제압하고 있었던 것이다.

"제가 말했죠? 피지컬만 보고 베팅하는 건 하수라고."

8구역의 통치자이자 오늘 이 도박장의 호스트인 도로시가 얼굴 가득 흐뭇한 미소를 머금고 그렇게 말했다.

"도로시 시장이 무슨 수를 쓴 거 아냐? 어떻게 저렇게 비리비리한 애가 자기 두 배만한 덩치를 가지고 놀아?"

침울한 표정을 한 사업가 한 명이 의심스러운 눈초리를 던지자 도로시는 펄쩍 뛰면서 대답했다.

"아니 무슨 말씀을 그렇게 섭섭하게 하십니까? 제가 경기 전에 분명히 말씀드렸잖아요. 저 친구가 이번 대회에 큰일을 낼 거라고. 그땐 귓등으로도 안 들으시더니……."

그리고 도로시는 몸을 돌려 다른 사업가에게 말을 걸었다.

"어떻습니까, 베그너 대표님? 제 말대로 8741478번에 코인을 걸었더니, 이렇게 행운이 저절로 따라오잖아요."

다들 기분 나쁜 표정을 짓고 있는 사업가들 중에서 유독 한 명만 희희낙락하며 차려진 음식을 게걸스럽게 먹고 있었으니, 그가 베그너였다.

"그래! 확실히 우리 도로시 시장이 보는 눈이 있다니까. 8구역까지 온 보람이 있군."

"그래서 말씀인데 아까 말씀드렸던 투자 건, 어떻게 생각하십니까?"

"음……."

베그너는 잠시 먹는 것을 멈추고 두 눈을 감은 채 생각에 잠기는 척했다. 어떤 말이든 즉답하는 건 현명한 사업자의 자세가 아니라는 게 그의 생각이었기 때문이다.

"스무 살이라고 했지?"

"네, 해성이라고 합니다."

"벌써부터 이 정도 실력이라면 성장 가능성이 충분해. 무엇보다……."

베그너는 스크린에 클로즈업된 해성의 얼굴을 유심히 바라보았다.

"얼굴도 곱상해서 제법 스타성이 있겠어. 센트럴시티 시민들도 만족시킬 수 있을 것 같고……."

"그럼요. 지금 저기 센트럴에서 오신 귀족분도 계신데, 이미 관심을 가지고 지켜보고 계시지 않습니까?"

도로시는 베그너의 말에 신이 나서 맞장구를 쳤다. 도로시의 말에 베그너는 관람석 한쪽 구석에 조용히 앉아 경기를 보는 키 크고 깡마른 귀족을 힐끔 쳐다보았다.

"자네도 참… 저 귀족은 버추얼마스크를 써서 표정도 안 보이는데, 관심이 있는지 없는지 어떻게 안단 말인가?"

버추얼마스크는 센트럴오피스가 고위층에게 제공한, 얼

굴을 가릴 수 있도록 만든 나노 크리스털 특수 가면이었다.

　마스크의 목적은 주요 인물들의 얼굴 노출을 막고 신분을 보호하는 것이었지만 고위층에게만 제공되는 특수한 아이템이다 보니 동시에 귀족들의 신분 과시용으로도 쓰이고 있었다. 거기에 약간의 실용적인 기능도 포함하고 있었는데, 보안 통신 기능이 있어서 극소수의 권력층과 공권력을 잡는 이들의 비밀스러운 연락에 사용되기도 하였다.

　"아닙니다. 아까부터 스크린에서 시선을 떼지 않고 계속 8741478번을 지켜보고 계셨다니까요."

　하지만 베그너는 센트럴시티의 귀족 따위엔 관심이 없었다. 그가 신경 쓰고 있는 건, 자신처럼 부패한 사업가이자 센트럴시티에서 열리는 경기에서 자신의 파이터들과 여러 차례 우승컵을 두고 경쟁해온 라이벌 미스터 창이었다. 미스터 창은 아까부터 말없이 해성의 경기를 바라보고 있었다.

　"자네는 어떻게 생각하나, 미스터 창? 저 정도면 센트럴시티에서도 충분히 먹힐 실력 아닌가?"

　베그너는 미스터 창의 반응을 떠보려는 듯 넌지시 그렇게 물었다. 하지만 돌아온 것은 차가운 반응뿐이었다.

　"글쎄. 자네 때문에 시끄러워서 경기에 집중할 수가 있어야 말이지."

"자네도 참, 그 성질머리는 여전하군."

괜히 말을 걸었다가 본전도 못 찾은 베그너는 다시 스크린 쪽으로 시선을 돌렸다. 마침 스크린 속에선 해성이 비틀거리는 상대를 향해 최후의 일격을 날리고 있었다.

*

경기를 끝낸 해성은 대기실로 돌아와 몸에 묻은 피와 진흙을 닦으며 자신의 주먹을 보았다. 마지막 일격을 날릴 때의 짜릿함이 아직도 남아 있는 것 같았다.

그것은 단순한 승리의 기쁨과는 달랐다. 싸울 때마다 자신의 감춰진 능력을 하나씩 알게 되는 느낌이랄까. 자신도 모르는 어떤 기운이 몸속 깊숙한 곳에서 타오르기 시작해 천천히 몸 전체를 데워나가는 것 같았다.

그때, 뒤에서 누군가의 목소리가 들려왔다.

"형!"

대기실로 갑자기 들어온 건, 해성과 6살 터울이 나는 동생 준혁이었다.

"혁아! 형이 여기 오면 안 된다고 했잖아!"

해성은 반가움보다 걱정이 먼저 앞선 목소리로 준혁을 맞았다.

"그래도 형이 싸우는 걸 보고 싶은데."

"아버지가 아시면 어쩌려고……."

"알아도 상관없어. 언젠간 나도 형처럼 멋진 파이터가 될 거니까!"

준혁의 목소리는 잔뜩 들떠 있었다. 해성은 희망에 가득 찬 동생의 얼굴을 보며 아무 말도 할 수 없었다.

파이터가 될 수 있는 기회는 아무에게나 주어지지 않는다. 당연히 피지컬 조건이 먼저였고, 체계적인 훈련을 받든 실전 싸움을 벌이든 실력도 함께 키워야 했다.

하지만 그렇게 어려운 길임에도 불구하고 구역의 젊은이들은 모두 파이터가 되기를 원했다. 파이터는 노동자로 태어난 빈민들이 다다를 수 있는 가장 높은 곳이었으며, 신분과 거주의 이동이 엄격하게 금지된 사회에서 센트럴시티로 진출할 수 있는 유일한 기회였기 때문이다. 심지어 사업가들이나 상류층의 경호원으로 고용되면 지긋지긋하게 세습되던 가난에서도 벗어날 수 있었다.

해성은 대기실 창밖으로 보이는 동상을 바라보았다. 8구역에서 태어나 센트럴시티에 도달한 유일한 파이터, 그랜드 킹의 동상이었다. 200년의 제3지구 제국 역사에서 단 한 명. 해성은 과연 자신이 그다음 차례가 될 수 있을지 확신할 수 없었다.

그때, 입구 쪽에서 소란스러운 소리가 들렸다. 경호원들에게 둘러싸인 베그너가 대기실로 들어오고 있었다.

"누구시죠?"

주위를 둘러싸고 있는 수행원이나 옷차림만 봐도 센트럴시티에서 온 높은 사람이라는 걸 알 수 있었지만, 그럼에도 해성은 경계를 늦추지 않았다.

"만나서 반갑네. 나는 베그너라고 하네. 자네 경기를 인상 깊게 봤어. 나는 자네 같은 파이터들을 여럿 데리고 있지."

베그너의 오른편에 있던 수하 중 하나가 손을 내밀자, 베그너의 홀로그램 명함이 떠올랐다. 해성은 그 명함을 보고 베그너가 센트럴시티의 사업가이며, 파이터 에이전시도 함께 운영하고 있다는 사실을 확인했다.

"네… 그런데 저는 어쩐 일로?"

"오늘 경기를 보니까 이런 곳에 있기엔 좀 아까운 인재 같아서 말이야. 도로시 시장과 얘기해봤는데, 그 친구도 자넬 추천하더군."

"저희 통치자님과 아는 사이세요?"

베그너의 입에서 도로시의 이름이 나오자 준혁은 흥분하며 물었다.

"알다마다. 그래서 말인데, 센트럴시티에 가서 내 밑에서 일해보면 어떻겠나?"

"형! 들었어? 센트럴시티래!"

준혁은 자신이 받은 제안도 아니면서 신이 나 해성의 손을 잡았다. 하지만 해성의 입에서 나온 대답은 전혀 예상하지 못한 것이었다.

"제안은 감사합니다만, 저는 괜찮습니다."

"형!"

거절의 말에 펄쩍 뛴 건 베그너가 아니라 준혁이었다. 물론 베그너도 실망한 표정을 숨기지 않았다.

"평생 공장에서 일하고 싶어서 이런 시합에 나오는 건 아니잖나, 안 그래?"

"……."

"자네, 오늘 시합에서 번 돈이 어느 정도 되나? 5천? 아니면 1만? 나랑 일하면 그 수백 배, 아니 수천 배를 벌 수도 있어. 이왕 노는 거 큰물에서 놀아야지."

"죄송합니다. 제가 빨리 들어가봐야 해서요."

해성은 준혁의 손을 붙잡고 인사를 한 뒤, 뒤도 돌아보지 않고 대기실을 빠져나왔다. 마치 그곳에 더 머무르면 돌아올 수 없을 곳으로 끌려가기라도 하는 것처럼 황급히.

베그너는 해성을 붙잡지 않았다. 그저 음흉한 눈빛으로 떠나는 해성의 뒷모습을 바라볼 뿐이었다. 그는 사업을 시작한 이후 자신이 원하는 것을 손에 넣지 못한 적이 한 번도 없었고, 이번에도 그럴 거라고 확신했다.

베그너가 경호원들과 돌아간 후, 대기실엔 오랜만에 정적이 찾아왔다. 하지만 그 역시 오래 가지 않았다.

이번에 대기실을 찾아온 것은 도로시의 집무실에서 함께 경기를 관람했던, 버추얼마스크를 쓴 키 크고 깡마른 귀족이었다. 그는 무언가를 찾는 듯 주위를 한번 둘러보았다. 그러고는 이내 자신이 찾는 물건을 발견하고 대기실 구석으로 성큼성큼 걸어갔다. 그가 주워 든 물건은 해성이 진흙과 피를 닦고 구석에 던져둔 수건이었다.

귀족은 주머니에서 DNA스캐너를 꺼내 핏자국을 비춰 보았고, 몇 초 지나지 않아 스캐너는 홀로그램 화면에 검사 결과를 송출했다.

유전자 정보가 99.99% 일치합니다.

귀족은 버추얼마스크 안에서 만족스러운 표정을 짓고 있었다. 긴 시간 찾아 헤맨 인물을 드디어 만나게 된 것이다.

그는 마스크의 통신장치를 작동시켰다. 그리고 변조된 목소리로 회선 너머 누군가에게 말했다.

"마침내 찾은 것 같습니다."

3.
타워

    원형으로 구성된 제국의 12개 구역의 중심엔, 제국의 지배계급과 이들만의 시중을 들고 있는 하인들, 그리고 센트럴오피스에서 일하는 공직자와 특별한 이유로 거주를 허가받은 이들만이 거주할 수 있는 센트럴시티가 있다. 그리고 그 센트럴시티의 중심엔 지배계층 중에서도 가장 높은 권력을 가진 이들만 살 수 있는 센트럴타워가 존재한다.

    오래전 지구에 살던 시절부터 인류는 하늘을 찌를 듯 높은 건물을 짓는 것으로 부와 권력을 표시해왔다. 총 350개 층으로 구성되어 대기권을 뚫을 것처럼 높이 솟은 센트럴타워 역시 지배계급의 그런 오만함을 표현하기에 충분했다.

    시시때때로 몰아치는 모래바람, 나노 크리스털이 매장

되어 있어 지반을 다지기 쉽지 않은 대지 환경에서 높이만 1km가 넘는 고층 빌딩을 짓는다는 건 쉬운 일이 아니다. 제국의 과학력은 오래 전 지구에 못지않은 엄청난 수준에 도달했지만, 그럼에도 불구하고 이 건물을 짓기 위해선 수많은 희생이 뒤따라야 했다.

하지만 지금 이 타워에 거주하며 이곳의 시설을 누리는 건 그때 희생된 사람들과는 전혀 관련 없는 인물들이었다. 타워의 정상에서 송출되어 센트럴시티 전체를 돔 형태로 보호해주는 나노 크리스털 에너지 방어 시스템이 지켜주는 사람들 역시 그들과는 상관없었다.

타워의 최상층에 거주하는 건 당연히 제국의 통치자인 황제 프랑수아 5세였다. 그는 그곳에서 중무장한 AI 기동대 로봇의 수호를 받으며 고급 술을 음미하고 있었다. 그리고 그의 뒤에는 막강한 제국의 군대를 이끌고 있는 카림이 서 있었다.

"놈이 8구역에서 나타났다고?"

황제의 말에 카림의 얼굴은 어두웠다.

"네, 아직은 각성 전으로 보입니다. 그전에 빨리 제거하시는 게……."

"그럼 재미가 없지."

"네?"

"조금만 더 지켜보자고. 놈이 어디까지 성장할 수 있는지."

"하지만 그러다 30년 전과 같은 일이 반복되면 어떻게 합니까."

"그럼 더 재밌어지겠지."

프랑수아 5세는 카림의 말을 끊고 천천히 자리에서 일어나 창가로 다가갔다.

"여기서 내려다보면 내 발밑에 있는 인간들이 다 벌레처럼 아주 작게 보여. 생각해봐. 가만히 이 위에 서서, 감히 기어 올라올 능력도 없는 벌레들만 보고 있는 게 얼마나 지겨운지."

황제는 정말 지겨워 미치겠다는 듯 하품을 하며 기지개를 폈다.

"내가 아무것도 하지 않아도 어차피 국가는 돌아가. 시스템이라는 건 그런 거거든. 그럼 이제, 나는 뭘 해야 하지?"

카림은 아무 대답도 할 수 없었다.

"파이터라고?"

"그렇습니다."

"더 잘됐어. 이번 기회에 센트럴시티까지 진출시켜버리라고."

카림은 말문이 막혔다. 자신은 해성이 언젠가는 제국을 위협할 수 있는 존재가 될 수도 있다는 보고를 했다. 그런데 황제는 그 위험을 더 키우라고 하는 것이다.

"놈이 각성하는 모습을 내 눈으로 보면 어떨까? 정말 신날 것 같은데!"

황제는 그렇게 말하고 소름 끼치는 웃음소리를 토해내기 시작했다.

황제의 처소에서 물러난 카림은 지상으로 내려가는 엘리베이터 안에서 조용히 생각에 잠겨 있었다.

'정말 많이 변했군, 케이.'

케이는 황제인 프랑수아 5세의 본명이다. 지금은 그럴 수 없지만, 한때 카림은 황제를 본명으로 부를 수 있는 몇 안 되는 사람 중 한 명이었다. 또한 어떤 사건을 거쳐 케이가 프랑수아 5세가 되었는지 알고 있는 몇 안 되는 인물 중 하나이기도 했다.

그는 또한 다이아몬드의 채굴 책임자이기도 했다. 황제의 이마에도 박혀 있는 다이아몬드는 우림지대에서만 채굴되는 희귀자원으로, 이에 대한 정보는 제국 내의 극소수의 권력층들만 알고 있었다.

다이아몬드는 채굴 과정 역시 무척 까다롭다. 다이아몬

드를 채굴할 수 있는 우림지대에는 말 그대로 우주 괴물 수준의 다양한 생명체가 존재하기 때문이다. 최대 20m에 달하며 나노 메탈로 구성되어 레이저 공격마저 무력화시키는 구렁이 '아구라'나 여섯 개의 다리와 두 개의 머리를 가지고 모든 것을 녹여버리는 산성 타액을 가진 '히콘' 등은 제국의 최첨단 과학기술로도 상대하기 어려울 정도였다.

카림은 이 모든 위험을 감수하고 인간과 AI로봇으로 구성된 기동대를 이끌고 다이아몬드 채굴 임무를 완수했다. 또 30년 전 레볼트 전쟁에서도 큰 활약을 해서 2인자 자리까지 올라설 수 있었다.

하지만 아무리 충성스러운 군인이라고 해도, 또 자신의 비밀을 모두 알 정도로 막역한 사이라 해도, 강력한 군대를 가진 2인자를 가만히 보고 있을 만큼 프랑수아 5세는 어리석지 않았다.

프랑수아 5세는 모든 기동대를 센트럴오피스와 황제의 허가를 얻어야만 활동할 수 있도록 법안을 손봐서 카림의 손발을 묶어버렸다. 카림은 분명 아직 제국의 2인자였으나, 그건 상징적인 의미일 뿐 황제의 허가 없이는 아무것도 할 수 없는 존재가 되어버렸다.

…라고 황제는 생각했다.

하지만 카림 역시 만만한 인물이 아니었다. 그는 황제의 생각보다 훨씬 더 야망 있는 인물이었고, 프랑수아 5세가 취한 조치는 오히려 그의 야망에 적당한 명분을 제공해주었다.

'재미있는 일이 없다고? 그 말을 곧 후회하게 만들어주지.'

엘리베이터에서 내린 카림은 비밀 프로젝트를 준비하고 있는 실험실을 향해 발걸음을 옮겼다.

*

레볼트 잔당들을 수사하기 위해 8구역에 파견되었던 플릭 1팀은 임무를 마치고 센트럴시티의 수사국으로 복귀했다. 크루거를 제외한 다른 요원들은 복귀하자마자 장비를 벗고 공용 샤워실로 잽싸게 뛰어갔다. 사막지대에서 땀과 모래 범벅이 되며 일했지만 환경이 열악한 8구역에선 제대로 씻을 수도 없었던 그들에겐 샤워 한 번이 그 무엇보다 간절했던 것이다.

따뜻한 물로 샤워를 마친 크루거가 콧노래까지 흥얼거리며 다시 대장실에 들어선 순간, 대장실의 공기가 미묘하게 달라졌음을 눈치챘다.

크루거는 조금의 망설임도 없이, 책상 위에 두었던 나노 아머부터 확인해보았다. 분명히 꺼놨던 나노 아머의 전원이 켜져 있었다. 누군가 손을 댔다는 명백한 증거였다.

'잠깐만, 근데 왜 다시 전원을 꺼놓지 않은 거지? 이렇게 되면 내가 눈치챌 텐데.'

질문과 동시에 크루거의 머릿속엔 답이 떠올랐다.

'그렇다면 아직 이곳에……'

그 순간, 크루거의 책상 아래에 숨어 있던 침입자가 튀어나와 달려들었다.

기습을 당한 크루거의 몸이 바닥으로 떨어졌다. 침입자는 크루거를 쓰러뜨린 뒤 달아나려고 몸을 돌렸다. 하지만 이번엔 크루거의 움직임이 더 빨랐다. 크루거가 침입자의 다리를 건 것이다. 침입자가 중심을 잃고 비틀거리자 크루거가 다시 일어나 침입자의 어깨를 붙잡았다.

크루거는 어깨를 잡은 손에 힘을 주어 침입자의 몸을 돌렸다. 후드로 가려진 얼굴을 확인하기 위해서였다. 그리고 감춰진 그의 얼굴을 확인한 크루거는 소스라치듯 놀랄 수밖에 없었다.

"너… 너는……!"

후드 속에서 나타난 건 너무나도 익숙한 얼굴이었다.

"카이로?"

그리고 그 순간, 카이로의 얼굴 일부분이 글리치 현상과 함께 잠깐 일그러졌다가 다시 돌아왔다. 놈은 얼굴 형태를 변환시켜주는 장치인 페이스페이커를 사용하고 있었던 것이다. 그리고 아주 짧은 찰나였지만 페이스페이커가 잠깐 오작동을 일으킨 그 순간, 크루거는 분명히 보았다. 침입자의 이마에서 빛나고 있는 푸른색의 다이아몬드를.

픽!

크루거가 잠시 다이아몬드를 보는 사이, 그 틈을 놓치지 않고 침입자는 일격을 가한 뒤 문밖으로 도주하기 시작했다.

"이런, 젠장!"

크루거도 가만히 지켜보지 않았다. 손에 쥐고 있던 나노 아머를 손목에 채운 뒤 놈을 따라 가며 나노 슈트를 작동시켰다.

"공격 모드 가동! 사용 무기는 레이저 건."

그러자 슈트에 장착된 나노 셀들이 메탈과 결합하여 레이저 건으로 변신, 크루거의 오른손에 장착되었다. 크루거는 복도를 달려가는 침입자를 향해 레이저 건을 발포했다. 하지만 침입자는 빠른 동작으로 벽을 타고 올라 이를 피했고, 빗나간 레이저는 요란한 굉음과 함께 복도 끝의 문을 부쉈다. 마침 샤워를 마친 1팀의 대원 세 명이 폭발 소리를 듣고 복도로 쏟아져 나왔다.

"저, 저 자는!"

"카이로다!"

1팀의 대원 세 명이 카이로를 알아보고 몸으로 벽으로 만들어 통로를 막았다.

침입자 역시 갑작스레 등장한 1팀 대원들에 당황한 것 같았다. 앞에는 대원들이 만든 벽이 있었고, 뒤쪽에선 완전무장을 한 크루거가 레이저 건을 장착한 채 자신을 쫓고 있었다. 그는 더이상 앞으로 나가지 못하고 결국 멈춰설 수밖에 없었다.

그때였다. 침입자는 잠시 머뭇거리더니 품에서 지향성 제플 입자 폭탄을 꺼내들었다.

"안 돼!"

크루거가 소리를 질렀지만, 침입자에겐 크루거의 말을 들을 이유가 없었다.

"당장! 실드 가동해!"

크루거가 그렇게 외치며 나노 아머를 작동해 크리스털 에너지 방어 시스템을 작동시켰다. 그 순간, 침입자는 벽 쪽으로 폭탄을 던졌고 폭탄은 굉음을 내며 벽에 커다란 구멍을 만들었다. 그리고 그 구멍을 통해 밖으로 뛰어내렸다.

"안 돼!"

크루거는 침입자가 뛰어내린 벽 쪽으로 재빨리 달려갔다. 이곳은 수사국 12층이다. 그래서 크루거는 이런 식으로 탈출할 수도 있다는 걸 전혀 생각하지 못했다. 하지만 침입자는 센트럴시티를 운행하는 에어모빌들 사이를 점프하며, 마치 파쿠르를 하듯 움직여 도망쳤다.

아무리 운동신경이 뛰어나더라도, 보통의 인간이 특수 장비도 착용하지 않고 저런 움직임을 보일 수는 없었다.

"대장."

침입자가 폭탄을 터트릴 때 가까이 있었던 요원 중 한 명이 힘없는 목소리로 크루거를 불렀다. 그제야 크루거는 그들을 바라보았다.

폭탄은 인명살상용도 아니었고, 폭발력도 강하지 않았다. 하지만 벽이 폭발하면서 날아온 파편 때문에 대원들이 부상을 입었다. 더군다나 크루거는 나노 아머를 착용하고 있었지만, 이제 막 샤워를 마친 대원들은 무방비 상태일 수밖에 없었다.

"의료팀을 부를 테니까 움직이지 마. 말도 하지 말고."

크루거는 리더로서 대원들을 먼저 챙기지 못한 죄책감을 느끼며 무전을 열었다.

"플릭 제1팀 대장 크루거다. 레볼트의 리더 카이로 보이는 인물이 수사국에 침입했다. 1팀 대원 둘이 부상을 입었으니 12층 C구역으로 의료팀을 보내주도록."

"알겠습니다. 의료팀이 2분 내로 도착할 겁니다. 침입자는 현재 어디에 있습니까?"

"현재 에어웨이 72-75를 따라 도주 중이다. 나는 지금부터 바이크로 놈을 추격하겠다. 지원 가능한 모든 인원 출동 바람."

"코드48 발령하고 백업 지원하겠습니다. 침입자가 사용 중인 차량에 대해 말씀해주십시오."

"차량은 없다. 현재 맨몸으로 도주 중이다."

그러자 요원이 깜짝 놀라며 되물었다.

"하지만 에어웨이 72-75를 따라 도주 중이라고 하지 않으셨습니까?"

"에어웨이로 추격용 드론을 보내서 직접 확인해봐. 지금 얼마나 황당한 일이 벌어지고 있는지."

수사국이 보유한 25대의 드론이 침입자를 찾기 위해 날아올랐다. 남은 요원들이 추격에 합세했다. 그리고 잠시 후, 크루거의 통신기를 통해 침입자를 발견했다는 무전이 들려왔다.

"에어웨이 37-16 D42포인트에서 용의자 발견. 반복한다. 에어웨이 37-16 D42포인트에서 용의자 발견."

크루거는 속도를 높여 무전에서 말한 지점으로 달려갔다. 그리고 마침내 에어웨이를 달리는 리무진 위로 점프하고 있는 용의자를 발견할 수 있었다.

"개자식! 감히 내 부하들을 다치게 했겠다!"

리무진 위에서 다시 택시로 점프한 침입자는 마치 기다렸다는 듯 방어 자세를 취했다.

하지만 크루거 역시 만만한 상대는 아니었다. 전속력으로 질주하던 바이크가 침입자의 코앞에 다다랐을 때, 크루거는 잽싸게 바이크에서 뛰어내려 놈이 서 있는 에어택시의 문을 붙잡았다. 주인을 잃은 바이크는 그 속력 그대로 침입자를 향해 돌진했다.

나노 크리스털로 만들어져 경량화되어도 에어바이크의 중량은 200kg이 넘었다. 크루거가 뛰어내릴 때의 속도는 시속 257km. 정면으로 부딪친다면, 온몸의 뼈가 가루가 된 채 공중으로 날아가버릴 것이다.

이미 놈의 놀라운 운동신경을 보았기에, 날아오는 바이크와 그대로 충돌할 것 같진 않았다. 대신 놈이 바이크를 피하느라 다른 곳으로 이동하면 그 틈을 타서 공격할 생각이었다.

그런데, 이번에도 크루거의 계산은 완벽하게 빗나갔다.

침입자의 두 손에서 푸른 불꽃이 빛나기 시작한 것이다. 그 푸른 불꽃은 주변의 공기를 태우고 움직이며, 눈에는 보이지 않는 힘을 행사하기 시작했다. 놈은 푸른 불꽃을 머금은 두 손을 자신을 향해 돌진하는 에어바이크로 뻗었다. 그러자 불꽃은 거대한 푸른 광선이 되어 바이크로 날아갔다. 크고 단단한 빛줄기가 에어바이크의 중심부를 꿰뚫었고, 바이크는 산산조각 나 공중에 흩어졌다.

'어떻게… 저럴 수가!'

크루거는 다시 한번 침입자의 능력에 경악했지만, 그렇다고 입을 벌린 채 바라보고만 있을 수는 없었다. 놈은 크루거의 집무실에 침입해서 나노 아머에 손을 댔다. 해킹 프로그램을 사용해서 나노 아머의 정보를 빼냈을 가능성이 높았다. 붙잡아서 훔친 정보를 폐기하고 배후를 알아내야 했다. 크루거는 있는 힘을 다해 놈이 서 있는 택시의 지붕 위로 기어오르며 레이저를 발사했다. 하지만 이번에도 놈은 푸른빛을 내는 오른손으로 레이저를 튕겨냈다.

"텔레… 키네시스?"

계속해서 나타나는 놈의 놀라운 능력에 크루거는 혀를 내둘렀다. 손에서 충격파를 발사하는 것만으로도 기절할 것 같은데, 염력까지 사용하는 적이라니!

'도대체 어디서 나타난 괴물이야?'

놈이 튕겨낸 레이저는 엉뚱한 방향으로 날아가며 지나가는 에어모빌들을 위협하고 있었다. 레이저를 피하려던 에어모빌들이 급정거했고, 연쇄 충돌이 일어나며 도로는 혼란에 빠지기 시작했다.

레이저 공격은 위험했다. 그렇다면 선택은 단 하나였다. 크루거는 놈을 향해 몸을 던졌다. 놈은 예상했다는 듯 다시 한번 손을 뻗어 크루거를 공격하려 했다. 하지만 이번엔 크루거가 더 빨랐다. 크루거는 몸을 잔뜩 숙여 놈의 충격파 공격을 피하는 대신, 어깨로 놈의 명치에 태클을 걸었다.

'됐어! 제대로 걸렸어!'

침입자는 크루거의 공격을 전혀 예상하지 못하고 있었다. 크루거는 침입자를 안은 채 까마득한 지면을 향해 추락하기 시작했다.

"나노 아머, 락 온lock on!"

떨어지면서 크루거는 나노 아머에게 음성명령을 내렸다.

'인간의 힘으로 나노 아머의 결박을 푸는 건 불가능 하지.'

크루거는 이렇게 놈을 끌어안은 채 지면으로 떨어질 생각이었다.

"미쳤어? 이대로 떨어져서 같이 죽을 셈이야?"

침입자가 다급하게 말했다. 물론 페이스페이커에 내장된 변조 장치를 사용한 목소리였다.

"나한테는 대포도 뚫지 못하는 크리스털 에너지 실드가 있어! 그게 지면에 닿을 때 충격을 줄여줄 거야!"

"멍청하긴! 무장한 너와 내 몸무게만 합쳐도 200kg이 넘어! 지금 떨어진 곳은 최소 150미터가 남는 상공이고! 그 충격을 겨우 개인 화기나 상대하는 에너지 실드로 커버하겠다고?"

"…안 될까?"

"그런 질문은 떨어지기 전에 했어야지!"

그런 얘기를 하는 와중에도 두 사람은 지면과 가까워지고 있었다.

"내 팔을 풀어줘."

"안 돼!"

"아까 봤지? 내 능력을 이용하면 지면에 닿을 때 충격을 최소화할 수 있다고!"

"개소리 집어치워! 죽으면 죽었지, 널 도망치게 놔둘 순 없어!"

"도박을 하시겠다? 그럼 나도 카드를 꺼내볼까?"

침입자는 크루거의 팔에 온몸이 포박되어 있음에도 몸을 비틀어서 한쪽 손을 밖으로 빼냈다. 그러자 그 손에서 다시 푸른 불꽃이 일어나기 시작했다.

"무슨 짓이야!"

"너랑 나, 둘 다 살 수 있는 방법!"

어느새 지면은 두 사람의 바로 코앞이었다.

"물론 너는 좀 많이 다칠 거야!"

침입자는 그렇게 말하고 손을 옆으로 비틀어 충격파를 발사했다. 그와 동시에 수직 하강하던 두 사람의 몸이 누군가에게 떠밀린 듯 방향을 바꿔 날아가기 시작했다.

마치 튕겨나간 것처럼 옆쪽으로 날아간 크루거의 몸이 근처 쇼핑몰의 강화유리 창문을 뚫고 지나갔다. 그 와중에 침입자는 크루거에게 안겨 있는 자신의 몸을 더 웅크려 그의 커다란 몸을 방어막처럼 사용하고 있었다.

네 장의 강화유리를 박살내고 수십 미터를 굴러간 뒤에야 두 사람은 겨우 멈출 수 있었다. 크루거의 나노 아머는 커다란 비프음과 함께 에러 메시지를 계속 송출하기 시작했다.

외부에 강한 충격이 감지되었습니다. 이 충격은 아머의 내구력으로는 감당할 수 없습니다. 메인 코어에 치명적인 손상이 발생하여 전원을 차단하고 시스템 운영을 중지합니다.

그 메시지와 함께 크루거의 나노 아머는 작동을 중단했다. 당연히 침입자의 결박도 풀렸다. 그러자 침입자는 비틀거리며 일어나 천천히 군중 속으로 걸어갔다.

"아… 안 돼……."

*

 컴컴한 고층 아파트 안, 누군가 후드를 입고 비틀거리는 발걸음으로 들어왔다. 수사국에 침입해 크루거의 나노 아머를 해킹한 침입자였다.

 집에 돌아온 침입자는 거울 앞으로 가 목에 있던 페이스 페이커를 제거했다. 그리고 거울에 비친 자신의 얼굴을 오랜만에 가만히 응시했다.

 거울 속에 있는 건, 파란 색의 단발머리, 검은 눈과 어두운 피부를 가진 도도한 얼굴의 여성이었다. 둥글고 넓은 그녀의 이마 중앙에는 그녀의 머리색과 같은 블루 다이아몬드가 빛나고 있었다.

 "아… 아파…….."

 그녀 역시 부상을 입지 않은 것은 아니었다. 옷을 벗자 몸에는 크고 작은 상처가 가득했다. 그녀는 인공지능이 따뜻한 물을 받아놓은 욕조로 가서 작은 통에 담긴 액체를 천천히 풀었다.

 천천히 욕조 안에 들어가자 찰랑거리는 물이 그녀의 몸을 감싸 안았다. 벌어진 상처 부위에 물이 닿자 고통이 느껴졌지만 그녀는 아랑곳하지 않았다. 그리고 욕조로 들어간 지 15분 정도가 지났을 무렵, 어느덧 그녀의 상처는 사라져버렸다.

　욕실에서 나온 그녀는 크루거의 나노 아머에서 해킹한 크래커코드를 작동시켰다. 홀로그램 디스플레이가 보여주는 자료 안에는 12개 구역의 지도와 각 구역을 통치하는 시장과 주요 사업가들에 대한 정보도 들어 있었다.

　자료를 훑어보던 그녀는 이내 한 사람의 자료에서 멈췄다.
"빙고."

　그녀가 보고 있는 것은, 부패한 것으로만 따지면 베그너와 쌍벽을 다투는 사업가, 미스터 창에 관한 정보였다.

4.
접근 불가

"갈비뼈가 부러졌어요. 당분간은 절대 무리하시면 안 돼요."

"알았어."

크루거는 건성으로 대답했다.

"제 말이라고 우습게 듣지 마시고요. 괜히 또 무리하다가 다시 오시면 치료 안 해드릴 거예요."

"요원이 다쳤는데 의무팀에서 치료 안 해주면 어디로 가지?"

"말이 그렇다는 거예요. 그러니 조심하시라고요."

유진은 크루거의 두 눈을 마주 볼 수가 없어서 시선을 돌리며 그렇게 말했다. 수백 명의 반란군을 체포하고 수사했던 그의 강렬한 눈동자가 혹시라도 그녀의 마음을 꿰뚫어볼까 두려워서였다.

잠시 두 사람 사이에 어색한 침묵이 흘렀다. 크루거는 분위기를 바꿔보려고 의무실 안을 둘러보기 시작했다.

"그나저나 여기 꽤 오랜만에 오는데 뭐 변한 게……."

그리고 크루거의 시선이 한곳에 멈췄다.

"없네."

간호병들이 사용하는 수납장이었다. 그중에서도 그의 시선이 멈춰 있는 건 가장 구석 수납장에 붙어 있는 네임 태그였다. 그의 눈은 '제시'라는 이름이 적힌 네임 태그에 붙박여 있었다.

유진은 크루거의 시선을 알아차리고 말없이 그것을 뗐다. 둘 사이엔 또다시 어색한 침묵이 흘렀다.

"아직도 잊지 못하신 건가요?"

"그 수납장에서 네임 태그를 떼어내는 것도 그렇게 오래 걸리는데……."

크루거는 세상에서 가장 쓸쓸한 눈빛을 하고 자신의 오른손을 왼쪽 가슴으로 가져갔다.

"이 안에서 이름을 떼어내려면 훨씬 더 오래 걸리지 않을까?"

"아뇨, 저건 그냥 제가 잊고 있던 거예요."

"나도 마찬가지야."

"네?"

"평소엔 나도 잊고 산다고. 바쁘게 일도 하면서… 그런데 가끔 이렇게 깨달을 때가 있어. 아직도 떼어내지 못했구나, 하고."

유진은 아무 말도 하지 못했다. 지금의 대화에서 그녀가 알 수 있는 건 하나였다. 지금 크루거가 가리키고 있는 왼쪽 가슴에 자신이 들어설 틈은 없다는 것.

제국은 나노 크리스털을 사용해 엄청난 과학과 문명의 발전을 이루었지만, 그런 사회에서도 제시와 유진, 그리고 크루거 사이의 얽힌 마음을 정리하는 해답 따윈 존재하지 않았다.

"크루거!"

그리고 지금 의무실 문을 박차며 들어선 제2팀 대장 타케시와의 꼬인 인연도.

"카이로한테 제대로 당했다며? 꼴좋군."

"휴가 중에 여기까진 웬일이지?"

크루거는 타케시를 쳐다보지도 않고 말했다.

"그러게. 나도 모처럼의 휴가를 즐기고 싶었는데 말이지."

타케시가 크루거 쪽으로 바싹 얼굴을 붙이고 이죽거렸.

"카이로의 얼굴을 한 첩자가 수사국에 침입해서 기물을

파괴하고 요원들한테 부상까지 입혔는데 무능하신 1팀 대장께서 범인을 놓치셨다지 뭐야? 그래서 뭐 어쩔 수 있나? 무능한 1팀 대신 2팀 소환! 그렇다고 널 원망하는 건 아니야. 이게 다 능력이 출중한 내 업이지."

크루거는 당장이라도 폭발할 것 같았지만 유진을 봐서 꾹 참고 있었다. 하지만 타케시는 거기서 멈추지 않고 크루거가 도저히 참을 수 없는 옛 사건을 건드렸다.

"근데 너도 참, 일은 좀 똑바로 하자. 범인 잡아서 심문하는 것만 잘하면 뭐 해? 정작 중요한 사람들은 지키지도 못하는데. 그러니까 제시도……."

"이 자식이!"

벌떡 일어선 크루거가 타케시의 멱살을 잡았다. 분위기가 심상치 않은 것을 보고 계속 주위를 맴돌던 유진이 바로 두 사람을 떼어놓았다.

"그만해요! 애도 아니고 의무실에서 싸움이나 하고!"

유진의 말에 크루거는 조용히 멱살을 놓았고, 또 한번 의무실에는 어색한 침묵의 시간이 찾아왔다. 그때, 크루거의 통신기가 울리면서 상황은 생각보다 빨리 마무리될 수 있었다. 통신기 저편에서 마뉴의 목소리가 들려왔다.

"대장님, 검사 결과 나왔습니다. 외투에서 누군가의 DNA가 나왔는데 접근할 수 없는 일급기밀로 분류되어 있습니다."

"흐음."

마뉴의 보고를 들은 크루거는 자기도 모르게 낮은 신음을 내뱉었다.

침입자는 도망쳤지만 아무 소득이 없었던 것은 아니다. 중앙경찰은 침입자가 군중 속으로 들어간 시간대 쇼핑몰의 CCTV를 분석했다. 페이스페이커 때문에 안면인식추적은 불가능했지만 대신 입고 있는 복장으로 놈을 특정할 수 있었다.

그 결과 놈이 쇼핑몰의 한 매장 피팅룸에서 옷을 갈아입은 것을 확인했다. 수사팀은 즉시 출동했고 침입자가 버리고 간 외투를 통해 DNA를 확보한 것이다. 그런데 그 검사 결과는 전혀 예상하지 못한 엉뚱한 방향을 가리키고 있었다.

"보고가 끝나면 바할 대장님께서 집무실로 들르라고 말씀하셨습니다."

바할은 플릭의 최고 책임자이다. 크루거는 그제야 자신이 오늘 벌어진 사건의 최종 보고를 올리지 않았다는 걸 깨달았다.

*

 같은 시간, 바할은 자신의 집무실에서 갑작스레 방문한 카림을 응대하고 있었다. 군대를 거느린 카림은 제국 내의 2인자였고, 경찰권을 지휘하는 바할은 서열상으로 세 번째였지만, 둘의 사이는 서열만큼 명확하진 않았다.
 "어쩐 일로 이렇게 누추한 곳에 행차하셨습니까?"
 바할은 예의 바르게 물었지만 카림을 바라보는 그의 눈빛은 차갑게 빛나고 있었다.
 "오늘 있었던 사건에 대해서 들었네."
 "해당 사건은 현재 철저하게 수사 중입니다. 그리고 이건 수사국에서 처리해야 할 업무입니다."
 "자네도 알겠지만 해당 용의자에 대한 신변 정보는 일급기밀로 분류되어 있지."
 바할은 카림이 무슨 이야기를 꺼낼지 이미 알고 있었다.
 "그 기밀을 처리할 수 있는 관할이 우리 쪽이야. 그러니까 우리가 파일을 넘겨받는 게 맞을 것 같은데."
 "아, 그 '고스트팀' 말씀하시는 건가요?"
 차가운 미소를 지으며 바할이 물었다. 카림은 바할의 입에서 '고스트팀'이란 단어가 나오자 움찔했지만 이내 표정을 정리하고 시치미를 떼었다.

"무슨 소리를 하는지 모르겠군."

"저희 수사 기관도 정보를 수집하는 거 아시죠? 근래 들은 것 중에 아주 흥미로운 내용이 있어서요. 저희 쪽도 기밀이라 자세히는 말씀 못 드리고 몇 가지 키워드만 짚어보자면, 실험체, 도난, 비밀 부대, 뭐 이런 게 있습니다."

"나는 전혀 모르는 일일세."

"그렇다면 저희가 수집한 내용을 폐하께 보고드려도 괜찮으시겠군요?"

카림은 바할을 무섭게 노려보았다.

"원하는 게 뭔가?"

"그냥 정당한 교환입니다. 저희가 일급기밀 파일을 넘겨드리는 대신 다이아몬드라는 게 있다는데… 그에 관련된 파일도 있으시겠죠?"

바할의 요구에 카림은 어이가 없다는 표정을 지었다.

"폐하가 아시게 되면 좋을 게 없을 텐데요?"

카림의 완벽한 패배였다.

"그럼 거래가 성립한 것으로 알겠습니다."

바할은 미소를 지으며 말했다.

"아 참, 이건 그냥 궁금해서 물어보는 건데요."

심기가 불편한 표정으로 일어나는 카림의 뒷통수에 대고 바할이 말했다.

"용의자는 왜 자신의 DNA가 묻은 옷을 방치해둔 걸까요? 아! 혹시 일부러 그런 걸까요?"

얄밉게 웃는 바할의 얼굴을 뒤로하고 카림은 방을 나왔다. 평소엔 감정을 잘 드러내지 않는 편이었지만 이번 만큼은 화난 표정을 속일 수 없었다.

크루거가 바할의 방을 찾아갔을 때 입구에서 나오는 카림을 만났다. 전혀 예상치 못한 인물을 만나 당황했지만 크루거는 잊지 않고 카림에게 경례를 올렸다. 하지만 카림은 무엇에 정신이 팔렸는지 제대로 인사도 받지 않고 크루거를 스치고 지나갔다. 크루거는 왠지 모르게 찜찜한 기분으로 바할의 방에 들어섰다.

"대충 내용은 들었네. 요원 둘이 다쳤다고?"

바할은 인사를 받자마자 크루거에게 오늘 사건에 대해 물었다.

"네. 큰 부상은 아닙니다만, 어쨌든 수사국 내에서 이런 일이 벌어져서 죄송합니다."

"페이스페이커를 사용하고 있었어? 진짜 얼굴은 못 봤고?"

상관의 질문에 크루거는 용의자의 이마에 박힌 블루 다이아몬드를 잠시 떠올렸지만 따로 언급하진 않았다.

"네, 얼굴을 보진 못했습니다."

"그럼 일단 페이스페이커부터 시작하지. 허가받은 건 아닐 테니까 암시장을 통해서 구했을 거야. 그쪽 브로커부터 수사해보면 되겠네."

크루거는 바로 대답하지 않았다.

"왜? 뭔가 할 말이 있나?"

"레벨X의 수사 권한이 필요합니다."

크루거의 요청에 바할은 당황한 표정을 지었다.

"그게 왜 필요하지?"

"용의자의 DNA를 확보했는데 일급기밀 대상이라 접근 권한이 필요합니다."

바할은 두 손으로 깍지를 끼고 고개를 숙였다. 뭔가를 깊이 숙고하는 듯 보였다.

"레벨X의 수사 권한 같은 건 없네. 그냥 수사국 규정 문서에나 존재하는 단어라고 생각해. 제국 역사에 단 한 번도 발동된 바 없는 권한이야. 레벨X의 권한을 갖고 있는 자는 마음만 먹으면 황제까지도 수사할 수 있네. 그걸 자네나 내가 감당할 수 있으리라고 생각하나? 레벨Y 수사권을 허가해주겠네. 하지만 한시적이야. 빠른 시간 내에 관련자를 찾아내."

레벨Y의 수사권 대상에선 귀족과 정치인들이 제외된

다. 사업가와 일부 상류층, 그리고 그들의 수하 정도가 수사 대상에 포함되는데, 이것만 해도 충분히 강력한 권한이라고 할 수 있었다. 크루거는 이번 일의 실세가 이 권한의 수사 대상을 벗어난 곳에 있다고 생각했지만 더이상 요청하지 않고 방을 나왔다.

5.
의혹

 자신의 집무실로 돌아온 크루거는 나노 아머의 홀로그램을 통해 오늘 보고된 자료들을 살펴보았다. 몇몇 허가된 동영상에는 그가 오늘 침입자와 벌인 대결이 기록되어 있었다. 그런데 놈이 사용한 푸른 불꽃과 텔레키네시스 능력 같은 건 모조리 편집되어 있었다.
 '뭘 감추려고 하는 거냐……'
 고민에 빠진 크루거는 서랍에서 오래된 펜을 하나 꺼냈다. 그리고 생각에 잠겨 잠시 그 펜을 멍하니 바라보았다. 홀로그램과 나노 아머가 일상화된 지금, 뭔가를 기록하기 위해 펜을 사용하는 경우는 없다. 하지만 크루거는 그 펜을 무엇보다 소중하게 간직하고 있었다. 제시가 남기고 간 추억의 물건이었기 때문이다.

뭔가를 생각하던 크루거는 집무실의 창문을 보았다. 바깥쪽에서 오가는 부하 요원들이 보였다. 크루거는 스위치를 눌러 창문의 유리를 불투명하게 바꿨다. 그리고 펜을 움직여 종이 위에 다이아몬드를 그렸다. 침입자의 이마 위에 박혀 있었던 그 다이아몬드를.

뒷쪽 벽으로 다가가서 손으로 벽면을 짚었다. 벽면에 붙은 스캐너가 작동하며 비밀 금고가 열렸다. 크루거는 그 안에서 작은 통신기 하나를 꺼냈다.

수사국 내에서 발생하는 모든 통신에 대한 정보는 AI를 통해 센트럴오피스에 수집된다. 하지만 음성이나 영상을 사용하지 않고 적은 용량의 텍스트만 사용하는 통신은 해킹 프로그램을 통해 AI의 감지망을 피하는 방법이 있었다. 크루거가 꺼낸 통신기가 바로 그 해킹 프로그램이 장착된 기기였다. 물론 요원들에게 정식으로 제공되는 기기는 아니었고, 레볼트 일당들이 남기고 간 증거물 중에서 하나를 빼돌려서 사용하고 있었다.

'이걸 또 쓰게 될 줄이야……'

수사를 하다 보면 범죄를 저지른 정보원들과 접촉해야 할 때가 있다. 그런 정보원들과는 수사국에 등록된 통신장비로 연락할 수 없기 때문에 필요한 기기였다. 크루거는 통신기에 주소와 시간을 입력하고 메시지를 발송했다. 그러고는 다시 통신기를 비밀금고에 넣어두고 대장실을 떠났다.

*

집무실로 돌아온 카림은 바할에게서 받은 일급기밀 파일을 열람했다. 홀로그램 디스플레이에 표시된 정보에는 DNA 검출로 확인된 인물의 상세 정보가 나열되어 있었다.
고스트팀 프로젝트 실험체 289.
함께 첨부된 동영상에는 그 실험체가 오늘 보여준 활약도 함께 기록되어 있었다. 크루거가 보던 것과 달리 어떤 편집도 거치지 않은 무삭제 동영상이었고, 실험체가 푸른 불꽃과 함께 텔레키네시스와 충격파를 사용하는 장면도 모두 포함된 것이었다.
'생각했던 것보다 훨씬 심각하군.'
30년 전, 레볼트 전쟁이라는 뜻하지 않은 반란을 겪은 제국은 두 번 다시 이런 일이 발생하지 않도록 조기에 반란을 진압할 수 있는 슈퍼 솔저를 양산할 비밀계획을 세웠다. 그것이 바로 '고스트팀 프로젝트'였다.
하지만 그 이후 별다른 전쟁이나 소요 없이 안정적으로 30년이 흘러가면서 소모된 예산에 비해 제대로 된 결과를 내놓지 못했고, 고스트팀 프로젝트는 유명무실한 연구가 되고 말았다. 지금은 그냥 국방부 연구실 한쪽을 사용하면서 소일거리나 하고 있을 뿐이다.

…라고 공식적으론 알려져 있다.

사실은 프랑수아 5세가 법안을 개정해 자신의 손발을 묶어버린 게 불만이었던 카림이 고스트팀 프로젝트에서 성과가 뛰어난 실험체 일부를 빼돌려 자신만의 군대를 만들기 시작했고, 원래의 고스트팀 프로젝트는 껍데기만 남겨버렸던 것이다. 그리고 289번은 카림이 빼돌린 실험체 중 하나였다.

카림은 자신을 바라보며 비열하게 웃던 바할의 얼굴을 떠올렸다. 그놈이 어디까지 알고 있을지, 그 음흉한 미소 뒤에 도대체 무슨 생각을 품고 있을지, 카림은 알 수 없었다. 하지만 놈이 지금 가지고 있는 정보만으로도 충분히 자신을 곤경에 처하게 할 수 있는 것만큼은 틀림없었다.

카림은 통신기를 찾았다. 적어도 최소한의 대비는 해두어야 했다.

"나야. 쌍둥이들은 지금 어디 있지?"

　우림지대 서쪽 개척지에선 거대한 굴착기가 엄청난 소음을 내며 땅을 파고 있었다. 그 굴착기 주변으론 벌거벗은 노동자들이 땀을 뻘뻘 흘리며 일을 하고 있었다. 노동자들의 등 위엔 채찍에 맞은 상처들이 가득했고, 이마에는 다양한 구역을 뜻하는 고유번호가 새겨져 있었다. 햇빛과 더위에 지친 노동자 한 명이 비틀거리자 바로 관리자의 채찍이 등으로 날아왔다.

　"으윽!"

　그가 땅바닥에 쓰러졌지만 돌아오는 건 관리자의 차가운 명령뿐이었다.

　"389021, 어서 일어나!"

　그는 일어서려 했지만 결국 그대로 쓰러지고 말았다. 그 모습을 옆에서 지켜보던 동료가 관리자에게 달려들었다.

　"너무 하잖아! 우린 일을 하러 온 거지 노예가 아니라고!"

　"맞다. 너희는 노예가 아니라 광산에 일을 하러 온 노동자들이야. 그러니까 일을 하라고!"

　그때, 누군가의 목소리가 공중에서 들려왔다.

　"너희들은 진짜 노예가 어떤 취급을 당하는지 아직 못

봤군."

그곳에는 쌍둥이 남매 제타와 알렉스가 검은 구름에 둘러싸인 채 공중에 떠 있었다. 두 사람의 이마에는 반짝이는 블랙 다이아몬드가 박혀 있었다.

"진짜 노예가 어떤 건지 보여주지."

알렉스는 불만을 제기한 노동자를 향해 두 손을 뻗어 천천히 팔을 위로 들어 올렸다. 그러자 그 노동자의 몸이 하늘로 떠올랐다. 그리고 알렉스는 펼치고 있던 손가락을 천천히 오므렸다.

"으아악!"

공중으로 떠오른 노동자가 갑자기 머리를 붙잡고 고통스런 비명을 토해내기 시작했다. 남자의 머리는 마치 프레스기에 들어간 것처럼 납작해지기 시작했다. 그러다가 커다란 소리를 내며 펑 터져버렸다.

그 모습을 지켜본 사람들은 눈앞에서 벌어진 끔찍한 광경에 넋이 나간 표정을 지었다. 그들 주변으로 하늘에서 피와 살점들이 비처럼 쏟아졌다.

"일을 못하면 저렇게 끔찍하게 죽는 게 노예야, 알겠어?"

알렉스는 섬찟한 웃음을 지으며 말했다.

"노예로 죽고 싶은 놈들은 얼마든지 말해, 그렇게 해줄 테니. 그게 싫으면 다시 열심히 일하라고!"

겁에 질린 노동자들은 다시 제자리로 돌아갔다.

"어때? 오늘 나 멋지지 않았어?"
숙소로 돌아온 알렉스는 제타에게 물었다. 하지만 제타의 표정은 좋지 않았다.
"꼭 그렇게 잔인하게 죽여야만 했어?"
"내가 말했잖아. 본보기를 똑바로 보여줘야 다시는 기어오르지 않는다고."
제타는 알렉스의 말에 대꾸하지 않고 고개를 돌렸다.
"앗, 카림님으로부터 메시지가 도착했는데?"
홀로그램 디스플레이를 지켜보던 알렉스가 반가운 듯 말했다.
"좋은 소식이야! 채굴장은 기동대한테 맡기고 센트럴시티로 돌아오래."
그 말에 제타의 얼굴도 밝아졌다.
"정말? 갑자기 무슨 일이지?"
"우리 힘이 필요한 일이 생긴 모양이지. 잘됐어. 여기도 슬슬 지겨워지고 있었는데."
알렉스는 메시지의 남은 내용을 읽어주었다.
"내일 오전에 수송기 그랜드알파가 도착할 테니 그걸 타면 된다는데?"

"그렇게 빨리?"

"그러게. 급한 일인가봐."

메시지 확인을 끝낸 알렉스는 홀로그램 창을 내리며 말했다.

"갑자기 센트럴시티에 돌아간다니까 기분이 이상하네."

"2년 만인가? 센트럴시티도 많이 변했겠지?"

제타는 센트럴시티에서 지내던 추억을 생각하는 듯 조용히 눈을 감았다. 그러더니 조용히 흐느끼기 시작했다.

"왜 그래 갑자기?"

알렉스는 갑작스런 감정 변화에 당황해서 물었다.

"그냥, 또 그 생각이 나서……."

"또 그 얘기야? 이젠 그만할 때도 되지 않았어?"

제타가 무슨 생각을 하는지 눈치챈 알렉스가 짜증스러운 말투로 말했다. 단순한 알렉스로서는 제타가 느끼는 감정의 변화를 도저히 이해할 수 없었다.

"자, 이거나 해."

알렉스는 제타에게 붉은 소금 한 봉지를 내밀었다. 하지만 제타는 고개를 저었다.

"싫어. 오늘은 안 할 거야."

"맘대로 해. 그럼 네 기분은 네가 알아서 하고 나는 방해하지 마."

채굴장에서는 다이아몬드 외에 붉은 소금도 함께 채취하고 있었다. 붉은 소금은 강력한 환각 성분을 가지고 있지만 화학적인 가공을 하지 않아 부작용이 없는 이상적인 천연 마약이었다. 이 마약은 센트럴시티에 거주하는 상류층들에게 널리 이용되고 있었으며, 제국은 이 붉은 소금의 유통을 합법화시켰을 뿐 아니라 직접 채굴까지 맡아 유통업자에게 공급하고 있었다. 채굴장에서 근무하는 2년 동안, 붉은 소금은 알렉스에게 권태감을 견디게 해준 고마운 물질이었다.

"여기서 이걸 즐기는 것도 오늘이 마지막이니까."

알렉스는 붉은 소금을 코에 흡입했다. 그러고는 바닥에 누워 약 기운이 혈액을 타고 황홀경을 선사해주길 기다리고 있었다.

알렉스가 약에 취해 있는 동안 제타는 방 한구석에 누워서 조용히 잠을 청했다. 가슴 한쪽이 아렸지만, 그게 무엇 때문인지는 알 수 없었다.

6.
블러드 다이아몬드

크루거는 센트럴오피스 변두리 지역에 있는 작은 선술집의 바에 앉아 있었다. 바텐더가 따라주는 독한 위스키를 스트레이트로 두 잔 쯤 비웠을 무렵, 그의 옆자리에 조용히 한 남자가 앉았고, 술 대신 차가운 물을 주문했다.

"한잔하지. 내가 살 테니까."

크루거는 정보원에게 말했다.

"업무 중 술은 안 해. 얼른 용건이나 얘기했으면 좋겠는데."

크루거는 눈앞에 놓인 잔을 한 번 더 비우고는 주머니 안에서 구겨진 종이를 꺼냈다.

"이런 거 본 적 있나? 푸른색을 띠고 있고……."

"다이아몬드 같은데?"

더이상 시간을 낭비하기 싫다는 듯 정보원은 크루거의 말을 끊더니 자신의 말을 이었다.

"나도 말로만 들어서 정확히 말할 수는 없지만 아마 맞을 거야. 우림지대에서만 발굴되는 희귀자원인데, 푸른색도 있고 검은색도 있고, 푸른색이라면 아마 블루 다이아몬드라고 불리는 물질이겠지."

"용도는?"

"그것도 정확히는 몰라. 소문만 들었을 뿐이지. 누구는 무한대의 에너지를 만들어낸다고 하고, 또 누구는 영생을 주는 물질이라고 하지. 솔직히 난 말을 믿지 않지만. 지구의 진시황이 찾아 헤맸다던 불로초처럼 상상의 산물 아닐까?"

"그건 아닐 거야."

"본 적이 있군?"

정보원의 목소리에 호기심이 어렸다. 그 역시 다이아몬드에 대한 이야기를 듣고 싶어 하는 게 확실했다.

몇 년 전, 레볼트라 불리는 반란군들이 센트럴시티 내 건물들을 점거하고 인질극을 벌인 적이 있었다. 그때 크루거가 이끄는 1팀 뿐 아니라 플릭의 2, 3팀까지 함께 대규모 구출 작전에 나서야만 했다. 하지만 그날의 작전은 결코 수월하게 흘러가지 않았다.

"반란군이 무기고를 점령했습니다! 반복합니다, 반란군이 무기고를 점령했습니다!"

다급한 목소리가 무전으로 전해졌다. 타케시가 이끄는 제2팀은 레이저 건을 쏘아대며 레볼트를 몰아넣었으나 놈들의 저항은 만만치 않았다. 바주카포를 손에 넣은 반란군은 제일 먼저 타케시 팀의 선두에 있는 장갑차를 노렸다.

쾅! 거대한 굉음과 함께 타케시 팀의 나노 메탈 장갑차가 불타기 시작했다.

"빌어먹을 바주카! 크루거는 대체 어디 있는 거야!"

장갑차를 잃은 타케시는 머리끝까지 화가 났다.

"1팀 어디야! 어디까지 진입했냐고!"

하지만 아무리 교신을 시도해도 크루거의 1팀은 응답하지 않았다.

그 순간, 이번엔 반란군이 점령한 건물 옥상에서 옛 지구인들이 사용했던 2인치 소형 박격포탄이 타케시의 뒤를 따르던 3팀 쪽으로 날아왔다.

"모두 엎드려!"

3팀의 지휘관이 재빠르게 외쳤지만, 폭발과 함께 3팀의 부상자들이 또다시 늘어났다.

"지구를 떠난 지가 언젠데 아직까지 저런 구식 무기에 당하고만 있는 거야!"

제3팀의 한 대원이 탄식하듯 외쳤다. 그의 말대로 반란군의 무기는 지구를 탈출할 때 가져온 옛날 무기들이었다. 하지만 의외로 살상에는 최첨단 기술이 필요 없었다. 레이저 건처럼 강력한 최신형 무기도 사람을 죽일 수 있지만 같은 목적을 달성하는 데엔 구식 권총도 부족함이 없었던 것이다. 나노 슈트는 칼이나 소형 총알 정도는 감당할 수 있었으나 수류탄, 박격포 같은 무기에는 무력했다. 아니, 스나이퍼들이 사용하는 50구경 라이플조차 막아내지 못하는 경우도 있었다.

"대장님! 기동대 지원은 불가하답니다! 우리끼리 해결하는 수밖에……!"

통신병의 다급한 말이 채 끝을 맺기 전 다시 한번 커다란 폭발음이 들려왔다. 어떻게든 앞으로 진격하려던 3팀에서 무리하게 장갑차를 운용하다가 레볼트가 설치한 다이너마이트를 건드린 것이다.

"전원 후퇴하…!"

당황한 3팀의 대장이 서둘러 퇴각 명령을 내리는 순간, 바람을 가르는 소리와 함께 반란군 저격수의 총알이 그의 머리를 관통했다. 멀리서 그 모습을 보던 타케시가 소리쳤다.

"스나이퍼 위치 파악해!"

"B지점 스나이퍼 포착!"

저격수의 위치를 확인한 대원이 드론을 띄웠다. 직선으로 B지점까지 날아가 건물을 스캔한 드론은 열 감지 장치로 숨어 있던 반란군 저격수의 위치 데이터를 전송했다. 라이플을 채 내리기도 전에 타케시의 대원 중 한 명이 발사한 레이저가 그의 몸통에 적중했다.

"돌격!"

순식간에 전열을 정비한 타케시의 2팀은 일제히 건물 안쪽으로 질주했다.

같은 시각, 크루거의 제1팀은 인질이 억류되어 있는 건물 안에 이미 진입해 있었다.

"클리어."

건물의 꼭대기층까지 올라온 대원들은 거대한 벽을 마주했다.

"스캔해."

크루거가 낮은 목소리로 명령하자 마뉴가 나노 아머를 조작해서 벽 너머를 스캔했다. 매우 두꺼운 벽이었지만, 초음파와 열 감지 센서를 이용한 알고리즘으로 벽 뒤에 5

명의 레볼트 대원들이 있음을 파악했다. 하지만 인질들이 모두 한곳에 모여 엎드려 있어서 정확한 수나 상태를 확인할 수 없었다.

부서진 창문 건너편으로 엄호를 맡은 2팀이 건물을 진압 중인 모습이 보였다. 멀리서 몇 번의 연쇄적인 폭발음이 들리고 자욱한 먼지 속에 타케시가 등장했다.

"하여튼… 늦는 게 습관이라니까."

크루거는 그렇게 중얼거리고는 통신병에게 명령했다.

"2팀 쪽에 연락해. 안쪽에 인질들이 있으니까 지시할 때까지 절대 발포하지 말고 경계 상태로 있으라고."

"네, 알겠습니다."

마음 같아선 당장이라도 철문을 부수고 안으로 들어가고 싶었지만 인질들을 위험에 빠뜨릴 수는 없었다. 하지만 무전병의 보고 하나로 상황은 급격히 변하기 시작했다.

"대장님! 2팀에 연락이 안 됩니다."

"뭐?"

깜짝 놀란 크루거는 건너편 건물을 바라보았다. 타케시는 창가에 저격수를 배치하고 발포 명령을 내릴 준비를 하고 있었다. 크루거가 그만두라는 수신호를 보내 봤지만 그쪽에선 보이지 않는 것 같았다.

"지금 바로 진입한다!"

더이상 망설일 시간이 없었다. 크루거의 제1팀은 나노 아머의 기술을 활용한 보호 장치와 특수 렌즈를 착용하고 나노 크리스털 커터와 레이저를 이용해 거대한 철문을 절개했다. 크고 무거운 문이 바닥으로 떨어지며 큰 소리를 냈지만, 크루거와 대원들이 던진 연막탄이 조금 더 빨랐다.

갑작스런 기습에 인질들은 비명을 지르고 레볼트들은 소란스럽게 허둥댔지만 이미 여러 번 작전을 수행해온 플릭 요원들은 침착하게 반란군을 진압해 나갔다. 파악된 다섯 명의 레볼트들이 모두 처리되었음을 확인한 후, 크루거는 인질들 쪽으로 다가갔다. 그리고 그 사이에서 입에 재갈을 물고 있던 제시를 발견했다.

"제시!"

크루거는 자신도 모르게 제시를 향해 빠르게 다가갔다. 하지만 목소리를 낼 수 없는 제시의 눈빛은 크루거에게 다가오지 말라고 외치고 있었다.

제시의 반응에 의아해진 크루거의 시선에 주변 다른 인질들이 들어왔다. 대부분의 인질들은 모두 겁에 질려 떨고 있었는데, 유독 눈빛이 흔들리는 인질 한 명이 있었다. 순간 갑자기 크루거의 등골이 서늘해졌다.

'멍청하게… 인질 속에 레볼트가 숨어 있을 거란 생각은 왜 못했지?'

하지만 후회하기엔 너무 늦었다. 놈에게 장착된 폭탄이 이미 경고음을 내뱉고 있었다.

좁은 방 안에 귀를 먹먹하게 만들 정도로 큰 폭발음이 울렸고, 충격과 함께 대원들이 몇 미터 뒤로 날아갔다. 크루거 역시 마찬가지였다.

시간이 얼마나 지났을까. 먼지로 가득한 건물 잔해들 속에 크루거가 비틀거리며 일어났다. 귀가 멍했고, 눈앞이 흐려 잘 보이지 않았다. 머리에서는 피가 줄줄 흐르고 있었지만, 그럼에도 그는 자신이 가장 먼저 해야 할 일이 무엇인지 알고 있었다.

크루거는 비틀거리며 인질들이 잡혀 있던 곳 쪽으로 걸어갔다. 그 길에는 대원들의 시체 두 구가 나뒹굴고 있었다.

연기가 조금씩 사라지자, 한때는 인질이었지만 지금은 산산조각이 난 살점으로 변해버린 조각들이 눈에 들어오기 시작했다. 피가 바다처럼 흥건해진 바닥 위로, 눈에 익은 목걸이를 차고 있는 목과 얼굴 일부분이 보였다.

"제시!"

크루거는 시체의 한 조각을 붙잡고 통곡하듯 울부짖었다.

"제시……."

한참 동안 그렇게 하늘을 바라보며 소리치던 크루거는 이번에는 고개를 숙이고 손으로 바닥을 휘젓기 시작했다.

그곳에 널부러져 있는 살점들 중 제시의 것을 하나라도 더 찾으려는 듯. 그런데 그 순간, 살점이 아니라 그곳에 있지 말아야 할 무언가가 보였다.

푸른색으로 빛나는 돌멩이 같은 무엇.

잠시 후, 폭파 현장엔 수습팀이 들이닥쳤고 그 푸른 돌은 어디론가 사라졌다.

*

그리고 지금, 크루거는 다시 한번 그 푸른 돌의 자취와 마주하게 된 것이다.

"무슨 생각을 하는 거야?"

한참 동안 말없이 생각에 잠겨 있던 크루거가 이상해 보였는지 정보원이 물었다.

"아냐, 아무것도."

크루거는 다시 한번 술잔을 비웠다.

충분하진 않았지만, 어쨌든 다이아몬드에 대한 정보를 얻었으니 소기의 목적은 달성한 셈이었다. 하지만 오랜만에 정보원을 만났으니 가외의 새로운 소식들도 알아둘 필요가 있었다.

"반란군의 최근 소식은?"

"들리는 바로는 해커들을 모집한다더군."

"해커?"

그 말을 들은 크루거의 얼굴에 깊은 주름이 패였다.

"또다시 중앙으로 잠입하겠다는 건가?"

"정확한 목적이야 모르지."

거기까지만 말하고 정보원은 단호하게 입을 다물었다.

"쳇, 여전하군."

크루거는 작은 디지털칩을 그에게 건넸다. 정보원이 칩을 워치 위에 올리자 작은 홀로그램창에서 코인이 전송되는 그래픽이 나타났다.

"최근에 7구역에서 발견된 지하터널 소식은 들었지?"

크루거는 그 말을 듣고 흠칫 놀랐다.

"7구역은 지금 2팀 담당이거든. 빌어먹을 타케시 녀석."

"플릭들은 다 그런가? 좀 사이좋게 지내봐. 서로 정보도 공유하면서. 그럼 나한테 코인까지 주면서 이런 얘기 안 들어도 되잖아."

"쓸데없는 소리하지 말고 터널 얘기나 계속하면 좋겠는데. 지하터널이 여기와 연결되어 있는 건가?"

"아니. 그 반대야. 구역 밖으로 통한다고 하더군. 사막 쪽 말이야."

"왜?"

"이유는 아무도 모르지만, 이상한 소문이 있네."

정보원의 목소리가 작아졌고, 크루거는 귀를 기울였다.

"카이로와 그 측근들이 우림지대로 간다더군."

"우림지대? 그 위험한 곳에 왜?"

"글쎄, 나도 별 생각이 없었는데, 혹시, 아까 말한 그것과 관련이 있는 게 아닐까?"

그 순간, 크루거의 나노 아머에서 통신 알림이 깜빡 거렸다. 정보원은 자신의 일은 끝났다는 듯 말없이 자리에서 일어나서 가게 문을 열고 나갔다.

크루거가 수신 버튼을 누르자 홀로그램 영상 속에 마뉴가 등장했다.

"대장님! 미스터 창의 소재를 파악했습니다."

7.
추적

 미스터 창이 운영하는 클럽은 센트럴시티의 가장 번화가에 자리 잡고 있었다. 크루거와 마뉴가 클럽 안으로 들어서자 시끄러운 음악과 화려한 조명, 그리고 정신을 몽롱하게 만드는 이상한 냄새가 반겨주었다. 스테이지 위에는 옷을 모두 벗은 여성이 몸의 굴곡을 뽐내며 춤을 추고 있었고, 홀에는 페이스페이커를 착용한 상류층 사람들이 반나체로 붉은 소금과 고급 술에 취해 있었다.
 크루거는 예전에 조사차 이런 곳에 몇 번 와본 적이 있었지만, 처음인 마뉴는 넋이 나간 표정으로 이리저리 둘러보며 간신히 사람들 사이를 헤쳐 나가고 있었다.
 이런 구조의 클럽이라면, VIP룸은 대부분 2층의 구석에 자리 잡고 있는 법이다. 마뉴와 크루거가 VIP룸 쪽으로 다가서자, 그 앞을 지키던 경호원들이 그들을 막아섰다. 덩치만 보아도 파이터 출신이라는 것을 알 수 있었다.

"플릭입니다. 조사할 게 있어서 그런데 문 좀 열어주시죠."

"영장을 가지고 온 건가? 그럴 리가 없을 텐데. 제3지구 내에서 미스터 창 님이 계시는 곳을 조사할 권한 따위는……."

"있습니다. 레벨Y 수사권이라는 거죠."

조무래기들과 실랑이하고 싶지 않았던 크루거는 곧바로 바할에게 받은 권한을 내세웠다. 그러자 경호원들은 말없이 길을 비켜주었고, 크루거는 문을 열고 VIP룸 안으로 진입했다.

"미스터 창 되시죠?"

넋이 나간 듯한 마뉴를 대신해 크루거가 쓴웃음을 지으며 물었다.

"…플릭이신가?"

미스터 창은 고개만 들어 크루거를 바라보았다.

"물어볼 게 있어서 왔습니다. 조사를 해보니 이 나이트클럽 외에도 많은 사업을 하고 계시더군요. 식당이나 격투기 사업도 하시고."

"엔터테인먼트 분야에서 다방면으로 확장하고 있긴 한

데… 그게 죄가 되나?"

"아뇨. 말씀하신 대로 엔터 쪽이 주력인데 특이하게 제조업도 좀 있더라고요. 이를테면 페이스페이커 같은. 어떤 사건의 용의자 때문에 페이스페이커의 트래킹 넘버를 알고 싶어서요."

제3지구에서 사용되는 전자기기는 모두 고유의 트래킹 넘버를 가지고 있어서 센트럴오피스에서 추적이 가능했다.

"그게 나까지 찾을 일인가? 센트럴오피스에서 조회하면 되지."

이제야 정신을 차린 마뉴가 미스터 창에게 이유를 설명했다.

"저희도 이번에 알았는데 제조사의 승인이 필요하더라고요. 플릭의 권한 남용을 위해 사업가 중 한 분이 제안하신 법안이라고……."

"그리고 아마 그 발의자가 당신일 겁니다."

크루거는 차가운 시선으로, 여자들을 양팔에 끼고 있는 미스터 창에게 말했다.

"그랬던가? 내가 깜빡했군."

미스터 창은 가볍게 웃으며 답했다. 말과 달리 처음부터 모든 것을 다 알고 있었던 것 같은 표정이었다.

"알겠네. 승인 협조 공문은 보냈나?"

"제조사로 공문을 보냈고 내부에서 결재가 올라간 것까지 확인하고 왔습니다. 메일함을 열어서 승인 버튼만 눌러주시면 됩니다."

3초쯤 말없이 크루거를 바라보던 미스터 창은 이윽고 묘한 미소를 지으며 그제야 찰싹 달라붙어 있던 여자들을 떼어냈다. 그러고는 테이블의 홀로그램 콘솔을 조작하여 메일함을 열어 승인 버튼을 눌렀다.

"됐나?"

"협조에 감사드립니다."

미스터 창의 물음에 크루거는 정중하게 답했다.

클럽을 나온 마뉴는 생각에 잠겨 있었다.

"무슨 생각을 그렇게 해?"

"미스터 창 말입니다. 트래킹 넘버를 너무 쉽게 넘겨주는데요?"

"무슨 꿍꿍이가 있겠지."

"본부로 들어가서 승인된 정보를 확인해볼까요?"

"수사국으로 들어온 페이스페이커는 하나밖에 없을 거야. 첩자가 들어온 시각부터 전후의 동선들을 파악해봐."

"알겠습니다. 대장님은……."

"나는 기다릴 사람이 좀 있어."

크루거는 그렇게 말하고 클럽 쪽을 바라보았다.

"알겠습니다. 그럼 저는 먼저 돌아가보겠습니다."

마뉴는 그렇게 말하고 바이크를 타고 본부로 돌아갔다.

잠시 후 미스터 창이 클럽 입구로 나왔다. 그는 경호원의 안내를 받아 리무진에 올라탔고, 크루거도 바이크에 올라 그 뒤를 천천히 따르기 시작했다.

미스터 창이 탄 리무진은 부드럽게 에어웨이 한복판을 질주했다. 방해물이 없고 사방이 뚫려 있는 에어웨이에서 특정 인물을 미행한다는 것은 거의 불가능에 가까웠다. 미스터 창의 리무진을 운전하는 경호원 역시 크루거가 따라오고 있음을 눈치챘다.

"쥐새끼가 하나 따라오는데요."

미스터 창은 뒷좌석에 기대 앉아 눈을 감고, 미동도 하지 않은 채 경호원에게 말했다.

"그럼 지금 네가 할 일은 뭘까?"

그 말을 들은 경호원은 말없이 창문을 열고 밖으로 나가 리무진 위로 올라갔다. 그러고는 크루거의 바이크 위로 점프해 크루거의 목을 잡아 조였다.

"커억!"

기습을 당한 크루거는 자신도 모르게 바이크의 핸들을

돌렸고, 바이크는 중심을 잃고 에어웨이 아래로 추락하기 시작했다. 추락하는 바이크 때문에 붕 몸이 떠오른 상황임에도 경호원은 안간힘을 쓰며 크루거의 목을 놓아주지 않았다.

그때, 갑자기 낙하하는 바이크를 향해 버스가 날아왔다. 크루거는 반사적으로 몸을 숙여 날아오는 버스를 피했지만, 크루거를 제압하는 것에 온 신경을 집중하고 있던 경호원은 그럴 수 없었다. 굉음과 함께 버스와 충돌한 경호원의 몸은, 크루거의 목을 조르고 있던 팔만 남긴 채 하늘로 날아갔다. 크루거는 빠른 속도로 추락하던 바이크의 중심을 다시 잡아 급정거를 시도했고, 가까스로 지상에 착륙할 수 있었다.

"놓쳤군."

그 순간 크루거의 나노 아머에서 통신 알람이 깜빡였다. 마뉴에게서 온 것이었다.

"페이스페이커 트래킹 성공했고, 방금 사용자의 위치 정보와 동선 보냈습니다."

크루거는 자신도 모르게 낮은 탄식을 내뱉었다.

"놈의 동선은 저희가 이동한 경로와 아주 비슷합니다. 여러 차례 일치하고 있습니다."

"그럼 우리와 같은 시간에 미스터 창의 클럽에 있었다

고?"

그게 무엇을 의미하는지는 명확했다.

크루거는 고개를 들어 자신을 따돌린 미스터 창이 사라진 하늘을 보았다.

"당장 1팀 요원들 모두 소환해. 놈은 우리랑 같은 타깃을 쫓고 있어!"

크루거의 미행을 따돌린 미스터 창은 비밀 집무실로 향했다. 하지만 그곳에는 이미 그를 기다리고 있는 손님이 있었다. 크루거의 집무실에 침입했던 인물이었다.

"플릭이 찾아다닌다는 용의자가 네놈인가?"

불청객은 긍정도 부정도 하지 않은 채 말없이 미스터 창을 바라보았다. 미스터 창은 주머니에서 페이스페이커의 기능을 무력화시킬 수 있는 디코더를 꺼내 첩자의 얼굴을 비췄다. 그녀가 위장하고 있던 모습은 사라지고, 이마에 블루 다이아몬드가 박힌 본 모습이 드러났다.

"…고스트팀이로군."

침입자는 여전히 아무 말도 하지 않았다.

"카림이 빼돌렸다는 그 실험체인가 본데?"

미스터 창은 커튼을 살짝 열어 밖을 바라보았다. 밖은 고요했고, 아무런 움직임도 느껴지지 않았다.

"과연 제법인데. 네 말이 맞아."

침입자는 소용이 없어진 페이스페이커의 작동을 멈추고 자신의 모습을 드러냈다.

"나는 키아라다. 네 말대로 예전에 고스트팀에 있었지."

"나를 찾아온 목적은?"

"저장소의 위치를 알기 위해서."

전혀 예상치 못한 말이었기 때문일까, 미스터 창은 잠시 침묵했다.

"그걸 알아서 좋을 게 없을 텐데."

"진실을 찾아야 하니까."

키아라의 진지한 대답을 듣고, 미스터 창은 피식 헛웃음을 지었다.

"진실이라고? 그런 어이없는 이유 때문이라면 더더욱 대답할 수 없는데."

"굳이 대답하지 않아도 상관없어. 정보를 알아낼 방법은 얼마든지 있으니까."

키아라는 옆에 놓인 메탈박스를 열어 브레인 피커를 꺼냈다.

"그런 걸로 날 협박하겠다고?"

"내가 가진 능력을 알고 있을 텐데?"

"그러니까… 그깟 블루의 힘으로 나를 상대하겠다고?"

미스터 창의 미간이 갑자기 좁아졌다. 정신을 집중하여 힘을 끌어모으는 표정이었고, 그러면서 인간의 음성이 아닌, 날카로운 금속이 긁힐 때 나는 끔찍한 소리를 내기 시작했다.

"지금 뭐 하는 거야?"

키아라는 당황했다. 하지만 그녀를 당황시키는 일은 거기서 끝나지 않았다. 그 끔찍한 소리는 점점 커지더니 이번엔 미스터 창의 몸이 부풀어 오르기 시작했다. 근육이 점점 커지더니 초록색의 딱딱한 껍질이 피부를 찢고 나왔다.

"너, 너는… 뭐……."

키아라는 말을 마치지 못했다. 괴물로 변한 미스터 창의 주먹이 그녀를 강타했기 때문이다. 키아라는 날아가 집무실 벽을 박살내고 밖으로 넘어가 바닥에 쓰러졌다.

생각지도 못한 괴력에 처참하게 당한 그녀는 충격을 견디며 일어섰다. 자신을 거리 한복판으로 날려버린 괴물이 기분 나쁜 표정으로 그녀를 내려다보고 있었다.

이윽고 괴물은 밖으로 나와 점프하듯 건물을 뛰어넘기 시작했다. 키아라도 놓치지 않고 점프하여 에어모빌들을 발판 삼아 놈에게 접근했다.

그리고 그때, 키아라는 자신 쪽으로 다가오는 에어바이크를 타고 있던 남자와 눈이 마주쳤다. 미스터 창을 쫓고 있던 크루거였다.

크루거는 블루 다이아몬드가 박힌 키아라의 얼굴을 알아보았다. 하지만 키아라는 크루거를 신경 쓸 여유가 없었다. 그녀는 속도를 높여 더 높은 곳으로 올라가며 미스터 창을 쫓았고, 그런 그녀를 크루거가 뒤쫓았다. 마침내 키아라가 건물 정상에 닿았을 때, 벽 뒤에 숨어서 그녀를 기다리던 미스터 창이 그녀를 붙잡아 강하게 압박했다.

"아악!"

고통으로 키아라의 눈앞이 깜깜해진 그 순간, 불현듯 강하고 날카로운 섬광이 그녀 뒤편에서 어깨를 스치고 지나갔다. 뒤쫓아온 크루거가 에어바이크에서 괴물을 향해 레이저를 발사한 것이다.

괴물은 충격으로 수십 미터를 날아가 쓰러졌지만, 정작 그의 두꺼운 피부에는 상처 하나 남지 않았다. 괴물은 아무렇지도 않은 듯 일어나 먼지를 툭툭 털고 어느새 키아라의 옆에 선 크루거를 바라보며 말했다.

"그래, 하나를 죽이나 둘을 죽이나 다를 건 없지."

크루거는 비틀거리며 힘겹게 일어서는 키아라에게 손을 내밀었다.

"지금… 나를 돕는 거야?"

키아라는 이해할 수 없다는 표정으로 크루거에게 물었다.

"일단 뭐가 먼저인지 정도는 알거든."

키아라 역시 고개를 끄덕이고 괴물을 향해 두 손을 내밀어 충격파를 발사했다. 하지만 괴물은 아무런 대미지도 입지 않았다. 오히려 주먹을 내밀어 키아라가 발사한 충격파를 그대로 되돌려 보냈다. 역공을 당한 키아라가 다시 날아가 벽에 부딪혔다.

그 틈을 타서 크루거가 레이저 건으로 공격했지만 괴물은 레이저를 가볍게 피한 뒤 크루거에게도 일격을 가했다.

협공은 계속되었다. 괴물이 크루거를 공격하는 사이, 다시 일어선 키아라가 이번엔 괴물에게 발차기를 날렸다. 하지만 괴물은 그녀의 발을 붙잡아 바닥에 처박았다.

"키야야야야야야악!"

괴물이 내는 기분 나쁜 함성이 어두운 밤하늘에 울려 퍼졌다. 그리고 그 위에 키아라가 바닥에 부딪치며 내는 소리와 고통에 울부짖는 비명이 덧씌워졌다.

"그만해!"

도저히 그 모습을 볼 수 없던 크루거는 레이저 건을 발사하기 위해 에너지를 모았다. 하지만 그걸 본 괴물이 잡고 있던 키아라를 크루거에게 던졌고, 둘은 또다시 바닥으로 쓰러졌다. 힘의 차이가 너무나 명백했다.

"이제 장난은 그만하고, 슬슬 결판을 내볼까?"

괴물이 성큼성큼 다가왔다. 크루거의 시야가 흐려졌다. 함께 싸우던 키아라도 정신을 잃어가고 있는 것 같았다. 순간, 또다시 크루거에게 익숙한 두통이 찾아왔다.

'그래, 여기까지 하고 나도 제시 곁으로 가자. 그럼 이 지긋지긋한 두통 때문에 더이상 고생하지 않아도 되겠지.'

하지만 그때, 어디선가 날아온 레이저가 다시 괴물에게 명중했다. 한 발, 또 한 발, 그리고 다시 한 발.

무장한 마뉴와 팀원들이었다. 크루거는 그제야 출동 지시를 내린 것을 기억해냈다. 신고를 받고 출동한 센트럴폴리스의 사이렌 소리도 들려왔다.

괴물은 엄청난 괴력을 지녔지만, 그에게도 치명적인 약점이 하나 존재했다. 혹시 생포되어 변신이 풀리게 된다면 자신의 정체를 드러내야 한다는 약점이었다.

"짜증 나는 놈들이군."

괴물은 그렇게 중얼거리고 건물 사이를 뛰어내리며 도망갔다.

"추격해!"

크루거가 남은 힘을 쥐어짜 말하고 자신도 따라나서려고 몸을 일으키는 순간, 마뉴가 그를 저지했다.

"대장님은 여기 계시죠."

"무슨 소리야, 저 놈은 위험해… 나도 힘을 보태야……."

"이미 많이 다치셨습니다. 여기서 현장을 수습해주십시오. 저 놈은 저희가 쫓겠습니다."

크루거는 고개를 끄덕였고, 마뉴와 1팀의 대원들은 괴물을 쫓아 사라졌다.

크루거는 주변을 둘러보며 자신이 해야 할 일을 생각했다. 그때, 깊은 상처를 입고 쓰러져 있는 키아라가 눈에 들어왔다. 그녀의 이마에 박혀 빛나고 있는 블루 다이아몬드가 제일 먼저 시선을 빼앗았다.

"너는… 누구냐?"

"내 흔적을 남겼을 텐데… 이미 조사하지 않았나?"

"일급기밀로 분류되어 있더군."

그 말에 키아라는 힘빠진 웃음을 지었다.

"뭐야, 그 정도 능력은 되는 줄 알았는데."

"내 계급이 낮은 게 아니라 네 정체가 그만큼 대단한 거다. 그래서 너는 누군데?"

"나? 진실을 찾는 자라고 해두지."

"진실…?"

"이 행성에 숨겨진 진실."

크루거는 더이상 대화를 이어 나갈 자신이 없었다. 레볼트를 비롯해 이미 자신을 둘러싼 수많은 문제만으로도 충분히 머리가 아팠다.

"저장소를 찾아. 그러면 진실을 볼 수 있을 거야."

키아라의 말이 더 듣고 싶었지만 지금 크루거에겐 그보다 키아라의 가슴에서 흐르고 있는 피가 더 중요했다.

"출혈이 멈추지 않는데."

크루거는 키아라를 부축해서 일으켰다.

"지금… 뭐 하는 거야?"

"인간이라면 당연히 해야 하는 일."

크루거는 키아라를 에어바이크에 태웠다. 그 역시 몸의 여기저기가 쑤셨지만, 그래도 바이크를 몰고 본부로 돌아가는 것까지는 할 수 있을 것 같았다.

"부상자를 치료하러 간다. 꽉 잡아. 그 정도는 할 수 있지?"

키아라는 말없이 고개를 끄덕였다. 그녀를 태운 크루거의 바이크가 별이 빛나는 밤하늘의 에어웨이를 질주했다.

'이런 기분이었구나. 누군가에게 의지해서 움직인다는 게…….'

키아라는 자신도 모르게 크루거의 넓은 등에 기댔다. 에어모빌을 밟으며 전투할 때는 느낄 수 없었던 따뜻함이 가슴으로 스며들었다.

"아까… 내가 누구냐고 물었었나?"

그녀의 질문에 크루거는 무뚝뚝하게 대답했다.

"그래. 너는 진실을 찾는 자라고 그랬지."

"키아라. 내 이름은 키아라다."

키아라는 그렇게 말하고는 조용히 눈을 감았다. 그렇기에 쌍둥이 남매 제타와 알렉스가 하늘 위에서 크루거의 바이크를 지켜보고 있다는 사실을 눈치챌 수 없었다.

*

한편, 괴물을 쫓던 플릭 요원들과 뒤따라온 센트럴폴리스의 수색은 계속되었다. 하지만 괴물은 최하층의 자욱한 안개 속으로 사라졌다.

여러 갈래로 갈라진 좁은 골목길을 수색하기 위해 플릭 요원과 경찰들은 뿔뿔이 흩어졌다. 괴물은 안개 속에 숨어 자신을 쫓는 경찰과 요원들을 하나씩 제거해 나갔다.

어디 있을지 모르는 괴물을 찾기 위해 마뉴는 열 감지기를 착용하고 앞으로 나아가고 있었다. 하지만 괴물을 발견했다는 무전은 들리지 않았고, 오히려 주위에서 나는 비명 소리가 그를 더욱 긴장하게 만들었다.

몇 번의 코너를 돌았을 때, 뒤에서 끔찍한 소리를 내며 괴물이 튀어나왔다. 그것은 마뉴의 목을 뒤에서 끌어안고 손으로 가슴을 꿰뚫었다. 비명조차 지르지 못한 채, 마뉴는 그렇게 안개 속으로 쓰러졌다.

8.
삶과 생존

 센트럴시티가 아닌 외부 구역에 사는 제3지구 주민들의 저녁 모습은 거의 비슷하다. 하루 일과에 지친 가족들이 한자리에 모여 배급된 영양죽을 나눠 먹는 것이다.
 8구역의 낡은 아파트에 모여 사는 8741478번 해성의 가족도 예외는 아니었다. 그날도 그들은 구역센터에서 구해온 죽을 먹고 있었다. 물론 영양상으로는 좋았지만 맛의 즐거움은 도저히 찾을 수 없는, 말 그대로 음식이 아닌 식량이었다.
 제3지구는 농경에 부적합한 사막과 우림지대로 이루어져 있었지만, 워낙 과학이 발달한 탓에 식량의 자급 수준은 나쁜 편이 아니었다. 인공적으로 조성한 좁은 공간에서도 다양하고 많은 작물을 키울 수 있었다.

하지만 상류층을 제외한 노동자들에겐 생존을 위한 식량 외엔 허락되지 않았다. 맛을 즐기거나 요리를 해 먹는 것은 지배계층과 센트럴시티의 거주민들만의 특권이었다.

물론 센트럴시티에서 활동하는 불법 브로커들을 통해 암시장에서 약간의 말린 고기나 냉동 채소 등을 구할 순 있었지만 그 양과 질이 너무 처참했으며, 가격도 너무 비쌌다.

그런 식사 시간에 즐거운 대화가 오갈 리 없었다. 모두 한마디도 없이 음식을 입에 집어넣고 있을 뿐이었다.

"또 싸움질을 하고 온 거냐?"

끝날 것 같지 않던 긴 침묵이 아버지의 한마디로 깨졌다. 오랜 고민 끝에 나온 그 물음은, 엄한 꾸지람을 담고 있었다.

"그, 그게……."

대답하지 못하고 머뭇거리는 해성을 대신해서 동생 준혁이 끼어들었다.

"아버지, 오늘 형 완전 멋졌어요! 형보다 덩치가 훨씬 큰 놈을 형이 한 방에……."

하지만 준혁의 목소리는 아버지가 식탁을 내리치는 소리에 사그라졌다.

"너도 네 형처럼 되고 싶어 그러는 거냐?"

8년 전, 해성의 형은 센트럴시티에서 열린 대회에서 비극적인 죽음을 맞았다. 12개 구역의 대표들이 모여 벌이는 큰 대회로, 해성의 형은 8구역 대표로 나섰지만, 7구역에서 온 데스트로와의 경기 중에 목숨을 잃고 말았던 것이다. 그때 형의 나이는 스무 살밖에 되지 않았었다.

그날 이후 아버지는 완전히 다른 사람이 되어버렸다. 다정했던 그가 엄하고 권위적으로 변해버린 것은, 아마 큰아들을 더 엄하게 말리지 못했던 것을 뼈저리게 후회하기 때문일 것이다.

"쓸데없는 짓은 관두고 내일부터 나랑 같이 공장에 나가자."

"하지만 아버지……."

아버지는 숟가락을 탁 내려놓았다. 그리고 말없이 한참 동안 해성의 얼굴을 바라보았다.

"알았어요."

해성은 고개를 끄덕였다.

*

다음 날, 해성은 아버지를 따라 공장에 출근했다. 8구역 출신임을 알려주는, 8로 시작하는 고유번호가 이마에 찍힌 노동자들과 함께 줄을 서서 공장 입구에 설치된 기기에 손바닥을 올렸다.

삐익. 짧은 비프음과 함께 해성의 출근이 확인되었다. 하루 종일 크리스털 자원을 분류하고 퇴근할 때 다시 손바닥을 대면 근무 시간이 계산되어 임금이 코인으로 지급된다.

노동자들이 분류한 크리스털 자원들 중 A급은 센트럴오피스의 연구실로 보내져 군사력 강화에 사용된다. B급은 공장에서 바로 융합하여 제3지구의 생활에 필요한 에너지로 생산된다. 생산된 에너지의 80%는 센트럴시티로 공급되고, 남은 20%만이 노동자들이 사는 구역으로 분배되는 구조를 가지고 있었다.

센트럴시티에 공급되고 남은 20%의 에너지 자원이지만, 그것만으로도 각 구역 시장들이 분쟁을 벌였던 사건이 있었다. 일명 '에너지 분쟁'으로 불렸던 이 사건은, 어이없게도 센트럴시티 쪽에서 그 20%의 에너지까지 합친 모든 에너지가 센트럴시티로 먼저 공급되고, 거기서 남는 에너지만 구역으로 배분하는 법안을 통과시키려고 한 데서 비롯되었다.

에너지는 생산한 뒤 사용하지 않으면 사라지기 때문에 배분 비율을 고정시키는 건 비효율적이다. 이렇게 하면 오히려 센트럴시티의 사용량이 적을 때에는 구역에 더 많은 에너지가 돌아갈 수 있다, 또 센트럴시티 내에서 에너지 증폭이나 재활용을 통해 지금보다 더 많은 에너지를 구역으로 보내줄 수도 있다.

이것이 법안을 발의한 자들의 주장이었으나, 그 말을 곧이곧대로 듣는 사람은 아무도 없었다. 당연히 각 구역의 시장들은 연합을 만들어 센트럴오피스와 맞섰고, 여차하면 크리스털 분류를 중단하겠다고 맞섰다. 결국 '에너지 분쟁'은 지금처럼 유지하기로 합의하며 일단락되었다.

하지만 20%의 에너지를 확보한 구역 책임자들은 그것을 다시 노동자들에게 분배하는 것에는 관심이 없었다. 그들은 에너지를 사적으로 사용했고, 노동자들은 자신들에게 떨어지는 아주 약간의 에너지 외에 B급으로도 분류되지 않는 부스러기 자원에서 나온 에너지까지 끌어모아 생활해야만 했다. 그렇기에 노동자들은 밤이 되면 전기가 들어오지 않는 것을 당연하게 여겼다.

해성과 그의 아버지가 작업 라인에 자리를 잡았다. 업무를 준비하는 동안에도 공장 내부에는 먼지 가득한 트럭들이 들락날락하고 있었다. 거대한 기계 안으로 쏟아진 모래는 사람의 손을 거쳐 메탈과 크리스털의 원료 물질로 분류되었다. 노동자들 모두 말 한마디 없이 묵묵히 자신의 작업량을 채워가고 있었다.

 그중 유일하게 적응하지 못하고 있는 인물은 오늘 처음 출근한 해성뿐이었다. 해성은 일에 집중하지 못하고 건너편에서 일하고 있는 헤나를 힐끔힐끔 쳐다보고 있었다.

 헤나와 해성은 어린 시절 8구역에서 함께 뛰어놀던 소꿉친구다. 하지만 형의 죽음 이후 해성이 방황의 시기를 겪으며 자연스럽게 멀어지게 되었던 것이다.

 몇 년 만에 만난 헤나는 해성의 가슴을 설레게 할 만큼 예쁜 소녀가 되어 있었다. 바로 그때, 자신에게 향하는 시선을 느낀 것인지, 헤나가 해성을 마주 보더니 빙긋 미소를 지었다. 순간 해성은 잠깐 시간이 멈춘 것 같았다.

 "확실히 일머리는 싸움머리만 못하군."

 CCTV 화면을 보며 베그너가 말했다.

 "곧 센트럴시티에서 파이터가 될 몸인데, 그깟 하층민들이 하는 작업 좀 못하면 어때요?"

 화면 속의 해성에게서 눈을 떼지 못하고 있는 베그너를 보며 도로시는 그렇게 대꾸했다.

 "아니, 그렇게 뛰어난 재능을 가지고도 제대로 살리질 못하니까 그렇지. 그렇게 좋은 조건을 제시했는데도 거절이나 하고. 이유가 뭘까?"

 베그너가 말하자, 도로시가 바로 옆에 있던 공장의 책임자를 가리켰다.

"그렇게 궁금하시면 이 친구에게 물어보세요. 공장의 관리자로서 노동자들의 사정을 잘 알고 있답니다."

"그래. 자네가 대답해봐. 저 해성이란 애는 그렇게 대단한 재능을 가지고도 왜 파이터를 하지 않으려는 거야? 나보다 더 좋은 조건을 제시한 자가 있는 걸까?"

"그건 아닐 겁니다."

"어떻게 그렇게 확신하지?"

관리자는 CCTV를 조작하여 해성 옆에서 일하는 누군가를 비췄다.

"이 사람이 해성의 아버지입니다. 아마 해성이 파이터가 되는 것을 거절했다면, 아버지 때문일 겁니다. 예전에 해성이 형이 파이터로 싸우다가 데스트로에게 죽음을 당했습니다."

안타까운 사연이었으나, 그 이야기를 듣는 순간 갑자기 베그너의 얼굴에 화색이 돌았다.

"흠, 그렇단 말이지?"

"네. 그래서 그 이후로 해성이 아버지가 많이 망가졌습니다. 아마 해성이는 파이터가 되고 싶어도 아버지의 반대 때문에 힘들 겁니다."

하지만 베그너는 더이상 공장 관리자의 말이 들리지 않

았다. 이미 그의 머릿속에서는 해성을 자신의 품 안으로 끌어들일 계획을 착착 세우고 있었다.

한편 베그너의 검은 속셈을 전혀 알지 못하는 해성은 점심이 되자 아버지 옆에서 영양죽을 먹었다. 하지만 해성은 식사에 도통 집중할 수 없었다. 두 테이블 너머에서 식사하고 있는 헤나 때문이었다.

밥을 먹는 내내 헤나에게서 시선을 떼지 못한 해성은, 마침내 뭔가 결심한 듯 마지막 숟가락을 놓자마자 벌떡 일어나 헤나에게 다가갔다.

"안녕… 헤나."

갑작스러운 인사에 헤나는 조금 당황한 듯했으나 이내 다시 미소를 보였다.

"해성이 오랜만이네."

머릿속엔 헤나에게 하고 싶은 수많은 말들이 맴돌았지만 입 밖으로는 한마디도 꺼낼 수가 없었다. 결국 그 어색한 침묵을 깨뜨린 건 해성이 아니라 헤나였다.

"해성이 네 소식 잘 듣고 있어. 우리 구역의 유명인사잖아. 그랜드 킹의 뒤를 이을 파이터."

해성이 머리를 긁적였다. 자신이 싸우는 모습을 헤나가 보았을 거라 생각하니, 조금 부끄럽기도 했다.

"어제도 이겼다며. 대단한데."

헤나가 큰 눈을 더 크게 뜨며 말했다. 해성도 그 눈을 마주 보며 자신이 겪은 일들에 대해 더 많은 것을 이야기해 주고 싶었다. 하지만 정작 해성은 쑥스러운 듯 멋쩍게 웃을 뿐이었다.

"오늘 저녁엔 뭐 해?"

"글쎄, 별 계획 없는데."

"잘됐다. 오늘 친구들이랑 찰스 아저씨네서 한잔할 건데, 너도 올래?"

해성은 바로 가겠다고 대답하고 싶었지만 아버지를 의식하지 않을 수 없었다.

"안 되면 어쩔 수 없고."

"아냐, 갈게, 갈게. 꼭 갈 거야."

헤나의 말에 해성은 자기도 모르게 두 손을 휘두르며 꼭 가겠다고 반복해서 말했다.

"알았어. 오늘 저녁 8시 이후에 찰스 아저씨 펍에서 기다릴게."

헤나는 가볍게 눈인사를 건네고 다시 공장 안으로 들어갔다. 해성은 아버지가 곱지 않은 시선으로 자신을 바라보고 있는 것도 모른 채, 한참 동안 헤나의 뒷모습을 바라보았다.

*

 그날 밤, 창밖은 고요했다. 고단했던 준혁이 일찍 잠들자 해성은 침대를 빠져나와 거울을 보며 가지고 있는 옷들 중 제일 깔끔한 것을 골라 입었다.

 하지만 아무리 멋진 옷을 입어도 결국 밖에 나가기 위해선 산소통과 두꺼운 보호점퍼를 착용해야 했다.

 에너지가 충분해서 공기순환장치가 작동되는 센트럴시티와는 달리, 외부 구역들은 야간 에너지 공급을 철저히 통제하고 있었고, 구역의 거주민들은 야간 외출시 낮은 기온과 산소 부족에 항상 대비해야 했다.

 찰스 아저씨의 펍은 구역의 외곽에 자리 잡고 있었다. 정식으로 간판을 달고 영업하는 가게는 아니었지만 그 동네에서 자란 사람들은 모두 그곳을 펍이라고 부르고 있었다. 찰스 아저씨는 해당 구역에서 구할 수 없는 물건이나 술을 구해주는 일종의 브로커였기 때문이다.

 "정말 왔네?"

 해성이 입구에 들어서자 바로 헤나가 맞아주었다. 그리고 다짜고짜 그의 손을 잡고 건물 옥상으로 이끌었다. 헤나의 행동에 당황하긴 했지만 그래도 해성은 기분이 좋았다. 옥상 의자에 나란히 걸터앉은 헤나는 해성에게 술병을 내밀었다.

"마셔본 적… 있지?"

"당연하지."

술은 생전 처음이었다. 하지만 헤나 앞에서 약해 보이고 싶지 않았던 해성은 술병을 들고 벌컥벌컥 들이켰다.

"그렇게 마시면 안 돼!"

깜짝 놀란 헤나가 말렸으나 소용없었다. 해성은 단숨에 술을 반 병 정도 들이켜고 말았다.

"괜찮아?"

"괜찮아, 처음 마셔보는 것도 아닌… 우웩!"

목이 불타는 것 같은 느낌과 동시에 누가 배 속에 손을 집어넣고 휘젓는 것처럼 속이 메스꺼웠다.

"그럴 줄 알았어!"

어쩔 줄 모르고 두 손을 내저으며 괴로워하는 해성의 등을 헤나가 두드려주었다. 결국 해성은 오늘 먹은 음식물들을 모두 게워내고 말았다. 해성은 오랜만에 만난 헤나에게 그런 모습을 보였다는 게 너무 부끄러웠다.

"찰스 아저씨네 가게에서 파는 건 순도 높은 원액이야. 물에 타서 마시거나 조금씩 나눠서 마셔야 하는데, 그걸 그렇게… 대체 왜 그런 거야?"

"사실… 처음 마셔봐서 어떻게 해야 하는지 몰랐어……."

"아깐 마셔봤다며."

"그거야 너한테 잘 보이고 싶어서……."

"뭐?"

해성의 말을 들은 헤나는 잠시 황당한 표정을 짓더니 이내 큭, 웃음을 터트렸다.

"너… 귀여운 데가 있네."

"뭐…?"

"너보다 몇 배 덩치 큰 사람은 잘도 때려눕히면서, 나한테는 마시지도 못하는 술로 허세를 떨고 싶었다고?"

해성의 얼굴이 빨갛게 달아올랐다. 갑자기 모든 것이 부끄럽고 창피했다. 지금 이 순간 누가 자신을 종이처럼 구겨서 어디라도 처박아줬음 싶었다.

"바보처럼 그러지 않아도 돼. 넌 이미 우리 구역의 많은 사람들이 희망을 걸고 있는 파이터니까. 넌 충분히 멋진 남자야. 술을 안 마셔도."

헤나의 그 말을 듣는 순간, 해성은 가슴 깊은 곳에서 무언가 뜨거운 것이 울컥하는 것 같았다.

"내가 오늘 너한테 왜 여기 오라고 했는 줄 알아?"

순간 헤나의 얼굴이 해성의 코앞으로 다가왔다. 해성은 정신이 아찔해졌다. 알싸하고 향긋한 헤나의 냄새가 해성의 코끝을 간지럽혔고, 눈앞에 보이는 까만 눈동자는 밤하늘보다 더 까맣고 깊어 보였다.

"나, 내일 떠나거든. 다른 동네 친구들이랑."

"…떠난다고?"

"응. 우린 레볼트가 될 거야."

해성은 충격에 말을 잇지 못했다. 헤나를 다시 만나 설렘을 느낀지 하루도 지나지 않았는데, 헤나는 지금 떠난다는 말을 하고 있었다.

"왜… 레볼트가 되려는 거야? 그건 너무 힘든 길이잖아. 죽을 수도 있다고."

"아냐, 우린 살기 위해 레볼트가 되려는 거야."

"레볼트가 되는 건 너무 위험해. 물론 우리가 센트럴시티에 사는 사람들처럼은 못 살지만……."

"해성이 너는 지금 우리가 사는 게 정말 삶이라고 생각해?"

"뭐?"

헤나의 갑작스런 질문에 해성은 대답할 수 없었다.

"배급받은 영양죽을 먹고, 쉬는 날도 없이 일하고, 목숨만 붙어 있다고 그걸 사는 거라고 말할 수 있을까?"

"그럼 뭐가……."

"어떤 음식이 맛있고 맛없는지 구분할 수 있는 거, 그중에 좋아하는 걸 선택할 수 있는 거, 내가 하고 싶은 일을 선택하고, 하기 싫은 일을 하더라도 그것에 대한 정당한 대가를 받을 수 있는 거, 그리고 무엇보다."

마지막 말을 하며 혜나는 해성의 두 눈을 빤히 바라보았다.

"이런 모든 것들을 내가 좋아하는 사람과 함께 누릴 수 있는 거."

"……."

혜나는 여전히 까맣고 예쁜 눈으로 해성을 바라보며 말했다.

"우린 지금 사는 게 아냐. 살아남았을 뿐이지."

"살아남는 게 살아가는 거 아닐까?"

"아니. 나는 생존이 곧 삶이 되어서는 안 된다고 생각해. 배고픔을 면하기 위해 먹고, 죽지 않기 위해 자는 게 아니라, 내가 하고 싶은 걸 하고, 먹고 싶은 걸 먹고, 내가 함께 하고 싶은 사람과 살아갈 거야. 그리고 그런 세상을 만들 거야."

해성은 아무 말도 할 수 없었다. 혜나는 지금 자기 앞에 있었지만, 해성의 마음속에선 행성간 거리만큼 멀게만 느껴졌다. 지금 혜나가 이야기하는 대부분은 해성은 생각도 해본 적 없는 문제였기 때문이다.

"해성이 넌 어때?"

"응? 뭐가?"

"너는 왜 파이터를 하는 거야?"

"나는 그냥… 가족들과 함께 센트럴시티에서 살고 싶어서……."

그 말을 들은 헤나는 갑자기 해성 쪽으로 기울어져 있던 자세를 바로 잡았다. 방금 전보다 겨우 몇 센티미터 더 멀어진 것뿐인데, 해성에게는 몇 광년이나 멀어진 것처럼 느껴졌다. 헤나가 천천히 일어섰다.

"그렇구나. 나는 또… 아니야, 오늘 만나서 반가웠어. 조심해서 들어가."

"잠깐만!"

해성이 급하게 헤나를 불러세웠다.

"지금 나한테 할 말이 있는 거 아니었어?"

"맞아, 사실은… 너도 나와 함께 떠나면 어떨지 물어볼 생각이었어. 어때? 나랑 같이 갈래?"

헤나의 말에 해성은 잠깐 망설였다. 헤나를 따라가면 어떻게 될까? 해성은 레볼트에 대해서는 잘 몰랐지만 사막에서 플릭에게 쫓기게 될 건 분명했다. 해성이 원하는 건 센트럴시티에서 영위하는 풍요로운 삶이었다. 그리고 가능하다면 자신의 가족들도 그것을 함께 누렸으면 했다. 어쩌면 헤나도 함께. 하지만 헤나가 선택한 꿈은 해성과는 다른 것이었다.

"헤나야."

"응."

"나, 너 좋아해."

"그건 내 질문에 대한 답이 아니야."

"내가 혼자라면 얼마든지 너를 따라나설 수 있어. 그런데… 나에게는 가족이 있어."

"가족은 너에게만 있는 게 아냐. 나는 지금 네가 이 세상을 바꾸고 싶은지 묻는 거야."

해성은 고개를 저었다.

"나는 우리 가족 모두가 센트럴시티에서 행복하게 살았으면 좋겠어. 그리고… 너도."

그 말을 들은 헤나는 안타까운 표정으로 해성을 바라보았다. 그녀는 아무 말도 하지 않았지만, 해성은 그녀가 마음속으로 하는 말을 듣고 있었다. 결국 우리가 가는 길은 다르다고. 우린 함께할 수 없다고.

그날 해성은 몇 잔의 술을 더 마신 뒤, 헤나와 작별인사를 나누고 집으로 돌아왔다. 헤나뿐 아니라 그녀와 함께 떠나는 동료들과도 인사를 나누었지만, 그들의 얼굴과 이름은 기억하지 못했다.

집에 돌아온 해성은 잠든 준혁의 얼굴을 바라보았다. 해맑은 동생의 얼굴은 너무도 평온해 보였다. 창으로 비친 짙은 달빛이 우울한 해성의 얼굴 위로 드리워졌다.

"나도 가고 싶어… 너와 함께 있고 싶다고…….."

해성은 자기도 모르게 그렇게 중얼거렸다. 가슴이 쓰리고 허전했다. 그게 서툴게 마신 술 때문인지, 아니면 다른 이유 때문인지 해성은 알 수 없었다.

*

다음 날 이른 새벽, 활활 타오르는 횃불이 어두운 지하 터널을 밝혔다. 찰스 아저씨가 레볼트에 합류할 헤나와 일행들에게 자신만 아는 비밀 통로를 안내해주고 있었다. 보급품이 든 나무 박스를 들고 한 시간쯤 말없이 걸었을 무렵, 그들은 레볼트의 행동대장인 렌쳉 일행과 접선했다.

렌쳉은 먼저 그들이 가지고 온 나무 박스를 확인했다. 그 안에는 찰스가 구해온, 옛 지구인들의 무기와 탄약, 그리고 메탈과 크리스털 자원들이 있었다. 무기를 확인한 렌쳉이 손짓하자, 레볼트 요원들이 헤나와 일행의 이마에 새겨진 고유번호를 확인했다.

"돌아가고 싶으면 지금이라도 돌아가. 이게 마지막 기회다."

고유번호를 확인한 렌쳉은 말했다. 그리고 자신의 뒤쪽으로 보이는 출구를 가리켰다. 그 뒤에는 뜨거운 사막이 펼쳐져 있었다.

"저길 나서면 이제 너희는 레볼트의 일원이 된다. 그리고 죽기 전까지, 아니, 죽은 후에라도 이곳으로 다시 돌아올 일은 없을 거야."

렌쳉의 눈빛은 진지했다. 겁을 주기 위해 하는 소리가 아니라는 것쯤은 모두 알고 있었다. 하지만 헤나를 비롯해 어느 누구도 발길을 돌릴 생각은 없었다.

잠시 후 헤나와 동료들은 모두 레볼트의 일원이 되어 사막을 향해 첫발을 내딛었다. 그들은 다른 레볼트 대원들처럼 산소공급기와 산소통을 장착하고 있었지만, 그것보다 그들의 정체성을 더 강하게 확인시켜주는 건 세상을 바꾸겠다는 의지가 담긴 눈빛이었다.

그리고 그런 사람들의 가장 앞에 다름 아닌 헤나가 있었다.

9.
조작된 희망

 헤나가 사막으로 떠난 이후, 해성은 파이터도 그만두고 아버지를 따라 공장에 나가며 의미 없는 하루하루를 보내고 있었다. 꿈도 희망도, 그리고 헤나 없이 반복되는 일상도, 해성에게는 매 끼니 먹는 영양죽처럼 미지근하고 묽게만 느껴졌다.
 "생존과 삶은 달라, 해성."
 해성의 귓가에는 늘 헤나의 이 말이 맴돌았다. 그녀의 말이 맞았다. 해성은 지금 억지로 살아 남은 상태였다. 차라리 예전처럼 파이터가 되어 센트럴시티로 가겠다는 희망이라도 남아 있으면 좋을 것 같았다. 아니, 솔직히 그런 희망 따위도 없어도 상관없었다. 지금의 해성은 그냥 누군가를 속 시원하게 때리거나, 혹은 반대로 누군가에게 흠씬

두들겨 맞기만 해도 좋을 것 같은 심정이었다. 적어도 그러면 가슴이 조금은 후련해지지 않을까.

그런데, 그렇게 반복되던 해성의 일상에 뜻밖의 기회가 찾아왔다. 구역의 노동자들은 모두 광장으로 모이라는 도로시 시장의 명령을 들었을 때, 사람들은 대부분 나쁜 소식을 예감했다. 하지만 광장에서 들은 건 뜻밖의 소식이었다.

"이번 운명의 추첨은 바로 여기, 8구역에서 진행하게 되었습니다!"

운명의 추첨이란 6개월마다 무작위로 지정된 구역에서 치르는 일종의 이벤트였다. 원칙적으로 구역의 노동자들은 센트럴시티로 이동할 수 없지만 '운명의 추첨'에 당첨된 10명에게는 센트럴시티로의 이주권이 주어진다. 그뿐 아니라 주거지와 생활비가 무상으로 제공되며, 경우에 따라 일자리를 주기도 한다. 한마디로 추첨에서 뽑히는 것만으로, 구역의 노동자에서 센트럴시티의 정식 시민으로 신분 상승이 이루어지는 것이다.

하지만 말 그대로 모든 것이 무작위로 진행되다 보니 구역별로 돌아오는 기회부터 불공평했다. 어떤 구역에서 몇 번의 추첨이 진행되는 동안 다른 구역에는 단 한 번의 기회조차 찾아오지 않기도 했다.

그러므로 도로시가 이번 '운명의 추첨'이 8구역에서 실행된다는 사실을 발표했을 때, 광장에 모인 노동자들의 반응은 엄청났다. 곳곳에서 기쁨의 환호성이 터져 나왔다.

"다들 규칙은 알고 계시겠지만 모든 것은 100% 무작위 추첨이고, 개인별로 추첨하기 때문에 가족들이 헤어지게 되는 경우도 있을 수 있습니다. 당첨된 사람은 이 권리를 거부하거나 양도할 수 없습니다. 그럼 지금부터 10명의 당첨자들의 번호를 부르겠습니다."

집에 돌아온 해성 가족의 분위기는 평소와 조금 달랐다. 아버지는 말 한마디도 하지 않았고, 어머니는 그런 아버지의 눈치만 살피고 있었다. 해성은 부모님의 눈치를 보느라 머리가 복잡했고, 오직 준혁만이 신이 나서 환호성을 질러 댔다.

"그럼 이제 엄마랑 나는 센트럴시티에서 사는 건가? 해성이 형도 파이터가 되어서 우릴 데리러 오면 되겠다! 그러면 온 가족이 다 센트럴시티에서 살 수 있게 되잖아!"

어머니가 황급히 눈치 없는 작은 아들의 입을 막았지만 이미 일은 터져버린 뒤였다.

"그게 무슨 소리야!"

침묵을 지키던 아버지의 입에서 고함이 터져 나왔다.

"운명의 추첨인지 뭔지에 당첨됐으면 얼른 짐을 싸서

떠나. 행여나 해성이에게 쓸데없는 바람 같은 거 넣을 생각은 말고."

방금 전 시행된 운명의 추첨에서, 해성의 가족 중 당첨자가 두 명이나 나왔던 것이다. 해성의 어머니와 동생인 준혁이었다. 덕분에 준혁은 센트럴시티에서 살 수 있다며 기뻐했고, 어머니는 기쁘면서도 가족들을 두고 가야 한다는 점이 못내 마음에 걸렸다.

"여보… 우리만 가게 되어서 어떡해? 지금이라도 가서 추첨 결과를 돌려 달라고 해볼까?"

"쓸데없는 소리 말고, 얼른 짐이나 싸!"

예상대로 아버지는 그렇게 소리를 질렀고, 순식간에 분위기는 싸늘하게 얼어붙었다. 어머니와 준혁은 말없이 짐을 싸며 센트럴시티로 떠날 준비를 시작했다.

"아버지… 제가 파이터가 되면 아버지를 모시고 센트럴시티로……."

해성이 아버지의 눈치를 보며 말했지만 아버지는 말이 없이 고개만 저을 뿐이었다.

"시끄럽다. 엄마랑 준혁이 짐 싸는 거나 도와줘라."

아버지는 그렇게 말하고 방으로 들어가버렸다.

"가난하게 태어나 단 하루도 행복하게 해주지 못했구나… 센트럴시티에선 행복하게 살아야 해… 부탁한다……."

방으로 들어간 아버지는 그렇게 되뇌며 흐느꼈지만 해성을 비롯한 가족 누구도 그런 아버지의 속마음을 알지 못했다.

어머니와 준혁은 가방 하나를 채우지 못할 정도로 작은 짐만을 들고 센트럴시티로 가는 수송편에 올랐다.
"형, 우리 꼭 찾으러 와야 해!"
떠나는 준혁이 해성에게 말했다. 해성도 준혁의 손을 잡고, 꼭 가겠다는 말을 눈빛으로 대신했다.
"해성아. 아버지를 부탁한다."
어머니는 눈물이 터져 나오려는 것을 꾹 참는 얼굴이었다.
"분명 좋은 일로 가는 건데, 왜 이렇게 불안한 건지……."
"걱정 마요, 엄마. 거기 가면 좋은 일만 생길 거예요."
말은 그렇게 했지만, 해성 역시 마음 한편에 찜찜함이 남은 건 마찬가지였다. 하지만 떠나는 엄마와 준혁을 위해서라도 그런 티를 낼 순 없었다.
수송 차량이 떠나가는 것을 멍하니 바라보며, 해성은 지금 자신이 무얼 해야 하는지 골똘히 생각했다.

해성은 찰스 아저씨의 가게로 향했다. 지금부터 자신이 하려는 일을 하기 위해선 용기가 필요했고, 용기를 내기 위해선 술이 필요했다. 엄마와 준혁이를 찾아가려면 파이터가 되는 방법밖에 없고, 그러려면 아버지와 담판을 지어야 했기 때문이다.

"해성이구나! 마침 잘됐다. 너한테 줄 게 있었는데."

찰스 아저씨가 반갑게 해성을 맞아주었다.

"저한테요?"

"응, 헤나가 떠나기 전에 너에게 전해주라고 한 물건이 있어."

"헤나가요……?"

"그래, 이거!"

찰스 아저씨는 서랍에서 팔찌 하나를 꺼냈다.

"그게 뭐예요?"

"트래킹 팔찌라는 거야. 이걸 차면 네가 어디에 있든 네 위치를 헤나에게 전송해준단다."

"이걸 왜 저한테 남겼을까요?"

"글쎄, 그 이유는 나보다 네가 더 잘 알지 않을까?"

찰스 아저씨는 그렇게 말하고 해성의 얼굴을 바라보았다. 해성의 얼굴은 어느덧 붉게 달아올라 있었다.

해성의 머릿속엔 그날 헤나와 있었던 일들이 홀로그램 영상처럼 스쳐 지나갔다. 헤나는 먼 길을 떠나며, 앞으로 영영 못 볼 것처럼 작별인사를 남겼다.

하지만 어쩌면, 헤나도 자신을 다시 보고 싶었던 게 아닐까? 그게 아니라면 이런 걸 남길 이유가 없을 것 같았다. 해성은 가슴 속에 뜨거운 감정이 다시 한번 살아나는 것을 느꼈다. 비록 같이 있지는 않지만, 헤나가 어느 곳에서 자신을 그리워하고 있다는 사실만으로도 힘든 삶을 버틸 수 있는 힘을 얻는 것 같았다.

"그런데 먼저 한 가지 알아둬야 할 게 있어."

찰스 아저씨가 덧붙였다.

"이 팔찌는 세포 동기화 타입이야."

"세포 동기화요?"

"응. 팔찌처럼 생겼지만 사실은 장착하는 순간 네 몸에 완벽하게 흡수돼. 그리고 제거는 불가능해. 한마디로 네가 팔을 절단하지 않는 이상, 헤나는 네가 어디 있는지 계속 알게 된다는 거지. 이걸 찰지 말지는 너한테 맡길게."

해성은 고민도 하지 않고 트래킹 팔찌를 장착한 채 찰스의 가게를 떠났다. 원래 자신이 이 가게를 찾은 이유는 아무래도 상관없다는 듯이, 해성에게 필요한 건 술이 아니라 용기였고, 헤나와 연결되어 있다는 사실 하나만으로도 충분한 용기를 얻었다.

찰스는 굳은 결심을 한 듯 길을 나서는 해성의 뒷모습을 미소를 지으며 바라보았다. 그런 그의 옆에 조용히 누군가가 다가와 속삭였다.

"계획대로 흘러가는군요."

그에게 속삭이는 변조된 목소리의 주인공은, 전에도 해성의 흔적을 쫓은 적 있는 키 크고 깡마른 귀족이었다.

"저 나이 때 남자애들은 단순하니까요. 좋아하는 여자애를 위해서라면 무엇이든 하죠."

찰스는 여전히 얼굴에 미소를 띤 채 대답했다.

"평생 떼어낼 수 없는 족쇄 같은 물건을 지 몸에 장착하고도, 그게 사랑이라고 믿으니까요."

귀족은 아무 말 없이 고개를 끄덕였다. 해성의 팔에 결합된 트래킹 팔찌는 헤나가 남긴 것이 아니었다. 그것은 수용소 재소자들의 도주 방지용으로 제작된 팔찌였고, 이 귀족이 해성에게 장착하기 위해 준비한 것이었다.

하지만 해성은 앞으로 자신에게 어떤 일이 기다리고 있는지도 모른 채, 그저 헤나의 웃는 얼굴만 떠올리면서 집으로 돌아왔다.

그리고 그런 해성을 맞이한 것은, 천장에 목을 매단 채 발견된 아버지의 시체였다.

10.
카타콤

 제2구역 지하터널에서는 플릭 제5팀과 도주하는 레볼트의 총격전이 벌어지고 있었다. 레볼트의 행동대장 중 한 명인 벤이 센트럴오피스의 연구실에 침입하여 연구 중인 무기를 탈취했고, 도주 중 플릭에게 발각되자 교전에 돌입한 것이다.
 어두운 터널 속을 플릭이 사용하는 레이저 건의 불빛이 환하게 비췄다. 하지만 레볼트는 푸른빛의 실드를 전개시켜 플릭의 레이저 공격을 막아냈다.
 "빌어먹을! 저건 뭐야!"
 플릭 제5팀 대장은 당황해서 그렇게 소리칠 수밖에 없었다. 좁은 터널에서 벌이는 총격전은 당연히 테러리스트인 레볼트들에게 유리했다. 플릭이 우위를 점하고 있는 것은 오직 최신식 무기뿐인데, 푸른빛의 실드가 그런 장점을 무력화시키고 있었던 것이다.

플릭의 대원들은 레이저를 막는 빛나는 실드가 있다는 말을 어디에서도 들어본 적이 없었고, 때문에 당황한 플릭의 공격은 점점 엉망진창이 되어가고 있었다.

반면 벤이 이끄는 레볼트의 정예군은 구형 무기를 가지고도 능숙하게 플릭들을 골탕 먹이고 있었다. 작동 방식이 낡았다고 파괴력이 떨어지는 것은 아니기 때문에, 레볼트 무기들의 대부분은 플릭의 나노 아머에 상당한 타격을 입힐 수 있을 정도로 강력한 위력을 지니고 있었다.

"다이너마이트 트랩 설치가 끝났습니다."

레볼트의 다른 분대가 도주를 위한 마지막 준비를 완료한 후, 벤의 수하들은 그들과 합류해 은신처에서 무기 시스템 해킹을 시작했다.

"서둘러! 놈들이 오기 전에 트래킹 프로그램을 무력화시키고 여길 빠져나가야 해."

당연한 이야기지만, 그들이 탈취한 무기에는 센트럴오피스에서 심어놓은 추적 코드가 있었다. 그 추적 코드를 해제하지 않고 도망치는 건, 플릭들에게 자신의 위치를 실시간으로 알려주는 것과 다름 없었다.

"서두르고 있어요. 조금만 기다려봐요."

해커는 시큰둥한 표정으로 그렇게 말했지만, 그의 손놀림은 얼굴과 달리 빠르고 정교했다. 준비된 해킹 코드를 이용해 센트럴오피스의 관리자 모드에 접근한 해커는 이윽고 무기의 일련번호와 트래킹 넘버를 삭제하는데 성공했다.

"성공했습니다."

그 말과 함께 멀리서 다이너마이트 폭발음이 들려왔다. 플릭들이 트랩에 제대로 걸려들었다는 뜻이었다. 결과는 모두 만족스러웠다.

벤은 수고했다고 해커의 어깨를 두들겨주었다.

"자, 이제 사막으로 나갈 시간이다. 신참들을 데리고 카이로 님께 가자."

벤과 그의 부대가 도착했을 때, 사막에는 100여명의 군인들이 모여 있었고 그중에는 렌쳉과 이번에 레볼트에 합류한 새로운 대원들도 있었다.

'나이가 너무 어린 거 아냐?'

신참들을 봤을 때 벤이 처음 든 생각은 그런 것이었다. 벤은 새 얼굴들을 한 명씩 훑어보았다. 그런데 그 신참들 중에 한 명, 당돌한 표정의 소녀가 눈에 들어왔다.

조화로운 이목구비가 제법 예뻐 보이는 소녀, 헤나였다. 아마 센트럴시티에서 태어났다면 대단한 미인으로 자랐을 것 같았다. 하지만 이제 그녀가 살아야 할 남은 인생은 사막에 있었다.

"카메르에 무기를 올려!"

잠깐 동안 소녀에게 주었던 시선을 거둬들이며 벤은 부하들에게 명령했다. 탈취한 무기 중 가장 크고 강력한 무기는 초대형 레이저 포였다. 우림지대에 서식하는 괴수인 아구라와 히콘을 제압하기 위해 센트럴오피스의 연구실에서 특별히 제작한 것이었다.

벤의 명령을 들은 대원들은 카메르 두 마리 사이에 레이저 포를 연결해 운반할 채비를 마쳤다. 카메르는 마치 낙타의 몸에 파충류의 머리를 한 것처럼 보이는 사막생물이었다. 순하지만 위험을 느끼면 입에서 불을 뿜어내는 특징도 가지고 있어서, 레볼트가 사육해 활용하기에 적당했다. 실제로 레볼트는 사육한 카메르를 화물 운송과 이동 수단으로 알차게 활용하고 있었다.

벤은 카메르에 올라타서 손으로 그린 지도와 아날로그 시계를 확인했다. 약속된 시간까지 카이로에게 레이저 포를 전해주기 위해선 서둘러야 할 것 같았다.

카메르를 탄 벤을 선두로, 레볼트 대원들은 행군을 시작했다. 사막에 익숙해진 기존 대원들은 그런대로 잘 버티고 있었지만, 렌쳉과 함께 이동하는 신참 부대원들은 뜨거운 햇살과 맞은편에서 불어오는 모래바람 때문에 고생하고 있었다.

헤나도 마찬가지였다. 그녀 역시 극한의 환경에 몇 번을 쓰러졌지만 몇 번이고 다시 일어나 대원들과 보조를 맞췄고, 뿐만 아니라 다른 대원들까지 다독이고 격려하면서 힘을 주고 있었다. 누가 보아도 그녀는 그 그룹의 훌륭한 리더처럼 보일 정도였다. 렌쳉은 그런 헤나의 모습을, 자신도 모르게 유심히 지켜보고 있었다.

*

"벤은 아직 도착하지 않은 것 같습니다. 카이로 님."
보고를 받은 카이로는 주변을 둘러보며 물었다.
"여기가 접선 장소는 맞는 거지?"
거대한 사막의 한 지점, 50여 명의 무장한 레볼트가 A급 메탈과 크리스털 원석과 함께 진지를 구축하고 있었다. 그 부대를 지휘하고 있는 자는 바로 레볼트의 리더인 카이로였다.
카이로를 실제로 보지 못한 사람들은 카이로가 건장한 남자일 거라고 생각했다. 하지만 카이로는 백발의 곱슬머리와 초록색 눈동자를 가진 중년 여성이었다.

"네, 맞습니다. 카이로 님."

부하의 말을 들은 카이로는 고개를 절레절레 저었다.

"벤 녀석, 도대체 시간 약속을 지킨 적이 없다니까."

카이로는 말을 멈추고 사막 쪽으로 시선을 돌렸다. 그러자 다른 대원들도 숨을 죽였다. 카이로는 말없이 사막 한 가운데를 가리키며 응시했다. 모래 속으로 길이가 5m는 되어 보이는 무언가 움직이는 모습이 보였다.

"아구라다!"

누군가의 외침과 함께 레볼트 대원들이 방어태세에 돌입했자, 그와 거의 동시에 사막을 유영하던 아구라가 튀어나왔다.

갑작스런 아구라의 출현에 놀란 카메르가 불을 뿜었으나 메탈 피부를 가진 아구라에겐 아무 소용이 없었다. 뱀처럼 생긴 아구라가 있는 힘껏 아가리를 벌려 레볼트 대원 몇을 집어삼키고는 모래 속으로 다시 자취를 감췄다.

"도망쳐!"

겁을 먹은 대원들은 방어보다는 도주를 택했다. 하지만 아구라는 편하게 대원들을 보내줄 생각이 없었다. 도망치는 대원들의 뒤편으로 모래가 길게 솟아올랐다. 후방에 있던 대원 한 명이 가지고 있던 지구인의 구형 바주카포를, 모래에서 튀어나와 입을 쩍 벌린 아구라를 향해 발사했다.

"끼야악!"

아구라의 비명이 사막에 울려 퍼졌다. 모래가 흔들리고 찢긴 살갗에서 검은 핏방울이 흩뿌려졌다. 상처 때문인지 움직임이 둔해진 아구라는 다시 모래 속으로 몸을 숨겼다. 순식간에 주변이 고요해졌다.

카이로는 바주카포를 넘겨받았다. 바주카포 안에는 아직 미사일이 한 발 남아 있었다.

카이로는 천천히 놈이 다시 돌아오기를 기다렸다. 카이로 뒤편의 모래가 미세하게 진동하기 시작했다. 검은 피를 흘리는 아구라가 다시 지상으로 돌진해왔다. 카이로는 침착하게 놈의 입을 겨냥하고 바주카포의 방아쇠를 당겼다.

놈의 머리가 산산조각 나서 모래 위로 흩어졌다.

"작은 놈이라 다행입니다."

위기에서 벗어난 레볼트 대원 중 한 명이 안도의 한숨을 내쉬며 말했다. 하지만 카이로는 여전히 경계의 눈빛을 풀지 않은 채 주변을 둘러보았다.

"보통은 새끼가 있으면 어미도 그 근처에······."

카이로의 말이 끝나기도 전에 방금 전 해치운 놈의 두 배도 넘는 아구라가 모래 속에서 솟아올랐다. 당황한 카이로가 다시 바주카포를 들었지만, 이번에는 장전된 포탄이 없었다.

분노로 가득 찬 거대한 아구라가 레볼트 대원들을 향해 달려들었다. 온몸이 얼어붙은 채 그 모습을 보는 대부분 사람들의 얼굴에는 체념의 표정이 스치고 지나갔다.

그런데 그 순간, 크고 강렬한 빛줄기 하나가 멀리서 날아와 거대한 아구라의 머리를 관통하고 지나갔다.

"조금 늦었습니다, 카이로 님."

벤이 자신의 대원들을 이끌고 다가오며 말했다.

"매번 여자를 기다리게 하는 남자는 매력 없거든."

카이로는 벤을 쳐다보지도 않고 말았다.

"이렇게 멋진 선물을 가지고 왔는데요?"

벤은 센트럴오피스에서 훔쳐온 거대한 레이저 포를 혼자 번쩍 들어 보이며 말했다. 카메르에 실을 때만 무려 4명이 매달려 옮겼던 물건이었다.

카이로는 방금 전까지 벤에게 화가 났지만, 이런 괴력을 가지고도 어울리지 않게 싱거운 농담을 하는 벤의 모습에 자신도 모르게 피식 웃지 않을 수 없었다. 카이로의 얼굴에 미소가 보이자 다른 레볼트 대원들도 벤이 가져온 신무기의 위력을 다시 한번 체감할 수 있었다. 그들은 신이 나서 환호성을 질렀다.

레볼트의 비밀기지는 사막 한 가운데, 그것도 모래 아래에 있었다. 원래는 지구인이 창고로 쓰던 그것은 사막화가 진행되며 모래가 쌓이자 자연스럽게 지하의 비밀공간으로 변하게 되었고, 센트럴시티가 건설되면서 그 존재도 잊혔다. 10대의 카이로가 그곳을 지나다 우연히 발견했고, 이후 그곳에서 레볼트가 태동하게 된 것이다.

빛을 볼 수 없다는 것만 빼면 나쁘지 않은 환경이었다. 지구인들이 초기에 만든 시설이어서 나름 생존과 활동이 가능했기 때문이었다. 나노 크리스털 에너지 기술로 만든 인공 태양과 지하수로 식물들을 키울 수 있는 자급자족 시스템을 갖추고 있어서, 풍부하진 않아도 효율적으로 배급하면 식량 문제는 그럭저럭 해결이 가능했다.

정식 명칭은 아니었지만 사람들은 이곳을 '카타콤'이라고 불렀다. 옛 로마에서 기독교인들이 모임을 가지던 지하 동굴에서 따온 이름이라고 했다.

'이곳이 바로 레볼트의 근거지……'

처음 이곳에 와본 혜나는 모든 것이 신기하게만 보였다. 자신이 레볼트에 들어왔다는 것이 이제야 비로소 실감이 나는 듯했다.

'해성은 지금 뭘 하고 있을까?'

갑자기 돌아갈 수 없는 그곳에 대한 그리움이 밀려왔다. 그중에서도 가장 먼저 떠오른 사람은, 자신에게 마지막 인사를 건네던 해성의 얼굴이었다.

다시 돌아갈 수 없는 곳. 다시 만날 수 없는 사람들. 자신에게 너무 소중했던 그 모든 것들을 포기하고 세상을 바꾸기로 한 선택이 과연 잘한 일이었는지… 혜나는 생각에 잠겼다.

카타콤 내에는 레볼트의 무기와 장비 들을 연구하는 별도의 연구실이 있었다. 이전 작전에서 플릭 요원들을 당황하게 만들었던 푸른색의 실드도 바로 이 연구실의 책임자인 큐의 작품이었다.

"물건은 가져오셨을까요?"

벤이 연구실 안으로 들어가자 큐가 웃으며 말했다.

젊은 천재이자 괴짜 엔지니어 큐. 그가 만들어낸 많은 발명품들은 센트럴오피스의 꽉 막힌 과학자들이 만들어내는 것과 발상부터 달랐다.

"이거 말하는 거지?"

벤은 묵직한 가방을 열어 안에 있는 물건들을 큐 앞에 쏟았다. 블루 다이아몬드의 파편들이 빛나고 있었다.

"이 정도면 실드 10개는 더 만들 수 있을 것 같은데요?"

큐의 눈빛도 다이아몬드처럼 반짝였다.

"만약 내가 파편이 아니라 다이아몬드 원석들을 가져온

다면… 자네 말처럼 더 강력한 무기들도 만들 수 있는 거지?"

"그럼요. 카이로 님이 저를 왜 부르셨겠어요? 원석만 있다면 상상도 못할 무기들을 만들 수 있죠."

큐는 자신만만하게 대답하고, 이내 벤이 가지고 온 다이아몬드 파편들을 장비에 하나씩 테스트하기 시작했다.

그날 밤, 렌쳉과 벤의 직속 부하들은 레볼트에 지원한 신입병들의 의식을 치렀다. 레볼트의 표식인 'Z'가 새겨진 펄펄 끓는 쇳덩이가 지원군들의 이마를 뜨겁게 달구었다.

"오늘부터 예전의 너희들은 죽었다! 이제 레볼트로 다시 태어난 것이다!"

행동대장 벤이 말했다.

혜나는 자신의 이마에 새겨진 낙인을 만지며, 이제 더는 돌아갈 수 없게 된 삶을 다시 한번 떠올리고 있었다.

11.
녹색 연기

우림지대 북쪽 개척지. 달빛조차 구름에 가린 어두운 밤, 높은 나무 위에 올라가 사냥감을 찾듯 아래를 관찰 중인 한 남자가 보였다.

요란하게 염색한 괴상한 헤어스타일과 앳된 얼굴 때문에 얼핏 보면 뒷골목을 헤매고 다니는 불량한 10대로 오해받기 딱 좋은 이 남자의 정체는, 레볼트의 행동대장 중 한 명이자 우림지대에 파견되어 첩보 임무를 맡고 있는 스카이였다.

"오늘도 녹색 연기가 보이는군."

아래를 내려다보던 스카이가 조용히 중얼거렸다.

붉은 소금을 생산하는 공장에서 녹색 연기가 나오는 것은 흔치 않은 일이었다. 그리고 공장 주변으로 50여대의 S

급 로봇 기동대가 배치되어 있는 것도.

스카이는 이 공장에서 굉장히 수상한 일이 일어나고 있다고 예감했다. 이에 대해서는 이미 카타콤에 보고했으니 카타콤에서는 카이로와 다른 간부들이 이 상황을 파악하고 이에 대해 열띤 토론을 벌이고 있을 것이다.

'아마 상황을 파악하고 제대로 된 명령이 떨어지려면 2-3일쯤 더 걸리겠지.'

너무 늦다.

스카이가 녹색 연기를 발견한 게 벌써 4일 전이다. 바로 보고했지만 센트럴오피스의 네트워크를 사용할 수 없는 레볼트의 사정상 카타콤에 전달되는 것에만 며칠씩 걸렸다.

시간 약속을 잘 안 지키는 습관이 있긴 하지만, 레볼트의 행동대장 중 벤은 나름 체계와 계급, 그리고 명령과 규율을 아주 중시하는 편이었다. 하지만 스카이는 정반대였다. 스카이는 종종 즉흥적이고 제멋대로인 행동을 보이곤 했는데 지금이 그러기에 딱 좋은 기회였다.

스카이는 나무 아래로 내려와 자신을 기다리고 있던 늑대로봇에게 말을 건넸다.

"울프, 할 일이 생겼어."

울프라고 불린 로봇은 여기저기 상처를 입은 곳이 많아 보였다. 스카이는 지니고 있던 가죽 주머니에서 남은 마지막 나노 메탈 덩어리들을 꺼내 울프에게 먹였다. 그러자 울프의 몸에 난 상처들이 깨끗이 치유되었다. 센트럴오피스 연구실에서 개발된 동물형 로봇들에게 주어진 특수한 기능으로. 실제 동물 생체와 결합하여 나노 메탈 에너지를 통한 회복력을 불어넣은 것이다.

센트럴오피스에서는 비밀리에 다양한 연구를 진행하고, 또 폐기한다. 스카이 역시 인간의 몸에 기계를 병합하는 사이보그 연구의 프로토타입으로 탄생했다. 분명 완전한 인간으로 살았던 시절도 있었지만, 실험 이후 그때의 기억은 완벽히 삭제되었다.

인간의 기억은 삭제하고 오로지 뇌의 사고력과 판단력만 남긴 뒤 기계 몸과 결합시켜 수퍼 솔저를 양산하는 것이 사이보그 프로젝트의 목적이었다. 하지만 인간의 뇌를 마음대로 조종하는 것은 쉽지 않았다. 로봇처럼 명령에 복종하지 않고 저항하는 사이보그들까지 등장하자 센트럴오피스는 이 계획을 폐기했다. 남아 있던 사이보그들도 전량 회수되었다. 오직 하나, 레볼트에 의해 구조된 스카이만 제외하고.

스카이와 함께 활동하는 울프 역시 마찬가지였다. 기동대가 등장하면서 동물형 로봇들 역시 폐기 처분 신세를 면치 못했는데, 스카이가 임무에 따라 버려진 무기 창고를 습격하면서 폐기 직전의 울프를 발견했던 것이다.

울프가 기동대 앞에 나타나 시선을 분산시키는 동안, 스카이는 붉은 소금 공장 안으로 잽싸게 잠입했다. 기동대는 울프를 스캔했지만 이미 폐기된 장비나 마찬가지였기에 별다른 조치를 취하지 않았다.

공장 안으로 잠입한 스카이는 환기구를 통해 공장의 중심부까지 도착할 수 있었다. 그리고 그곳에서 정체를 알 수 없는 녹색 액체로 가득 찬 물탱크를 발견했다.

복잡하게 연결된 굵직한 관들을 통해 물탱크에 무언가가 주입되었다. 아래쪽에는 가열기가 있는 듯 녹색 액체는 펄펄 끓기 시작했고, 거기서 발생한 녹색 수증기가 연결된 통풍관으로 흘러가고 있었다.

그러나 환기구 안에서 보는 것만으로는 상황을 정확히 파악할 수 없었다. 스카이는 아래로 내려가 천천히 그 물탱크 안을 살펴보았다. 그리고 마침내, 끔찍한 진실과 마주했다.

"윽!"

물탱크 안에는 인간의 눈알이 떠다니고 있었다. 거대한 관을 통해 주입되는 것들은 모두 인체였고, 사람들이 녹색 액체 속에 녹아서 죽어가고 있었던 것이다. 사이보그인 스카이는 구역질을 할 수 없었지만, 그럼에도 불구하고 토할 것처럼 역겨운 기분은 어쩔 수 없었다.

그때, 스카이의 뒤쪽에서 누군가의 발소리가 들려왔다. 스카이는 재빨리 몸을 낮춰 숨었다. 그의 시선에 미스터 창과 프랑수아 5세가 들어왔다.

"조금만 시간을 더 주시면 대량 생산도 가능할 것 같습니다."

미스터 창이 자랑스러운 목소리로 이야기했다.

"드디어 저장소가 완성되는 건가! 오래 기다린 보람이 있군."

프랑수아 5세는 흡족한 미소를 짓고 있었다. 하지만 뒤따라온 미스터 창의 한마디가 그의 심기를 건드렸다.

"아마 성황 폐하께서도 보시면 흡족하실… 흡!"

'성황 폐하'란 말을 듣자마자 프랑수아 5세는 손을 뻗어 염력으로 미스터 창의 목을 잡아 들어올렸다.

"내 앞에서 감히 그자의 이름를 입에 올리다니!"

"죄송합니다. 크흑, 용서를…….'

"그놈이 우주의 지배자 놀이를 할 날도 얼마 남지 않았어. 우리가 가진 기술과 과학이면 본성의 군대가 쳐들어와도 지지 않는다고…!"

"네… 네, 그럼요."

그때였다. 얼마 떨어지지 않은 곳에서 갑자기 쿵, 소리가 들렸다. 숨어 있던 스카이가 움직이다가 발이 걸려 넘어진 것이다.

"누구냐?"

프랑수아 5세가 소리쳤고, 그 순간 염력이 풀린 미스터 창은 바닥으로 떨어졌다. 스카이는 재빨리 환기구를 찾아 도주했다. 프랑수아 5세가 염력으로 환기구를 구겨버렸지만 스카이가 한발 더 빨랐다.

"쥐새끼 같은 놈… 뭐 해? 어서 가서 잡아와!"

프랑수아 5세가 윽박지르자 미스터 창은 변신해 스카이를 쫓아갔다.

밖으로 빠져나온 스카이는 기동대의 레이저 빔을 피하며 듀얼 블레이드를 작동시켜 기동대의 다리를 베기 시작했다. 쓰러진 기동대는 바닥에 깔려 있던 메탈 모래들을 흡수하여 손상된 부위를 빠르게 복원시켰다.

그 모습을 본 스카이는 다시 듀얼 블레이드를 고쳐 잡았다. 블레이드의 중앙에는 큐가 장착해준 블루 다이아몬드가 있었는데, 그곳에서 흘러나온 푸른색 빛이 은은하게 블레이드를 감쌌다.

수십 대의 기동대 로봇들이 스카이를 향해 달려들었다. 스카이는 다시 한번 자신의 몸에 장착된 다리의 스피드를 최고조로 끌어올렸다.

"이얍!"

마치 바람을 가르는 것처럼, 기동대 사이를 빠르게 질주하며 스카이는 듀얼 블레이드를 미친 듯이 휘둘렀다. 순식간에 기동대들이 파편으로 변해갔고, 스카이는 그 틈을 타 공장 밖 숲으로 빠져나갈 수 있었다.

하지만 끝이 아니었다. 숲에 도착한 그는 괴물처럼 변신한 미스터 창과 마주했다.

"뭐야 넌? 아직도 사이보그 같은 게 남아 있었나?"

기동대와 상대하다 찢어진 옷 때문에 스카이의 몸이 밖으로 드러났다. 미스터 창은 아마 스카이의 가슴 중앙에서 에너지를 공급하는 A급 나노 크리스털을 보고 스카이의 정체를 알아챈 것 같았다.

"영광인 줄 알아. 제3지구에 마지막으로 살아남은 사이보그님을 마주한 거니까."

"골동품 주제에… 네가 있어야 할 폐기물 처리장으로 보내주마!"

미스터 창은 스카이를 향해 빠르게 돌격했다. 하지만 미스터 창이 간과했던 상대가 하나 더 있었다. 바로 스카이의 동반자 울프였다. 울프가 달려들어 미스터 창의 목을 물었다.

"크흑!"

울프의 공격이 큰 영향을 미치진 못했지만 미스터 창이 목덜미에 매달린 울프를 떼어내는 동안 스카이도 가만히 있진 않았다. 푸른빛을 내뿜는 그의 듀얼 블레이드가 미스터 창의 몸을 세 조각으로 가른 것이다.

하지만 조각난 그의 몸들은 다시 꿈틀대며 재결합했다. 스카이는 그 틈에 빠르게 도주하는 것을 선택했다. 그에겐 이 괴물을 해치우는 것보다 더 중요한 임무가 있었다.

"울프, 카이로 님께 이 사실들을 알려야겠어."

12.
배틀 로얄

　8구역의 광장에는 수많은 군중이 모여 도로시가 제공한 홀로그램 방송을 시청하고 있었다. 화면에서 보여지는 건 중앙에서 열린 12구역 최강전의 9차전 경기였다. 7구역 출신으로 여러 번 대회 우승을 거머쥔 적이 있는 최강자 데스트로가 등장하자, 광장 여기저기에선 야유 소리가 터져 나왔다. 최강의 파이터라 불리는 데스트로의 상대가 바로 8구역 출신인 해성의 큰형이었다.
　당연히 8구역 출신의 파이터가 소개되자 광장은 함성으로 가득 찼다. 물론 그 함성은 모두 순수한 응원의 목소리만은 아니었다. 그에게 큰 돈을 베팅한 사람들의 함성도 섞여 있었던 것이다.
　무패의 데스트로와 맞서는 신인급 선수였기 때문에, 해

성의 형이 승리할 경우 배당금은 상상을 초월할 정도였다. 때문에 많은 구역민들이 일확천금을 노리고 해성의 형에게 돈을 걸었다. 하지만 불행히도 몇 분 후, 그들은 기대가 절망으로 바뀌는 걸 목격해야 했다.

해성의 형은 몇 차례 공격을 이어갔지만 데스트로는 가볍게 그 공격을 피했다. 누가 봐도 데스트로의 실력이 한 수 위라는 것을 알 수 있었다.

몇 번의 공격을 막아낸 데스트로는 더이상 경기를 즐기지 않았다. 데스트로는 상대의 몸을 잡아 번쩍 들어 올리고는 무릎으로 강하게 찍었다. 척추가 부러지는 파열음이 났지만, 이내 상대가 내지르는 비명에 묻혔.

그 비명도 그렇게 오래 가지 않았다. 데스트로가 한 치의 망설임도 없이 그의 목을 부러뜨렸기 때문이었다.

"형!"

해성이 소리치며 잠에서 깨어났다. 침대 시트가 땀으로 흥건했다. 꿈이라기엔 너무도 생생한 기억이었다. 그날 느꼈던 절망감이 다시금 해성을 감싸고 있었다. 해성은 그런 기분을 떨쳐내기 위해 창밖으로 시선을 돌렸다. 에어웨이 위로 다양한 모빌리티들이 날아다니고, 화려한 홀로그램 광고판들이 해성의 시선을 끌어당기고 있었다.

'센트럴시티에 온 지 일주일이 넘었는데… 언제쯤 이 풍경이 익숙해질까?'

어머니와 준혁이 떠나고 아버지가 죽음을 선택한 이후, 해성이 찾아갈 곳은 베그너밖에 없었다. 다행히 베그너는 자신이 했던 제안이 아직 유효하다는 것을 확인시켜주었다.

베그너는 약속대로 해성을 센트럴시티로 데려와 숙식을 제공해주었다. 그리고…….

때마침 홀로그램 광고판에 해성이 데뷔하게 될 파이터 대결 신인전의 영상이 흘러나오고 있었다. 파이터들을 한 명씩 소개하는 그 영상에는 해성도 포함되어 있었다.

해성은 베그너 에이전시의 파이터로 활동하며 이번 대회에 참가하기로 했다. 베그너의 목적은 당연히 해성을 파이터로 키워 큰돈을 벌려는 것이었고, 해성의 목적에는 돈과 생활 외에 다른 두 가지가 더 포함되어 있었다.

신인전에서 우승한 참가자는 데스트로와 대결하게 된다. 드디어 데스트로에게 복수할 기회를 찾은 것이다.

그리고 또 하나, 해성은 대회 신청 전, 베그너에게 개인적인 부탁을 하나 했다.

"혹시 엄마와 동생의 행방을 알아봐주실 수 있을까요? 운명의 추첨에 당첨되었으니 센트럴시티에 있을 거예요."

하지만 베그너는 고개를 저었다.

"아무리 나라도 센트럴오피스에서 일어나는 모든 일을 모두 알 수는 없네. 하지만 훨씬 쉬운 방법이 있지."

"어떤 방법이죠?"

"신인전에서 우승하면 돼. 그럼 센트럴시티에 사는 사람들 중 자네를 모르는 사람은 한 명도 없을 거야. 그러면 자연스럽게 어머니와 동생이 자네를 찾아오지 않을까?"

"네……."

해성은 베그너의 뻔한 대답에 실망했지만 말을 더 잇진 않았다. 어쨌든 지금 자신에게 가장 중요한 건 대회에서 승리하는 것이라고, 해성은 그렇게 생각하고 있었다.

오직 그것에만 집중하고 있었기 때문에, 해성은 어머니와 동생의 추첨이 조작이고, 아버지의 죽음 역시 자살이 아니라는 것을 전혀 짐작하지 못하고 있었다. 그리고 그 배후에 베그너가 있다는 것도.

*

마침내 결전의 날이 다가왔다.

"제3지구 시민 여러분 안녕하십니까! 올해 새롭게 나타난 새로운 파이터는 누가 될까요? 어떤 새 얼굴이 최강자 데스트로와 맞붙게 될까요? 지금부터 12구역 신인들의 신인 최강전을 시작하겠습니다!"

사회자는 매년 그렇듯 상투적인 말로 대회의 시작을 알렸다. 그리고 관중들의 환호성이 따라왔다. 환호하는 대부분의 관객들은 일반석에 자리 잡고 있었고, VIP석에 앉은 사람들은 큰 반응 없이 조용히 경기장을 응시하고 있었다.

VIP석에 앉은 인물 중에는 8구역에서 있었던 해성의 시합을 유심히 지켜본 키 크고 깡마른 귀족도 있었다. 그는 페이스페이커를 착용한 어떤 남자 옆에 앉아 있었는데, 그 남자는 옷차림이나 풍기는 분위기로 볼 때 조직에서 꽤 높은 자리에 있는 사람 같았다.

"드디어 시작이군요."

귀족이 옆에 앉은 남자를 향해 조용히 말을 걸었다.

"그래, 나도 기대 중이네."

고위직으로 보이는 남자가 대답했다.

"자네가 그때 8구역에서 해성의 DNA를 검사하고 '그'가 맞다고 했을 때부터 직접 보고 싶었거든."

"저희 뒤쪽에 카림도 와 있습니다. 신인전에 얼굴을 비출 거라곤 예상 못 했는데요."

귀족은 조심스럽게 주변을 살피며 말했다.

"음, 카림의 움직임은 각별히 조심해야 해. 아주 위험한 인물이니까."

"알고 있습니다."

신인전을 보러 온 의외의 인물은 카림만이 아니었다. 두 사람으로부터 좀 떨어진 관중석 한편에서는 또 한 명, 의외의 관객 때문에 대중이 술렁이고 있었다.

"최강자 데스트로가 신인전을 보러 왔어!"

데스트로는 에이전시 대표인 미스터 창과 함께 경기장을 찾았다.

"저기 12번 해성이라는 놈이 네가 경계해야 할 대상이다."

미스터 창이 대기 선수들 가운데 해성을 가리키며 말했다.

"새… 생각보다 체, 체격이 크, 크, 크지 않은데요……."

엄청난 파괴력과 잔혹한 성격과는 달리 데스트로에겐 알려지지 않은 약간의 언어장애가 있었다.

"체격은 그렇지… 하지만 저 놈에게는 뭔가 보이지 않는 힘이 있는 것 같아."

미스터 창의 말에 데스트로도 유심히 해성을 바라보았다. 게임 시작 시그널이 울리자 스무 명의 신인 파이터들이 모두 링 위로 올라갔다.

신인전은 참가한 모든 파이터가 링 위에 올라가 한 명이 남을 때까지 싸우는 배틀 로얄 방식이었다. 그리고 경기가 시작되자마자 마치 약속이나 한 듯, 해성과 다른 한 명을 제외한 열여덟 명의 파이터들이 모두 해성을 둘러쌌다.

'뭐야? 왜 하필 나지? 체격이 작아서 날 얕보는 건가?'

물론 그것도 틀린 이유는 아니었다. 하지만 해성이 베그너의 회사 소속이라는 게 더 중요했다. 베그너가 이번에 대단한 인재를 영입했다며 주변에 떠들어댄 탓에 다른 에이전시의 대표들은 자신의 선수들에게 눈엣가시인 해성을 제일 먼저 제거해야 한다고 얘기했던 것이다.

먼저 해성의 뒤에 있던 파이터가 해성을 향해 돌진했다. 하지만 해성은 그의 주먹을 가볍게 피하며 오히려 공격해 들어오는 그를 붙잡아 앞으로 던졌다. 앞쪽에서 해성을 공격하려던 파이터들이 의외의 공격을 받고 우르르 쓰러졌다.

무작정 여럿이 포위해서 공격하면 될 거라 믿었던 시도가 수포로 돌아가자 남은 참가자들은 서로 눈빛을 교환하며 나름 작전을 짜서 해성을 공격했다. 먼저 덩치가 제법 큰 파이터가 발차기를 날리며 해성을 한쪽으로 몰아붙이면, 미리 그쪽에 자리 잡고 있던 파이터가 사각에서 일격을 날릴 준비를 취했다.

하지만 해성은 본능적으로 발차기를 피하는 대신, 오히려 측면으로 막아내며 파이터의 뒤로 돌아가서 공격할 공간을 만들었다. 덕분에 빈 공간에서 해성을 기다리던 파이터는 졸지에 해성 앞에 무방비로 서게 되었다. 해성은 두 파이터들에게 가볍게 연타를 꽂아 넣었다.

공격을 마친 뒤에도 해성의 동작은 끊기거나 멈추지 않았다. 공격하느라 모았던 에너지를 그대로 다시 다음 동작으로 연결시켰고, 순식간에 열 명이 넘는 파이터들이 링 위로 쓰러졌다.

"좋았어!"

관중석에서 베그너가 두 손을 번쩍 들며 외쳤다.

뒤늦게 정신을 차린 파이터들이 또다시 해성에게 달려들었지만, 실력의 차이가 너무 컸다. 그들은 해성의 주먹 한 방에 낙엽처럼 나뒹굴었다.

마침내 링 위에는 두 명만 남았다. 해성. 그리고 처음부터 무리와 떨어져 그를 지켜보고 있던 파이터 한 명.

"역시, 듣던 대로군."

그는 신기하다는 듯 해성을 위아래로 훑어보며 말했다. 그러고는 뜬금없이 손을 내밀어 악수를 청했다.

"만나서 반갑다, 해성. 나는 태양이라고 한다."

해성은 당황스러웠다.

"지금 뭐 하자는 거야?"

"그냥 싸우기 전에 서로에 대해 조금 알았으면 좋겠다

고 생각해서. 왜? 이상한가?"

정말 이상한 놈이다… 라고 생각하며 눈앞의 상대를 탐색하던 해성은 이번엔 태양의 얼굴에서 이상한 부분을 발견했다.

"그런데 너… 이마에 왜 고유번호가 없지?"

"없는 게 당연하지. 난 센트럴시티 출신이니까."

"센트럴시티… 출신이라고?"

신인전에 센트럴시티 출신이 참가하면 안 되는 건 아니었지만 센트럴시티에는 파이터가 없었다. 구역에서 태어난 대부분의 파이터들이 상대를 때리고, 맞고, 목숨까지 잃어가면서 바라보는 최종 목표가 바로 센트럴시티니까. 그렇기에 센트럴시티에서 태어난 자가 파이터가 될 이유는 없었다. 적어도 해성의 생각으로는.

"이해할 수 없는 녀석이군."

"그런가? 그럼 다행이네."

태양이 의외의 반응을 보였다.

"나도 네가 왜 이렇게 필요 이상의 기대를 받고 있는지 모르겠거든. 심지어 너는 네가 누군지도 모르는데……."

"그게 무슨 소리야?"

"곧 알게 될 거야!"

그 말을 마치기가 무섭게 태양이 기습 공격을 시작했다.

"뭐야, 갑자기 비겁하게!"

"링 위에서 방심하는 놈한테 그런 얘길 듣고 싶진 않은데."

태양은 앞서 상대했던 파이터들과는 완전히 달랐다. 동작도 훨씬 안정적이었고 스피드와 파워 모두 해성에게 뒤지지 않았다. 태양이 공격하면 해성이 막아내고, 해성이 반격하면 태양이 피하면서 둘은 접전을 벌이기 시작했다. 그리고 VIP석에선 깡마른 귀족이 그 모습을 흐뭇하게 바라보고 있었다.

"태양 이 녀석, 너무 흥분했군요."

"자네가 키우고 있다는 그 아인가?"

귀족의 말에 옆에 앉아 있던 고위급 인물이 반응을 보였다.

"네, 좀 철이 없긴 하지만, 그래서 더 귀엽죠."

"두 번만 귀여웠다간 몸이 박살나겠군."

귀족은 말없이 미소를 지었다. 태양은 귀족 집안에서 일하는 하인의 자식이었다. 센트럴시티에서 태어나고 자랐지만 신분이 높지 않았고, 자신이 하고 싶은 일을 선택할 수도 없어 주인들의 뜻에 의해 파이터로 키워졌다. 그리고 귀족은 신인전에 태양을 내보내 정말 해성이 '그'가 맞는지 마지막 확인을 할 생각이었다.

두 사람의 싸움은 처음엔 호각세였지만, 마구잡이인 해성에 비해 체계적인 교육을 받은 태양 쪽으로 승기가 기울고 있었다. 공격에 실패한 해성이 살짝 비틀거리며 빈틈을 보이자, 태양은 놓치지 않고 자신의 특기인 연타 공격을 감행했다. 강한 힘과 스피드를 갖춘 그 공격에 해성마저도 쓰러질 수밖에 없었다.

"7번! 대단하다!"

방금 전까지 열여덟 명을 쓰러뜨린 해성은 말 그대로 이번 신인전에 '혜성처럼 나타난 신예'였다. 그런데 지금 또 다른 참가자가 나타나 그런 해성을 쓰러뜨렸으니, 관객들도 흥분하지 않을 수 없었다.

"제법인데? 상대할 맛이 나네."

의외의 일격을 맞아 쓰러진 해성이 정신을 차리고 다시 일어섰다.

"여유 있는 척하긴. 어디 소문처럼 대단하다면, 숨겨놓은 힘을 좀 보여줘봐."

해성은 반격에 들어갔다. 제법 날카로운 발차기였는데 이번에도 태양은 몸을 옆으로 틀며 방어에 성공했다. 그리고 해성 쪽으로 바싹 붙어 다시 한번 연타 공격을 퍼부었다.

하지만 이번엔 해성도 만만치 않았다. 해성은 마치 날아오는 공격의 방향을 모두 알고 있는 것처럼 부드러운 몸놀

림으로 태양의 연타를 피했다. 태양은 해성의 빠른 동작에 감탄했다.

해성의 움직임에 놀란 건 태양만이 아니었다. VIP 관람석에 있는 귀족 역시 태양과 싸우는 해성의 모습을 유심히 지켜보고 있었다.

"역시 놀라운 운동신경이네요. 어쩌면 예리엘을 능가할지도 모르겠어요."

귀족의 말에 옆에 앉아 있는 남자는 시큰둥하게 반응했다.

"너무 성급한 판단처럼 보이는데?"

그 순간, 연타를 가볍게 방어해낸 해성은 놀랍도록 빠르고 강한 동작으로 어퍼컷을 태양의 배에 꽂아 넣었다.

"크헉!"

자신만만하던 태양의 얼굴에 커다란 고통이 어렸다. 제대로 먹힌 일격의 효과는 아주 컸다.

아니면 해성의 공격에 무언가 알 수 없는 힘이 더 실려 있었을 수도.

"믿을 수 없어……."

태양은 그 말을 간신히 토해내고 링 위에 쓰러졌다. 잠시 시간이 멈춘 듯 온 세상이 고요해졌다. 관객도 해성도 모두 숨을 죽인 채 쓰러진 태양에게 시선을 집중하고 있었다.

시간이 얼마나 흘렀을까? 태양이 다시 일어날 수 없다는 것을 모두가 깨달을 무렵, 해성이 손을 들어 자신의 승리를 외쳤다. 관객석에서 거대한 환호가 터져 나왔다. 새로운 챔피언의 탄생을 알리는 신호였다. 그리고 해성은 관객석에서 미스터 창 옆에 앉아 있는 데스트로에게 시선을 고정했다.

데스트로 역시 해성의 시선을 느낀 건지, 그를 말없이 뚫어져라 마주보았다. 둘 사이의 공간이 얼음처럼 차가워졌다.

한편, VIP석에 앉아 이 모든 걸 지켜보던 카림의 이마에는 깊은 주름이 파였다.

'케이는 정말 저 놈의 각성을 기다릴 생각인 건가? 그땐 이미 놈을 막을 수 없을지도 모르는데?'

카림은 프랑수아 5세가 자신의 방에서 해성의 데뷔전을 만족스럽게 바라보며 웃고 있다는 것을 전혀 모르고 있었다.

Part 2.

야망 野望

1.
뜻밖의 방문객

한밤중 뜬금없이 벨소리가 울렸을 때, 유진은 긴장할 수밖에 없었다. 이 시간에 자신을 찾아올 사람이 누가 있을까? 홀로그램 비디오를 통해 뜻밖의 방문객이 크루거라는 걸 알게 되었을 때, 유진은 잠시 설렜다.

하지만 문을 열고 들어온 것은 피투성이가 된 크루거와 또 한 명의 부상자 키아라였다.

"미안해. 너무 늦었는데, 갈 데가 여기밖에 없어서……."

"아니에요. 도움이 된다니 다행이에요."

유진은 크루거를 도와 키아라를 소파에 눕혔다. 물론 다친 키아라를 돕기 위해서였지만 그보다는 크루거의 품에 안긴 키아라를 보기 싫은 이유도 있었다. 다친 사람에게도 질투심을 느끼는 자신에게 자괴감이 들었지만 그럼에도 유진은 자신의 행동을 후회하지 않았다.

　유진은 누워 있는 키아라의 상태를 먼저 체크했다. 가슴 아래로 깊은 출혈이 있었고, 뼈가 여러 군데 부러졌다.

　"상태가 많이 좋지 않네요."

　잠시 망설이던 유진은 서랍에서 비상 의료키트를 꺼냈다.

　"재생액체가 조금 남아 있긴 해요. 상처가 너무 깊어서 모자랄 수도 있지만."

　크루거는 말없이 고개를 끄덕였다. 유진과 크루거는 키아라의 몸을 일으켜 욕실로 데리고 갔다. 크루거가 욕조에 물을 채우는 동안 유진은 피로 물든 키아라의 옷을 하나씩 벗기기 시작했다. 피부는 상처로 엉망이었지만 옷 안에 있는 몸매는 잘 단련된 근육으로 보기 좋게 모양이 잡혀 있었다. 역시 상황에 어울리지 않았지만, 유진은 여전히 그것이 신경쓰였다.

　물을 다 받자 유진과 크루거는 키아라를 욕조에 눕히고 재생액체를 모두 털어넣었다. 재생액체가 물에 녹으면서 키아라의 상처도 조금씩 회복하기 시작했다.

　"두어 시간 정도 지켜봐요. 아마 괜찮을 거예요."

　유진은 그렇게 말하고 거울에 비친 자신의 모습을 바라보았다. 흐트러진 머리와 꾸미지 않은 얼굴까지… 유진은 왠지 속상한 마음이 들었다. 방금 전에 본 키아라의 탄

탄한 몸매가 자꾸 뇌리를 스쳤다. 유진은 헝클어진 머리를 묶으면서 크루거에게 물었다.

"대장, 혹시 담배 하나 있을까요?"

잠시 멈칫하던 크루거는 주머니에서 담배를 꺼내 내밀었다. 유진은 손대신 입술로 그 담배를 받았다. 그리고 크루거가 불을 붙여주길 기다렸다.

불을 붙여준 크루거는 자신의 담배를 꺼내려고 주머니를 뒤졌지만 방금 전 유진에게 건네준 것이 마지막이었다는 걸 알아챘다. 유진은 담배를 깊이 한 모금 빨고, 연기를 내뿜으며 크루거 쪽으로 건넸다.

"나눠 피울까요?"

"아니, 나도 좀 누워야 할 것 같군."

갑자기 두통이 찾아온 크루거는 방금 전까지 키아라가 있던 소파에 누웠다. 유진이 크루거의 머리 위에 손을 올려 천천히 머리결을 매만져 주었다. 크루거와 유진의 얼굴 사이, 얼마 되지 않는 좁은 공간을 유진의 숨결과 담배 연기가 함께 채웠다.

"이제 정신이 좀 드나?"

키아라가 깨어났을 때, 그녀의 눈앞에는 크루거와 유진이 서 있었다.

"여긴… 어디지? 나를 왜 살린 거야?"

당황한 목소리로 키아라가 물었다.

"네가 죽어버리면, 질문에 답해줄 사람이 없잖아."

"나를 살려둔 걸 후회하게 될 텐데."

"상관없어."

크루거는 차갑게 말했다.

"이미 후회로 가득 찬 인생을 살아가는 중이거든. 하나쯤 더해도 별 문제는 없을 거야."

그렇게 말하는 크루거의 목소리에는 왠지 모를 쓸쓸함이 서려 있었다.

"이제 질문은 내가 하지. 넌 고스트팀인가?"

크루거의 질문에 키아라는 별로 놀라지도 않고 대답했다.

"문제를 여러 개 냈는데, 겨우 하나 맞췄군. 고스트팀에 대해 알고 있나?"

"그냥저냥 떠도는 소문으로만. 실제로 본 건 네가 처음이야."

"난 센트럴오피스의 연구실에서 태어났다."

"부모는?"

"1구역 노동자 출신이었다고 들었어. 실제로 본 적은 없고. 태어난 이후로는 쭉 연구실에서 키워졌으니까."

"그 연구실엔 너 같은 아이들이 얼마나 있었지?"

"글쎄 수백 명쯤?"

"수백 명?"

깜짝 놀란 크루거는 옆의 유진을 바라보았다. 유진은 놀란 것 같았다.

"들은 적 있는 것 같아요. 정식으로 발표된 건 아니었지만… 10년 전쯤 연구실에 화재가 있었고, 그때 아이들이……."

유진의 말에 키아라가 고개를 끄덕였다.

"맞아. 내 나이 12살이 되던 해, 그때 나와 쌍둥이 한 쌍이 카림의 선택을 받았다."

"카림이라고? 제3지구 국방책임자인?"

카림의 이름이 나오자 깜짝 놀란 크루거가 되물었다.

"맞아. 우린 철저하게 그의 배후에서 키워졌다. 센트럴 오피스에선 나와 쌍둥이가 모두 사망한 것으로 처리되어 있었다. 하지만… 내가 조사해본 바로는."

키아라는 말을 잠시 멈추고 머뭇거렸다.

"그 화재의 주범이 카림이었다고 한다. 나와 같은 실험체들을 빼돌려서 자신만의 군대를 만들려고 한 거지."

그 말을 듣고 유진이 급하게 물었다.

"그럼 연구실의 다른 아이들은요?"

"그 아이들이 모두 살아남았는지는 나도 모른다. 아마

어쩔 수 없이 희생된 아이들도 분명히 존재하겠지."

"세상에… 자기 욕심을 위해 그 어린아이들을……."

"맞아. 나 역시도 탐욕의 도구 중 하나일 뿐이었지."

"그래서 나한테 DNA를 남긴 건가? 너를 추적해서 고스트팀과 너의 진실을 밝혀 달라고?"

"맞다. 네가 그 정도의 권한도 없는 말단일 줄은 몰랐지."

키아라의 말에 크루거가 잠깐 발끈했다.

"아무리 플릭이라도 카림과 프랑수아 5세 같은 권력층을 조사하는 건 불가능해."

"카림과 프랑수아 5세를 건드리라는 것이 아니다. 그보다 먼저 저장소를……."

'저장소'라는 말이 키아라의 입에서 튀어나온 순간, 갑자기 벽이 폭발하며 누워서 회복 중이던 키아라의 몸이 공중으로 떠올랐다.

"누구냐!"

공중에는 쌍둥이 제타와 알렉스가 떠오르는 키아라의 몸을 기다리고 있었다. 크루거는 나노 아머의 레이저 건으로 공격했지만, 알렉스가 가볍게 손을 뻗자 날아가던 레이저가 소멸해버렸다.

"뭐지? 저 힘은……."

놀란 크루거는 다시 한번 레이저 건을 조준했다. 하지만 이번엔 알렉스의 염력이 더 빨랐다. 크루거는 갑자기 누구에게 붙잡힌 듯 몸을 움직일 수 없었다.

'빌어먹을!'

알렉스가 손가락을 까딱거리자 크루거의 팔이 조금씩 움직이기 시작했다. 그의 팔에 있는 레이저 건이 그의 턱을 겨냥했다. 크루거가 저항해봤지만 소용없었다. 뜻대로 움직이지 않는 손가락이 방아쇠를 당기기 직전이었다.

"알렉스, 하지 마. 저 사람은 플릭이야. 플릭을 죽이면 너도 곤란해질 거야."

공중에 떠 있는 키아라가 간절한 표정으로 부탁하자 알렉스는 잠시 머뭇거렸다. 알렉스와 제타는 카림을 위해 음지에서 일하고 있는 중이다. 플릭에게 손을 대면 당연히 자신과 제타에 대한 추적이 시작될 수밖에 없다. 그런 위험을 감수할 필요가 있을까?

결론을 내릴 수는 없었다. 생각에 잠겨 있는 동안 레이저가 그의 얼굴을 명중시켰으니까.

아래 쪽에서 유진이 호신용 레이저 건을 들고 몸을 떨고 있었다.

"그 사람 건드리지 마! 무슨 일이 생기면 가만두지 않겠어!"

"벌레 같은 게, 윙윙대며 귀찮게 하네."

알렉스가 손을 뻗자 유진의 몸이 날아가 벽에 부딪쳤다. 유진은 머리에서 피를 흘리며 정신을 잃었다.

"유진!"

크루거가 유진을 향해 뛰어가려고 했지만 알렉스가 다시 한번 염력으로 크루거를 붙잡아 목을 조르기 시작했다.

"크윽… 그만해……."

크루거의 발이 공중으로 떠올랐다. 알렉스의 잔혹한 성격을 알고 있는 키아라는 마음이 약한 제타를 붙잡고 눈물로 애원했다. 제타는 알렉스를 제지시켰다.

"알렉스, 이제 그만해. 플릭이라잖아. 우림지대의 노예들과는 다르다고. 여기서 더 건드리면 골치 아픈 일이 생길 거야. 키아라를 잡은 걸로 우리 임무는 끝났어."

그 말을 들은 알렉스는 더이상 고집을 피우지 않고 크루거의 목을 조르던 염력을 풀었다.

"너, 운 좋은 줄 알아."

쓰러진 크루거를 향해 그렇게 말하고 알렉스는 제타와 키아라를 데리고 사라졌다.

크루거는 땅에 떨어진 유진을 향해 달려갔다. 의식을 잃었던 유진이 게슴츠레 눈을 떴다.

"저는, 괜찮아요……."

"괜찮긴. 머리에서 피가 이렇게 나는데……."

크루거는 비상 의료키트에서 나노 밴드를 꺼내 상처 위에 붙였다.

유진은 크루거의 품에 안겨 그의 눈동자를 바라보았다. 그토록 원했던 사람, 하지만 가질 수 없었던 그가 지금 자신의 눈앞에 있었다. 유진은 정신이 나른해지며 마치 구름 위에 떠 있는 것처럼 느껴졌다. 자신도 모르게, 크루거의 입술에 자신의 입술을 포갰다.

그녀의 팔은 어느덧 크루거의 목을 끌어안았고, 오랫동안 기다렸던 인내심을 떨쳐버리려는 듯 그녀는 마음처럼 불타는 뜨거운 숨결을 그의 입으로 불어넣었다. 크루거는 당황했지만 차마 거부하진 못했다.

"사랑해요. 아주 오래 전부터."

긴 키스를 마치고 난 뒤, 유진은 얼굴을 붉히며 크루거에게 고백했다.

"알고 있어."

크루거가 해줄 수 있는 말은 그것뿐이었다.

"언제까지 알고만 있을 건데요?"

유진은 눈물이 그렁한 눈으로 크루거를 바라봤다. 크루거는 마주볼 수가 없어서 고개를 돌릴 수밖에 없었다. 두 사람 사이에 잠시 침묵이 흘렀다. 크루거의 나노 아머에서 호출 신호가 울리기 전까지.

"무슨… 일이에요?"

어두워지는 크루거의 표정을 보고 유진이 물었다.

"본부에 가봐야겠어. 같이 갈까? 마저 치료를 받아야지."

"싫어요."

유진은 고개를 저었다. 그 행동에는 자신의 말에 대답하지 않고 자리를 피하는 크루거를 향한 원망이 섞여 있었다.

"알았어. 기다려주고 싶은데 그럴 수 없을 것 같군."

크루거는 냉정하게 일어서며 나설 준비를 했다.

"무슨 일인데요?"

유진이 크루거의 뒷모습을 보며 물었다. 서둘러 떠나는 모습이 왠지 모르게 서운하게 느껴진 것 같았다. 하지만 크루거의 대답을 듣자, 그녀는 아무 말도 못하고 그를 보내줄 수밖에 없었다.

"마뉴가… 죽었대. 다른 대원들도 모두."

2.
음모의 연속

"자네의 단독 행동 때문에 다른 팀 대장들이 불만이 많아."

근엄한 바할 앞에서 크루거는 고개를 숙이고 있을 수밖에 없었다.

그가 내린 명령 때문에 팀원 전체가 목숨을 잃은 것이다. 플릭이 존재하는 한 끝없이 기억될 대참사 중 하나였다.

"오늘 일에 대해선 내부 조사가 있을 거야. 조사가 완료될 때까진 직위도 해제될 거야. 당연히 지금 가지고 있는 수사권과 나노 아머도 반납해야겠지."

"…알겠습니다."

크루거는 그렇게 대답하고 바할의 집무실을 나왔다.

두꺼운 문이 닫히고 난 뒤, 바할은 일급기밀로 보고된 홀로그램 자료들을 살펴보기 시작했다. 센트럴오피스 CCTV에 담긴 키아라의 모습도 놓치지 않았다.

"생각보다 많이 심각하지?"

바할이 자료를 보느라 정신이 팔려 있는 사이, 어둠 속에 숨어 있던 그림자 하나가 불쑥 다가와 말을 걸었다. 미스터 창이었다.

"자네가 이 집무실에 들락날락하는 게 알려져서 좋을 게 없는데."

"걱정 마. 집무실 밖에선 이걸 썼거든."

그는 목에 장착된 페이스페이커를 가리켰다. 바할은 미스터 창을 힐끗 보고 다시 홀로그램 화면으로 고개를 돌리며 말했다.

"어쨌든 자주 만나서 좋을 건 없잖아."

"그럼 만날 일이 없게 해야지."

미스터 창은 문 쪽을 바라보며 말했다.

"크루거라고 했지? 지금 나간 놈. 우리에 대해 너무 많이 알아."

바할은 말이 없었다. 미스터 창의 말이 무슨 의미인지 이해했기 때문이다. 그 말에 바로 대답을 할 수 없어서 바할은 홀로그램 영상을 가리키며 말했다.

"카림이 빼돌린 실험체, 맞지?"

화면 속에는 변신한 미스터 창이 키아라, 크루거와 함께 맞서는 장면이 나오고 있었다.

"비밀연구실 위치는 아직 못 알아낸 건가?"

미스터 창이 크루거에 대해 언급한 것을 보복이라도 하듯, 바할은 그가 카림의 속셈을 제대로 파악하지 못하고 있는 것에 대해 몰아붙였다.

"카림이 우림지대 채굴장 프로젝트를 가지고 간 이후터 케이는 나한테 저장소 임무만 맡긴다고! 저장소 프로젝트가 얼마나 힘든지 알아?"

바할의 얼굴에 비웃음이 어렸다.

"케이의 신뢰를 두둑이 받더니, 카림을 누르겠다던 결심은 어디 간 거지?"

"그냥 생각이 좀 바뀌었을 뿐이야."

"어떻게?"

"우리가 바라는 건 이 체제가 영원히 계속되는 거잖아? 그럴 거면 의견이 맞지 않더라도 서로 돕는 게 낫지 않겠어? 우리끼리 분열하면 무슨 의미가 있어?"

"내 말이 그거거든."

미스터 창이 의아하다는 듯 쳐다보았다.

"넌 카림을 믿을 수 있나?"

바할의 질문에 미스터 창의 얼굴이 굳었다.

"분열은 우리가 만드는 게 아니야. 카림이 분열을 만들 때를 대비하자는 거지."

미스터 창도 동의한다는 듯 고개를 끄덕였다.

"무슨 말인지 알았어. 그 '대비'라는 거, 자네의 부하한테 해당된다는 것도 잊지 말고."

이번엔 바할도 고개를 끄덕였다. 두 번이나 언급했으니 그냥 뭉개고 넘어갈 수는 없는 일이었다. 그는 호출 영상을 켜고 타케시를 불렀다.

"지금 당장 올라와. 비밀 임무가 있다."

*

타케시가 굳은 표정으로 집무실을 나왔다. 바할이 크루거에게 반역죄를 씌우며 그에게 체포를 명했던 것이다.

과거에 있었던 제시와의 일 때문에 타케시와 크루거의 사이가 좋지 않은 것은 사실이었다. 하지만 그럼에도 불구하고 크루거가 반역자라는 말을 그대로 믿을 순 없었다.

분명 무슨 음모에 걸려든 것이 확실해 보였다. 하지만 타케시에게는 그 이상 파고들 힘도, 의지도 없었다. 그는 상관의 명령을 절대적으로 따라야 했으니까.

복잡한 생각은 집어치우고 그는 자신의 눈앞에 놓인 목

표에 충실하기로 했다. 한때는 친구였고, 연적이었으며, 이제 원수가 되는 목표.

"2팀 전원 긴급 소환! 반복한다, 2팀 전원 긴급 소환! 반역자를 체포하러 출동한다. 반역자의 이름은 크루거. 발견 즉시 체포하고, 저항하면 사살해도 좋다."

팀원들과 합류하기 위해 명령을 내리고 움직일 때, 타케시는 주변을 잘 살피지 않았다. 그래서 의무실에서 치료를 받고 나온 유진이 벽 주변에 숨어 타케시의 말을 엿듣고 있었다는 것조차 눈치챌 수 없었다.

타케시가 사라진 이후, 유진은 필사적으로 달리기 시작했다. 크루거를 향해서.

3.
타락한 영웅의 초상

 센트럴시티의 스카이라인을 이루는 고층빌딩 한 곳의 최상층에 위치한 펜트하우스에서는 해성의 데뷔전을 기념하는 웅장한 파티가 열리고 있었다. 당연히 베그너가 자신의 능력을 과시하기 위해 연 파티였다.
 "자, 새로운 챔피언 해성 군을 위해 다 같이 건배!"
 베그너는 마치 자신이 우승한 것처럼 여기저기 해성을 끌고 다니며 자신이 해성을 어떻게 발견했고 어떻게 여기까지 데려왔는지 무용담을 늘어놓고 있었다. 그 옆에서 해성은 주눅든 표정으로 말없이 서 있을 뿐이었다.
 "반가워요. 영광이에요."
 "손이 생각보다 부드러워서 놀랐어요."
 베그너가 만나는 사람들마다 옆에 있는 해성에게 다가

와 인사를 건넸다. 해성은 누가 누구인지 알 수 없었지만 한 명 한 명 최선을 다해 인사했다.

초대받은 사람 중엔 해성의 데뷔전을 보러 왔던 마르고 키 큰 귀족도 있었다. 그의 옆에 있던, 고위직으로 보이던 남자도 함께.

베그너가 그 고위직으로 보이던 남자를 알아보았다.

"아니, 디아고 원로님께서 여기까지 찾아주시다니요!"

디아고 원로는 제3지구 원로원에서도 중심에 속하는 인물이었다.

"네, 정말 대단한 친구를 찾아내신 것 같습니다. 저도 깜짝 놀랐어요."

베그너는 흡족한 미소를 지었다. 디아고 원로는 베그너와 간단한 공치사를 나눈 뒤 인사를 하고 자리를 떴지만 함께 있던 키가 큰 귀족은 말없이 계속 해성을 응시하고 있었다.

해성 역시 자신을 바라보는 귀족의 시선을 느끼고 있었다. 아니, 마치 귀족의 시선이 올가미처럼 자신을 묶고 움직이지 못하게 하는 듯한 느낌이었다.

그 사이 무대 위에선 노출이 많은 의상을 입은 여가수가 촉촉한 목소리로 노래를 부르고 있었다. 의상과 목소리, 그리고 중간중간 더하는 제스처까지, 모두 다 남자들의 본능을 자극하는 무대였다. 해성은 자기도 모르게 그 모습을 넋을 놓고 바라보았다.

*

파티가 어느 정도 무르익었을 때, 이미 그곳은 부유층의 환락 공간으로 변해 있었다. 초대된 손님들은 저마다 붉은 소금을 흡입하고, 때로는 이성끼리, 때로는 동성끼리 짝을 이뤄 본능에 충실한 시간을 즐기고 있었다.

그런 분위기가 낯선 해성은 창가로 가서 센트럴시티의 야경을 감상할 수밖에 없었다.

'이 도시 어딘가 엄마와 준혁이도 있겠지?'

높은 빌딩으로 빽빽한 도시의 풍경을 바라보며 해성이 그런 생각에 잠겨 있을 때, 갑자기 그의 등 뒤에서 따뜻한 살결의 감촉이 느껴졌다.

"무슨 생각을 그렇게 하고 있어요?"

해성이 돌아보자 방금 전 무대에서 노래를 했던 가수가 서 있었다.

"아, 아니 그냥……."

미인의 갑작스러운 접근에 해성은 갑자기 머릿속이 멈추더니 말을 더듬기 시작했다.

"도시가… 엄마가… 그래서 뭔가……."

그러자 여자는 매혹적인 미소를 지으며 한 걸음 앞으로 다가와 해성의 귓가에 뜨거운 입김을 내쉬며 속삭였다.

"골치 아픈 생각은 그만하고 나랑 같이 가서 노는 건 어때요?"

속삭임이 멈춤과 동시에 여가수의 입술이 해성의 볼에 닿았다. 해성의 볼이 새빨갛게 달아오르기 시작했다. 뜨거운 기운이 구석구석까지 퍼지고, 심장이 빠르게 뛰었다.

하지만 그녀는 마치 방금 전까지 아무 일도 없었다는 듯 뒤돌아 걷기 시작했다. 해성은 자신도 모르게 그녀를 따라가고 있었다.

"뭐 하냐, 너?"

그 순간 옆에서 태양이 붙잡지 않았다면 세상 끝까지 따라갔을 것이다.

"이런 파티에서 페이스페이커를 착용한 여자들은 조심해야 해. 안쪽에 어떤 얼굴이 있을 줄 알고."

태양은 멀어져가는 그녀의 목 부분을 가리켰다. 확실히 그녀는 페이스페이커를 사용하고 있었다.

"따라와 봐. 같이 갈 데가 있어."

태양이 그런 해성을 잡아 끌었다.

"아니, 나는……."

해성은 같이 가고 싶지 않았지만 태양은 막무가내였다.

해성을 데리고 주방으로 들어가려는데 베그너의 경호원이 두 사람을 가로막았다. 하지만 붙임성이 좋은 태양은 경호원에게 눈을 찡긋하더니,

"해성이가 배가 고프다네요. 입맛에 맞는 음식을 좀 찾아봐야 할 것 같아요."

라고 말하고는 가볍게 경호원을 지나쳐 통과했다. 귀족에게 속한 하인이었던 태양은 아는 사람도 많고 친화력도 좋은 편이었다.

"도대체 어딜 가는 거야?"

태양은 주방을 지나쳐 해성을 탈의실로 데리고 갔다. 그곳엔 키 크고 깡마른 귀족이 앉아 있었다.

"드디어 만나게 되네요."

"누구시죠?"

"저는 당신을 오랫동안 찾았던 사람입니다."

"네? 저를 왜요?"

"당신이 있어야 세상을 바꿀 수 있기 때문이죠."

해성은 귀족이 하는 말을 도통 이해할 수가 없었다. 그러나 세상을 바꾼다는 말에 왠지 레볼트가 연상됐다.

"혹시 나를 레볼트에 가입시키려는 거라면……."

"아뇨. 우리는 레볼트와는 다릅니다. 그리고 우리에겐 당신이 필요해요, 해성."

귀족의 말투에선 왠지 모를 간절함이 느껴졌다.

"죄송한데, 세상을 바꾸든 뭘 하든 그건 제 일이 아니에요. 저는 제 가족을 찾는 게 더 중요하고, 그러기 위해서 링에 올라서 싸우는 겁니다. 제 목적은 그것밖에 없어요."

그렇게 말하고 해성은 단호하게 뒤돌아 밖으로 나가버렸다. 태양은 그런 해성의 뒷모습을 화난 표정으로 바라보았다.

"아리아 님! 저 놈이 정말 선택받은 자 맞습니까?"

그러자 귀족이 한순간의 망설임도 없이 대답했다.

"맞지. 유전자 검사결과가 그렇게 나왔으니까."

"하지만… 하지만……."

태양은 뒷말을 잇지 못했다. 태양이 보기에 해성은 자신의 운명에 대해 자각도 못하고 타인에 대한 배려도 없이 자신과 가족만을 생각하는 이기적인 인간이었다.

"조금 더 지켜보자. 어쨌든 해성에겐 주어진 운명이 있어. 어떤 길로 가든, 운명은 결국 또다시 그를 부를 거니까."

페이스페이커 속에서, 아리아는 슬픈 눈빛으로 그렇게 말했다.

해성은 다시 파티장으로 돌아왔다. 그동안 파티장의 분위기는 더욱 뜨거워졌고, 옷을 벗은 남녀들이 곳곳에 뒤엉

켜 있었다. 해성은 그 모습을 차마 볼 수 없어 여기저기 고개를 돌리고 있는데, 갑자기 눈에 익은 얼굴이 보였다.

'그랜드… 킹?'

수없이 동경의 눈빛으로 바라보았던 동상 속 그 얼굴.

살이 찌고 늙었지만 해성은 그를 분명 알아볼 수 있었다. 비록 그가 술에 취해 자신보다 수십 살은 더 어린 여성들과 벌거벗고 살을 비비고 있더라도.

"저기, 혹시 그랜드 킹 님 맞으시죠?"

인사를 건네기에 적당한 때가 아니라는 건 해성도 잘 알고 있었지만, 그래도 영웅을 만난 순간을 그냥 지나칠 순 없었다. 다행히 그랜드 킹도 해성을 알고 있었다.

"오, 이게 누구야! 새로운 8구역의 챔피언 해성 군이군."

그는 여자들을 떼어내고 해성에게 악수를 건넸다.

"그러고 보니 8구역에 안 가본지 30년이 넘었군. 거긴 좀 어때? 아직도 도로시가 시장으로 있나?"

"네, 맞습니다."

"변한 게 없군, 거기는."

그랜드 킹은 샴페인 잔을 들어 단숨에 들이켰다.

"네, 모두들 아직 그랜드 킹 님을 존경하고 있어요."

"그러니까. 변한 게 없다고."

그랜드 킹 님은 많이 변하신 것 같네요, 라는 말이 목구멍까지 올라왔지만 차마 입 밖에 내지는 못했다.

"내가 왜 30년 전에 사라져버린 후 다시는 링에 올라가지 않은 줄 아나?"

해성은 고개를 저었다.

"변화가 없는 게 지겨워서였어. 매일매일 링에 올라가서 싸우는데, 도저히 그 의미를 찾을 수 없었거든. 무엇을 위해 사는지, 누구를 위해 싸우는지도 몰랐지."

그랜드 킹은 그렇게 말하고 다시 여자들을 품에 안았다.

"지금은 다시 의미를 찾았어. 여자들과 함께 뒹굴고, 술을 마시고, 즐기며… 나는 쾌락을 위해 살아. 이게 내겐 삶의 의미라네."

그랜드 킹의 말을 듣자 해성은 설명할 수 없는 실망감을 느꼈다.

'무얼 위해 싸울지 몰랐다고? 그렇다면 당신을 응원하던 우리 구역 주민들의 희망은? 그런 건 전혀 신경 쓰지 않았다는 거야?'

그런 해성의 마음을 읽은 걸까. 그랜드 킹은 말을 덧붙였다.

"자네도 똑같을 거야. 응원해주는 사람이 아무리 많으면 뭐 해? 구역민들의 희망? 링 위에 올라가면 그게 느껴지던가?"

"……."

"링 위에선 결국 혼자야. 처음엔 상대를 쓰러뜨리는 것에 중독되어 그게 전부인 줄 알지. 하지만 도파민의 분비가 끝나면 알 수 있다고. 상대가 쓰러지고 난 뒤 링 위에 남아 있는 건 나 혼자라는 걸."

그렇게 말하는 그랜드 킹의 얼굴엔 알 수 없는 쓸쓸함이 어려 있었다.

"오늘은 내가 자네에게 충고를 하나 하지. 8구역의 영웅이 아니라, 선배 파이터로서."

"네……?"

"이런 곳에 온 김에 인생을 즐겨! 도파민은 상대를 때려눕힐 때만 나오는 게 아냐. 그것보다 저렇게 아리따운 여성과 침대에서 뒹굴 때가 훨씬 즐겁다고!"

그랜드 킹은 해성의 뒤편을 가리켰다. 그곳에는 방금 전 해성을 유혹했던 여가수가 매력적인 눈웃음과 함께 해성을 지켜보고 있었다.

마치 최면이라도 걸린 듯, 해성은 그녀에게 다가가 손을 잡았다. 그리고 두 사람은 함께 파티장을 빠져나갔다.

아리아는 파티장을 빠져나가는 두 사람의 모습을 뒤에서 가만히 지켜보았다.

여가수는 해성을 택시에 태우고 고급 호텔로 데려갔다. 그녀가 엘리베이터를 타고 위층으로 올라가는 동안, 경호원은 혹시 모를 사태에 대비해 로비에 자리를 잡았다.

방 안으로 들어서자 그녀는 더욱 적극적으로 돌변했다. 그녀는 풍만한 몸을 해성에게 밀착시키고 뱀처럼 해성의 몸을 감싸 안았다.

"아아… 이건……."

해성의 입에서 자신도 모르게 탄성이 터졌다. 하지만 그녀는 전혀 멈출 생각이 없었다. 따뜻한 체온과 함께 부드러운 촉감이 해성의 마음을 어지럽혔다.

'아까… 태양이 분명 페이스페이커를 쓰는 여자들을 조심하라고 했었는데…….'

쾌락에 완전히 정신이 나가기 직전, 해성에게 갑자기 차가운 이성이 돌아왔다. 해성은 그녀의 목에 장착된 페이스페이커 쪽으로 손을 가져갔다.

"거긴 안 돼요……."

하지만 여자는 능숙한 손길로 해성의 손을 막았다. 그러더니 목을 옆으로 꺾어 해성의 검지손가락을 입안에 넣고 애무했다.

해성은 가벼운 통증을 느꼈다. 눈을 떠보니 손가락에서 피가 흐르고 있었다. 그런데도 그녀는 해성의 손가락을 자신의 빨간 혀에 갖다 댔다. 해성은 아찔하면서도 향긋한 느낌에 정신이 아득해졌다.

"눈을 감고 느껴봐요."

거친 숨결이 섞인 소근거림이 해성의 귓가를 간지럽혔다. 끈적한 혀 놀림이 그의 귓가를 간지럽히다가 다시 목으로 내려갔다.

그런데 그 순간, 아름답던 그녀의 얼굴이 갑자기 찌그러졌다. 뭔가 격렬한 신체 변화를 겪는 것 같더니 목에 있던 페이스페이커가 부서졌다. 우유처럼 하얗던 피부는 녹색의 갈라진 껍질로 변했고, 뱀처럼 큰 입을 가진 괴물의 본모습이 드러났다.

눈을 감고 황홀경을 헤매던 해성은 입을 쩍 벌리고 날카로운 이빨을 드러낸 괴물을 보고 비명을 지르며 밀어냈다.

"끼야아악!"

바닥으로 떨어진 괴물은 포효하며 날카로운 이빨로 해성을 공격했다. 마치 오랫동안 굶주린 짐승 같았다.

그 순간 구원자가 나타났다. 하얀색으로 빛나는, 아니 더 정확히는 흰색 불꽃이 활활 타오르는 검이 괴물의 몸을 관통했다. 누군가 뒤에서 검으로 괴물을 찌른 것이다. 그리고 타오르는 검은 빠른 속도로 움직여 괴물의 몸을 반으로 갈랐다.

마침내 괴물이 검붉은 피를 뿜으며 쓰러지자, 그 뒤로 검을 쥐고 있는 사람의 정체가 드러났다.

"다시 만났네요, 해성."

해성을 지켜보던 마르고 키가 큰 귀족, 아리아였다.

"어떻게 여기까지?"

"그런 질문을 하기 전에 옷을 좀 입는 게 좋을 것 같은데요."

당황한 해성은 자신의 몸을 가리며 바닥에 떨어진 옷을 주섬주섬 챙겼다.

괴물은 반으로 갈라졌지만 죽지 않고 계속 꿈틀거렸다. 아리아가 손을 뻗자, 손에 하얀 색 에너지가 응축되며 밝게 빛났다. 그리고 그 빛은 점점 더 커져서 괴물의 주변을 모두 감쌌다. 그 빛에 노출된 괴물은 더이상 자신의 몸을 재생할 수 없었다.

하지만 아리아는 거기서 그치지 않고 마지막 에너지를 증폭시켜 더 강한 빛으로 괴물을 덮었다. 기괴한 비명을 지르던 괴물은 끔찍한 냄새를 내뿜으며 소멸했다.

"조금만 늦었어도 반쪽으로 갈라지는 건 저 괴물이 아니라 해성 씨가 될 뻔했군요."

아리아가 주먹을 쥐자 빛도 사라졌다.

"도, 도대체 뭐죠? 저 괴물은… 그리고……."

해성은 아리아를 바라보며 물었다.

"당신은 또 누굽니까? 방금 그 힘은 또 뭐고……."

"질문이 많네요."

아리아는 지금까지 쓰고 있던 가면을 벗었다. 해성은 아리아의 얼굴을 보는 순간, 말을 잃었다. 그녀는 보는 사람이 숨이 막힐 정도로 아름다운 미모를 가지고 있었던 것이다.

"내 이름은 아리아예요. 그리고 당신을 공격한 그건……."

해성은 다음 말을 기다렸지만, 아리아는 주변을 둘러보더니 말을 멈추고 다시 가면을 썼다.

"여긴 안전하지 않아요. 더 많은 걸 알고 싶다면 나타샤의 집으로 와서 나를 찾아요. 당신이 숨겨진 힘을 각성하지 못하면, 언젠가는 저들한테 죽을 거예요."

아리아는 해성의 반응을 기다리지 않고 발코니로 가서 아래로 뛰어내렸다. 깜짝 놀란 해성이 달려갔지만, 그녀는 이미 태양이 운전하는 오픈형 에어모빌 위에 올라탄 후였다.

"어떻게 해성의 정체를 알고 있었을까요?"

뒷좌석에 앉은 아리아를 힐끔 돌아보며 태양이 물었다.

"뻔하잖아. 누군가 일부러 정보를 흘리는 거겠지."

아리아는 떠오르는 인물이 있었지만 입 밖으로 꺼내진 않았다.

"참, 그동안 말룬다에게서 연락이 왔습니다."

"이 시간에? 무슨 일인데?"

"예리엘로 추정되는 에너지가 정찰 드론에 포착되었다고 합니다."

"뭐? 어디서?"

아리아가 갑자기 흥분한 목소리로 물었다.

"우림지대 동쪽이라고 합니다. 정확한 좌표는 홀로그램 지도로 확인해보시면 될 것 같고요."

말이 끝나자마자 아리아는 손목에 있는 홀로그램 장치를 조작해 위치를 확인했다.

"섀도우 님의 예언대로네."

아리아는 잠시 생각에 잠겼다.

"태양, 말룬다와 함께 우림지대로 가야겠어."

"제가요?"

"응. 나는 해성이 각성할 때까진 여기서 해성을 지켜봐야해. 대신 네가 가서 예리엘 님을 찾아. 할 수 있지?"

"네, 맡겨주세요."

태양은 시원하게 대답했다.

*

어둡고 음산한 창고 안, 피부가 갈라지고 뱀처럼 생긴

괴물들이 하나씩 모여들기 시작했다. 그들은 창고의 중앙에 있는 원형 테이블에 둘러앉았다.

원형 테이블이 가득 차자, 괴물들은 하나씩 인간의 모습으로 변신하기 시작했다. 놀랍게도 그 괴물들의 정체는 황제와 함께 제3지구를 이끌고 있는 원로들이었다. 원로들은 자신들의 신변에 중요한 일이 생길 때마다 이곳에 모여 비밀 회담을 가졌던 것이다.

"시에나 원로가 당했다고?"

"거기서 아리아 4세가 나타날 줄 누가 알았겠나?"

"아리아 가문이 해성의 뒤를 봐주는 이상 접근하는 건 쉽지 않겠군."

그때, 약속에 늦은 한 명이 마지막으로 자리를 채웠다. 디아고 원로였다. 다른 원로들은 디아고 원로의 얼굴을 보자마자 질문을 쏟아냈다.

"정말 확실한 거야?"

"디아고 자네가 말해보게. 가디언의 피가 맞긴 맞아?"

디아고는 무거운 표정으로 고개를 끄덕였다.

"확실해."

그 말 한마디에 소란스러웠던 원탁 주변이 조용해졌다.

"명심해. 시에나 원로처럼 어리석은 짓을 하면 안 되네. 페이스페이커까지 동원해서 그렇게 무리수를 두다니… 어떻게 되는지 다들 봤지?"

디아고는 주변의 다른 원로들을 보며 그렇게 말했다. 하지만 그 얘기를 들은 다른 원로들은 디아고의 그런 태도가 마음에 들지 않는 모양이었다.

"디아고, 우리도 살아야지. 몸이 예전 같지 않아."

"최하층에는 아직 인간들이 많아. 버틸 수 있다고."

하지만 원로들의 불만은 쉽게 사그라들지 않았다.

"케이는 저장소를 거의 완성했다던데 우리한테 있었으면……."

원로원의 의원들은 초창기 제3지구 건설에서 중요한 역할을 했던 인물들이었다. 하지만 케이, 즉 프랑수아 5세가 저장소 프로젝트를 독재적으로 진행하려고 하자 원로들은 불만을 토로했다. 결국 케이의 눈 밖에 나버린 원로들은 정치적으로 그 힘을 잃어가고 있었다.

막상 생존의 문제가 다가오자 그들도 다급해질 수밖에 없었다. 그리고 그런 조급함의 결과가 시에나 원로의 돌발행동이었다. 원로들은 모두 다 생존의 위협을 느끼고 있었다.

4.
신인류의 사랑

아주 오래 전 일이었다.

제시의 희고 긴 발가락이 두툼하고 못생긴 크루거의 발을 더듬고 있었다. 두 사람은 함께 침대에 누워 있었고, 실오라기 하나 걸치지 않은 상태였다. 제시의 손과 발은 바쁘게 움직이며 크루거의 맨살을 간지럽혔다.

"자기, 벌써 흥분한 거야?"

"으응……."

"이제 시작이야. 내가 오늘 자기를 천국에 데려가줄게."

크루거의 귓가에 그렇게 속삭인 제시는 이내 크루거의 귓볼을 깨물었다. 크루거의 입가에선 약한 신음이 터져 나오려고 했지만 이를 악물었다. 하지만 그 다음엔 제시의 혀가 빠르게 움직이며 크루거의 귓볼을 간지럽혔다.

제시의 혀가 향한 다음 목표는 크루거의 입술이었다. 제시의 입술과 혀가 크루거의 입술을 촉촉하게 적시자 크루거의 입술이 열렸고, 제시의 혀가 그 안으로 들어가 휘저었다. 그러면서 제시의 손은 크루거의 가슴을 간지럽히다가 이내 아래쪽으로 내려갔다.

둘은 뜨겁게 사랑을 나눴다.

"나 임신한 것 같아."

제시가 그 말을 했을 때, 크루거는 자신도 모르게 활짝 웃음을 지었다. 크루거와 함께 몇 년을 일한 플릭 제1팀은 단 한 번도 본 적 없다는 그 미소였다.

하지만 제시의 다음 말은 크루거의 얼굴에서 그 미소를 싹 앗아가버렸다.

"자기 아이 아닌데?"

크루거의 얼굴에 당혹한 표정이 어렸다.

"타케시 아이 같아."

"뭐라고?"

"우리 그때 셋이 같이 한 적 있지? 그때일 수도 있고, 아님 타케시랑 따로 했을 때일 수도 있고. 어쨌든 유전자 검사 결과가 그렇네?"

해맑게 얘기하는 제시 앞에서 크루거는 아무 말도 할 수 없었다. 제3지구 청년들에게 다자간 연애나 그룹 섹스는 특별한 일이 아니었다. 그러니까 제시가 크루거와 관계를 가지면서 타케시와 관계를 또 가졌다고 해도 제3지구의 윤리적 관점에서 그것은 잘못된 일은 아니었다.

하지만 그럼에도 불구하고, 지구의 옛 유물인 담배를 피우는 크루거의 낡은 사고방식은 아무런 충격 없이 그 사실을 받아들일 수는 없었다.

"아이는 어떻게 하면 좋을까?"

"글쎄."

"그렇게 대충 대답할 거야?"

크루거의 시큰둥한 반응에 제시는 좀 토라진 것 같았다. 하지만 기분이 좋지 않은 건 크루거도 마찬가지였다.

"그럼 내가 뭐라고 말해야 하는데? 아니, 애초부터 나한테 그걸 왜 묻지? 타케시 애라면 타케시한테 물어보는 게 맞는 거 아냐?"

"알았어. 그럼 타케시한테 물어볼게."

방금 전까지 용암처럼 뜨거웠던 둘 사이가 우림지대의 스콜이라도 지나간 것처럼 차갑게 식었다. 제시는 크루거에게 등을 돌리고 마치 보란 듯이 타케시에게 홀로그램 전화를 걸었다. 임신 사실을 전하자, 타케시는 엄청 기쁜 듯 소리를 지르며 펄쩍펄쩍 뛰었다. 크루거는 타케시가 신나서 떠들어대는 모습을 제시의 어깨 너머로 물끄러미 바라보았다. 딱 한 번이었다. 살면서 크루거가 타케시를 그렇게 부러워했던 순간은.

레볼트의 습격으로 제시가 주검이 되었을 때, 타케시는 그녀의 뱃속에 있던 5개월 된 태아를 직접 목도했다고 했다. 그리고 그 아이를 품에 안고 흐느끼며 고함을 질러댔다고 했다.

임신 소식을 들었을 때 타케시가 얼마나 기뻐했는지 알기 때문에, 아이를 잃었을 때 타케시가 얼마나 절망했는지도 크루거는 짐작할 수 있었다. 그리고 그날부터 제시를 지키지 못한 크루거를 원수처럼 대하게 된 것도 충분히 이해할 수 있었다.

타케시가 절망하고 있던 그 시간, 크루거는 부상 때문에 병실에 입원해 있었다. 그리고 특별한 이유로 자신을 찾아온 카림과 만나고 있었다.

"무슨 일로 저를 찾아오셨을까요?"

플릭을 이끄는 바할과 카림의 사이가 좋지 않은 건 이미 알 만한 사람은 다 아는 사실이었다. 물론 카림이 제3지구의 국방을 담당하고 있고, 형식적으로나마 플릭의 상위 기구에 있는 명령권자라고 하지만 그럼에도 불구하고 크루거를 따로 찾아왔다는 건 이례적인 일이 아닐 수 없었다.

"먼저 안 좋은 일을 당한 것에 대해 유감을 표하네."

카림의 의례적인 말로 먼저 운을 띄웠다.

"훈련생 시절부터 자네의 성적을 지켜보고 있었네. 다른 요원들보다 월등히 뛰어나더군."

"감사합니다."

"그래서 말인데, 자네 같은 뛰어난 요원이 플릭에서 이렇게 썩는 게 좀 아까워서 말이야."

주위를 한 번 살펴본 카림은 목소리를 낮춰서 얘기했다.

"이번에 고스트팀 프로젝트라는 걸 맡게 되었네. 자네가 거기에 지원하면 어떨까 해서."

"네? 제가요? 하지만 저는 바할 대장님 밑에서……."

"지금의 생활에 만족하고 있다는 거 알아. 하지만 그건 어제까지의 이야기 아니었나? 오늘 자네에게 닥친 이 모든 상실감을 다 짊어지고 내일부터 또 플릭에서 일할 수 있어?"

"……."

그때, 크루거는 아무 대답도 하지 못했었다.

*

"무슨 꿈을 그렇게 험하게 꾸는 거지?"

뜻밖의 목소리에 잠을 깬 크루거는 온몸이 땀으로 흠뻑 젖어 있었다. 본부에서 바할에게 책망을 당하고 돌아온 크루거는 바로 침대에 누워 잠이 들었고, 지난 시절을 떠올리는 악몽을 꾸었다. 그리고.

원래 이곳에 있어선 안 될 사람이 자신의 자는 모습을 바라보고 있었다는 것을 알았다. 카림이었다.

"여긴 어떻게 들어오신 거죠?"

"문을 따고 들어왔지. 좀도둑처럼."

크루거의 질문에 카림은 시니컬하게 답했다.

"긴장하지 마. 나 혼자 왔어."

"제3지구의 국방을 책임지고 계신 분께서 혼자, 그것도 좀도둑처럼 문까지 따고 와서 저를 볼 이유가 뭐가 있을까요?"

카림을 대하는 크루거의 말투엔 가시가 돋혀 있었다.

"자네에게 마지막 기회를 주기 위해서 왔네. 내가 예전에 했던 제안 말이야, 고스트 팀. 그 대답을 지금 해줬으면 좋겠는데."

"왜 하필 지금……?"

"자네가 그때 내 제안을 거절한 건 바할에게 의리를 지키기 위해서였잖아. 플릭에 자네의 자리도 있고. 지금 자네는 직위해제 상태인 걸로 알고 있네. 솔직히 말하자면, 복직이 된다 해도 다시 그 자리로 돌아갈 순 없을 거야. 소속을 바꾸기엔 최적의 시기지. 어때?"

머리가 아파왔다. 크루거는 카림의 말이 옳다고 고개를 끄덕일 수밖에 없었다. 만약 크루거가 얼마 전 의외의 만남을 겪지 않았더라면 지금 이 시점에서 당연히 카림의 제안을 받아들였을지도 모른다. 하지만 지금의 크루거는 그 전에 먼저 카림에게 물어야 할 것이 있었다.

"키아라는 어디로 데려가신 겁니까?"

의외의 질문을 들은 카림은 잠깐 대답을 망설였다.

"원래 있던 곳으로 돌아갔지. 그게 안 좋은 일이라고 생각하진 말게. 그 아이는 상처를 입었을 뿐이야. 지금은 회복 중이고."

"저장소는 어떤 곳입니까?"

크루거는 늦추지 않고 바로 다음 질문을 이어 물었다.

"키아라한테 쓸데없는 얘기를 들었군."

"저장소에 대해 알면, 이 세상이 진짜 어떤 곳인지 알게 된다고 하더군요."

"그건 알아서 뭐 하게?"

카림은 어이없다는 듯 되물었다.

"다시는 저장소에 관해 묻지도 말고, 알려고 하지도 마. 이 세상이 진짜 어떤 곳인지 궁금해하지 말고. 이건 내가 자네에게 마지막으로 하는 충고야."

카림은 문 쪽으로 걸어가며 다시 크루거에게 말했다.

"아직 내 제안의 대답은 듣지 못했는데?"

크루거는 말없이 창밖을 바라보았다.

"예전에 누가 그러더군요. 대답이 없는 게 대답인 경우도 있다고."

이 말을 끝으로 카림이 떠났다. 크루거는 배웅도, 미동도 없이 계속 밖을 바라보았다.

시간이 얼마나 지났을까. 누군가 문을 두드렸다.

"저에요, 유진! 통신기가 꺼져 있어서 직접 왔어요."

플릭을 나올 때 나노 아머를 반납했으니 기존의 통신 채널로는 연락이 되지 않는 게 당연했다. 크루거는 씁쓸한 표정을 지으며 일어서 문을 열었다.

"무슨 일이야? 급한 일이 아니면……."

하지만 유진의 목소리와 표정은 그 어느 때보다 다급해 보였다.

"지금 타케시가 대장님을 체포하러 오고 있어요!"

5.
도주

건물 아래쪽에서 소란스러운 소리가 들려왔다. 크루거는 창가로 가서 상황을 확인했다. 타케시의 2팀이 안으로 진입하는 게 보였다.

크루거는 집의 바닥을 뜯었다. 그곳에는 반란군을 체포할 때 빼돌린 구형 권총인 베레타 92가 숨겨져 있었다. 센트럴오피스에서 추적할 수 없는 무기였다. 그는 한 손엔 베레타를, 다른 한 손엔 유진의 손을 잡은 채 집을 빠져나갔다.

건물 아래쪽에선 타케시와 그의 팀원들이 진입을 시작하고 있었다. 크루거는 유진과 함께 건물 위로 올라갔다.

옥상에서 도망갈 곳은 따로 없었다. 하지만 다행히 옆건물과의 간격이 넓지 않아서, 잘만 점프하면 넘어갈 수 있을 것처럼 보이긴 했다.

크루거 혼자라면.

"유진, 내 말 잘 들어."

"싫어요. 같이 갈 거예요."

유진은 크루거가 무슨 말을 할지 이미 알고 있었다.

"저 건물 사이를 뛰어넘어야 해… 나야 괜찮지만 유진은……."

크루거는 유진을 바라보며 걱정스런 표정으로 말했다.

"간호병이라고 무시하는 거예요? 저도 기본 훈련은 받았어요."

"하지만 너무 위험해."

"자꾸 그러면 내가 먼저 건너갈 거예요."

크루거는 더이상 유진을 말릴 수 없었다. 타케시가 이끄는 팀원들이 시시각각 접근하고 있었기 때문에 유진을 설득할 시간도 없었다.

"힘을 모아서 한 번에 점프해야 해."

결국 크루거는 유진에게 그 말을 남긴 채 건너편 건물로 점프했다. 훌쩍 날아오른 크루거는 가볍게 옆 건물 옥상에 구르며 착지했다. 유진도 크루거의 뒤를 따랐다. 하지만 힘이 모자랐던 유진은 건물 벽 상단에 부딪치고 말았다.

"유진!"

땅으로 추락하려는 유진을 크루거가 재빨리 낚아챘다.
"꽉 잡아."
크루거는 유진의 팔을 잡고 옥상 위로 끌어올렸다. 그 순간 그들을 추격하던 타케시 팀도 옥상으로 진입했다. 맞은편 건물에서 크루거의 모습을 본 타케시가 외쳤다.
"크루거!"
건물 아래쪽으로 내려가니 누군가 세워둔 구식 모터사이클이 있었다. 크루거는 유진을 뒤에 태운 채 도주를 시작했다.
건물에 진입하지 않고 도주로를 지키고 있던 2팀 대원들이 크루거의 뒤를 쫓았다. 달리는 모터사이클 옆으로 레이저 빔이 날아왔고, 폭발한 건물의 파편들이 사방으로 튀었다. 크루거는 경사진 코너를 활용해 추격을 피하면서 가지고 있던 권총으로 레이저에 응사했다.
권총으로 쫓아오던 요원들을 떼어냈을 무렵, 이번엔 타케시의 다른 요원들이 크루거의 앞을 가로막았다. 주변의 지리에 밝은 요원들이 지름길을 통해 앞질러 온 것이다.
"멈춰! 서지 않으면 발포하겠다!"
크루거의 정면은 나노 아머로 무장한 요원들로 인해 바리케이드가 만들어진 것과 다름없었다. 하지만 크루거는 속도를 줄이는 대신 엔진의 rpm을 더 올렸다.

"꽉 잡아, 유진."

유진은 그의 허리를 안은 팔에 힘을 주었고, 크루거는 자신의 앞을 가로막고 있는 요원들을 향해 전속력으로 돌진했다. 구식 엔진의 배기음이 주변에 크게 울려 퍼졌다. 공기를 가르며 돌진하던 크루거는 요원들 바로 앞에서 급브레이크를 잡았다.

끼익!

앞바퀴에 걸린 제동 때문에 뒷바퀴가 들리자 크루거는 순간 핸들을 돌려 방향을 틀었다. 뒷바퀴가 땅에 닿자 이번에는 휠스핀을 걸어 강한 먼지를 일으켰다. 요원들의 시선이 흐트러지는 사이 크루거는 다시 한번 방향을 잡고 추격자들에게서 멀어졌다.

"크루거!"

요원들을 거의 따돌렸나 싶었는데, 뒤에서 낯익은 포효 소리가 들려왔다. 방금 전 옥상에서 들었던 그 목소리, 바로 타케시였다.

타케시는 에어바이크를 타고 빠른 속도로 크루거와 유진을 뒤쫓고 있었다. 크루거는 이번에도 얄미울 정도로 냉정하게 뒤쫓아 오는 타케시의 에어바이크를 향해 총을 쏘았다. 탄환은 바이크 엔진에 명중했고, 타케시가 바닥으로 고꾸라졌다.

"대장님!"

타케시가 쓰러지자 요원들이 그에게 달려갔다. 그 틈을 타서 크루거는 다시 여유 있게 반대편으로 도주했다.

"괜찮으니까 빨리 저 놈이나 쫓아! 달아나고 있잖아!"

지금 타케시의 눈엔 분노만이 가득 차 있었다.

자신과 같이 제시를 사랑했지만 동시에 연적이었고 그나마도 제시를 지키지 못해 자신의 아이마저 잃게 만든 크루거. 그런 그가 지금은 또다른 연인과 함께 자신을 비웃듯 도망치고 있었다.

타케시는 부하 대원의 에어바이크를 뺏어 타고는 하늘로 날아올랐다. 크루거 역시 최선을 다해서 도망쳤지만 바이크로는 한계가 있었다. 크루거는 타케시 일행의 추적을 피하기 위해 최하층의 브로커 구역으로 향했다. 많은 인파가 모여 있는 곳이라면 플릭이 함부로 공격하지 못하리라고 판단했기 때문이다.

하지만 예상은 보란 듯 빗나갔다. 타케시가 공중에서 크루거의 바이크를 발견하자마자 나노 아머의 모든 에너지를 레이저 빔에 집중시킨 것이다. 그는 분노에 사로잡혀 크루거를 박살 낼 수만 있다면, 주변의 모든 것을 함께 부숴도 상관없다고 생각하는 듯했다.

"대장님! 아래쪽에 사람이 너무 많습니다! 지금 레이저를 발사했다간…….."

하지만 타케시의 귀에는 아무 말도 들리지 않았다.

"크루거!"

또 한번 단발마를 내뿜으며 타케시가 소리쳤다. 도망치던 크루거는 그런 타케시의 모습을 보고 재빨리 바이크에서 내려 몸을 숨길 곳을 찾았다.

타케시는 크루거가 시야에서 사라지기 전에 재빨리 발사 버튼을 눌렀다.

"저, 미친놈!"

발사 버튼을 누르는 타케시를 보면서 크루거는 다급하게 소리쳤다.

거대한 레이저 에너지가 지상을 집어삼켰다. 위력이 얼마나 대단했던지, 발사한 타케시의 몸이 반동으로 몇 미터 밀려날 정도였다. 거대한 폭발음과 함께 최하층은 폐허로 변했고, 빔에 직접 타격을 당한 사람은 물론이고 파편에 맞은 사망자와 부상자도 속출했다.

"유진, 괜찮아?"

폭발의 충격으로 바이크는 박살이 났지만, 오히려 덕분에 크루거는 살아남을 수 있었다. 바이크가 바리케이드 역할을 하면서 크루거와 유진을 충격으로부터 보호해주었던 것이다.

"네, 저도 괜찮은 것 같아요."

"어서 여길 피해야 할 것 같아. 놈들이 내려오기 전에."

유진은 크루거의 말에 고개를 끄덕였다. 두 사람은 대피하는 인파들 속에 섞여 재빨리 폭발 현장을 벗어났다.

최하층으로 내려온 타케시와 2팀의 대원들은 낡은 바이크의 파괴된 모습만을 보았을 뿐, 쌓여 있는 시체들 속에서 크루거의 모습을 발견하지는 못했다.

"이 자식이!"

타케시는 분노에 찬 표정으로 부숴진 벽을 때렸다. 그의 머릿속에는 아직도 크루거에 대한 미움과 자신의 아이를 지키지 못한 죄책감이 자리 잡고 있었다. 그리고 그런 마음은 크루거를 잡거나 죽인다고 해도 결코 사라지지 않을 거라는 걸, 그 자신도 알고 있었다.

6.
완벽한 추억

"오랜만이야! 이게 어쩐 일인가?"

하만은 유진의 얼굴을 보며 피우던 시가를 잠시 내려놓고 반가움을 표시했다. 그의 뒤로 수많은 옛 지구인의 무기들이 보란 듯이 전시되어 있었다. 그것은 두 가지를 의미했다. 범죄율이 높은 최하층에선 스스로를 지킬 힘이 필요하다는 것. 그리고 하만은 그런 힘을 가졌을 뿐 아니라, 공권력의 간섭도 받지 않는 위치에 있다는 것.

최하층에서도 악명 높은 구역은 경찰들의 손길이 미치지 않았다. 무장한 브로커들과 싸우는 것은 득보다 실이 더 컸기 때문이다.

"폭발이 있었다더니… 현장에 있었군."

엉망이 된 유진과 크루거의 행색을 보고 하만은 그렇게

추측했다.

"플릭 놈들, 이젠 최하층까지 공격한단 말이지……."

하만은 최하층을 지배하는 브로커들 중에서도 영향력이 가장 큰 조직을 이끌고 있었다. 당연히 플릭이 최하층에까지 손을 댔다는 소식에 민감할 수밖에 없었다. 하지만 유진과 크루거는 그런 하만의 사정을 듣고 있을 만큼 한가하지 않았다.

"지하세계로 가는 루트가 필요해요. 지금 당장."

유진이 빠르게 용건을 말했다.

"당장은 힘들어. 아무리 빨라도 1시간 후에나 가능한데……."

"더 빠르게는 안 되나요? 돈은 얼마가 들어도 상관없어요."

"여기서 내가 안 된다면 그건 불가능한 일이야. 1시간 후 출발하는 것도, 나를 치료해준 간호사 선생이라 특별히 신경 쓴 거라고."

유진은 곤란하다는 표정으로 크루거를 바라보았다. 그 역시 고개를 끄덕였다.

"참, 가격은 한 사람당 백만 코인이야."

"네? 뭐 그런 황당한……."

터무니없는 가격에 크루거가 발끈했지만, 옆에서 유진

이 그를 말렸다.

"지금 바로 드릴게요."

유진은 코인을 송금하기 위해 손바닥을 내밀었다. 그러자 이번에는 크루거가 유진을 말렸다.

"지금 이체하면 추적을 당할 거야."

"그럼 달리 방법이 있나요?"

크루거는 자신을 빤히 바라보며 묻는 유진에게 아무 말도 할 수 없었다.

"추적이 된다 해도 정확한 위치가 금방 파악되진 않을 거예요. 따돌릴 수 있어요."

하만은 두 사람의 대화를 유심히 듣다가 부하에게 신호를 보냈다. 결제 기기를 가져오자 유진이 그 위에 손바닥을 올렸고, 200만 코인이 전송되었다.

"행운을 비네."

전송된 코인을 확인한 하만은 두 사람에게 그렇게 말했고, 하만의 부하는 크루거와 유진을 비어 있는 방으로 데려갔다.

핑크색 벽지와 묘한 분위기, 그리고 무엇보다 벽을 타고 들려오는 남녀의 익숙한 신음소리로 볼 때, 이 방이 어떤 용도인지 짐작하는 건 그리 어렵지 않을 것 같았다.

하만의 부하가 문을 닫고 나가자, 신음 소리와 함께 크루거와 유진만이 방 안에 덩그러니 남았다.

"좀 쉴까?"

크루거가 침대 위에 걸터 앉았다. 계속 도망을 치다 보니 휴식이 절실하던 참이었다.

"피곤하죠? 누우셔도 돼요."

"아니, 나는 괜찮아. 그보다 네가……."

말을 채 마치지 않은 크루거의 입술을 유진이 덮쳤다. 유진의 저돌적인 행동에 크루거는 침대 위에 벌러덩 자빠진 모양이 되었다. 유진은 크루거의 품속으로 파고들었다.

"유진아, 여기서 이러면……."

"그냥 조금만… 조금만 이러고 있어줘요."

유진의 말투가 어딘지 모르게 이상했다.

"그냥… 지금 이대로 잠시만……."

"무슨 일이야?"

크루거는 유진을 안은 손이 뭔가 끈적이는 것으로 젖어가고 있다는 것을 깨달았다. 깜짝 놀란 크루거가 유진의 등을 살피자, 그곳은 이미 검붉은 피로 물들어 있었다. 깜짝 놀란 크루거는 의사를 부르려고 했지만 유진은 손을 저었다.

"그러지 마요. 내 상태는 내가 잘 알아요."

"그래도 의사를……."

"말했잖아요. 이 사람들이 다쳤을 때 내가 와서 치료해 줬다고. 여기에 의사가 어디 있어요."

크루거를 바라보는 유진의 눈빛이 점점 더 흐려졌다.

"아까 파편에 맞은 것 같은데 생각보다 상처가 깊은 것 같아요."

유진의 말이 점점 느려지고 있었다. 크루거의 눈에선 눈물이 흘렀다.

"괜히 나 때문에……."

"웃기는 소리 마요. 이건 다 내가 선택한 거예요."

"……."

"나, 소원이 하나 있었어요. 죽을 때 이렇게 당신 품에서 죽고 싶었어요."

크루거는 유진을 안은 손에 더 힘을 주었다. 이렇게 해서라도 고통을 낮춰줄 수 있다면…….

"가면 제시한테 자랑할 거예요. 내가 당신을 지켜주고, 죽을 때까지 당신이 날 안아줬다고. 잘난 너는 수백 개의 추억을 가졌을지 몰라도, 나는 완벽한 추억 하나면 된다고……."

"말하지 마!"

손끝에서 유진의 생명이 꺼져가고 있음을 느낀 크루거는 그렇게 소리쳤다. 하지만 유진은 그런 건 전혀 의식하지 않은 듯했다.

"미안해요. 죽을 때가 되면 사람이 좀 착해져야 하는데… 나는 계속 질투만 하고 있네요. 어쩔 수 없어… 나 단 한 번도 당신을 가져보지 못해서 그래… 죽을 때까지 이렇게 끝없이 바라기만 하고, 가져본 적이 없어서……."

유진은 말을 다 끝내지 못하고 고개를 떨궜다. 크루거는 눈물을 흘리며 그런 유진의 얼굴을 계속 쓰다듬어 주고 있었다.

1시간 후, 하만의 부하가 들어와 유진의 상태를 살폈다. 그는 하만에게 보고했고, 잠시 후 하만이 직접 내려와 상황을 살핀 뒤 크루거에게 혼자라도 떠나겠냐고 물었다.

'내가 도망치느라고 유진이 죽었어. 최하층의 수많은 사람들도… 과연 이렇게 사람들을 희생시키면서까지 도망치는 게 의미가 있을까?'

크루거는 잠든 유진의 얼굴을 바라보았다. 그는 유진이 자신에게 무엇을 원하고 있는지 알 수 있었다.

하만을 향해, 크루거는 고개를 끄덕였다.

7.
바닥 밑에 지하

 크루거가 지하세계로 떠나고 난 뒤, 예상대로 플릭 2팀이 크루거의 흔적을 추적해 하만을 찾아왔다. 타케시는 하만에게 홀로그램을 띄워 그들이 쫓고 있는 크루거와 유진의 얼굴을 보여줬다. 그러자 하만은 말없이 손가락 4개를 펴 보였다.
 "…무슨 뜻이지?"
 "4백만 코인. 한 사람당."
 "말로 해서는 안 되겠군. 우린 플릭이야. 여기를 다 쓸어버릴 수도 있어."
 타케시의 대원들이 레이저 건으로 하만을 위협했다. 하지만 하만은 눈 하나 깜짝하지 않았다. 수십 명 쯤 되는 하만의 부하들이 구식 무기들을 들고 플릭 요원들의 주위를 둘러쌌다. 아무리 봐도 수적으로는 플릭의 요원들이 상대가 되지 않았다.

"나는 이곳 여기서 가장 잘 나가는 브로커일세. 자네들이 누구든, 여기서는 내 방식을 따라야 해."

하만의 말을 들은 타케시는 대원들에게 레이저 건을 거둘 것을 명령했다.

"하지만 대장님……."

"우리 목적은 하나야. 말썽은 이미 일으킨 것만으로도 족해."

타케시는 손을 내밀어 4백만 코인을 전송했다.

"여자는 빼고, 남자만."

하만은 만족스런 웃음을 지었다. 불과 몇 시간 전에 지하세계로 안내해주는 댓가로 수백만 코인을 벌었다. 하만은 부하들 중 하나에게 눈짓을 했다.

"이 분들, 지하로 안내해드려."

명령을 받은 하만의 부하는 타케시와 일행들을 데리고 좁은 골목으로 들어갔다. 꼬불꼬불한 골목을 한참 들어가니 이내 막다른 길이 나왔다.

"뭐야, 장난하는 건가?"

플릭의 대원이 화난 표정으로 말했다. 하지만 하만의 부하는 어깨를 한 번 으쓱하더니 바닥에 있는 하수구 입구를 가리켰다.

"내려가는 길은 이쪽입니다."

그가 하수구 뚜껑을 열자, 코를 찌르는 악취가 올라왔다. 센트럴시티에서 생활하는 플릭으로서는 생전 처음 맡아보는 냄새였다.

"뭐야, 이건……!"

"이런 지독한 냄새가!"

상상도 못한 지독한 악취에 모두들 당황하는 기색이었다.

"내려가자."

오직 타케시만이 눈 하나 깜빡하지 않고 그렇게 말했다.

"정말 이런 곳에 사람들이 살고 있다고?"

하수구 밑 사다리를 내려가 지하세계를 본 대원 하나가 도저히 믿기지 않는다는 듯 중얼댔다.

지하세계의 바닥 위에는 악취를 풍기며 썩어가는 사체들이 가득했고, 쥐와 바퀴벌레들이 그 사체들을 뜯어먹으며 살고 있었다.

"그럼, 당연하지. 사람의 목숨이라는 건 생각보다 질겨."

타케시는 아주 오래 전의 기억을 떠올리며 말했다.

"사람이 죽으면 쥐가 그 사체를 뜯어먹지. 하지만 살아 있는 사람들은 저 바퀴벌레와 쥐를 잡아먹으며 살아남아.

이 지하세계에선 유일한 단백질 공급원이니까."

"바퀴벌레와 쥐… 제3지구에도 이런 해충들이 존재할 줄은……."

"놈들도 옛 지구인들과 함께 이곳에 왔어. 그리고 끈질긴 생존력으로 살아남았지. 놈들에겐 사막보다 지하세계가 더 편해서 그곳에 자리 잡은 것뿐."

그 얘기를 들은 플릭 대원은 도저히 믿을 수 없다는 듯 고개를 가로저었다.

"쥐와 바퀴벌레 들은 그렇다 치고 사람들은 도대체 왜 여기에 살고 있죠?"

타케시는 그 질문에 어두운 표정으로 대답했다.

"예전 지구인들의 말 중에 그런 말이 있지. 바닥인 줄 알았는데, 지하가 있더라는… 최하층에서도 생존하지 못하고 쫓겨난 이들도 존재한다는 얘기야. 쥐와 바퀴벌레보다도 못한 삶이라도 유지해야 하는……."

그렇게 대답하는 타케시의 얼굴이 점점 더 침울해졌다. 아주 오랜만에 맡아보는 악취, 다시 보게 된 풍경들이 잊고 있던 옛 기억을 떠올리게 했다.

*

"거기 서! 이 놈!"

수많은 인파가 모인 최하층의 시장 거리. 지저분한 행색의 아이 하나가 빵을 훔쳐 달아나고 있었다. 빵집 주인은 소리를 지르며 뒤쫓았지만 아이는 이미 인파 속으로 사라진 뒤였다.

골목으로 뛰어간 아이는 그곳에 숨어 있던 아이 하나와 마주쳤다. 그 아이 역시 행색이 초라했고, 덩치는 더 작아 보였다.

"크루거, 이거 먹어."

"고마워."

빵을 훔친 아이는 타케시, 골목에서 기다리고 있던 아이는 크루거였고, 둘은 같은 고아원에서 함께 도망친 사이였다.

고아원에서 도망친 어린아이들에게 세상은 만만치 않았다. 일자리를 구할 수도 없고 먹을 것도 없는 상황에서 식량을 구할 방법은 결국 도둑질밖엔 없었다. 둘 다 영양 상태는 변변치 않았지만, 그나마 타케시는 키도 크고 성장이 빠른 편이라 타케시가 주로 도둑질을 해오는 편이었다.

"우리… 고아원으로 돌아가지 않아도 되는 거지?"

크루거가 눈물을 훔치며 말했다.

"걱정하지 마. 그런 일은 절대 없을 테니까."

타케시가 크루거를 안심시켰다.

엎친 데 덮친 격이라고, 크루거는 다리를 다쳐서 움직임도 불편했다. 치료가 시급했지만, 당장 먹을 것도 없는데 병원에 갈 돈이 있을 리 없었다. 타케시는 이번엔 좀 더 위험한 모험을 해보기로 했다.

최하층의 시장엔 가끔 물건을 사러 온 상류층 사람들도 종종 보였다. 정식 루트로 구할 수 없는 물건들을 사기엔 최하층의 브로커를 통하는 것이 제일 편하기 때문이었다. 물론 그들도 최하층의 위험성을 알고 있기 때문에 늘 경호원을 대동하고 있었다.

타케시는 그중에 여성 고객들을 타깃으로 점찍었다. 상류층 사람들은 최하층에서는 코인 전송기를 쓰지 않았다. 대신 핸드백을 들고 다녔는데, 타케시는 그걸 훔칠 생각이었다.

오랜 시간 동안 지켜본 끝에, 타케시는 한 상류층 여성이 쇼핑에 정신이 팔려 경호원의 시야를 벗어나는 순간을 포착했다. 그 틈을 놓치지 않고 잽싸게 그녀의 핸드백을 낚아채려는 순간, 뒤에서 누군가가 타케시의 팔을 잡아 챘다.

"이거 놔요!"

당황한 타케시가 발버둥치며 반항했다. 타케시를 잡은 남자는 멋진 제복을 입고 있었고 어딘지 모르게 강해 보이는 느낌이었다.

또 하나, 남자는 이미 다른 한 손에 크루거까지 붙잡고 있었다.

"너희들, 아까 빵도 훔쳤지? 그리고 지금은 저 핸드백까지 훔치려고 하는 거지?"

"아저씨가 무슨 상관인데요!"

타케시는 괜히 강한 척 그 남자를 향해 소리를 질렀다.

"네 눈에는 분노가 가득하구나. 마음에 드는걸."

그 당돌함이 마음에 들었는지 그 남자는 웃음을 지었다.

"따라와봐."

남자는 그렇게 말하고 어둠 속 어딘가로 사라졌다.

"어떻게 하지?"

크루거가 겁을 먹은 표정으로 타케시에게 물었다.

"까짓 거, 가보지 뭐."

제복 입은 남자는 골목 끝에서 하수구 뚜껑을 열어놓고 둘을 기다리고 있었다.

"이 밑으로 내려가."

"네? 하지만 냄새가……."

그러자 남자는 레이저 건을 꺼내서 타케시와 크루거를

겨눴다.

"잔말 말고 내려가."

남자의 눈빛은 무섭게 불타고 있었다. 타케시와 크루거는 더이상 저항하기를 포기하고 아래로 내려갔다. 그리고 두 사람이 거기서 본 것은, 지옥보다 못한 지하세계 사람들의 삶이었다.

악취를 풍기면서 썩어가고 있는 시체, 그 시체를 뜯어먹는 쥐와 바퀴벌레, 그리고 자신의 이웃이었던 사람을 뜯어먹은 쥐를 다시 잡아먹는 하층민들.

"지구인들의 말 중에 '바닥 밑에 지하'라는 말이 있다."

어느새 그들을 따라 내려온 제복 입은 남자가, 충격을 받아 아무 말도 못하고 있는 크루거와 타케시에게 말했다.

"지금까지 너희에겐 고아원이 지옥이었겠지. 하지만 이 밑에는 그것보다 훨씬 더 끔찍한 지옥이 존재하고 있어."

"이 사람들은 왜… 여기서 이렇게 사는 거죠?"

크루거가 물었다.

"최하층에서도 살지 못하면, 이런 식으로 살아남을 수밖에 없거든."

제복을 입은 남자는 굳은 표정으로 그렇게 말했다.

"그리고 아까 같은 짓을 계속하다 보면, 너희도 여기에 오게 될 거다."

그 말을 들은 타케시와 크루거는 또 한번 큰 충격을 받았다.

"그게 무슨 소리예요?"

"바닥으로 떨어지기 싫어서 그렇게 막 살면 바닥보다 더한 곳으로 가게 되니까."

"……."

늘 당당하던 타케시였지만, 이번에는 남자의 말에는 아무 반박을 하지 못했다.

"그래서 내가 너희에게 기회를 주려고 하는 거야."

"……?"

"내가 너희를 그대로 두면, 너희는 최하층에서 빌어먹거나 또 도둑질을 하겠지. 그러면 결국 여기까지 내려오게 될 거야. 고아원보다 더 끔찍한 곳까지……."

제복을 입은 남자는 자신이 입은 제복을 가리켰다.

"하지만 지금 내 손을 잡으면, 이렇게 멋진 제복을 입고 레이저 건을 쏘면서 멋진 일을 할 수 있단다. 물론 먹거리와 잠잘 곳도 마련해주지."

"아저씨가… 누군데요?"

제복 입은 남자는 팔의 나노 아머를 조작해서 자신의 홀로그램 명함을 보여주었다.

"나는 플릭이라는 조직을 이끄는 바할이라고 한다. 너

희처럼 눈빛이 좋은 신입 대원들을 찾고 있어."

'까맣게 잊고 있었던 기억인데…….'
이 악취를 다시 맡기 전까지, 타케시는 자신이 이런 곳에 와봤다는 것뿐 아니라 지하세계가 존재한다는 것까지 까맣게 잊고 살았다.

타케시는 중앙본부로부터 전송받은 홀로그램 지도를 보며 크루거의 흔적을 추적하기 시작했다. 하수구의 구조는 미로처럼 매우 복잡했다.

타케시는 크루거의 입장이 되어 생각해보았다. 지하세계가 매우 복잡하다고 한들, 이곳에서 계속 도망치기만 하진 않을 것이다. 밖으로 빠져나가 뒤를 도모할 것이 분명했다.

"지도에서 검색해봐. 외부로 통하는 하수구가 총 몇 개지?"

타케시가 플릭의 대원에게 물었다. 그는 지도를 검색하더니 머리를 긁적이며 대답했다.

"8천 개… 정도 됩니다."

"음……."

자연스럽게 신음이 흘러나왔다. 크루거는 이미 타케시보다 먼저 지하세계에 들어와 앞서 나가고 있었다. 과연 그를 따라잡을 수 있을까?

하지만 타케시는 실망하지 않았다.

미로처럼 복잡하다는 것은, 쫓는 사람 뿐 아니라 쫓기는 사람 입장에서도 그리 좋은 조건이 아니었다. 더군다나 도망치는 크루거에게는 지도가 없다. 재수 없으면 계속 같은 곳만 맴돌고 있을 확률도 높았다.

쌍둥이에겐 서로의 존재를 느끼는 직감 같은 것이 있다고 했던가. 타케시는 자신과 크루거에게도 비슷한 것이 있다고 믿었다.

분명 저 어딘가에서 우린 다시 만날 것이다. 타케시는 그렇게 믿었고, 그렇게 되었다.

실제로 크루거는 타케시로부터 그리 멀리 떨어져 있지 않았다. 시간과 공간, 모두 느껴지지 않을 정도로 칠흑 같은 암흑 속이라 생각보다 멀리 나아가지 못한 것이다.

얼마나 걸었을까. 숨이 차도록 지친 상태가 되었을 때, 그는 멀리서 아주 작게 보이는 빛조각을 발견할 수 있었다.

크루거는 자신도 모르게 그 빛을 향해 뛰어갔다. 그곳에는 사막으로 나가는 작은 통로가 있었고. 그 출구는 철창으로 막혀 있었다.

그는 온힘을 다해 철창을 발로 찼다. 하지만 제법 단단한 철장은 꼼짝도 하지 않았다. 가지고 있는 총을 꺼내 연결 부위를 쏘았다. 하지만 불꽃을 튀기며 약간의 틈만 생겼을 뿐, 철창이 떨어져 나가지는 않았다.

크루거는 그 조그만 틈으로 어떻게든 빠져나가려고 몸을 끼워 넣었다. 살이 찢길 듯 고통스러웠지만 방법이 없었다.

같은 시간, 타케시와 그 대원들은 멀지 않은 곳에서 울리는 총성을 듣고 그곳에 크루거가 있음을 확신했다. 그들은 소리가 난 방향으로 빠르게 움직였다.

그런데 그때 갑자기 하수구에 설치된 비상등에서 붉은 빛이 깜빡이며 안내음이 나왔다.

"경고! 경고! 오수 배출 시간입니다. 모두 가까운 대피소로 이동해주세요!"

센트럴시티의 정화 시스템은 오폐수를 정화조에 모아 두었다가 한 번에 배출하는데, 하필 지금 그 시간이 된 것이다.

타케시와 플릭 2팀은 추격을 멈추고 근처에 있는 대피소로 급히 들어갔다. 시티 전체의 오폐수를 모았다가 한 번에 배출하기 때문에 수압은 상상을 초월할 정도였고, 몸에 맞았다간 뼈가 다 바스러질 것이 틀림없었다.

대피소 문이 닫히고 하수구로 배출된 오물이 굉음을 내며 빠른 속도로 주변의 모든 걸 쓸어버렸다. 크루거 역시 철창문에서 끙끙대다가 자신에게 덮쳐오는 거대한 오물의 파도를 보았다.

오물이 코앞까지 다다랐을 때, 크루거는 겨우 몸을 빼내고 바깥쪽으로 빠져나올 수 있었다. 철창은 부숴져서 오물과 함께 저 멀리 날아가버리고 말았다.

밖으로 빠져나온 크루거는 하수구가 지면보다 훨씬 높은 곳에 있다는 사실을 깨달았다. 하수구 밖은 말 그대로 깎아지른 듯한 절벽이었고, 크루거는 지상 10미터쯤 되는 높이에 있는 아주 조그만 난간에 매달려 있을 수밖에 없었다. 아래에는 오물이 넘실대는 거대한 웅덩이가 보였다.

'저기 뛰어내리면 살 수 있을까?'

더러움 따위 지금은 아무런 문제가 되지 않았다. 크루거가 궁금한 것은, 오물 색깔로 인해 웅덩이가 얼마나 깊은지 파악할 수 없다는 것이었다.

그때 대피소에서 나온 타케시와 플릭 2팀의 목소리가 들렸다.

"총소리가 난 게 이쯤이었던 것 같은데……."

그 소리를 듣자, 크루거는 자신에게 더이상 선택의 여지가 없음을 깨달았다. 두 눈을 질끈 감고 아래쪽의 웅덩이를 향해 뛰어내렸다. 보이는 것보다 훨씬 깊기를 기대하면서.

타케시와 요원들이 하수구 끝에 도착했을 땐 크루거가 보이지 않았다. 그들은 도대체 크루거가 어디로 사라진 건지 의아해했다.

크루거는 그때, 오물 웅덩이 안에서 숨을 참고 잠수 중이었다.

"뛰어내렸을까?"

타케시는 그렇게 말하며 아래쪽을 내려다보았다. 하지만 까마득한 아래에 있는 사막 한 가운데 오물 웅덩이만 시선에 들어올 뿐이었다.

"이 근처에 다른 출구가 있나?"

계속 내려다보아도 어떤 흔적도 찾을 수가 없었던 타케시는 이곳에 크루거가 없을 거라고 판단하고, 다른 출구를 찾으려 했다.

하지만 행운은 크루거의 편이 아니었다.

오물을 처리하기 위해 돌아다니던 청소 로봇이 배출된 오물 웅덩이의 성분을 스캔하다가 그 안에 생명체가 있음을 감지한 것이다. 청소 로봇이 시끄러운 경고음을 토해내기 시작했다.

그 자리를 떠나려던 타케시의 눈동자가 커졌다. 타케시

팀이 나노 크리스털 추진기를 이용해서 절벽 아래로 안전하게 내려와 재빨리 웅덩이를 둘러쌌다. 대원들의 레이저건이 모두 웅덩이 중앙을 조준했다.

"크루거, 이제 그만 나오시지?"

타케시가 이죽거리며 말했다. 더 도망칠 곳이 없는 크루거는 그제야 두 손을 들고 오물속에서 나왔다. 추격을 피해 센트럴시티를 빠져나간다는 건 불가능했다.

"바할 대장님, 크루거를 체포했습니다."

2팀의 대원들이 크루거에게 메탈 수갑을 채우는 동안, 타케시는 나노 아머의 송신기를 이용해 바할에게 연락했다.

"수고했어."

송신기 저편에서 바할의 무미건조한 음성이 들려왔다.

"지금 본청으로 이송하겠습니다."

"아니야."

바할은 급하게 타케시의 말을 끊었다.

"현재 위치로 이송팀이 갈 거다. 놈을 바로 아일랜드로 이송할 예정이야."

그 말에 타케시는 깜짝 놀랄 수밖에 없었다.

"아무리 반역죄라고 해도 재판 절차는 거쳐야······."

"지금 상부의 명령에 의문을 가지는 건가?"

돌아오는 바할의 반응은 냉정했다.

"크루거를 잡는 과정에서 사고를 많이 쳤더군."

"……."

"관련 자료와 영상은 모두 삭제했네."

타케시의 머리는 빠르게 돌아갔다. 바할이 자신이 저지른 사고의 뒷수습을 기분 좋게 해줄 리 없었다. 분명 이건 덫이었다. 거절할 수 없는 덫.

"감사합니다. 말씀하신 대로 수행하겠습니다."

"서류상으로 크루거는 추격 도중 사망한 것으로 되어 있어야 하네. 무슨 말인지 알겠나?"

타케시는 어지간한 명령은 다 받아들일 생각이었다. 하지만 이건 그 선을 아득히 뛰어넘는 것이었다.

재판 과정을 생략하고 유배지로 바로 이송하는 것도 이해할 수 없는 일인데, 아예 죽은 사람으로 만들어버린다?

"체포 과정에서 그 난리를 피웠으니, 그냥 죽어버렸다고 한들 큰 문제는 없겠지."

바할은 은근슬쩍 타케시를 이 조작의 공범으로 몰아넣고 있었다.

"네, 알겠습니다."

타케시는 결국 그렇게 말을 끊을 수밖에 없었다. 한때는 둘도 없는 친구였고, 한때는 철천지원수가 되었던 크루거. 이제 자신이 권력을 가진 고위층과 함께 그를 사지로 내몰고 있었다.

바닥 밑에 지하가 있다고?

뭐가 뭔지 모를 혼란스러운 상황에서도, 한때 바할이 했던 그 말이, 꼭 자신의 처지에 대해서 뿐 아니라 사람과의 관계 혹은 윤리에 대해서도 적용될 수 있겠다는 생각이 문득 타케시의 머릿속에 떠오르고 있었다.

8.
저장소

    카이로의 천막 안에는 무거운 분위기가 흐르고 있었다. 스카이가 가지고 온 소식 때문이었다. 긴 침묵이 끝나고 카이로가 스카이에게 되물었다.
    "분명히 놈들이 저장소라고 말했단 말이지?"
    "네 똑똑히 들었습니다. 그리고 그곳에……."
    "……?"
    "프랑수아 5세도 있었습니다."
    "흐음……."
    스카이의 얘기를 들은 카이로는 말없이 한숨을 내쉴 뿐이었다. 물론 그러는 동안에도 카이로의 머릿속에는 수만 가지 생각이 교차하고 있을 것임에 틀림없었다.
    하지만 카이로 옆에 있던 성질 급한 벤은 참지 못하고

소리를 질렀다.

"그러니까 뜸들이지 말고 바로 말하라고! 도대체 저장소가 어떤 곳이야?"

카이로 역시 궁금했는지 침묵을 깨고 그 뒤에 질문을 덧붙였다.

"우리 예상대로 신무기를 만들던 곳이었나? S급 기동대가 배치될 정도로 중요한 게 뭐야?"

스카이는 잠시 망설였다. 스카이도 자신이 그곳에서 본 것이 정말 사실이었는지, 아니면 끔찍한 악몽 같은 것이었는지 구분이 가지 않았다.

"살아 있는 사람들이⋯ 알 수 없는 액체 속에 담겨 고통스럽게 죽어가고 있었습니다."

"뭐라고?"

카이로의 표정에 충격과 공포가 어렸다. 스카이는 온힘을 다해 간신히 쥐어짜듯 덧붙였다.

"그런데 저도⋯ 도대체 무슨 목적으로 그런 실험을 하는지는 모르겠⋯⋯."

갑자기 울컥하며 울음이 터졌다. 제멋대로이면서도 항상 강하고 유쾌한 모습만 보여주던 스카이가 울음을 터트리자, 벤은 당황하며 스카이의 어깨를 토닥여주었다.

"우리가 첫 번째로 해야 할 일은 저장소가 어떤 목적으로 쓰이는지 알아내는 거다."

마침내 카이로가 입을 열었다.

"그리고 나서는 그 빌어먹을 장소를 반드시 파괴해야겠지. 벤! 지금 당장 출발해서 우림지대 1선발대와 합류해."

"네 알겠습니다."

"나와 스카이는 렌쳉과 함께 2선발대와 합류한 후 저장소로 간다."

"네, 카이로 님."

스카이도 눈물을 닦으며 바로 답했다. 카이로는 다시 벤에게 추가 지시를 내렸다.

"렌쳉에게는 실력 있는 정예군들이 더 필요하다고 전해. 신입들 중에 싹수가 보이는 자가 있으면 바로 정예군으로 합류시키도록."

"알겠습니다! 카이로 님."

렌쳉은 다른 교관들과 함께 새로 합류한 신참들을 교육시키고 있었다. 그리고 그중에서 렌쳉의 눈길을 끄는 것은 헤나였다.

헤나는 체력은 다소 약했지만 사격 솜씨에서 발군의 실력을 보였다. 집중력이 뛰어났고, 동시에 어떤 상황에서도 냉정함을 유지했다. 바꿔 말하자면 상황 판단이 빠르고 신속하며 다른 대원들을 지휘하기에도 적합한 재능을 가졌다고 말할 수 있었다.

'저 아이는 제대로만 성장하면 레볼트의 한 기둥이 될 수 있겠군.'

그런 생각에 잠겨 있는 렌쳉 옆으로 벤이 다가왔다.

"스카이가 가져온 정보는 뭐야?"

기척을 느낀 렌쳉이 먼저 물었다.

"아주 끔찍한 거. 그 고약한 스카이가 눈물을 보일 정도라니, 말 다했지."

"스카이가 눈물을 보였다고?"

그 말에 렌쳉도 제법 놀라는 기색이었다.

"왠지 듣기 싫을 것 같은데."

"그래도 들어야 해. 그 정보를 듣자마자 카이로 님이 자네에게 임무를 내렸으니까."

"정예군을 뽑으라는 건가?"

"맞아. 싸울 때가 온 거지."

벤의 말을 들은 렌쳉은 한숨을 쉬며 훈련 받는 신참들을 바라보았다.

"저 녀석들한테는 아직 경험이 필요한데……."

그렇게 말하는 렌쳉의 얼굴에는 근심이 가득했다. 무엇보다 시간이 부족했고, 식량도 떨어져가는 중이었다.

"우리는 언제 경험이 있어서 실전에 나갔나? 싸우다 보면 다 발전하는 거지, 안 그래?"

벤은 렌쳉의 어깨를 툭툭 치며 그렇게 말했다. 단순하고 명쾌한 벤다웠다. 준비되지 않은 실전 투입은 그만큼 희생만 늘릴 뿐이라는 걸 아는 렌쳉은 벤에게 한마디 받아치고 싶었지만, 그때 마침 큐가 다가와 벤에게 말을 걸었기 때문에 그럴 수는 없었다.

"벤 님, 이쪽으로 오셔서 보실 게 있습니다."

큐의 말에 벤은 뒤도 돌아보지 않고 연구실 텐트로 향했다.

벤은 큐에게서 블루 다이아몬드의 파편으로 만든 해머를 받았다. 신무기를 얻은 벤은 50여 명의 정예부대원들과 함께 우림지대로 향했다.

"일어나, 카이로 님이 찾으신다."

다음날 아침, 헤나는 렌쳉이 직접 자신을 깨우는 소리에 눈을 떴다. 뜬금없이 훈련소의 리더가 일어나 자신을 깨우다니, 무슨 일이 생긴 줄 알고 잠이 확 깬 헤나는 재빨리 일어나 차렷 자세를 취했다.

"카이로 님의 천막으로 가봐. 너를 찾으시니까."

"저를…요?"

헤나는 당황했다. 카이로와 독대라니. 하지만 그녀가 거절할 수 있는 만남은 아니었다.

천막 안으로 들어서니, 카이로가 부드러운 미소를 지으며 헤나를 맞았다.

"편히 앉게."

"네."

긴장한 헤나는 조심스럽게 카이로 앞에 앉았다.

"이번에 들어온 친구들 중에 가장 우수한 성적을 냈더군."

"아… 전혀 몰랐어요."

"8구역에서 왔지? 나도 8구역 출신이야."

"알고 있어요. 저희 구역에서 카이로 님은 영웅인 걸요!"

카이로는 그 말에 씁쓸한 웃음을 지을 뿐, 더이상 언급하지 않았다.

"혹시… 레볼트에 왜 지원했는지 말해줄 수 있을까?"

카이로의 질문에 헤나는 잠시 망설이다가 대답했다.

"어릴 때 부모님이 돌아가셨어요."

"어쩌다가?"

"거리에서 시위를 하다가 그만 폴릭들에게……."

그때 일을 생각하는 헤나의 눈동자가 붉어졌다.

"두 분 다 너무 선하신 분들이었는데, 불공평한 세상을 더이상 지켜볼 수 없어 시위에 나가신 거예요. 어떤 폭력도 없이 그냥 거리에서 구호만 외쳤을 뿐인데 플릭 놈들이……."

"……."

"그때 전 7살이었어요. 두 분이 돌아가신 후 구역 고아원에서 자랄 수밖에 없었죠. 저와 함께 레볼트에 들어온 친구들은 모두 같은 고아원 출신이에요. 모두 센트럴시티의 사람들에 의해 부모를 잃은 아이들이죠."

헤나의 목소리가 떨렸다.

"복수를… 하고 싶어서 레볼트가 된 건가?"

"아뇨. 우리 엄마 아빠가 바라던 세상을 만들고 싶어요. 단지 구호만 외쳐도 그렇게 짓밟고 싶어할 정도로 그들이 무서워하는 세상을… 그게 진정한 복수라고 생각해요."

그녀는 이를 악물고 감정을 삼켰다. 자신의 약한 모습을 보이고 싶지 않았다. 카이로는 말없이 그녀의 머리를 쓰다듬어주었다.

"어떻게 보셨습니까?"

헤나가 떠나고 난 뒤, 렌쳉이 들어와 카이로에게 물었다.

"자네 말대로군. 가능성이 보여."

고개를 끄덕이며 카이로가 말했다.

"아직 이르긴 합니다만, 지금처럼 성장한다면 충분히 이곳의 기둥이 될 법한 친구입니다."

뭔가를 생각하던 카이로는 렌쳉에게 한 가지를 제안했다.

"헤나와 그 일행들도 이번 작전에 합류하는 게 좋을 것 같네."

"네? 실전에 나가기엔 너무 빠른 것 같은데요."

하지만 카이로는 고개를 저었다.

"저장소를 무너뜨리기엔 병력이 부족해. 헤나가 이끄는 팀은 분명 도움이 될 거야."

"네……."

"빠른 시일 내에 떠날 수 있도록 준비시키게."

"네, 알겠습니다."

어깨가 무거워진 채로 천막을 나서면서 렌쳉은 한숨을 쉬었다. 아무리 재능이 뛰어나다고 한들 이제 겨우 기본기를 잡아놓은 신참들인데, 또 어느 세월에 작전에 투입할 수 있을 정도로 만들어놓아야 하는지 앞일이 캄캄하기 짝이 없었다.

벤의 정예부대가 떠난 지 몇 주가 흘렀다. 헤나를 포함한 후발대는 우림지대로 갈 준비가 한창이었다. 무기고 장비들을 거의 다 가지고 갈 만큼 대규모의 작전이었다.

렌쳉의 지시로 헤나와 헤나의 친구 프레드를 비롯한 후발대 군인들은 각자의 무기와 짐들을 챙겼고, 동물 관리사들은 짐이 가득 실린 수십 마리의 카메르를 먹이고 준비했다.

문지기들이 사막으로 나가는 거대한 문을 열자 사막의 뜨거운 햇살이 쏟아져 들어왔다. 다들 오랜만에 보는 자연광에 눈살을 찌푸렸다.

이윽고 열린 문을 통해 무장한 수백 명의 레볼트 후발대가 사막으로 전진하기 시작했다. 카이로, 스카이, 울프, 렌쳉, 헤나, 프레드와 큐까지, 출발하는 모두의 눈엔 결연함이 감돌고 있었다.

그 시각, 센트럴오피스에서는 카림이 프랑수아 5세의 소환 명령을 받고 타워의 꼭대기 층에 들어서고 있었다.

"부르셨습니까?"

카림의 인사가 끝나기도 전에, 프랑수아 5세의 명령이 들려왔다.

"저장소가 레볼트에게 발각되었어. 자네가 나서서 그들을 처리해줘야겠네."

"레볼트…가요?"

대답하는 카림의 목소리에는 약간의 주저함이 섞여 있

었다.

카림의 머릿속은 복잡해졌다. 레볼트와의 전면전이란 카림으로선 부담스러운 임무일 수밖에 없었다.

"그냥 저장소를 옮기시는 게……."

"아니야. 놈들이 쳐들어오기에 딱 좋은 미끼인데 그걸 왜 옮겨?"

그제야 카림은 프랑수아 5세의 생각을 더 정확히 읽을 수 있었다. 애당초 케이는 레볼트를 물리침과 동시에 2인 자인 카림의 힘도 빼놓을 생각이었던 것이다.

레볼트와의 전면전에서 승리한다고 해도 카림의 부대 역시 어느 정도 손실을 입을 수밖에 없을 테니까.

"이번 기회에 우리의 힘을 보여주게. 완전히 몰살시켜 버려."

카림은 조용히 고개를 숙이고 황제의 방을 나왔다. 그리고 카림이 향한 곳은.

그가 소유한 비밀 연구실이었다.

비밀연구실은 사막 지하에 건설되었고, 겉에서 보기엔 입구소차 보이지 않는 곳이었다. 하지만 카림이 도착하자 모래 위로 엘리베이터 역할을 하는 메탈 캡슐이 솟아올랐고, 카림과 수행원들이 탑승하자 지하 20층 정도 깊이에 있는 연구실까지 빠르게 하강했다.

카림은 키아라의 상태부터 확인했다. 그녀는 연구실 한쪽 구석에 정신을 잃은 채로 누워 있었다. 머리에 씌워진 전자장비와 연결된 홀로그램 디스플레이는 초당 수억 개의 이미지를 토해내며 그녀의 뇌 속을 뒤집어놓고 있었다.

"오셨어요?"

근처에 서 있다가 다가오는 카림에게 인사를 건네는 제타의 눈빛은 차가웠다.

"고생했어. 키아라 다시 데려오느라."

"감사합니다."

떨떠름한 표정의 제타와 달리 알렉스는 반갑게 카림을 맞으며 인사했다.

"상태는 좀 어떤가? 기억을 지울 순 있어?"

카림은 이번엔 키아라를 담당하고 있는 연구원에게 물었다.

"완벽하게 지우는 건 불가능합니다."

"그럼…?"

"이미지로 새로운 기억을 만들어 덧씌우고 있습니다. 다시 깨어났을 땐 지나간 일을 기억하지 못할 겁니다."

"좋아. 우림지대로 출발하기 전까지 완벽하게 준비시키도록 해."

카림의 명령에 연구원은 더 빠르게 움직이기 시작했다.

"다시 우림지대로 가는 거예요?"

알렉스가 카림에게 물었다.

"그래. 거기서 레볼트를 몰살시키는 거야."

"전쟁이군요! 기대되네요!"

뜻밖의 소식에 알렉스는 흥분해서 큰소리로 떠들었다. 하지만 동시에 옆에 있던 제타의 얼굴은 어두워졌다. 제타는 몸이 묶인 채 세뇌 당하는 키아라의 모습을 보며 죄책감과 불안감을 느끼고 있었다.

연구실 곳곳에선 다양한 구역에서 잡아온 노동자들에 대한 생체 실험이 행해지고 있었다. 그중에서도 카림이 특히 큰 관심을 갖고 있는 건 우림지대에서 빼돌린 3가지 색상의 다이아몬드에 대한 실험이었다.

"실험체가 부족합니다."

"얼마나 더 필요하지?"

"최소로 잡아도 한 100명 정도는……."

"그 정도를 잡아오면 3개의 다이아몬드를 합성할 수 있는 거야?"

"그게… 현재의 기술로는 미지의 영역이라 얼마나 더 걸릴지는 아직……."

그러자 카림은 소장의 목을 잡아 번쩍 들어 올렸다.

"잘 들어. 나는 너한테 아낌없이 지원하고 있어."

"큭… 네… 잘 알고…….."

"그러니까 가능한 한 빨리 실험을 완료하는 게 좋을 거야. 나를 더 화나게 했다간 다음에 터지는 건 네 머리가 될 테니까."

"네… 알겠습니다… 큭…….."

카림은 그를 놓아주었다.

그 앞에는 3개의 다이아몬드 원석이 있었다. 그것들은 레드, 화이트, 옐로 세 가지 색깔을 가지고 있었고, 또 각각 다른 힘을 가지고 있었다. 그리고 카림은 아주 오래 전부터 그 3개의 다이아몬드를 합치는 방법을 연구중이었다.

'3종류 다이아몬드의 힘을 합치기만 한다면… 케이를 물리치는 것도 가능해!'

그런 생각을 하며, 카림은 음흉한 미소를 짓고 있었다.

9.
빛의 아리아

아늑한 아침 햇살이 내리쬐는 호화로운 저택 안. 알록달록한 색깔의 다양한 식물들로 둘러싸인 정원의 테이블에서, 아리아가 홀로 아침을 먹고 있었다.

정원에 있는 식물들은 단순한 관상용이 아니었다. 나무에서 열리는 과일과 밭에서 자라는 야채는 하인들이 요리에 활용했고, 말리거나 즙을 짜서 사용하기도 했다.

저택에서 일하는 많은 하인들을 관리하는 것은 집사인 모드의 역할이었다. 그녀는 아리아의 할머니 때부터 3대에 걸쳐 일해온 이 집안의 기둥이었다.

아리아는 향기로운 차를 마시며 홀로그램 비전을 보고 있었다. 때마침 화면에선 12구역 파이터 최강전의 예고편이 방영되고 있었다. 각 구역을 대표하는 파이터들의 프로

필이 소개되고, 해성의 모습도 함께 보였다.

식사를 마치고 난 뒤 그녀는 욕실로 가서 따뜻한 물로 샤워했다. 그리고 옷을 갈아입고 수련실로 향했다.

수련실은 사방의 벽은 물론이고 바닥과 천장까지 새하얀 공간이었다. 아리아가 그 공간 중앙에 자리를 잡고 앉자, 시중을 들던 모드가 문을 닫으며 따라 들어왔다.

가부좌를 틀고 앉은 아리아는, 수련을 위해 가지고 온 푸른 액체를 마셨다. 이 액체가 그녀의 몸에 들어가 작용을 시작하면, 그녀의 집중력을 높이고 힘을 증폭시켜줄 것이었다.

아리아는 눈을 감고 정신을 집중했다. 천천히 호흡을 시작했다. 그녀의 몸에 있는 영혼의 문이 하나씩 열리면서 몸과 공간이 순환하기 시작했다. 방금 전에 마신 푸른 액체가 그런 작용을 도와주었고, 그녀의 정신은 트랜스 상태로 들어가고 있었다.

"…엄마?"

머릿속에서 어머니를 부르는 어린아이의 목소리가 들려왔다. 그녀는 그것이 어린 시절의 자신이라는 것을 알고 있었다. 호흡이 점점 거칠어지고 정신이 흐트러지기 시작했다.

"엄마!"

처음엔 단순한 소리였던 것이 점점 더 불길한 외침으로 변해가고 있었다. 그녀의 눈동자는 빠르게 움직였지만 눈을 뜰 수는 없었다. 그녀의 내면 깊숙한 곳에 있는 어둠이 계속 그녀를 끌어당기고, 어느새 하얗던 주변이 붉은 핏빛으로 물들기 시작했다.

"엄마!"

그녀는 목이 찢어지도록 외쳤지만 엄마는 보이지 않았다. 그녀는 어느새 주변을 메운 피 속으로 가라앉고 있었고, 그녀 주위는 시체들로 가득했다.

"엄마…!"

외마디 비명을 지르며 아리아는 명상에서 깨어났다. 온몸이 식은땀으로 흠뻑 젖어 있었다.

"아직 불안함을 떨치지 못하신 겁니까? 마음을 비우고 빛의 기운을 느껴야 합니다."

바로 곁에서 아리아를 지켜보고 있던 모드가 말했다.

"말처럼 쉽게 되면 얼마나 좋을까."

아리아 가문에 전해지는 신비한 능력. 그녀는 그것을 더 발전시키기 위해 수련을 하는 중이었다. 하지만 그녀의 마음속 깊은 곳에 있는 어두운 과거가 그녀의 발목을 잡고 놓아주지 않았다.

"인내를 가지세요."

모드의 위로는 아리아에게 아무런 도움도 되지 않았다. 아리아는 더이상 수련에 대해 생각하고 싶지 않아서 말을 돌렸다.

"오늘 아침 섀도우 님을 뵈러 가기로 하지 않았나?"

"맞습니다. 시간이 어느새 이렇게 됐네요. 에어모빌을 준비하겠습니다."

"10분 뒤에. 뭘 좀 할 게 있어서."

"알겠습니다."

집사가 나가자 아리아는 다시 한번 팔을 뻗어 에너지를 모았다. 눈부시도록 하얀 빛이 그녀의 손끝에 새겨졌.

그녀는 정신을 집중해 잠시 동안 그 빛을 응시하다가 천천히 심호흡을 하며 힘을 뺐다. 그와 동시에 에너지도 소멸해버렸다.

'아직 부족한 것 같은데……'

뭔가 마음에 들지 않았는지 그녀는 이번에는 두 손을 모아 빛으로 검을 만들었다. 그리고 방금 전의 악몽 같은 기억을 떨치려는 듯, 그 빛의 검으로 검술 동작을 연습했다.

하얀 색의 빈 공간에 역시 같은 색의 빛나는 검이 춤을 추듯 아름다운 동선을 그리고 있었다. 그때, 그녀에게 익숙한 목소리의 환청이 들려왔다.

"아리아! 빨리 안 일어나?"

"그렇게 수련을 게을리하면 너에게 남는 건 패배밖에 없어!"

"눈을 감고 마음을 비워야 해."

"포기하면 안 돼. 우리 가문에게 주어진 능력은 반드시 대를 이어야 한다. 우리는 빛의 기사니까."

빛의 기사.

아리아는 자신에게 주어진 숙명을 떠올리며 나지막이 그 말을 따라했다. 귀에 못이 박히도록 들은 말이었지만 아직 그 경지에 이르기엔 너무 멀다는 생각만이 들었다.

'엄마, 꼭 빛의 기사가 되어서 해성과 함께 케이를 물리칠게요.'

그녀는 그렇게 다시 한번 다짐하며 빛의 검을 휘둘렀다.

*

수련을 끝낸 아리아는 에어모빌에 올랐다. 그녀를 태운 에어모빌이 도착한 곳은 섀도우 가문의 저택이었다. 아리아 가문처럼 섀도우 가문도 능력을 자손 대대로 이어가는 몇 안 남은 귀족이었다.

아리아는 집사의 안내를 받아 서재로 향했다. 서재 안에 들어서자 종이 냄새가 확 풍겨왔다. 섀도우 가문은 클라우드가 아닌 종이로 된 옛 지구인들의 책을 소장하고 있었다. 그것도 엄청나게 많은 양의.

"집에서 책만 읽는 게 지겹진 않으신가요?"

아리아는 독서에만 열중하고 있는, 섀도우 가문의 후계자를 향해 물었다.

"지겹긴요, 지구인들의 엄청난 지식을 보다 보면 감탄밖에 나오지 않는 걸요. 가끔은 내가 이 책을 다 못 읽고 죽으면 어쩌나, 그런 걱정이 드는데요."

"벌써 죽음을 논하다니요. 아직 멀었으니까 그런 걱정은 마세요."

후계자인 그의 이름은 가문의 이름과 똑같은 섀도우. 이제 겨우 14살 된 아이였다. 하지만 그는 섀도우 가문 내에서도 매우 특별한 능력을 가졌는데, 바로 미래를 보는 예지력이었다.

큰 힘에는 큰 대가가 따른다고 했던가. 예지력을 가진 자는 어쩔 수 없이 다른 능력을 잃는 경향이 있었다. 어린 섀도우가 맞바꾼 건 그의 시력이었다. 그래서 책을 읽는 것을 좋아하는 그는 점자책을 읽거나 AI로봇이 낭독하는 내용을 듣곤 했다.

"섀도우 님이 말씀하신 곳에서 예리엘 님의 에너지가 잡혔어요."

아리아는 이곳에 온 본론을 꺼냈다.

"다행이네요. 제가 본 게 틀리지 않았군요."

"네, 곧 그곳에 팀을 보내서 예리엘 님을 찾을 겁니다."

"좋아요! 제가 도움이 되었다니 기쁘네요!"

섀도우는 들뜬 목소리로 그렇게 말하고 빙긋 웃었다. 그 웃음이 예언가가 아니라 평범한 14살 소년의 웃음처럼 보여서, 아리아는 무척 기뻤다.

하지만 섀도우가 이어서 꺼낸 이야기는 그렇게 밝지만은 않은 것이었다.

"얼마 전에 케이가 찾아왔어요."

"케이가요? 왜죠?"

아리아는 깜짝 놀라서 물었다.

"자신의 미래를 보고 싶다고 하더군요."

"그래서… 미래를 보셨나요?"

불길한 마음을 억누르며 아리아가 조심스럽게 물었다.

"네."

섀도우는 고개를 끄덕였다.

"어떻던가요? 케이의 미래는……."

그 말을 듣는 순간, 섀도우의 얼굴에 거대한 어둠이 드리웠다. 다시 떠올리기 싫은 기억과 이미지… 케이의 미래는 지옥이나 다름없었기 때문이다. 수억 구의 시체와 그 위에서 홀로 군림하는 황제의 모습을, 섀도우는 보았다.
"끔찍했어요."
"그의 미래가요?"
"그가 이끄는 이 세상이요."
잠시 무거운 침묵이 흘렀다. 아리아는 섀도우가 어떤 것을 보았는지 자세하게 물어볼 용기가 없었다. 그래서.
"걱정 마요. 우리에겐 가디언의 유산이 있으니 잃어버린 빛을 찾을 수 있을 거예요."
서툴게 그를 위로할 수밖에 없었다. 하지만 그 이야기를 들은 아리아의 마음도 무거울 수밖에 없었다.

10.
기프트

　12구역 최강전이 시작되었다. 이 경기는 6개의 링 위에서 12명의 파이터들이 1대 1로 싸우는 경기였다. 해성을 비롯한 12명의 파이터들은 이곳에서 매주 상대를 바꿔가며 싸우게 된다.
　해성의 첫 상대는 11구역에서 온 선수로, '스피드'라는 별칭을 가지고 있었다. 그는 이름답게 재빨리 해성의 공격을 피했다. 공격의 파워는 그리 강하지 않았지만 끈질긴 집념으로 여러 번 공격해서 상대를 무너뜨리는 스타일이었다.
　'날파리 같은 놈! 강하지는 않지만 귀찮고 짜증 나게 하는군!'
　그와 상대하게 된 해성은 예상과 달리 고전하고 있었다.

스피드 같은 상대에게는 가까이 접근해서 속박하는 방식의 공격을 해야 했는데, 상대의 치고 빠지는 속도가 너무 빨라서 그것도 쉽지 않았다.

그때 갑자기 해성의 머릿속에 어떤 목소리가 들려왔다.

'눈으로 보고 잡으려 하면 놓칠 수밖에 없는 상대예요. 방법을 바꿔야 해요.'

어디서 들리는지 모를 목소리에 당황에서 주위를 둘러봤지만, 그럴수록 빈틈을 만들어 상대에게 기회를 줄 뿐이었다.

'눈을 감아요. 이상하게 생각하지 말고 내 말을 믿어요.'

그 순간 해성의 눈에 관중석에 앉은 아리아가 들어왔다. 해성은 그제야 그 목소리가 예전에 만난 적 있는 아리아의 목소리라는 것을 눈치챘다. 방법은 알 수 없지만 그녀는 해성에게 메시지를 전달하고 있었다.

'눈을 떠도 제대로 볼 수 없는데 오히려 눈을 감으라고?'

해성은 목소리의 지시대로 눈을 감고 정신을 집중했다.

'잘했어요. 이제 상대의 움직임을 느끼는 거예요.'

해성이 눈을 감자 스피드는 좋은 기회라고 생각했는지 무방비 상태의 해성을 향해 킥을 날렸다.

그리고 그 순간, 거짓말처럼 해성은 상대의 움직임을 온몸으로 느꼈다.

해성은 빠르게 날아온 스피드의 발을 낚아챘다. 스피드는 벗어나려고 발버둥을 쳤지만, 이미 그의 빠른 동작은 모두 봉쇄된 뒤였다. 해성은 그의 얼굴에 정확한 펀치를 날렸다.

단 한 번의 공격. 그것으로 끝이었다. 스피드는 쓰러졌고, AI 심판은 해성의 승리를 선언했다. 해성은 두 팔을 번쩍 들고 아리아를 찾았다. 하지만 어느새 그녀는 보이지 않았다.

그날 밤, 해성은 숙소를 빠져나가 나타샤의 집으로 향했다.

나타샤의 집은 다양한 계층이 이용하는 일종의 밀회 장소, 아니 더 정확하게 말하자면 섹스 클럽이었다. 집 안에는 유리 부스들이 있었고, 그 유리 부스에는 야한 옷차림을 한 남녀들이 포즈를 취하며 고객을 기다리고 있었다.

"누구를 찾으시나요?"

해성이 갈 곳을 모르고 우물쭈물하자 드레스를 입은 한 여성이 팔짱을 끼며 물었다.

"전 나타샤라고 해요. 이곳의 주인이죠."

"아… 나… 나는 아리아를 찾아왔어요."

"아, 아리아 님께서 말씀하시던 그분이시군요. 따라오

세요."

나타샤는 어느 룸으로 해성을 데려갔다. 붉은 조명이 켜진 룸 안에는 침대와 섹스 기구들이 널려 있었다. 벽 너머로 들려오는 신음소리를 들으며 기다리자, 누군가 문을 두드리고 들어왔다. 하지만 아리아가 아니라 얇은 옷을 걸친 젊은 여성이었다. 그녀가 다가오더니 말도 없이 해성에게 몸을 밀착했고, 그녀의 향기에 취해 해성이 눈을 감은 그 순간, 그녀는 해성의 목에 있던 페이스페이커를 해제했다. 이제 유명인이니까 필요한 거라며 경호원이 줬던 페이스페이커였다. 그리고 자신의 목에 있던 페이스페이커도 껐다.

"당신이었군요?"

그러자 해성이 찾던 아리아의 모습이 나타났다.

"그냥 만나기만 하는 건데, 꼭 이렇게 위장까지 해야 하나요?"

"예전과는 달라요. 지금은 당신을 지켜보는 사람들이 너무 많아졌죠. 주변에 위험한 사람들도 많고요."

아리아는 목소리를 낮춰 말하며 시계를 보았다.

"우리한테 주어진 시간은 한 시간 정도예요. 당신을 지키는 사람들도 그 이상 공백이 생기면 의심할 테니까. 가능한 빨리 본론으로 들어갈게요."

"무슨……?"

"우리를 도울 건가요?"

해성은 곤란하다는 표정을 지었다. 사실 지난번 제안을 받은 후 고민은 하고 있었지만 아직 결론을 내리지 못한 상태였기 때문이었다. 아니, 더 정확히 얘기하자면 그 이후에는 최강전을 준비하느라 그 일에 대해 생각할 시간이 없었다.

"제가… 뭘 할 수 있는지 모르겠어요. 나는 그냥 파이터일 뿐인데, 무슨 도움이 되죠?"

"당신의 힘. 우린 그게 필요해요. 그러기 위해선 당신이 가지고 있는 숨겨진 힘을 깨닫는 게 첫 번째고요."

아리아의 말을 해성은 도무지 알아들을 수 없었다.

"시합 도중에… 내 목소리가 들렸죠?"

"맞아요. 그건 어떻게 한 거예요?"

"나에겐 텔레파시 능력이 있어요. 우리 가문에 전해지는 능력 중 하나죠. 우리는 그걸 리니지 기프트라고 불러요. 그냥 기프트라고도 하죠."

해성은 고개를 저었다.

"그래요, 그런 능력이 있다고 쳐요. 그런데 왜 저한테……."

"당신도 선택받은 사람 중 한 명이니까요."

"제가요? 말도 안 돼요! 리니지라면 혈통 있는 가문이잖아요! 제 아버지는 8구역의 평범한 노동자였다고요!"

"지금 모든 이야기를 다 해줄 순 없어요. 하지만 나를 믿어요. 당신은 당신 안에 있는 힘을 깨닫고 사용할 수 있어야 해요."

"어… 어떻게요?"

"기프트는 말 그대로 재능이에요. 원래는 꾸준히 수련해야 제대로 능력을 발휘할 수 있죠. 하지만 당신은 아니에요. 우린 당신이 그 능력을 한순간에 각성할 거라고 예상하고 있어요. 당신은, 특별한 리니지에 속해 있으니까요."

해성은 더이상 묻지 않았다. 이미 자신이 믿어왔던 모든 것이 다 무너진 후였고, 여기서 또다른 사실이 밝혀진다고 해서 지금의 혼돈이 정리될 것 같지도 않았기 때문이다.

"앞으로 당신에게 남은 경기… 그걸 당신의 능력을 각성하는 기회로 삼아봐요. 몸속에서 느껴지는 기운이 있으면, 그 기운을 실전에 사용해보는 거예요."

아리아는 거기까지만 말하고 자리에서 일어났다.

"나머지 진실은 당신이 준비되었을 때 말해줄게요. 지금은 그 힘을 각성하는 게 우선이니까."

그리고 그녀는 다시 페이스페이커를 작동시킨 뒤 방을 나갔다.

집으로 돌아온 해성은 아리아가 말한 '기프트'라는 것을 찾아보려고 노력했다. 하지만 방법을 모르니 아무리 애를 써도 뭐가 될 리 없었다. 정신을 집중하고 훈련을 계속해보았지만 다르게 느껴지는 게 없어서 갑갑할 뿐이었다.

"하아……."

해성은 한숨을 내쉬었다. 도시에 와서 파이터가 되면 뭔가 달라질 줄 알았는데, 자신은 여전히 무엇을 해야 할지 몰랐고 엄마와 동생의 소식도 알 수 없었다. 베그너에게 물어봐도 데스트로를 이기면 모든 게 해결될 거란 대답만 돌아올 뿐이었다. 그렇게 아무것도 이루지 못한 채, 시간은 점점 더 흘러가고 있었다.

11.
다가오는 결전

 12구역 최강전의 마지막 라운드. 해성은 10전 10승을 기록하고 있었다. 그리고 그와 동률을 기록하고 있는 경쟁자가 한 명 더 있었는데, 그는 3구역의 대표로 올라온 르페르라는 파이터였다.

 여태까지 손쉽게 10승을 거둔 건 아니지만, 르페르는 그동안 해성이 만나온 상대들과 차원이 달랐다. 그는 해성의 공격에도 바로바로 반격해왔다. 아무래도 11라운드까지 오느라 해성이 많이 지쳐 있기도 했지만, 그의 공격이 먹히지 않은 이유엔 심리적인 요인도 컸다. 해성은 어제도 가족의 신변에 대한 문제로 말다툼을 했던 것이다.

 베그너는 고분고분 말을 잘 듣던 해성이 달라지자 골치를 썩고 있었다. 그중에서 가장 처리하기 힘든 건 끊임없이 물어보는 가족에 대한 소식이었다. 그래서 베그너는 그 문제에 대해 도로시와 의논 중이었다.

베그너와 도로시가 어떻게 하면 목적을 달성하는 순간까지 해성을 잘 속여넘길 수 있을까, 의논하며 경기를 지켜보고 있을 때 마침 해성이 르페르의 주먹을 맞고 쓰러졌다.

그 순간 베그너와 도로시의 표정이 동시에 찌푸려졌다.

"골치가 아프군요."

경기를 지켜보는 도로시가 말했다.

"다음이 데스트로인데… 저 녀석이 계속 저러면 어쩌지?"

근심 깊은 베그너를 보던 도로시가 다시 말을 꺼냈다.

"이쯤에서 한 번 정리하고 가시죠. 언제까지 얼버무릴 수는 없지 않습니까?"

"그러다가 문제라도 생기면?"

"그건 그때 가서 또 생각하면 되겠죠. 일단은 정신을 차리게 해서 데스트로 앞에 세우는 게 먼저 아니겠습니까?"

베그너와 도로시는 해성과 데스트로의 대결에 큰 기대를 걸고 있었다. 센세이션을 일으키며 엄청난 인기를 끌어모으는 해성과 데스트로의 대결은 두 사람에게 상상할 수 없는 막대한 수익을 안겨줄 것임에 틀림없었다.

물론 그 엄청난 수익에 대한 전제조건은 해성이 데스트

로를 이기는 것이었다. 그리고 그러기 위해서 둘은 또 한
번 해성을 속여야 했다.

한편 르페르의 주먹을 맞고 쓰러진 해성은 한동안 정신
을 차릴 수 없었다. 휘청거리며 일어서는데 머릿속에 다시
한번 아리아의 음성이 들려왔다.
 '왜 이렇게 정신이 혼란스럽죠? 마음을 가다듬어야 해
요. 명심해요. 당신에게는 기프트가 있어요. 집중하면 그 힘
을 깨울 수 있을 거예요.'
 이상하게도 텔레파시를 통해 전달되는 아리아의 목소
리는 해성의 마음을 진정시켜주는 효과가 있었다. 아리아
의 목소리를 들은 해성은 정신이 평온해지며 몸속 어딘가
끓어오르는 힘의 존재를 느끼기 시작했다.
 르페르는 비틀거리는 해성의 모습을 보며 기회라고 생
각했는지 빠른 동작으로 해성을 향해 주먹을 날렸다. 하
지만 각성을 시작한 해성에게 그 주먹은 마치 어린아이의
동작처럼 느리고 하찮게 보였다. 해성은 몸속에서 솟아오
르는 힘을 끌어내 주먹에 집중시켰다. 그리고 날아오는 르
페르의 주먹을 향해 자신의 주먹을 맞부딪쳤다.
 그러자 르페르는 마치 달리는 자동차에 치인 것처럼 몇
미터를 날아가 바닥에 쓰러졌다.

"뭐… 뭐야… 갑자기 왜 강해진 거지?"

해성의 각성을 알 리 없는 르페르는 당황할 수밖에 없었다.

하지만 해성은 이제 자신의 힘을 서서히 통제하기 시작하고 있었다. 아리아의 말대로였다. 해성의 기프트는 다른 어떤 힘과도 비교할 수 없을 정도로 훌륭했고, 각성을 통해 그 힘을 깨닫게 되자 별다른 훈련 없이도 그 힘을 적절하게 통제할 수 있게 되었다.

주먹에만 집중되었던 그의 능력이 천천히 온몸으로 퍼져가고 있었다. 르페르는 비틀거리는 몸으로 해성에게 달려들었다. 그의 특기인 스핀킥을 날릴 생각이었다. 하지만 해성은 빠르게 그의 공격을 피하며 동시에 어퍼컷을 선사했다.

단 두 방의 공격. 그것으로 승부는 결정지어졌다.

해성의 어퍼컷을 맞은 르페르는 링 밖으로 날아갔다. 해성은 두 팔을 번쩍 들어 다시 한번 관중석에 앉은 데스트로를 쏘아보았다. 다음 번엔 네 차례라는 선전포고였다. 관중석에 앉아 경기를 지켜보던 데스트로 역시 진지한 표정으로 자신의 다음 상대를 응시하고 있었다.

하지만 데스트로보다 더 심각하게 해성을 바라보고 있는 사람이 있었으니, 바로 옆에 있던 미스터 창이었다. 미스터 창은 경기장에 있던 많은 관객 중에 거의 유일하게 해성의 힘을 느낀 사람이기도 했다.

'분명 어디선가 느껴본 기운인데… 설마 예리엘? 아니야. 그놈이 여기 있을 리가 없어. 도대체 넌 누구냐?'

*

그날 저녁, 도로시를 만나고 돌아온 베그너의 사업장엔 손님이 와 있었다. 미스터 창이었다.

"여긴 어쩐 일이신가?"

당연히 반가울 리 없는 베그너가 날선 태도로 물었다.

"거래를 제안하러 왔네."

"나는 자네와 거래할 생각이 별로 없는데."

"일단 조건을 들어보는 게 사업가의 자세 아닐까?"

미스터 창의 말이 일리가 있다고 느꼈는지 베그너는 자리를 권했다.

"내 제안은, 해성을 공동소유로 하자는 거야. 대신 내가 소유한 사업장들을 자네에게 나눠주겠네."

사실 미스터 창은 어제까지만 해도 베그너와 손을 잡을 생각이 전혀 없었다. 하지만 오늘 해성의 힘을 목격한 이상, 해성을 손에 넣는 게 훨씬 유리하다는 결론을 내린 것이다. 하지만 베그너는 순순히 미스터 창의 제안을 받아들이지 않았다.

"글쎄. 그건 내 맘대로 하기가 힘들겠는걸?"

"왜지?"

"나는 해성에 대해 도로시와 계약 관계에 있다네. 근데 그녀가 동의할지 모르겠군. 아, 물론 그녀가 동의하더라도 내가 자네와 손잡을 뜻이 있다는 건 아니지만 말야."

베그너는 그렇게 말하고는 웃음을 터트렸다. 미스터 창에겐 세상에서 가장 모욕적인 비웃음처럼 들렸다.

'플랜B를 시행해야겠군.'

미스터 창은 자리에서 일어나면서 자신과 거래하는 암살자의 연락처를 떠올리고 있었다.

자신에게 어떤 운명이 기다리고 있는지도 모른 채 베그너는 만족스러운 기분으로 자신의 저택에 도착했다. 미스터 창에게 한 방 먹였다는 사실에 기분이 좋아 콧노래까지 부르며 집 안에 들어섰는데. 응접실에서 불만이 가득한 표정으로 앉아 있는 해성과 마주치고 말았다.

"오늘 도로시 시장님을 만나셨죠?"

질문하는 해성의 눈빛은 날카로웠다.

"응, 그래……."

"저희 가족은 어떻게 된 건가요?"

"그게… 네 엄마와 동생이 탄 트럭이 사고를 당했다고 하더구나."

"뭐라고요?"

"나노 크리스털 배터리에 불이 붙어서 생존자가 없다고 하네."

"그 얘기를 왜 지금 해주는 거예요! 도대체 왜!"

"도로시도 며칠 전에 알게 됐다고 한다."

베그너가 전해준 말에 해성은 울먹이기 시작했다.

"말도 안 돼… 운명의 추첨에 당첨됐다고 그렇게 좋아했는데……."

베그너가 절망하는 해성의 어깨를 감싸 안으며 위로의 말을 건넸다.

"결국 이 모든 게… 그 데스트로라는 놈이 네 형을 그렇게 만들면서 시작된 일이야. 이제 며칠 후면 놈한테 복수를 할 수 있으니 넌 그 일만 생각해라."

"……."

"너희 가족의 장례 절차를 비롯해서 뒷바라지는 내가 다 할 테니, 그건 아무 걱정 하지 말고……."

베그너는 해성의 등을 두드리며 그렇게 당부했다. 그러고는 해성이 혼자 마음을 정리할 수 있게 자리를 비워주고 침실로 향했다.

그렇게 베그너가 해성을 속이는 동안, 침실밖에서는 미스터 창의 의뢰를 받은 암살자가 침입하고 있었다. 암살자는 베그너의 경호원들을 처리하고 침실에 숨어 그를 기다렸다.

한편 울고 있던 해성은 순간 불길한 기운을 느꼈다. 해성은 베그너의 뒤를 따라 침실 쪽으로 향했다. 그리고 베그너보다 먼저 그의 침실 문을 열었다.

"이게 무슨 일이야! 아무리 상심이 크다고 해도 여긴 내 침실……."

베그너는 말을 채 마치지 못했다. 어둠 속에서 나타난 암살자가 크리스털 단검을 휘두르며 달려들었기 때문이었다. 하지만 그보다 먼저 해성의 몸이 먼저 베그너를 막아섰다.

"일단 여기서 피하세요!"

크리스털 단검이 해성의 어깨를 스쳐서 상처가 났지만, 다행히 치명적으로 보이진 않았다. 해성은 베그너를 피하게 한 뒤 암살자와 맞섰다.

자신만만한 첫 공격이 뜻밖의 방해에 의해 무산된 암살자는 똑같은 크리스털 단검을 하나 더 꺼내서 양쪽에 쥐고 해성을 공격하기 시작했다.

해성은 가볍게 암살자의 공격을 피하며 주먹에 힘을 집중했다. 위험한 무기를 상대하기 때문인지, 시합 때보다도 더 쉽게 기프트를 이끌어 낼 수 있었다.

허공을 가른 해성의 주먹이 암살자의 얼굴을 때렸다. 강한 충격을 받은 암살자는 피를 토하며 날아가 벽에 꽂혔다.

하지만 암살자도 쉽게 포기하지 않았다. 다시 한번 일어나 떨어진 단검을 주우려는 순간, 해성의 뒤에서 짧은 총성이 울리고 암살자의 몸에 커다란 구멍이 나며 쓰러졌다.

깜짝 놀란 해성이 뒤를 돌아보니 베그너가 든 거대한 산탄총의 총구에서 연기가 새어나오고 있었다. 아마 대인용이 아니라 괴수들을 사냥할 때 쓰는 총인 것 같았다.

"누구야! 이런 짓을 시킨 게!"

몸에 뚫린 상처를 볼 때 암살자는 오래 버틸 수 있을 것 같지 않았다. 하지만 베그너는 눈 하나 깜짝하지 않고 그에게 달려가 배후를 캐물었다. 암살자는 입을 들썩들썩하며 알 수 없는 소리를 중얼거렸지만, 질문에 대한 답같진 않았다.

"네가 말을 안 하겠다면 직접 알아내주지!"

베그너는 침실 유리 진열장에서 헬멧처럼 생긴 물건을 꺼냈다. 플릭이 사용하는 브레인 피커와 같은 종류의 물건이었다.

브레인 피커를 암살자의 머리에 장착하고 작동시키자 암살자의 머릿속 정보가 홀로그램으로 출력되었다. 하지만 암살자는 이런 종류의 고문에 대해 특별한 시술을 받은 인물이었다. 암살자의 기억 바깥 쪽에는 브레인 피커에 대항할 수 있는 가짜 기억이 진짜 기억을 장벽처럼 둘러싸고 있었다.

베그너는 암살자의 배후를 캐내기 위해 강도를 높였지만 결국 피커는 가짜 기억의 장벽을 뚫지 못하고 암살자의 머리만 터트리고 말았다.

그리고 해성은 암살자에게 피커를 사용하는 베그너의 모습을 유심히 지켜보고 있었다.

한편 그때 암살을 지시한 미스터 창은 이번엔 도로시를 만나고 있었다.

"날 찾아온 용건이 뭐지?"

방문자를 바라보는 도로시의 눈빛은 차가웠다. 미스터 창은 도로시와 자신, 둘만이 아는 이야기로 도로시의 반응을 살폈다.

"오랜만이야. 그런 껍데기를 뒤집어쓰고 있으니 불편해 보이는데."

"그런가? 나는 괜찮은데… 이런 모습으로 사는 거 재밌어. 적어도 너처럼 케이 밑에서 뒷처리는 하는 것보단 훨씬."

"뒷처리라니! 우린 저장소를 완성했어!"

"그깟 저장소… 그게 네가 해낸 일 중 가장 자랑스러운 일인가?"

도로시가 저장소에 대해 비웃자, 미스터 창은 당황할 수밖에 없었다.

"그깟 저장소라니? 누구보다 저장소의 완공을 바랐던 게 너 아닌가?"

"옛날 이야기야. 나는 이제 관심없어. 그것보다 날 찾아온 용건이나 말해보라고."

태연한 표정의 도로시를 봤지만 미스터 창의 머릿속은 복잡해졌다. 도로시가 저장소에 전혀 반응을 보이지 않는다는 건 계산 밖의 일이었기 때문이다.

"네가 베그너와 계약을 맺었단 이야기를 들었네. 그런데 너는 그놈과 취향이 안 맞을 것 같아서."

"그러는 너는? 넌 내 취향과 맞다는 건가?"

"맞춰줄 수 있지. 해성을 나와 공동소유한다면."

"역시 그거였군. 너도 그 기운을 느낀 거야."

미스터 창의 말을 들은 도로시는 비웃음이 가득한 얼굴로 말했다.

"그래, 나도 느꼈어. 그러니까 베그너 같은 멍청한 놈은 그만 제끼고 우리가 힘을 합쳐보는 건 어때? 공짜로 하자는 건 아니야. 센트럴시티에 있는 사업장을 나눠줄 생각이야. 그 정도면 너도 손해보는 건 아닐 텐데?"

그 말을 들은 도로시는 잠깐 고민하는 척했다.

"미안하지만 그 제안은 거절하겠어."

결국 미스터 창에게 돌아온 대답은 거절이었다. 하지만 도로시는 말을 이어갔다.

"대신 다른 거래를 제안하지. 나는 이번 대결에서 데스트로가 무조건 죽는다는 쪽에 베팅할 거야. 너는 반대의 쪽에 사업장을 걸어."

"해성이 이기면 내 사업장을 전부 가지겠다는 건가?"

"그래."

"내가 왜 그런 내기를 해야 하지?"

도로시는 빙긋 웃으며 말했다.

"나는 8구역 전체를 걸겠어."

순간 미스터 창의 얼굴이 차갑게 굳었다.

지금 도로시는 한 명이 패배하면 완전히 파멸하는 위험한 내기를 제안하고 있었다.

"왜… 겁나나?"

도로시가 물었지만 미스터 창은 대답하지 않았다. 아니

대답할 수 없었다. 그의 머리는 빠르게 굴리고 있었다.

"겁은 무슨. 좋아, 내기를 받아들이지."

미스터 창의 대답에 도로시는 내심 놀랐다. 그녀는 미스터 창이 이 내기를 순순히 받아들일 거라는 생각은 전혀 하지 못했던 것이다.

물론 그가 거절하더라도 무슨 수를 써서라도 내기를 성립시켰을 거지만.

도로시는 미스터 창의 검은 속셈이 궁금했다. 그녀는 내기를 받아들인 미스터 창이 그녀의 집무실을 나와 곧바로 데스트로에게 날아갔다는 사실을 알지 못했다.

12.
운명의 날

마침내 데스트로와 해성의 운명의 날이 밝았다.

"마침내 여러분이 고대하시던 최강의 파이터 데스트로의 여덟 번째 방어전이 돌아왔습니다!"

진행자의 목소리가 경기장을 가득 채웠고, 관객들의 환호성이 그 뒤를 따랐다. 각 구역의 통치자들은 물론이고, 원로, 귀족, 엘리트, 사업가, 12개 구역의 노동자들까지 모든 이의 관심이 쏠려 있는 세기의 대결이라 할 만했다.

데스트로가 먼저 링 위에 올라 두 팔을 번쩍 들자 사람들이 환호했다. 하지만 그 뒤를 이어 해성이 등장하자 관객들의 함성 소리는 몇 배 더 커졌다.

"최강의 파이터를 박살내버려, 해성!"

해성의 인기가 마음에 들지 않는 것은 데스트로 뿐만이

아니었다. 미스터 창 역시 해성에게 쏟아지는 함성이 불편했다. 하지만 더 불편한 건, 평소보다 더 많은 경호원에 둘러싸인 베그너를 보는 것이었다. 베그너의 존재는 그의 암살 시도가 수포로 돌아갔다는 것을 명백하게 보여주고 있었다.

미스터 창과 멀리 떨어진 관중석 한쪽에는 아리아와 디아고 원로도 앉아 대결을 기다리고 있었다.

"자네는 정말 저 자가 세상을 바꿀 수 있을 거라고 믿나?"

"네."

"장담할 수 있나?"

"그럼요. 안 된다면 제가 그렇게 만들 거예요."

아리아의 목소리는 그 어느 때보다 확신에 차 있었다.

하지만 아리아의 대답을 듣고도 디아고의 표정은 흐려졌다. 원로들이 바라는 새로운 세상과 아리아가 생각하는 새로운 세상 사이에는 적지 않은 시간 차가 있었던 것이다. 그들은 아리아처럼 젊은 세대가 아니었고, 즉각적인 변화가 필요했다.

마침내 시합 시작과 동시에 데스트로는 해성에게 돌진했다. 그러나 해성 역시 당하고만 있지는 않았다. 빠른 움직임으로 가볍게 공격을 피한 해성은 데스트로에게 주먹을 날렸다. 그리고 주먹이 데스트로에게 닿는 순간, 해성은 알 수 있었다. 기프트가 작동하지 않는 것을.

스스로는 회심의 일격이라고 생각했었지만, 그 공격은 데스트로에게 아주 작은 충격조차도 주지 못했다.

데스트로는 해성의 공격을 비웃었다. 그러고는 주먹을 쥔 해성의 팔을 잡아 번쩍 들어 바닥으로 내리 꽂았다.

방금 전까지 해성을 응원하며 들떠 있던 관중석은 한순간에 조용해졌다. 불과 경기가 시작된지 2분도 지나지 않은 시점이었다. 이 시합에 무엇보다 많은 것이 걸려 있는 도로시와 베그너는 순식간에 낯빛이 어두워졌다.

'해성! 정신차려요!'

해성의 머릿속에서 아리아의 다급한 목소리가 들렸다. 그 말대로 해성도 어떻게든 데스트로에게서 벗어나려고 안간힘을 쓰고 있었다. 하지만 몸부림칠수록 데스트로는 해성을 옴짝달싹 못하게 꽉 조여왔다.

"으윽······."

해성의 입에선 신음소리밖에 나지 않았다. 데스트로는 건방진 도전자를 향해 만족스러운 미소를 지으며 엎드려 있는 해성의 머리를 뒤에서 잡았다. 최후의 일격으로 해성의 머리를 꺾어버릴 생각이었다.

'해성! 일어나요! 가디언의 힘을 보여줘!'

아리아의 간절한 외침이 해성의 머릿속에 울려퍼졌다. 그 소리에, 해성은 가까스로 정신을 차렸다.

해성은 일단 자신의 목을 꺾으려는 데스트로의 팔을 붙잡았다. 그리고 필사적으로 그 팔을 자신의 몸에서 밀어내려 애썼다. 천천히 기프트가 작동을 시작하는 것을 느낄 수 있었다. 마침내 몸을 비틀어 데스트로의 속박으로부터 탈출할 수 있었다.

관중석에서 환호성이 다시 들려왔다. 몸은 만신창이가 되어 있었지만, 해성은 마침내 자신이 제대로 싸울 준비가 되었다고 느꼈다.

이제 해성의 몸에는 기프트의 오라aura가 함께 흐르고 있었다. 알 수 없는 기운에 둘러싸인 해성은 데스트로의 명치에 강한 펀치를 명중시켰다.

"헉!"

방금까지 자신만만하던 데스트로의 얼굴에 처음으로 고통이 보였다. 해성은 기회를 놓치지 않고 데스트로를 향해 연타를 날렸다. 데스트로는 피할 새도 없이 해성의 주먹을 그대로 얻어맞고 있었다.

해성은 자신의 몸속을 흐르는 힘의 움직임을 느끼고, 마지막 일격을 위해 그 힘을 주먹에 집중할 수 있었다.

"이건 우리 형 몫이야!"

해성의 펀치가 데스트로의 턱을 강하게 때렸다. 데스트로는 공중으로 높이 떠올랐다가 추락했다. 빠르고 놀라운 해성의 공격에 관객들은 함성도 지르지 못하고 숨 죽인 채 그 모습을 바라보았다.

쓰러진 데스트로는 몸을 간신히 떨 뿐이었다. 해성의 마지막 일격은 단순한 공격이 아니었다. 주먹에 집중된 능력이 데스트로의 온몸으로 퍼져 치명적인 타격을 입힌 것이 분명했다. 해성이 한 발 한 발 쓰러진 데스트로에게 다가갔다.

방금 전까지 승자의 미소로 해성을 바라보고 있었던 데스트로는 이제 해성의 마지막 처분만 기다리고 있었다.

"죽여! 죽여!"

"죽여버려!"

그랜드 킹 이후 새로운 영웅의 탄생을 바라는 8구역의 구역민들이 한마음으로 외쳤다.

오직 단 한 사람, 미스터 창만 두 손을 모으고 마지막 순간에 자신이 준비해둔 묘수가 통하기만을 기도하고 있었다.

"무, 무슨 이, 일이십니까?"

데스트로는 갑자기 찾아온 미스터 창을 보며 당황한 표

정으로 물었다.

"해성이 놈과의 시합 때문에 걱정이 되어서 말이지······."

"무, 무슨 그, 그런 걸로 거, 걱정을 하십니까··· 제, 제가 노, 놈을, 이, 이렇게, 완전히 바, 바닥에다가······."

"그래 알겠어. 그런데 만약에··· 아주 만약에 말이야······."

"······?"

"네가 패배할 경우도 생각해봐야 하지 않겠어?"

미스터 창의 말에 데스트로는 말도 안 된다는 표정을 지어 보였다. 하지만 미스터 창은 마지막 안전장치를 하나 더 추가하고 싶었다.

"그런 일은 없을 거라고 믿지만 만에 하나, 네가 해성한테 완전히 깨진다면······."

"그럼 제, 제가 주, 죽음으로······."

"아냐. 죽지 마."

"네?"

뜻밖의 조언에 데스트로의 눈이 커졌다.

"만약 네가 진다면, 무슨 수를 써서라도 살아남아. 바짓가랑이를 붙잡고 애원하든, 눈물을 흘리든······."

"왜, 왜죠?"

"함정이 있거든."

미스터 창은 데스트로에게 거기까지만 말해주었다. 자

세한 내용을 알려주어도 어차피 데스트로가 이해할 수 있는 것도 아니었고, 알 필요도 없었다. 그냥 시킨 대로 자기 역할만 잘해주면 된다. 그럼 정말 벼랑 끝까지 몰리더라도 마지막 반전을 꿈꿀 수 있다.

해성이 다가가 쓰러진 데스트로의 목을 잡았다. 그리고 이를 악물고 놈의 머리를 천천히 왼쪽으로 돌렸다. 이제 반대편으로 꺾기만 하면 데스트로의 목은 부러질 것이다. 그런데 그때 데스트로가 눈물을 흘리며 해성에게 말했다.

"살려줘……."

해성은 데스트로의 눈을 보았다. 불쌍하긴커녕 가증스럽게 느껴졌다. 자신은 여태까지 수많은 사람을 죽여왔으면서 자신은 목숨을 구걸하다니. 더이상 망설일 필요 없이 놈의 목을 꺾어버리고 싶었다.

그런데 그럴 수가 없었다.

"아아아아악!"

마지막 결판을 내고 싶었는데… 그게 마음대로 되지 않자 해성은 고함을 질렀다.

해성은 데스트로의 머리를 놓았다. 그리고 그냥 두 팔을 올려 승리자의 포즈를 취했다.

"지금 뭐 하는 거야! 데스트로를 죽이라고!"

베그너가 해성을 보고 필사적으로 외치고 있었다. 반면 자신의 계략이 성공한 미스터 창은 안도의 웃음을 짓고 있었다.

뜻밖의 상황으로 어수선해진 건 경기장만이 아니었다. 홀로그램 비전으로 경기를 관람하던 8구역의 노동자들도, 도로시도 망연자실한 표정을 짓고 있었다.

"뭐 하는 거야! 당장 가서 저 놈을 죽이라고!"

화가 단단히 난 베그너가 해성을 다그쳤지만 해성은 그의 손을 뿌리쳤다. 화가 난 베그너가 레이저 건을 꺼내 해성의 머리를 겨눴다.

"저 놈을 죽이지 않으면 네가 죽는다."

해성은 표정 하나 변하지 않고 건조하게 말했다.

"쏠 수 있으면 쏘세요."

베그너는 해성에게 투자한 돈을 생각했다. 이번 시합에서 손해를 보긴 했지만 도로시만큼은 아니었다. 해성을 살려둬야 남은 돈이라도 회수할 수 있었다. 사업가로서 베그너는 차마 방아쇠를 당길 수 없었다.

모니터를 통해 이 모든 장면을 지켜본 프랑수아 5세는 뜻 모를 웃음을 지었다.

"재밌군, 재밌어."

경기를 시청하던 8구역의 분위기는 혼란스러웠다. 어쨌든 해성이 이겨 다행이라는 쪽과 시원하게 데스트로를 해치우지 못해 실망하는 사람들이 서로 섞여서 투덜대다가 뿔뿔이 흩어지기 시작했다. 그중에서도 해성을 향해 가장 과격한 비난을 퍼붓는 자들은 당연히 해성이 데스트로를 죽인다는 쪽에 베팅한 사람들이었다. 가장 배당이 높았고, 또 그 높은 배당을 받기 직전에 절망의 나락으로 떨어졌다는 점에서 그들이 이번 시합의 가장 큰 패배자라는 사실을 부정할 길은 없어 보였다.

그리고 그 패배자들 중에서도 가장 큰 손해를 본 것은 다름 아닌 도로시였다. 충격에 빠진 그녀는 말없이 자신의 처소로 돌아갔다.

13.
수용소

경찰에게 연행된 크루거는 크리스털 수갑을 찬 채 정거장에 도착했다. 그를 태우고 온 그랜드알파는 떠나고, 크루거는 대기 중이던 다른 범죄자들과 함께 아일랜드 행 우주선 앞에 줄지어 섰다. 하늘에는 거대한 두 개의 달이 빛나고 있었다.

"야, 너 임마!"

줄 서 있던 크루거는 처음엔 그게 자신을 부르는 소리인 줄 몰랐다.

"너 플릭 출신이지?"

누군가 크루거를 알아보았고, 동시에 주변에 서 있던 범죄자들이 일제히 크루거를 주시했다.

아직 아일랜드로 출발하지도 못했는데, 이미 목숨이 위

험해진 느낌이었다.

잠시 후 크루거는 다른 범죄자들과 함께 우주선에 탑승했다. 그 우주선은 경찰들이 탄 은하전투기 디펜더의 호위를 받으며 달 뒷면의 범죄자 수용소, 일명 아일랜드에 착륙했다.

새로 들어온 재소자들은 입고 있던 옷을 모두 벗었고, AI로봇이 그들의 몸을 스캔했다. 옷을 입고 있어도 피부 표면은 물론 몸 안쪽의 장기까지 스캔할 수 있었지만 처음 이송된 범죄자들이 느끼는 것은 모멸감이어야 한다는 수용소의 원칙이 있었다.

스캔을 마친 재소자들은 트래킹 팔찌를 착용하고 난 뒤에야 갈아입을 수의를 보급 받았다. 교도관들의 인솔에 따라 저마다 수감된 방으로 안내되었다.

크루거가 배정받은 것은 독방이었다.

"혼자 방을 쓰는 건가?"

교도관은 크루거의 질문에 퉁명스럽게 답했다.

"너는 특별 케이스니까. 소장님의 지시야."

"왜?"

"네가 방 안에서 죽으면 우리에게 책임을 묻거든."

크루거는 말없이 듣고만 있었다.

"하지만 공동 공간에서 무슨 일이 일어나는 것까지 우

리가 막을 순 없어. 그건 이해해 달라고."

그의 말대로 다음 날 아침부터 문제가 발생했다. 밥을 먹는 크루거의 식판에 누군가 다가와서 침을 뱉었다. 크루거는 본때를 보여주겠다는 생각으로 들고 있던 플라스틱 숟가락을 부러뜨려 상대방의 눈알을 찔렀다. 그러자 주위에 있던 수감자들이 일제히 일어나 크루거를 향해 달려들었다.

크루거는 반격했지만 누군가 크루거의 배를 찔렀다. 크루거는 쓰러졌고, 악의에 찬 발길질이 이어졌다.

교도관들은 모든 상황이 끝난 후에야 기동대 로봇과 함께 달려왔다. 그리고 크루거의 상태를 확인하고 응급실로 이송했다.

이 모든 것이 크루거가 아일랜드에 도착하고 하루 만에 벌어진 일이었다.

*

"다들 일어나. 우린 식량을 찾으러 간다."

우림지대를 향해 출발한 카이로와 헤나 등 레볼트 후발대가 2선발대와 합류한 직후였다. 갑자기 사람이 늘어났고, 준비해온 식량은 급격히 줄어들고 있었다. 렌쳉은 기존의 인원과 합류한 인원들 중 신참과 베테랑을 적절히 섞어 정예군 스무 명을 뽑았고, 그들과 함께 식량을 확보하기로 했다.

그들은 식량을 구하기 위해 무장을 하고 울창한 숲속으로 들어갔다. 덥고 습한 바람이 불어오는 나무 사이로 괴상한 짐승 소리가 들려왔다.

"모두 고개 숙여."

옛 지구에 살던 사슴처럼 생긴 동물이 열매를 먹고 있는 모습이 눈에 들어왔다. 렌쳉이 손짓하자 그의 정예군 중 가장 유능한 헤나와 유키, 프레드가 각각 발포했다. 사냥감은 괴성을 내더니 풀썩 쓰러졌다.

어렵지 않게 식량을 확보한 대원들은 모두 기뻐하며 돌아갈 준비를 했다. 그런데 그때 숲속에서 이상한 소리가 들렸다.

마치 날카로운 쇠를 긁는 것처럼 소름끼치는 동물의 울음소리였다. 그리고 숲에 밝은 렌쳉은 그게 무엇인지 단번에 알아차렸다.

"히콘이다! 모두 방어 준비해!"

팀원들은 사냥감을 바닥에 내려놓고 무기를 장전했다. 렌쳉은 큐가 만들어준 블루 다이아몬드 파편이 박힌 권총을 꺼냈다.

제대로 방어 태세를 취하기도 전에 동쪽 하늘에서 또다시 끔찍한 울음소리가 들려왔다. 머리를 두 개 가진 히콘 다섯 마리가 그들을 향해 빠르게 날아오고 있었다.

"저게… 히콘이야?"

헤나와 프레드를 비롯해 히콘을 처음 보는 레볼트 신참 대원들은 자신들을 향해 날아오는 히콘을 보며 겁을 집어먹지 않을 수 없었다. 일단 성인의 두 배 정도 되는 거대한 몸통은 벌처럼 생겼고 거기에 독수리의 날개를 붙여놓은 것 같은 모습은 그 자체로 위압적이었다. 그리고 거기에 산성 타액을 내뱉는 머리가 두 개, 독침을 쏘는 꼬리까지 있었다.

하지만 렌첸을 비롯한 베테랑 레볼트들은 히콘의 출현에도 당황하지 않고 사격을 시작했다. 날아오던 히콘 한 마리가 렌첸의 총을 맞고 땅으로 추락했다. 하지만 땅에 떨어지고도 총을 맞지 않은 머리 하나가 살아남아 산성 타액을 날렸다.

"아악!"

헤나는 바로 옆의 동료 유키가 히콘의 타액을 맞고 얼굴이 녹아 내리는 것을 보았다. 하지만 무섭다고 가만히 있을 수는 없었다. 또다른 히콘이 그녀를 향해 독침을 쏘았기 때문이다. 헤나는 재빨리 독침을 피한 뒤 머리 위로 날아가는 히콘의 배에 총알을 날렸다.

물론 모든 대원들이 헤나나 렌쳉처럼 히콘에게 잘 대응한 것은 아니었다. 렌쳉과 베테랑 대원이 남은 히콘들을 사살하는 동안, 몇몇 대원들은 독침에 맞거나 산성 타액을 맞아 목숨을 잃었다.

"조심해!"

헤나에게 총을 맞은 히콘이 다시 헤나를 향해 날아오고 있었고, 프레드가 온몸을 날려 그녀를 보호했다.

"고마워."

"인사는 이따가."

프레드는 다시 일어서서 날아오는 히콘 두 마리에게 총을 쏘았다. 히콘의 머리가 터져 나가는 것을 보며 프레드는 살짝 흥분했다. 아마 처음으로 무언가를 죽였다는 사실이 그를 그렇게 만든 것 같았다.

하지만 그렇게 아드레날린이 솟아오른 나머지 프레드는 그만 주변에 주의를 기울이는 것을 놓치고 말았다. 두 마리 중 살아남은 한 마리의 독침이 프레드의 등에 날아와 꽂혔다.

"안 돼!"

히콘은 모두 물리쳤지만 피해는 심각했다. 스무 명이 출발했던 팀은 이제 열 명 남짓밖에 남지 않았다. 그리고 희생자 중에는 헤나의 친구인 프레드와 유키도 끼어 있었다.

"유감이다."

두 사람의 시체 앞에 망연자실한 채 서 있는 헤나에게 렌쳉이 위로의 말을 건넸다. 그러자 헤나는 울먹이는 얼굴로 간신히 입을 열었다.

"내가… 지켜주지 못했어요. 프레드가 내 목숨을 구해줬는데… 나는 나 혼자 살아남는데 급급해서…….."

"살아남은 건 부끄러워 할 일이 아니야."

점점 더 울음으로 변해가는 헤나의 말을 렌쳉이 막았다.

"내가 크고 작은 전투를 겪으면서 배운 건, 어떤 싸움이든 죽지 않고 살아남으려면 그럴 만한 자격이 필요하다는 거다. 그만큼 방심하지 않았고, 그만큼 잘 싸웠고, 필요할 때 잘 도망쳤으니 가능한 일이야."

"……."

"운이 좋았다고 생각하고 있을지도 모르지. 하지만 결국 알게 될 거다. 결국은 정당한 결과로 수렴하게 된다는 걸. 여러 전투를 거쳐서 네가 살아남았다는 건, 네가 그렇게 행동했기 때문이야."

"정말…요?"

"처음 겪는 괴수와의 싸움에서 넌 용감하게 싸웠고 정확하게 판단했어. 단 한순간도 방심하지 않았지. 너에겐 충분한 자격이 있다. 그러니까……."

렌쳉은 헤나의 눈을 바라보며 말했다.

"저 녀석들을 지켜주지 못한 게 원망스럽다면, 그만큼만 실망하도록 해."

헤나가 생각에 잠겨 있는 동안, 렌쳉은 묵묵히 걸어가 사냥한 동물을 짊어졌다. 인원이 절반으로 줄었기 때문에 한 사람이 감당해야 할 무게는 배로 늘었다. 렌쳉과 살아남은 팀원들은 모두 자신의 몫을 짊어지고 베이스캠프를 향해 걸어갔다. 어느새 슬픔을 극복하고 어깨에 사냥감을 짊어진 채 묵묵히 걷고 있는 헤나를 보면서, 렌쳉은 또다시 성장하는 그녀의 모습을 직접 목격하고 있었다.

그의 예감이 틀리지 않는다면, 렌쳉은 그리 멀지 않은 미래에 그녀의 어깨에 이런 초라한 사냥감이 아닌 레볼트 전체가 얹혀질 것 같다는 생각을 했다.

14.
악몽

 이상한 꿈이었다. 해성은 자신이 꿈을 꾼다는 것을 알고 있었다. 하지만 동시에 모든 상황은 현실처럼 생생했다. 장소는 8구역에 있는 해성의 옛 집이었고, 방 안엔 해성의 아버지가 있었다.
 베그너가 찾아와 해성의 아버지를 협박했다. 해성을 자신에게 맡겨 달라고. 아버지는 계속 거절했고, 그러자 베그너의 경호원들이 아버지를 목 매달았다.
 "아악!"
 아버지의 목이 매달리는 순간, 해성은 비명을 지르며 잠에서 깨어났다. 베갯잇엔 땀이 흥건했다.
 기분이 이상했다. 꿈이 왜 이렇게 생생할까?
 해성은 고민 끝에 자리에서 일어나 밖으로 나가려 했다.

하지만 경호원들이 그의 방문 앞을 지키고 있었다.

지난 시합에서 데스트로를 살려둔 대가였다.

베그너는 해성의 행동 때문에 큰 손해를 보았다며 불같이 화를 냈고, 모든 걸 해성이 갚아야 한다고 주장했다. 베그너의 법률가가 와서 해성이 서명한 계약서를 보여주며 다가올 방어전을 치러서 빚을 갚지 못하면 베그너를 떠날 수 없다는 사실을 말해주었다.

그때였다. 해성의 마음속에 베그너를 향한 의심이 자라게 된 것은. 과연 자신이 베그너에게 오게 된 적이 자연스러운 것이었을까?

꿈은 꿈일 뿐이라지만, 방금 전의 악몽은 뭔가 달랐다. 해성은 베그너에게 물어보고 싶었다. 그는 자신을 막아 선 경호원의 명치를 때렸다.

"윽!"

경호원 한 명이 정신을 잃고 쓰러졌다. 당황한 다른 경호원들이 달려들었지만 해성은 그들 역시 목 뒤를 쳐서 기절시켰다.

그때, 바깥 쪽에서도 누군가가 경호원을 쓰러뜨리며 해성에게 가까워지고 있었다. 해성의 시선이 그쪽으로 향했다.

아리아와 섀도우였다.

"아… 아리아? 어떻게 여길?"

"안녕하세요. 여기 이 분께서 당신에게 할 말이 있다고 해서 왔어요."

아리아가 섀도우를 가리키며 말했다.

"안녕하세요. 저는 섀도우라고 합니다. 일종의 예언자죠."

"예언자요……?"

"네. 아리아는 빛의 기사, 저는 예언자. 뭐 그렇습니다. 그리고 아마… 당신과 제가 연결되어 있는 것 같아요."

섀도우의 말을 제대로 알아듣지 못해 해성은 고개를 갸웃했다.

"당신이 꾼 꿈을 저도 꿨어요."

"아……."

해성은 뭐라고 답해야 할지 몰라서 그냥 섀도우를 멍하니 바라보았다.

"그리고 지금 당신이 어디로 가야 하는지도 알고 있고요."

"진실을 찾아가는 중이라는 걸?"

"하지만 동시에 끔찍한 고통이 기다리고 있는 길이기도 하죠. 그래서 당신을 말리기 위해 여기로 온 겁니다."

"하지만 난 꼭 가야겠다면요?"

그러자 아리아가 끼어들었다.

"그렇다면… 우리도 함께 가겠어요."

세 사람은 아리아의 에어모빌을 타고 베그너의 저택으로 향했다. 가는 동안 섀도우는 해성에게 말을 걸었다.

"손을 잠깐 줄 수 있나요?"

"왜죠?"

해성은 의심에 가득 찬 눈초리로 섀도우를 바라보며 물었다.

"섀도우 님은 예지력이 있어요."

섀도우를 대신해서 아리아가 설명했다.

"당신의 손을 잡으면 당신의 미래를 볼 수 있어요."

"……."

해성은 잠시 망설이다가 손을 내밀었다. 섀도우가 조용히 해성의 손을 잡자, 섀도우의 눈꺼풀이 가늘게 떨리더니 식은땀이 흐르고 몸을 떨기 시작했다. 그리고 입을 열었다.

"당신에게서 빛을 보았습니다."

그러더니 한참 동안 망설이다 다시 말을 이었다.

"당신은 언젠가… 중요한 선택을 할 거예요."

"무슨 선택이요?"

해성의 표정은 그리 좋지 않았다. 해성 역시 섀도우가 자신에게서 뭔가를 보았다는 느낌은 분명히 받았다. 하지만 미래를 보고도 자신에게는 아무것도 알려주지 않는다는 사실이 조금 불편했다.

　하지만 해성에겐 그보다 먼저 해결해야 할 일이 있었다. 그에겐 먼 미래보다 지금 눈앞에 있는 이 상황이 더 중요했기 때문이다.

　해성은 아리아와 함께 베그너의 저택에 침입했다. 최고의 보안시설을 갖춘 저택이었지만, 해성과 아리아가 베그너의 침실까지 들어가는 데는 그 어떤 어려움도 없었다.

　해성이 베그너를 흔들어 깨웠다. 몽롱한 정신으로 깨어난 베그너는 침입자를 발견하고 베개 밑에 숨겨 놓은 총을 꺼냈다. 하지만 해성은 빠르게 제압하며 총을 빼앗아 베그너를 향해 총구를 겨눴다.

　"너 갑자기 왜 이러는 거야?"

　"물어볼 게 있어서요."

　베그너는 해성의 독기 어린 표정을 보았다. 뭔가 단단히 잘못된 게 틀림없었다.

　"우리 아버지… 당신이 죽인 건가요?"

　질문을 들은 베그너는 굳은 표정으로 한참 동안 아무 말이 없었다.

　"대답해봐요."

　해성은 방아쇠에 손을 올리고 총구를 베그너의 이마에

더 가까이 가져갔다.

"나… 나는 그냥 명령을 들었을 뿐이야. 도로시가 시키는 대로 한 것뿐이라고!"

"뭐라고?"

"정말이야! 다 도로시가 시켜서 한 일……."

베그너의 말을 들은 해성은 분노에 몸을 떨었다.

"또 무슨 거짓말을 한 거예요? 아니, 나한테 말해준 것 중에 진실이 있긴 해? 우리 엄마하고 준혁이는!"

흥분한 해성은 우왕좌왕하며 주변을 둘러보았다. 그때 해성의 눈에 진열장에 놓인 브레인 피커가 들어왔다.

"무… 무슨 짓을 하려고?"

진열장을 깨고 브레인 피커를 꺼내는 해성을 보며 베그너가 겁에 질린 목소리로 물었다.

"해성, 그걸 사용하면 지금 이 일을 돌이킬 수 없어요."

"돌이킬 수 없는 일은 저들이 먼저 시작한 걸요."

해성이 브레인 피커를 들고 자신에게 다가오자 베그너는 소리를 질러댔다.

"은혜도 모르는 배은망덕한 놈! 한낱 노동자를 챔피언으로 만들어줬더니 뭐가 어째! 진실이 알고 싶다고? 진실 따윈 개나 주라고……."

목청이 터져라 저주의 말을 퍼부어 대는 베그너의 뒷통

수를 해성이 가격하자, 베그너는 한순간에 정신을 잃고 기절했다. 해성은 기절한 그의 머리에 브레인 피커를 장착했다. 피커 안에 달린 긴 바늘이 베그너의 두뇌를 찔렀고, 이내 홀로그램이 그의 머릿속 기억을 토해내기 시작했다.

놀랍게도 베그너가 한 모든 일은 해성의 꿈과 동일했다. 베그너는 해성의 아버지를 죽였고, 도로시와 짜고 해성의 엄마와 준혁을 추첨에서 당첨되도록 조작했다.

그리고 해성이 모르던 또 하나의 사실, 엄마와 준혁은 사고로 죽지 않았다. 다만 도로시가 베그너에게 그렇게 둘러대라고 알려줬을 뿐이다. 하지만 베그너의 기억을 뒤져도 그들이 현재 어떤 상황인지는 알 수 없었다.

베그너의 머리는 할 일을 다했다는 듯 폭발해버렸다.

방법은 하나밖에 없었다.

"도로시에게… 갈 생각인가요?"

아리아가 묻자, 해성은 말없이 고개를 끄덕였다.

Part 3.

비상 飛上

1.
방문자

"더 가지고 갈 게 남았나?"

술에 취해 자신의 초상화를 감상하고 있던 도로시는 뒤에서 인기척이 느껴지자 뒤도 돌아보지 않고 물었다.

"나한테서 더 뺏어갈 게 있냐고!"

도로시는 술병을 집어던지며 소리를 질렀다. 미스터 창과의 내기에서 진 그녀는 모든 부와 권력을 한순간에 잃었고, 이제 8구역의 시장직에서도 물러나 구역 밖으로 쫓겨날 일만 기다리고 있는 신세가 되었다.

하지만 지금 그녀를 찾아온 방문자는 그녀의 재산을 압류하러 온 사람이 아니었다.

"왜 그러나? 도로시, 무슨 일이 있는 건가?"

도로시가 뒤를 돌아보자. 베그너와 여자 수행원 한 명이

서 있었다.

"베그너 사장님! 여긴 무슨 일로······."

그렇게 반갑진 않았지만 도로시는 베그너에게 최대한 예의를 갖추었다.

"그··· 해성이 녀석 가족 말이야. 행방을 좀 알 수 있나?"

도로시가 조심스럽게 물었다.

"아니 왜요? 그 문제는 이미 얘기가 끝난 거 아닙니까?"

"나도 미치겠어. 그 녀석이 도무지 말을 들어야 말이지. 지난번 경기를 그렇게 망쳤으니, 손해 본 걸 만회하려면 잘 달래야 할 것 같은데······."

도로시는 대답하지 않았다. 그녀는 자신의 초상화 쪽으로 다시 등을 돌렸다.

"지구인의 기술을 터득한 장인을 구해서 겨우 그린 초상화인데··· 왜 내 표정이 진짜 같지가 않을까요? 아무리 노력해도 그림은 실제를 따라잡을 수 없는 걸까요?"

"그게 무슨······."

베그너가 도로시의 알 수 없는 혼잣말에 반응했다. 하지만 검은 기운이 도로시의 몸을 감싸는 것을 보고 말을 멈출 수밖에 없었다.

"아무리 페이스페이커를 써서 날 속이려 해도, 네가 해성이라는 게 내 눈에 보이는 것처럼 말이야."

자신의 정체가 들통난 해성은 잽싸게 페이스페이커를 제거했다. 그러자 여자 수행원으로 위장한 아리아도 페이스페이커를 제거했다. 하지만 해성은 도망치지 않고 계속 물었다.

"말해! 엄마하고 준혁이는 어디 있어?"

"그걸 왜 나한테 물어? 궁금하면 네가 직접 찾아보든가!"

도로시의 얼굴이 일그러지더니 뱀처럼 흉측하게 변해갔다. 그녀의 몸 주변에 어린 검은 기운은 점점 커져갔고, 그녀의 모습은 거대한 파충류 괴물처럼 변해갔다.

위험을 감지한 아리아는 빛의 에너지로 도로시를 공격하기 위해 손을 뻗었다. 하지만 괴물로 변한 도로시가 먼저였다. 도로시에게 가격당한 아리아가 벽에 부딪히며 쓰러졌다.

"아리아!"

해성이 아리아에게 달려가려 했지만 도로시는 두 팔로 해성을 꽉 잡았다.

"안 그래도 배가 고팠는데… 잘 왔어!"

도로시는 힘을 주어 해성의 뼈를 부러뜨렸다. 해성은 고통스런 비명을 질렀고, 도로시는 그런 해성의 머리를 잡아먹기 위해 입을 쩍 벌렸다.

"너를 먹으면 어떻게 될까? 너의 강력한 힘을 내가 다

흡수할 수 있을까?"

위기를 감지한 아리아가 비틀거리며 일어섰지만 이미 해성의 머리는 도로시의 입안으로 들어가기 직전이었다. 아리아는 빛의 에너지를 모아 검을 만들어 도로시에게 달려들었다. 도로시는 행동을 잠시 멈추고 검을 피할 수밖에 없었다. 그리고 다시 아리아를 향해 검은색 에너지를 발사했다. 아리아는 이번에는 빛의 검을 방패 형태로 바꾸어 날아오는 도로시의 검은 에너지를 막아냈다.

"제법인데? 역시 빛의 기사답군."

도로시가 고개를 끄덕였다. 아리아가 다시 한번 도로시를 향해 달려갔고, 도로시도 검은 기운을 모아 그녀를 밀어냈다. 아리아의 빛 에너지와 도로시의 검은 에너지가 격돌하며 균형을 이뤘고, 둘은 잠시 동안 서로의 에너지를 앞세워 힘의 대결을 벌였다.

하지만 곧 아리아가 밀리기 시작했다. 아리아는 빛의 에너지를 계속 발산하면서 작은 유리병 하나를 꺼내 그 안에 든 푸른 액체를 마셨다. 에너지를 부스팅 해주는 물질이었다. 부작용도 만만치 않았지만, 지금은 그런 걸 생각할 때가 아니었다.

아리아의 움직임이 훨씬 빠르고 강해졌다. 그녀는 도로시의 검은 에너지를 뚫고 다시 한번 진격했다. 아리아의 빛 에너지와 도로시의 검은 에너지가 충돌하며 커다란 폭발이 일어났다.

"먹혔어!"

아리아는 빛의 검을 사용한 자신의 공격이 제대로 통했다고 생각했다. 하지만 그건 오산이었다. 도로시는 아리아가 휘두른 빛의 검을 맨 손으로 막아낸 것이다.

"겨우 이 정도로 나를 죽이겠다고?"

도로시의 검은 에너지가 아리아의 몸을 옭아맸다. 검은 기운은 마치 밧줄처럼 아리아의 몸을 조여오기 시작했다.

"뭐, 뭐야?"

"잠깐 거기서 기다려. 우선 저 녀석부터 먹어치워주지."

아리아를 무력화시킨 도로시는 뼈가 부러진 채 고통스럽게 뒹굴고 있는 해성에게 다가갔다. 해성은 곧바로 저항하려 했지만 뼈가 부러진 몸은 생각처럼 움직이지 않았다.

'해성! 당신은 가디언의 아들이에요! 지금 감춰진 힘을 써요, 어서!'

고통에 신음하면서도 아리아의 텔레파시를 받은 해성은 숨겨진 기프트의 힘으로 주먹을 날렸다. 그러자 둔탁한 파열음과 함께 도로시의 몸이 날아가서 벽을 부수고 사막으로 떨어졌다.

'저것이 바로 가디언의 힘을 이어받은 기프트의 위력······.'

아리아는 묶여 있는 동안에도 해성의 공격을 보면서 그의 잠재력에 감탄했다.

또한 해성의 몸에 흐르는 기프트의 기운이 마치 나노 로봇처럼 순환하며 해성의 몸을 치유해 나갔다. 완벽하진 않았지만, 눈에 띄는 큰 상처들은 어느 정도 치유가 되었다.

덕분에 도로시가 쓰러지면서 검은 에너지에 결박되어 있던 아리아도 풀려날 수 있었다. 몸이 자유로워진 그녀는 바로 해성에게 뛰어갔다.

"괜찮아요?"

"괜찮아요. 뼈가 부러진 것 같았는데… 이상하게 지금은 괜찮네요."

"당신 몸속의 기프트가 당신을 치료하고 있어요. 시간은 좀 걸릴 테니 그동안 얼른 여길 빠져 나가……."

"이제야 상대할 맛이 나는데? 하지만 좀 실망이야."

해성과 아리아는 방금 전 해성의 공격으로 도로시를 완전히 제압하진 못했어도 그래도 도로시가 꽤 큰 타격을 받았을 거라 생각했다. 하지만 다시 돌아온 도로시는 여전히 강해 보였다.

'해성은 아직 기프트를 제대로 활용하지 못하고 있어… 제대로 작동했더라면 도로시가 당분간은 움직이지 못했을 텐데…….'

도로시를 찾아오기 전, 아리아는 해성과 함께 수련하며 그의 기프트를 각성시키려고 노력했다. 하지만 복수를 향한 해성의 마음이 너무 커서 충분히 수련하지 못했고, 그런 상태에서 도로시를 찾아온 것이다.

돌아온 도로시는 성큼성큼 걸어서 접견실 안으로 들어왔다.

"조금 더 재밌게 무대를 옮겨볼까?"

그 말과 함께, 도로시는 높이 뛰어오른 뒤 손에 검은색 에너지를 모아 바닥을 내리쳤다. 그러자 거대한 굉음과 함께 바닥에 금이 가더니 무너져 내리기 시작했다.

"해성!"

아리아의 몸도 멀쩡한 것은 아니었지만, 추락하는 해성을 붙잡기 위해 부서지는 벽돌을 밟으며 아래로 급하게 내려갈 수밖에 없었다. 이미 온몸의 뼈가 완전히 박살 났던 해성이 그대로 떨어져버리면 아무리 강력한 기프트라고 하더라도 다시 회복시킬 수 없을 테니까.

"기다려요!"

아리아는 한 손으로 벽을 붙잡은 채 바닥에 떨어지기 직전 해성을 구해낼 수 있었다. 하지만 벽에 가까스로 매달린 아리아는 해성을 잡고 오래 버티지 못했다. 그들은 다시 땅으로 추락했다. 다행히 아리아가 버티던 곳에서 지면은 그리 높지 않았다.

"괜찮아요?"

뿌연 먼지 때문에 시야가 가려져 아리아는 해성의 상태를 쉽게 확인할 수 없었다. 하지만 해성이 온몸을 부들부들 떨고 있다는 것은 알고 있었다. 추락하는 과정에서 생긴 크고 작은 상처들도 눈에 들어왔다.

"그렇게 누워 있을 시간이 없을 텐데?"

어느새 지면까지 따라 내려온 도로시가 두 사람을 공격했다. 아리아는 힘겨웠지만 빛의 에너지를 끌어내 실드를 만들어 도로시의 검은 에너지를 막았다. 하지만 이미 너무 많은 체력을 썼는지, 실드는 10초도 버티지 못하고 무너졌다.

검은 에너지가 아리아의 가슴을 때렸고, 곧이어 달려든 도로시가 아리아의 명치를 짓밟았다. 피를 토하는 아리아에게 도로시는 계속 발길질을 날렸다.

"많이 보던 얼굴이군! 외모는 네 엄마를 빼다 박았는데, 어쩜 능력은 이렇게 형편 없지?"

아리아는 도로시가 그녀의 가문에 대해 알고 있다는 사실에 조금 놀랐다. 그리고.

"아리아 가문도 이제 끝이군. 너 같은 게 후계자라니……."

도로시의 발길질보다 그녀가 내뱉는 말들이 더 고통스

러웠다.

'엄마, 미안해… 가문의 명예를 지킬 힘이 아직 내겐 없나봐…….'

아리아가 절망에 빠지자, 도로시는 흥미를 잃었는지 이번엔 힘없이 쓰러져 있는 해성에게 다가가 머리를 번쩍 잡아 올렸다.

"똑바로 봐. 네가 지금 어디 있는지……."

먼지가 서서히 걷히고 해성의 시야에 천천히 주변의 풍경이 들어왔다.

'뭐… 뭐야, 이건!'

해성은 자신이 지금 커다란 수조로 가득 찬 공간 한 가운데에 있다는 사실을 깨달았다. 그리고 그 수조 속에는 인간들이 떠다니고 있었다.

"어때? 신기하지? 여기가 바로 저장소라는 곳이다."

해성은 수조 속에 담긴 녹색 물 속에 살아 있는 사람이 몸부림치는 것을 보았다. 수조 속으로 빨려 들어온 인간들은 그 안에서 서서히 죽으며 부패해버렸다.

절망에 빠져 있던 아리아 역시 지금 자신이 두 눈으로 보고 있는 것을 믿을 수 없었다.

하지만 거기서 끝이 아니었다.

"8741478번, 아직 발견 못했나? 낯익은 얼굴들이 보일 텐데?"

"……?"

도로시가 비웃는 얼굴로 말했다.

"네가 찾던 가족들이 왜 여기 있을까?"

그건 해성이 보아서는 안 되는 광경이었다. 수조 속에는 엄마와 준혁의 부푼 몸도 담겨 있었다.

"도… 도대체… 무, 무슨 짓을……."

순간 해성의 몸속 깊은 곳에서 기프트가 요동치듯 솟아올랐다. 아니, 그의 주변으로 거대하게 폭발하고 있었다. 해성의 거대한 기프트가 오라처럼 해성을 감싸기 시작했고, 그 오라가 해성의 주변을 환하게 비췄다.

"뭐… 뭐야, 이 거대한 힘은!"

도로시는 자신의 행동이 해성의 잠재력을 각성하게 만들었다는 사실을 뒤늦게 깨달았다. 그녀는 해성의 몸에서 나오는 휘황찬란한 빛의 에너지에 눈이 부셔 뒤로 물러날 수밖에 없었다.

아리아 역시 마침내 잠재력을 폭발시키는 해성의 모습을 보면서 놀라고 있었다.

'대단할 줄은 알았지만… 이 정도일 줄이야…….'

그녀가 오랜 시간 꿈꿔온 진짜 영웅의 등장, 아리아는 지금 그 시작을 목격하고 있는지도 몰랐다.

각성한 해성의 몸에서 터져 나온 에너지가 주변을 물들였다. 그 힘 덕분에 수조처럼 생긴 도로시의 저장소에 금이 가기 시작했고, 마침내 큰 소리와 함께 수조가 깨지면서 녹색 액체가 시체들과 함께 쏟아져 내렸다.

"안 돼!"

도로시는 분노에 가득 차서 해성을 공격했다. 거대하고 날카로운 손톱이 해성의 얼굴을 향해 날아왔다.

하지만 각성한 해성에게 그런 공격은 큰 위협이 되지 않았다. 가볍게 도로시의 손을 쳐내면서 그녀의 얼굴을 팔꿈치로 가격했다.

그렇게 세게 친 게 아닌 것 같은데도 에너지가 실린 해성의 파괴력은 엄청났다. 도로시의 얼굴이 찌그러지더니 그녀의 몸이 멀리 날아가 벽을 뚫고 처박혔다. 주변에 흙과 돌들이 무너져 내렸다.

"끄… 끝난 건가?"

지켜보던 아리아의 입에서 안도의 한숨이 새어나올 무렵, 다시 도로시가 뛰어나왔다.

"또 재생을…!"

죽어도 죽어도 다시 살아나는 언데드처럼 도로시는 손상된 신체를 끊임없이 재생하며 계속 반격해왔다.

하지만 그래도 처음처럼 강하게 느껴지진 않았다. 해

성이 각성한 덕도 있겠지만, 거듭되는 재생으로 도로시도 지친 것이 분명했다. 도로시는 이번엔 육탄전이 아니라 검은 에너지를 가지고 거대한 스피어를 만들어 해성에게 던졌다.

"조심해요, 해성!"

멀리서 지켜보던 아리아가 소리쳤다. 해성은 기프트를 오른손에 집중시켰다. 오른손을 감싼 기프트는 날아오는 검은 에너지의 스피어를 두 조각으로 완벽하게 갈랐다.

"마… 말도 안 돼!"

도로시가 멍한 표정을 짓는 사이, 해성이 코앞까지 진격했다. 기프트의 힘이 실린 연타 공격이 도로시의 몸을 찢고 또 찢었다. 도로시도 몸을 재생해보려고 했지만 그보다 해성의 속도가 더 빨랐다.

"이제 끝이다, 도로시!"

기프트가 집중된 해성의 주먹이 하늘을 향해 번쩍였다.

그런데 그 순간, 갑자기 온 세상이 깜깜한 밤처럼 어두워졌다. 수세에 몰린 도로시가 마지막 검은 에너지를 모두 밖으로 끌어내 주변을 검은 연기로 뒤덮은 것이다.

공격할 대상을 시야에서 잃어버린 해성은 당황했다.

"무… 무슨 일이지? 이게……."

"기다려요, 해성! 내가 빛을 소환할게요!"

아리아가 빛의 에너지를 끌어올려 주변을 밝히자 어둠이 조금씩 사라져갔다. 하지만 이미 도로시는 흔적도 없이 사라져버린 뒤였다.

2.
대학살의 밤

해성과 아리아는 도로시를 찾기 위해 사막 위로 올라와 8구역을 살펴보기 시작했다. 아리아는 해성에게 몸은 어떤지 느껴지는 이상은 없는지 묻고 싶었지만 해성은 말없이 굳은 표정으로 어두운 거리를 걷기만 할 뿐이었다.

"괜찮…아요?"

"……."

그토록 찾아 헤맨 가족이 그렇게 끔찍한 모습으로 죽어 있는 것을 보았으니, 해성의 마음을 짐작하는 것은 그리 어려운 일이 아니었다. 아리아 역시 해성의 아픔을 자기 일처럼 느끼고 있었다.

하지만 아직 아리아에게는 해성에게 말해줄 진실이 하나 더 남아 있었다.

해성이 각성했다는 것은, 이제 정말 자신의 정체를 알고 운명을 받아들일 준비가 되었음을 뜻했다. 그렇기 때문에 아리아는 한시라도 빨리 해성에게 이야기를 해주고 싶었다.

"이상해요."

한참 동안 말없이 걸어가던 해성이 갑자기 입을 열었다.

"뭐가요?"

"아무리 밤이라고 해도… 너무 조용해요. 내가 살던 8구역은 이렇게 고요하고 음침한 곳이 아니었는데……."

해성의 말대로 검은 적막 속에 갇힌 8구역은 기분 나쁠 정도로 고요했다. 주변에 살아 움직이는 존재의 기척은 찾아볼 수 없는 유령도시처럼.

'사람들은 없다고 쳐도 AI로봇들은 돌아다녀야 하는데…….'

해성은 자신이 일하던 공장을 지나갔다. 고된 노동 속에서도 언제나 이야기로 시끌벅적하던 공간이었다. 요란한 기계 소리와 사람들의 이야기 소리로 조용할 틈이 없었던 그곳이, 지금은 숨막힐 듯 고요했다. 기계들도 작동하지 않는 것이 분명했다.

해성은 예전에 살던 집을 찾았다. 집 안에도 먼지가 뽀얗게 쌓여 있었다. 하지만 가족과 함께했던 흔적들은 곳곳에 남아 있었다. 무엇보다 해성의 마음을 무너뜨린 건 준혁과 함께 쓰던 침대였다.

"준혁아······."

목멘 목소리로 준혁을 불러봤지만 텅 빈 공간에 공허한 울림만이 돌아올 뿐이었다. 해성은 울음을 참으며 거실로 나갔다. 아버지가 살해당한 바로 그 곳이었다.

'아버지 죄송해요··· 제가 아버지를 지켜드리지 못했어요······.'

사이가 좋았던 것은 아니었지만, 아버지는 가족들을 지키기 위해 엄하게 대했다는 사실을 해성은 이제야 깨닫고 있었다. 힘이 없던 아버지는 가족들을 권력자들이 사탕발림으로 포장해놓은 위험에서 멀리 떨어뜨려놓는 것만이 그들을 보호하는 유일한 방법이라 믿었다.

이젠 해성도 알 수 있었다. 그것이 아버지가 자신을 사랑하는 방법이었음을.

"내가 파이터만 되지 않았어도······."

아버지의 말대로 그냥 공장에서 일하는 평범한 사람이 되었다면 어땠을까. 그랬다면 오늘같은 일은 없었을 것이다.

"모두 나 때문에 이렇게······."

해성의 눈에 눈물이 고였다. 그때 등 뒤에 따뜻한 체온이 느껴졌다. 아리아가 뒤에서 해성을 안아주고 있었다.

"당신의 잘못이 아니예요."

아리아는 해성의 허리를 감싸 안으며 그를 위로했다. 해성도 돌아서서 아리아를 안았다. 지금 그에겐 아무도 남아 있지 않았다. 가족은 모두 죽었고, 후원자는 자신이 죽였다. 해성은 지금 품에 안겨 울 수 있는 누군가가 필요했다. 곁에 아리아가 있어서 다행이라고 생각했다. 그런데 그때.

갑자기 해성의 머릿속에 또다른 여자가 떠올랐다.

'헤나가 여기에 있었으면 어땠을까?'

이런 상황에서 왜 갑자기 헤나가 생각나지 해성은 알 수 없었다.

'잠깐, 헤나…라고?'

해성은 갑자기 아리아를 안고 있는 팔을 풀었다.

"왜…요? 해성?"

갑작스런 해성의 행동에 당황한 아리아가 물었다.

"가봐야 할 데가 있어요."

*

"여기로 피신한 사람들 외에는 모두 광장으로 간 이후에 소식이 없어."

해성이 급하게 찾아간 곳은 찰스 아저씨의 가게였다. 헤나를 비롯한 구역민들 대부분이 오가는 곳이었으니 그곳에 가면 8구역에서 무슨 일이 벌어졌는지 아는 사람이 있거나 어느 정도 단서라도 남아 있으리라고 생각했다.

그리고 그 생각은 어느 정도 들어맞았다.

무엇보다 큰 성과는 찰스 아저씨를 만났다는 것이었다. 8구역에 들어서서 도로시 외에 처음 만나는 사람이었다. 그리고 찰스 아저씨의 가게 지하의 비밀공간에 100명 정도 되는 구역민이 피신해 있다는 것도.

찰스 아저씨는 자초지종을 설명해주었다. 해성이 데스트로와 싸우고 난 후 도로시가 구역민들 모두 광장으로 불러들였는데 그 이후 아무도 돌아오지 않았다는 이야기였다.

"근데… 왜 여러분은 광장으로 가지 않으신 거죠?"

"그게 말이지……."

찰스 아저씨는 머뭇거리며 말을 잇지 못했다. 그때 뒤에서 한 어린아이가 불쑥 끼어들었다.

"광장에선 아주 끔찍한 일이 벌어지고 있어요!"

"아저씨, 저게 무슨 소리예요?"

해성이 묻자, 찰스가 어쩔 수 없다는 듯 이야기를 시작했다.

"여기 모인 사람들은 광장에 늦게 간 사람들이야. 예정보다 늦게 도착해서 광장 안으로 들어가진 못하고 멀리서 보고 있었는데… 광장 안에서 이상한 일이 일어난 거지."

"어떤 일이요?"

"그게… 확실하진 않은데, 광장에 모인 사람들한테 이상한 검은 액체를 나눠주었대. 사람들한테는 그게 네가 시합에 이겨서 내리는 포상 같은 거니 마시라고 했다는군."

이야기를 듣는 해성의 기분은 벌써부터 좋지 않았다. 아이의 말대로 그 뒤에는 끔찍한 결말이 기다리고 있을 것 같았다.

"근데 그 액체를 마신 사람들이… 이상하게 변했다는 거야."

"어떻게요?"

"검게 변한 혈관이 불거지면서 다들 좀비처럼 변했대… 의식은 없는데 몸만 움직이는 좀비……."

"그럴 리가……."

"나도 직접 본 건 아냐. 내가 본 건, 그 광경을 목격한 사람들이 다른 사람들에게 도망치라고 한 거야. 우리는 그 말을 듣자마자 겁이 나서 여기에 숨어 있는 거고."

"어떻게 생각해요?"

해성이 아리아를 바라보며 물었다.

"쉽게 믿을 수 있는 이야기는 아니에요. 하지만……."

생각에 잠긴 아리아의 미간에 주름이 생겼다.

"…도로시라면 더 끔찍한 일도 충분히 꾸밀 수 있죠.

어쩌면 생각보다 훨씬 더 안 좋은 일이 기다리고 있을 수도…….”

"확인해볼 방법은 하나예요.”

해성의 말에 찰스 아저씨의 목소리가 높아졌다.

"해성아, 너 설마…….”

"광장에 가봐야겠어요.”

어두운 밤, 광장을 향해 걸어가는 해성과 아리아 뒤로 약 육십 명의 구역민들이 따르고 있었다. 이들은 모두 해성을 보고 용기를 내 함께 가기로 결심한 사람들이었다. 만약의 경우에 대비해 이들은 자신이 가지고 있는 무기들로 무장도 하고 있었다. 찰스 아저씨는 화염 방사기를 등에 메고 있었고, 다른 구역민들도 곡괭이, 삽, 각목, 쇳덩이 등 나름의 무기들을 갖고 있었다.

광장에 도착한 이들은, 수만 명의 구역민들이 서 있는 것을 발견했다. 그들은 마치 무언가에 씐 것처럼 움직임 하나 없이 조용했다.

"여… 여보!”

해성을 따라온 구역민 중 한 명이 갑자기 무기를 버리고 서 있는 사람들 쪽으로 뛰어갔다. 오면서 분명히 함부로 행동하면 안 된다고 했는데도 막상 아내의 얼굴을 보자 감정을 절제하지 못한 것이다.

하지만 그는 아내 옆에 가자마자 끔찍한 죽음을 맞았다.

그가 아내라고 생각했던 건, 약물에 중독되어 이성을 잃은 괴물일 뿐이었다. 한때 이웃이었던 사람들은 모두 튀어나온 검은 혈관과 동공 없는 새까만 눈동자를 가진 다른 존재들로 변해 있었고, 그렇게 변해버린 그들은 자신을 찾아온 옛 이웃을 죽이고 갈갈이 찢어서 그 시체를 먹어버렸다.

"아악!"

그 장면을 본 해성 일행 중 한 명이 비명을 질렀다.

"안 돼요! 소리를 내면!"

아리아가 잽싸게 그의 입을 틀어막았지만 때는 이미 늦었다. 남자를 잡아먹은 광장의 구역민들이 소리가 나는 방향으로 시선을 돌렸다.

"우워어… 우워……."

"그르릉……."

그들은 이상한 소리를 내며 해성 일행 쪽으로 다가왔다.

"모두 모여요! 저들과 싸워야 해요!"

해성이 사람들에게 말했다. 하지만 여전히 그들 중엔 한때 이웃의 모습을 하고 있는 존재를 죽여야 한다는 사실을 받아들이기 힘든 사람들도 있었다.

"저 사람은 우리 옆집 사람인데 내가 어떻게 죽여!"

"겉모습만 같을 뿐 지금은 그냥 괴물일 뿐이에요!"

"하지만 아무리 그래도······."

"그렇게 망설이다간 우리가 죽을 거예요. 방금 전에 잡아먹히는 거 못 봤어요?"

그렇게 서로 다투는 동안에도 눈동자가 검게 변한 변종 구역민들은 계속해서 그들을 향해 걸어오고 있었다.

"찰스 아저씨, 화염 방사기를 써요!"

해성이 소리를 지르자, 그제야 정신을 차린 듯 찰스가 화염방사기로 놈들을 공격하기 시작했다. 그러자 변종 인간들도 갑자기 흉포해져 기괴한 소리를 내며 빠르게 사람들에게 달려들었다.

변종 인간들의 공격력은 그리 대단하진 않았다. 해성이 기프트를 끌어올려 상대하면 한 번에 수십 명이 달려들어도 쉽게 처치할 수 있었으니까. 하지만 그들을 처리하는 데 두 가지가 문제였는데, 하나는 그 괴물들이 한때 친숙했던 이웃의 얼굴을 하고 있어 사람들의 공격이 적극적이지 못하다는 것, 그리고 그렇게 해치워도 괴물들의 수가 조금도 줄어들지 않았다는 것이다.

애초에 해성을 포함해 이곳을 찾아온 생존자의 숫자는 육십 여 명. 그나마 찰스 아저씨가 화염방사기로 무장을 하고 있는 것에 비하면 나머지 사람들의 무기는 원시적인 수준이었다.

결국 이 싸움은 정해진 대로 흘러갔다. 생존자는 한 명씩 줄어들고, 화염방사기를 든 찰스 아저씨조차 연료가 바닥나자 맨몸으로 싸우다가 죽음을 맞았다.

아리아마저 점점 지쳐갔다. 그녀도 자신의 기프트를 사용해 빛의 검으로 괴물들을 베었지만, 계속되는 공격에 자신의 한계를 느끼고 있었다.

생존자들이 모두 죽어나가고, 해성과 아리아마저 모든 에너지를 쏟아 부은 후, 해성과 아리아는 결국 광장 안에 살아서 움직이는 존재는 자신들 뿐이라는 것을 깨달았다. 마침내 모든 괴물들을 물리친 것이다.

하지만 여기까지 오기 위해 너무 많은 희생을 치러야 했다.

다리가 풀린 둘이 광장 위로 쓰러진 순간, 숨어 있던 도로시가 나타났다.

"대단하군… 내 군대에 맞서 이렇게 살아남다니."

도로시는 상처를 이미 회복한 것 같았다.

"미스터 창에게 줄 선물이었는데… 그 군대를 이렇게 끝장내버리다니, 대단해. 하지만……."

도로시는 쓰러져 있는 해성을 보며 씨익 웃었다.

"살아남았다고 이긴 건 아니지. 과연 마지막에 웃는 건 누굴까?"

도로시는 검은 에너지를 스피어의 형태로 만들어 쓰러져 있는 해성을 향해 던졌다. 지친 해성은 날아오는 스피어를 피하고 때로는 실드를 전개해 막아도 보면서 도로시의 공격에 버티고 있었지만, 그건 말 그대로 버티는 것일 뿐, 마침내 스피어가 해성의 등을 관통했다.

"아… 안 돼……."

아리아가 온힘을 다해 팔을 뻗어보았지만, 그녀 역시 몸을 움직일 수 없을 정도로 지쳐 있었다.

거짓말처럼 해성의 눈이 감기고 의식이 끊어졌다. 아리아가 세상을 구할 영웅이라 굳게 믿었던 그 생명이, 첫발을 내딛기도 전에 이렇게 허무하게 사라지고 만 것이다.

"네가 아무리 가디언의 핏줄을 이어 받았다고 한들, 너는 그냥 인간일 뿐이야."

도로시가 야비한 승자의 미소를 지으며 그렇게 이죽거렸고, 아리아는 흐려지는 시선으로 그 모습을 바라보고만 있었다. 자신의 눈앞이 흐려지는 게, 의식을 잃어가기 때문인지, 아니면 눈물이 쏟아지기 때문인지도 그녀는 구분할 수 없었다.

3.
메시아의 조건

해성을 죽인 도로시는 이번엔 절망에 빠진 아리아에게 다가갔다.

"너는 저 녀석이 세상을 바꿀 메시아라고 믿었나?"

도로시는 그녀의 머리를 들어 올렸다.

"똑바로 봐. 주제도 모르고 세상을 바꾸겠다고 나서면 어떻게 되는지."

아리아는 여전히 눈물을 흘리고 있었기 때문에 눈앞이 흐려져 쓰러진 해성을 제대로 볼 수 없었다. 그런데 그때.

"……?"

눈물 때문에 시선이 굴절된 탓일까. 아리아는 죽은 해성이 움직이는 것을 본 것 같았다.

'말도 안 돼… 저런 공격을 맞고 살아 있을 리가 없어.'

단순한 느낌이 아니었다. 아리아도 해성의 심장이 멈춘 것을 확인했으니까.

"뭘 보고 있나, 빛의 기사? 이제 너도 네 구원자를 따라갈 시간이야."

도로시는 쓰러져 있는 아리아에게도 최후의 일격을 준비하고 있었다. 아리아는 방어하거나 피할 생각조차 없었다. 해성이 죽어버린 이상, 그녀에게는 희망조차 남아 있지 않았기 때문이다.

그런데 그 순간, 아리아는 자신이 방금 본 것이 틀리지 않았음을 알았다. 해성이 정말 다시 일어서고 있었던 것이다. 그것도 방금 전까지 느낄 수 없었던 어떤 거대한 기운과 함께.

도로시 역시 믿을 수 없다는 표정을 지었다.

"도대체 무, 무슨······."

말까지 더듬던 도로시는 다시 검은 에너지를 모았다. 너무 놀란 탓인지 힘 조절을 제대로 할 수 없어서 수십 개의 스피어를 만들어 해성에게 날렸다. 자신에게 남아 있는 거의 모든 힘을 모은 것이었다.

하지만 다시 살아난 해성은 그 엄청난 공격에도 끄떡없었다.

해성의 몸은 알 수 없는 에너지와 오라로 둘러싸여 마치 불타는 검은 불꽃처럼 보였다. 그 검은 불꽃은 도로시가 던진 스피어를 먼지처럼 소멸시켜버렸다.

"마… 말도 안 돼! 내 온힘을 다한 공격이었는데, 저렇게 간단히……."

경악하는 도로시의 얼굴을 무심하게 바라보며, 해성은 한 걸음씩 천천히 그녀에게 다가갔다.

검은 불꽃으로 둘러싸인 해성은 손을 들어 도로시의 얼굴을 만졌다. 그러자 도로시는 얼굴에 지옥불처럼 뜨거운 열기를 느꼈다.

"아악! 안 돼!"

단순한 느낌이 아니었다. 실제로 도로시의 얼굴에선 불에 타는 것처럼 연기가 났고, 그녀의 피부는 녹아내리고 있었다.

해성의 몸은 점점 더 뜨거운 불길을 내뿜고 있었다. 검은 불꽃은 붉게, 또 파랗게 변해갔다. 고통스러운 비명을 질러대던 도로시의 온몸은 녹고 불타서 마침내 새까만 재가 되어 소멸하고 말았다.

아리아는 지금 자신의 눈앞에서 벌어지고 있는 모든 일들을 믿을 수 없었다. 죽었던 해성이 살아난 것도, 엄청난 힘으로 도로시를 저렇게 잿더미로 만든 것도.

'그래, 모든 이야기에 등장하는 메시아들은 항상 죽음

을 이기고 돌아와. 해성도 예언처럼 하나씩 자격을 증명하고 있는 거야.'

도로시를 처리한 해성은 아리아를 향해 고개를 돌렸다. 둘의 눈이 잠깐 마주쳤고, 해성은 곧바로 푹 쓰러졌다.

"해성!"

아리아가 해성을 향해 달려갔다.

*

며칠 후 8구역에 비행체 한 대가 나타났다. 광장에 착륙한 그 비행체의 문이 열리자, 그곳에서 황제인 프랑수아 5세가 수행원들과 함께 나타났다. 그리고 그 뒤를 바할과 미스터 창이 따르고 있었다. 8구역에서 일어난 사건을 알아보기 위해 황제가 직접 나선 것이다.

그들은 먼저 파괴된 도로시의 본부 지하로 향했다. 그리고 그곳에서 도로시가 감추고 있던 비밀 한 가지를 알아냈다.

"도로시가 우리 몰래 저장소를 만들었군요."

미스터 창이 그렇게 말하자, 프랑수아 5세가 미스터 창에게 주의를 줬다.

"보고서에는 저장소를 언급하지 말게."

"네? 왜……."

보고서를 작성하기 위해 사진을 찍고 있던 바할이 반문했다.

"다른 구역 통치자 놈들한테 도로시가 저장소를 가지고 있었다는 게 알려져서 좋을 게 있겠나?"

그러자 바할과 미스터 창은 고개를 끄덕일 수밖에 없었다.

"네, 명심하겠습니다."

그들은 다시 광장으로 돌아갔다. 광장에는 해성이 죽인 수많은 괴물들의 시체가 널브러져 있었다.

"광장에는 CCTV가 있지?"

프랑수아 5세가 물었다.

"네, 삼십 대 정도 설치되어 있습니다."

황제의 질문에 바할이 신속하게 대답했다.

"철저하게 조사해서 여기서 무슨 일이 일어났는지 확인해."

이후 황제는 다시 전용 비행체에 타고 센트럴시티로 돌아갔다. 바할과 미스터 창은 황제의 명에 따라 CCTV 자료들을 입수해 살펴보았다.

4.
밝혀지는 비밀

 최소한의 치료만을 받은 채 크루거는 다시 수용소로 돌아왔다. 그를 병원으로 보낸 재소자들은 크루거를 죽이지 못한 것에 불만이 가득했다.
 당연히 그들은 또다른 기회를 엿봤다.
 수용소 안에 짧은 자유 시간이 찾아오고, 재소자들은 모두 운동장으로 나갔다. 공중에는 우주정찰기 디펜더가 선회 비행을 하고 있었다. 그것은 감시를 위해 고도를 낮췄고, 비행시 발생하는 시끄러운 소음은 운동장에서 발생하는 비명 소리를 쉽게 묻어버릴 수 있을 정도였다.
 크루거는 완벽히 회복한 상태는 아니지만 운동장에 나온 김에 몸을 가볍게 풀었다. 그리고 그런 크루거가 마음에 들지 않는다는 표정으로 바라보는 한 무리가 있었다.

"살아서 돌아오다니, 유감이야."

그중 한 명이 다가와 시비를 걸었지만 크루거는 무시했다.

"그렇게 나온단 말이지?"

재소자 무리 중 우두머리로 보이는 자가 교도관들을 향해 눈짓했다. 그러자 멀리서 지켜보던 교도관들은 슬쩍 자리를 피했다. 방해꾼들이 사라지자 재소자 무리들 중 행동대장이 숨겨둔 칼을 꺼내 크루거에게 다가갔다.

하지만 크루거도 가만히 있진 않았다. 칼을 든 남자가 자신을 공격하자, 그 남자의 팔을 잡고 꺾어버렸다.

우두둑. 그 남자의 뼈가 부러지는 소리가 들렸다. 남자의 비명이 운동장에 울려 퍼졌지만, 이내 정찰기 소음에 묻혀버렸다.

"자신 있으면 어디 한번 들어와보든가."

크루거는 간단하게 칼을 뺏어 들고 나머지 무리들을 향해 도발했다.

재소자 무리들이 크루거를 둘러싸고 덤벼들었다. 하지만 크루거는 인정사정을 봐주지 않았다. 먼저 옆에서 공격해 들어오는 남자의 목을 칼로 찔렀다. 급소를 찔린 남자의 목에서 피가 분수처럼 터져 나왔다. 그 모습을 본 다른 재소자들은 더이상 크루거를 공격하지 못했다. 그저 겁먹은 표정으로 주위를 맴돌 뿐이었다.

"잘 봐. 한 번만 더 나한테 덤벼들면 모두 이 꼴이 될 테니까."

크루거는 운동장이 쩌렁쩌렁 울리는 목소리로 그렇게 말했다.

피바다가 된 현장에 교도관들이 다시 나타났다. 그러자 크루거는 조용히 칼을 내려놓고 양손을 머리 위로 올렸다. 크루거는 자신이 독방으로 옮겨질 거라는 사실을 알고 있었다. 그리고 다시 돌아올 땐, 더는 아무도 자신을 건드릴 수 없으리라는 것도.

*

해성은 빛이 보이지 않는 어둠 속을 걸어가고 있었다. 얼마나 멀리 걸어왔는지는 몰랐다. 그것은 태초부터라고 느껴질 만큼 긴 어둠이었다.

수만 년처럼 느껴지는 긴 시간을 걷다보니, 바늘구멍처럼 작은 곳에서 빛이 새어 나오고 있다는 걸 발견할 수 있었다. 아주 작은 빛이었지만, 그 빛에서 느껴지는 힘은 태양처럼 강력했다.

하지만 막상 해성이 접근하자, 빛은 사라지고 다시 어둠이 주변을 가득 채웠다.

그때 뒤에서 목소리가 들렸다.

"누굴 찾고 있느냐?"

깜짝 놀란 해성이 뒤를 돌아보았다. 그곳엔 검은 불에 휩싸인 누군가가 서 있었다. 형체를 갖추고 있었으나 알아볼 수 없는… 이 어둠이 존재했던 시절부터 함께 있었던 불과 같은 그런 존재였다.

"다… 당신은 누구십니까?"

"나는 태초부터 존재한 자며, 너의 시작이다."

그의 목소리는 거룩함으로 가득 차 있었다. 해성은 자기도 모르게 무릎을 꿇었다.

"여기는 어디인가요?"

"여기는 잠든 내가 살고 있는 너의 정신 속이다."

"제가 어떻게 정신 속에 들어와 있다는 건가요?"

"너의 육신은 이미 죽었다. 하지만 너에겐 주어진 운명이 있다. 네가 내 안에 속해 있는 것도 그것 때문… 그것이 잠들어 있던 나를 깨운 것이다."

검은 불꽃에 휩싸인 존재는 손을 들어 해성의 얼굴을 가렸다.

"가디언의 후예여, 내 힘을 빌려주마. 너는 네 운명을 받아들이고 과업을 완수하라."

그리고 해성의 얼굴이 검은 불꽃으로 타들어갔다.

"…그렇게 눈을 뜨게 된 거예요."

아리아는 넋이 나간 표정으로 해성의 이야기를 듣고 있었다. 아리아는 해성이 다시 살아날 때 겪은 일들을 물어보았고, 해성은 자신이 기억하는 것을 이야기해주었다.

"식사가 준비되었습니다."

집사인 모드가 방문을 열고 들어왔다. 도로시와의 전투 이후, 해성은 아리아의 집에서 지내고 있었다. 호화로운 귀족의 저택에서 생활하는 것이 나쁘진 않았지만 어딘지 모를 불편함도 함께 느끼고 있었다.

"배고프죠? 겪어보진 않았지만 다시 살아나는 건 꽤 많은 힘을 필요로 할 테니까요."

아리아는 그렇게 말하고 해성을 데리고 거실로 나갔다. 해성은 호화로운 저택 안을 뒤덮고 있는 화려한 식물들을 보았다. 마치 새로운 세상에 들어선 기분이었다.

'우리 구역의 무너져가는 집들과는 너무 달라…….'

거실에는 하인들이 준비해준 만찬이 차려져 있었다. 귀족들의 식사 문화를 모르는 해성은, 하인이 시중을 드는 것뿐만 아니라 여러 가지 수저와 포크, 나이프를 이용해 식사를 하는 것도 불편했다. 그때 또다시 모드가 나타나 섀도우의 방문을 알렸다.

"섀도우 님이 도착하셨습니다."

해성은 전에 본 적이 있는 섀도우와 가볍게 인사를 나눴다. 해성은 아직 섀도우가 낯설었지만 섀도우는 오랜 친구라도 만난 것처럼 자연스럽게 해성의 옆에 앉았다.

"이 냄새는… 지구인들의 방식대로 요리한 로즈마리 스테이크네요! 완전 맛있겠는데요."

요란한 찬사로 분위기를 띄운 섀도우는 이번엔 옆자리에 앉은 해성에게 말을 걸었다.

"저는 지구인들의 요리 방식을 아주 좋아해요. 아무래도 이곳의 요리는 너무 실용적인 부분에만 집착하거든요. 해성 님은 어떠세요?"

"네?"

해성은 섀도우의 질문에 어리둥절할 수밖에 없었다. 일단 지난번엔 어두운 예언을 했던 섀도우의 밝은 태도가 익숙하지 않았고, 다른 한 가지는,

"저는… 이런 음식이 처음이라서요."

이런 종류의 음식을 처음 접해보기 때문이었다.

"베그너는 고약한 사람이었군요. 그의 아버지는 파이터들에게 최고의 예우를 해줬는데……."

섀도우가 베그너의 이름을 입에 올리자, 해성은 문득 자신이 그의 시체를 베그너의 저택에 그대로 남겨두고 왔다

는 사실이 떠올랐다.

또한 해성은 그동안 사투를 벌이느라 잊고 있었던 일들을 하나씩 기억해냈다. 하지만 그는 자신이 벌인 행동의 결과들이 앞으로 어떤 형태로 돌아올지에 대해서 아무것도 몰랐다.

*

타케시 팀이 베그너의 저택에 도착해 현장을 수색 중이었다. 8구역 일을 조사하던 미스터 창과 바할이 CCTV에서 해성의 얼굴을 발견했고, 해성의 고용주였던 베그너에게 무슨 일이 있었기에 해성이 8구역까지 가게 된 걸까 의문이 생겨 타케시에게 베그너의 행방 조사를 명령했던 것이다. 그리고 그곳에서 베그너의 시신을 발견했다.

그들은 헬멧에 기록된 블랙박스 자료부터 확보했다. 영상에는 총으로 베그너를 협박하는 해성의 얼굴이 생생하게 기록되어 있었다.

"해당 내용 모두 수사국 서버에 업로드했습니다."

타케시는 팀원의 보고를 듣고 난 뒤 짧게 명령을 내렸다.

"이제부터 이 자는 지명수배에 들어간다. 센트럴시티 내의 모든 감시체계에 이 자의 얼굴과 정보를 업로드하고 발견되는 즉시 보고하도록."

그때 해성은 여전히 아리아의 저택에서 식사를 즐기고 있었다.

"사실 오늘 섀도우 님을 모신 이유가 있어요."

해성이 겨우 이 식사 자리에 익숙해졌을 무렵, 아리아가 기다렸다는 듯 오늘의 주제를 꺼냈다.

"이제 해성 님도 진실을 알아야 한다고 생각했기 때문이에요."

"진실…이요? 또 무슨……."

지금까지 벌어진 일로도 해성은 충분히 벅찼다. 아버지의 죽음에 대한 진실을 알았고, 고용주를 죽였고, 사랑했던 이웃들이 괴물로 변해서 또다른 이웃들을 죽이는 걸 지켜봐야 했다. 심지어 자신도 한 번 죽었다가 살아났다. 이미 그것만으로 미치기 직전이었는데, 또 뭔가를 알아야 한다고?

"네. 해성 님도 본인의 안에 있는 존재를 만났잖아요. 그게 어디서 왔을까요?"

"글쎄요, 궁금하긴 한데……."

"그리고 그 존재가 말한 운명과 과업이란 것도 알고 싶지 않으세요?"

해성은 말문이 막혔다. 그러고 보면 전에 만난 태양도 똑같은 이야기를 했다. 자신의 존재를 알고 운명을 받아들여야 한다고.

"저와 섀도우 님은 지구인의 후손이 아니에요. 흔히 말하는 인간이 아닌 거죠."

하지만 해성을 진짜 경악하게 만든 것은 이어진 섀도우의 말이었다.

"그리고 해성, 당신의 몸에도 우리와 같은 피가 흐르고 있어요."

"여기서부터 400억 광년쯤 떨어진 행성에 페르다라는 왕국이 있어요. 페르다라는 이름은 열두 개의 국가를 통일한 페르다 가문에서 따왔죠. 어쨌든 행성에 있는 모든 국가를 통일하고 황제의 자리에 오른 페르다 2세는 거대한 부와 권력을 손에 넣었어요.

하지만 그럼에도 불구하고 그에 대한 이야기는 이상할 만큼 별로 남아 있지 않아요. 그 이유에 대해서는 여러 추측이 있지만, 황제의 배후에 테라크스 후작이라는 인물이 있었기 때문이라는 설이 가장 유력해요.

문제는 이제 겨우 통일을 하고 막 번성해 나가는 페르다 왕국의 황제에게, 예언자들이 불길한 예언을 한 것이었어요. 황제는 자신의 왕국이 영원히 지속될 거라 믿고 있었는데, 예언자들은 1,000년 정도 후에는 완전히 파괴될 것이라고 말했죠.

페르다의 예언자들은 지구인이 말하는 예언자들과는 달라요. 그들의 능력에는 과학적인 체계가 있어요. 다만 그것을 지구인들의 과학이나 수식으로 나타내기가 힘들 뿐이죠. 고도로 발달한 과학은 마법과 구분할 수 없듯, 그들의 능력 역시 예언의 형태로 보여질 뿐 발생할 확률이 높은 미래를 과학적으로 예측하는 거예요.

어쨌든 그 이야기를 들은 황제는 분노했죠. 그래서 자신의 왕국을 통째로 다른 행성으로 이주시킬 계획을 세웠어요. 쉬운 일은 아니었지만, 그래도 시간은 1,000년이나 있으니까요. 그래서 그는 전례에 없던 군대를 전 우주로 보냈어요. 해성, 당신에게도 페르다인의 피가 섞여 있어요."

아리아가 설명을 덧붙였다.

"반은 지구인, 반은 페르다인이죠."

해성은 이해할 수 없다는 표정을 지으며 말했다.

"말도 안 돼요. 우리 어머니, 아버지는 그냥 평범한 지구인이었다고요."

"그분들은 당신을 키워준 지구인일 뿐이에요. 당신은 페르다인인 가디언과 지구인 사이에서 태어났어요."

"말도 안 돼······."

엄청난 충격이었다.

"우리도 어떻게 당신이 지구인들의 손에 자라게 되었는지는 몰라요. 하지만 확실한 건, 섀도우 님의 예지몽에 따르면 가디언의 두 아이 중 하나가 피로 물들 세상을 구한다는 거예요. 그래서 우린 가디언의 아이를 찾아 헤맸죠."

아리아는 해성의 눈을 똑바로 바라보며 말했다.

"그중 하나가 당신이에요, 해성."

"단지 그 예지몽 때문에 나를 찾았다고요?"

"말했잖아요, 섀도우 님의 능력은 과학적인 예측이에요. 다만 그게 예언의 형태로 발현되는 것뿐."

아리아는 필사적으로 해성을 설득했다. 옆에서 섀도우도 그녀를 도왔다.

"해성, 당신은 지구인이 가질 수 없는 유전자 체계를 가졌어요. 도로시를 상대할 때 느꼈잖아요. 지구인의 능력으로는 그녀를 도저히 상대할 수가 없었을 거예요."

그 순간, 해성의 머릿속에 한 가지 질문이 떠올랐다.

"그렇다면··· 도로시도 당신과 같은 페르다인이라는 건가요?"

"우린 같은 종족이지만, 조금씩 달라요."

하지만 해성의 귀엔 더이상 아리아의 말이 들리지 않았다.

"그렇다면 당신들도 그 괴물들과 같은⋯⋯."

갑자기 해성의 눈앞이 흐려졌다. 정신적으로 큰 스트레스를 연달아 받다보니, 머리가 아픈 것을 넘어 숨이 막히고 호흡마저 가빠졌다. 자신의 눈앞에 있는 아리아와 섀도우의 얼굴 위에 도로시가 변한 괴물의 모습이 어른거렸다.

"아악!"

머리를 부여잡은 해성은 비명을 지르며 밖으로 나갔다.

"해성!"

아리아가 불렀지만 해성은 뒤돌아보지 않았다. 결국 섀도우와 아리아는 해성이 빠져나간 문을 멍하니 바라보고 있을 수밖에 없었다.

"우리가 너무⋯ 성급했던 걸까요?"

아리아가 걱정스런 표정으로 섀도우에게 물었다.

"그러게요. 아무래도 여러 가지 일 때문에 많이 혼란스러웠을 텐데⋯ 너무 몰아붙인 것 같네요."

섀도우 역시 편치 않은 얼굴로 대답했다.

"하지만 해성은 돌아올 거예요. 그게 운명이니까."

아리아는 아직 희망을 버리지 않았다.

"해성에게 사람을 좀 붙여줘요. 지금 많이 혼란스러울 텐데 그러다가 안 좋은 일이라도 생기면 큰일이니까."

마침 방에 들어온 모드를 향해, 아리아는 그렇게 말했다.

5.
방황

아리아의 저택을 뛰쳐나온 해성은 최하층이 살고 있는 거리를 방황하고 있었다. 하지만 그 주변을 둘러보는 그의 시선은 여전히 혼란스러웠다. 눈에 들어오는 어떤 것도 믿을 수 없었고, 모든 것이 거짓말처럼 느껴졌다.

해성의 머리 위의 거대한 홀로그램 빌보드에서는 토론 프로그램을 방송 중이었다. 주제는 '군중의 바람을 거부하는 파이터! 과연 정당한가?'였다. 사람들의 외침에도 해성이 데스트로를 죽이지 않은 것에 대해 찬성과 반대측이 열띤 토론을 벌이고 있었다.

'내가 괴물의 혈통을 가지고 있다는 것을 알면… 저들은 나를 죽이려고 할 거야.'

상심과 체념에 잠긴 해성은 점점 더 어둡고 인적이 드문

곳을 향해 걸었다. 그러다가 언젠가부터 자신을 따라오고 있는 무리들이 있음을 눈치챘다.

막다른 골목까지 몰리고 나서야 해성은 뒤를 돌아보았다. 그리고 그들이 어떻게 해성을 따라올 수 있었는지 알았다. 그들은 시합에서 해성에게 패한 파이터들이었던 것이다.

"네놈한테 진 후 난 해고당했어!"

"내 인생은 완전히 끝났어! 이제 여기 최하층에서 싸구려 인생을 살 수밖에 없다고!"

그들은 저마다 한마디씩 해성을 향해 신세한탄을 늘어놓았다. 내용은 딱 한 가지였다. 해성에게 졌기 때문에 자신의 인생이 그렇게 망가졌다는 것.

해성은 변명할 기운도 의지도 없었다. 만약 자신이 졌다면, 해성이 아마 이 자리에 있었을 것이다. 자신의 잘못이라곤 최선을 다한 것밖에 없었다.

그러나 파이터들은 일제히 해성을 향해 달려들었다. 천박한 분풀이에 불과했지만, 차라리 맞으면 속이라도 후련할 것 같았다.

'그래, 여태껏 계속 누군가를 때리려고만 했어… 한 번 제대로 맞아보자…….'

해성은 길바닥에 쓰러졌고, 파이터들이 그를 짓밟아도

결코 대응하지 않았다.

"다들 물러나!"

해성이 위기에 빠지자, 갑자기 어디선가 한 무리의 남자들이 나타나 해성을 감싸며 보호하기 시작했다. 아리아가 붙여놓은 수행원들이었다. 그들은 총을 비롯한 각종 무기로 무장하고 파이터들을 위협했다.

"이 분에게 조금이라도 더 상처를 입히면, 후회하게 될 거야."

하지만 다소 과격한 파이터 한 명이 해성을 향해 달려들었다.

"어디 쏠 테면 쏴 봐! 어차피 망가진 인생, 난 분풀이나 해야겠어!"

돌발행동에 당황한 수행원은 방아쇠에 손을 올렸다. 하지만 그보다 먼저 파이터를 해치운 게 있었다. 검은 에너지로 둘러싸인 괴물들이었다.

놈들은 어디서 나타났는지 알 수 없었다. 아마 최하층의 인적 드문 곳을 떠돌며 인간들을 사냥하고 있었는데, 우연찮게 이곳에서 먹이를 발견한 것 같았다.

갑작스러운 괴물들의 출현에 모두가 당황하는 사이, 놈들은 먼저 파이터들에게 달려들어 그들의 몸을 찢고 그것을 게걸스럽게 먹어 치웠다.

그 모든 게 한순간에 일어난 일이었다.

배를 채운 괴물들은 거기서 만족하지 않고 해성을 보호하던 아리아의 부하들 주위를 에워쌌다. 수행원들은 총을 쏘았지만 그것도 통하지 않았다. 놈들은 아리아의 수행원들까지 모두 잔인하게 죽이고 배를 채웠다.

해성은 그 모습을 꼼짝도 못 하고 바라보았다. 만약 그가 괴물들과 싸웠더라면 더이상의 희생을 막을 수도 있었을 것이다. 하지만 해성이 그 모습을 보며 느끼는 것은 끝없는 절망과 슬픔 뿐이었고, 가장 힘든 것은, 자신에게도 저런 괴물과 같은 피가 흐르고 있다는 사실이었다.

수행원들까지 모두 먹어 치운 괴물들은 그제야 주저앉은 해성에게 시선을 돌렸다.

"저거… 가디언의 자식 아닌가?"

괴물들 중 하나가 해성을 알아보았다. 그러자 소리를 들은 괴물들이 모두 군침을 흘리며 해성에게 다가왔다.

"먹어 치울까?"

"힘을 얻을 수 있을지도?"

그중에 우두머리로 보이는 괴물이 먼저 해성을 향해 달려들었다. 생명의 위협이 느껴지자 해성의 안에 있던 어떤 존재가 움직였다. 해성의 기프트가 오른쪽 주먹에 집중되었고, 그것이 다가오는 괴물을 향해 작열했다.

"커헉!"

괴물은 비명을 지르며 쓰러졌다. 그리고 꽤 큰 타격을 입은 모양인지 변신한 상태를 유지하지 못하고 인간의 모습을 돌아갔다. 그리고 그 괴물의 정체는, 해성도 이미 알고 있는 사람이었다.

"디아고 원로님?"

디아고 원로도 페르다인이었다니… 해성이 또 한번 놀란 가운데, 이번에는 어둠 속에서 레이저 건을 든 다른 요원들이 나타났다. 그들은 타케시가 이끄는 플릭 2팀이었다.

"꼼짝 마, 해성! 너를 베그너 살해 혐의로 체포한다!"

타케시가 레이저 건으로 해성을 겨냥하며 외쳤다. 하지만 그들도 지금 해성 주변을 서성거리고 있는 괴물들을 무시할 순 없었다.

"대, 대장님! 저것들부터…!"

발포 신호가 떨어지자 플릭 요원들은 괴물들을 향해 위협 사격을 시작했다. 어두운 거리가 레이저의 섬광으로 밝아졌다. 플릭들까지 등장한 것을 본 괴물들은 더이상 일이 커지면 곤란해질 것을 예상했는지 황급히 어둠 속으로 사라졌다.

괴물들이 사라진 것을 확인한 요원들은 다시 해성을 체포하기 위해 그에게 접근했다. 그리고 해성 옆에 쓰러져 있는 한 노인도 함께 발견했다.

"플릭 제2팀이다. 구역 B831, 부상자가 있다. 수배자가 해친 것으로 보인다. 구조 바람! 반복한다. 구역 B831에 부상자 발생,"

요원들은 부상자와 해성의 신병을 확보한 뒤 구조 요청을 보냈다. 격렬하게 저항할 거란 예측과는 달리, 해성은 순순히 두 손을 들고 체포에 응했다.

플릭의 입장에선 임무가 착착 완수되어 가고 있는 순간이었다.

하지만 그 팀을 이끌고 있는 타케시는 그리 마음이 편치 않았다. 방금 전에 어둠 속으로 사라져버린 괴물들의 모습이 어린 시절의 악몽을 불러왔기 때문이었다.

그것은 타케시의 어린 시절, 봉인된 기억의 한 부분이었다.

바할의 선택을 받은 타케시와 크루거는 자신과 비슷한 처지의 아이들과 함께 플릭이 되기 위해 혹독한 훈련을 받아야만 했다. 그것은 단순히 몸이 힘든 것만을 의미하진 않았다. 타케시와 크루거는 훈련을 받으며 약육강식의 세계를 몸소 체험해야만 했다. 도태당한 훈련생들에겐 아무것도 주어지지 않았고 성과를 내는 자가 모든 혜택을 독점

하는 방식이었다.

식사에 있어서도 마찬가지였다. 식당에 들어가는 순서는 항상 그날 성적이 제일 좋은 훈련생부터였다. 그는 자신이 먹고 싶은 만큼 마음껏 밥을 먹었지만 뒤로 갈수록 배분되는 식사의 양은 줄어들었다.

어느 날, 성적이 좋지 않았던 타케시는 저녁밥을 먹지 못했다. 그래서 다른 훈련생들이 모두 잠들고 난 뒤, 보초들의 눈을 피해 몰래 식당으로 숨어 들어갔다.

그런데 그곳엔 타케시보다 먼저 온 손님이 있었다.

'바할 대장님?'

타케시는 자기도 모르게 몸을 숨겼다. 음식을 훔치러 식당에 온 것을 들킨다면 퇴소당할 것이 분명했다. 오늘도 한 명이 퇴소한 상태였다.

'근데 바할 대장님은 이 시간에 왜 주방에 온 거지?'

그 의문에 답하듯, 바할은 냉동고 문을 열었다. 그리고 타케시는 그 냉동고 문 안에서, 오늘 퇴소당한 훈련생이 눈을 똑바로 뜨고 얼어 있는 모습을 보았다.

"헉!"

타케시는 순간 비명을 지를 뻔했으나 입을 틀어막고 간신히 참았다. 그것은 정말 잘한 선택이었다. 만약 그러지 않았다면, 바로 다음에 벌어진 일을 본 순간엔 틀림없이 큰소리를 내고야 말았을 테니까.

바할 대장의 몸이 커지더니, 딱딱한 껍질을 가진 괴물로 변했다. 그리고 그 괴물은 냉동고 안에 있는 얼어붙은 훈련생을 게걸스럽게 먹어치우기 시작했다…….

그 이후의 기억은 타케시에게는 존재하지 않는다. 그 장면을 보고 그는 정신을 잃었고, 다음 날 아침 자신의 침대에서 깨어났다. 그리고 그 이후로 지금까지 타케시는 자신이 본 모든 일들이 다 꿈이라고 생각하고 있었다.

"대장님, 이제 철수하시죠."

타케시가 옛 생각에 잠겨 있는 사이, 해성은 수사국으로 이송되었고 부상당한 노인도 구급대원들과 함께 병원으로 이송되고 있었다.

"아 참, 보고 드릴 말씀이 있습니다. 다친 노인 말입니다……."

요원 하나가 타케시에게 말했다.

"신원조회 결과, 원로원의 디아고 원로였습니다."

"뭐?"

타케시는 깜짝 놀랐다.

"원로원의 원로가 왜 인적도 드문 하층민의 거리를 돌

아다녀?"

"저도 모르겠습니다. 어쩌면… 그 괴물들과 무슨 관계가 있는 건 아닐까요?"

지휘관으로서 말도 안 되는 소리라고 화를 내야 하지만, 타케시는 그럴 수 없었다. 그리고 잠시 후 헐레벌떡 뛰어온 부하가 전해온 소식은 그 의심을 더욱 강하게 만들었다.

"대장님! 디아고 원로를 이송 중이던 응급 수송선이 추락했다고 합니다."

6.
의혹

    수사국으로 돌아온 타케시는 바할에게 간단한 보고서를 올린 뒤, 피곤하다는 핑계로 자신의 집무실에 틀어박혔다. 하지만 그곳에서 마음 편히 쉴 생각은 없었다. 그는 최근 벌어진 일련의 사건들에 대해 의심되는 자료들을 하나씩 확인하기 시작했다.

    먼저 그는 예전에 크루거가 추격했던 침입자의 DNA 분석 자료를 열람하려고 했다. 하지만 일급기밀로 분류되어 그로서는 확인할 방법이 없었다. 그 다음엔 침입자와 크루거가 벌인 몸싸움의 CCTV 영상을 찾았다. 영상은 남아 있었으나 중요한 장면들은 모조리 편집된 채였다.

    '가장 최근 사건은 아직 조작할 시간이 없었을 텐데?'

    거기까지 생각이 미친 타케시는 방금 전에 벌어진 응급

수송선 사고에 대해 조회했다. 다행히 보고서는 아직 아무도 열람하지 않은 상태였다.

보고서에 따르면 추락한 수송선에 탑승했던 대원들과 구조 요원들의 시체는 없었다. 다만 강력한 힘에 의해 찢어발겨진 살점과 뼈, 그리고 그것을 날카로운 이빨로 뜯어먹은 흔적만 발견됐을 뿐이었다.

디아고 원로의 흔적은 어디에서도 찾을 수 없었다. 그는 이 문제에 대해서 이야기를 나눠봐야 할 사람을 한 명 떠올렸다. 지금은 사이가 멀어진, 오랜 친구였다.

수사국에 잡혀온 해성은 1차 심문을 거친 뒤 바할 외에는 아무도 알지 못하는 비밀 취조실로 연행되었다. 그리고 그곳에는 남들이 모르게 은밀히 수사국을 방문한 최고위층의 인물이 먼저 자리 잡고 있었다.

"오셨습니까, 폐하."

바할은 프랑수아 5세를 향해 정중하게 인사했다. 그가 직접 수사국을 방문하는 일은 매우 드문 일이었다. 그만큼 해성에 대한 그의 관심은 컸다.

하지만 막상 묶여 있는 해성을 본 프랑수아 5세는 매우 실망한 표정이었다. 그에게서 느껴지는 힘이 매우 약했기 때문이다.

"음… 기대 이하로군. 정말 그 정도의 힘으로 도로시를 상대한 건가?"

"아마 1차 심문을 거치느라 체력이 약해진 부분도 있을 겁니다."

바할이 부연설명을 했지만, 프랑수아 5세의 실망감을 채워주진 못했다.

"아냐, 그 정도가 아니라… 원래부터 느껴지는 힘이 부족해. 아니면……."

프랑수아 5세는 갑자기 무서운 표정으로 해성에게 손을 내밀었다.

"힘을 감추고 있는 건가? 감히 나를 상대로!"

해성은 목이 조여오는 듯한 느낌에 숨을 헐떡였다. 기분 탓이 아니었다. 실제로 해성의 목 부분 실핏줄이 부어올랐다. 프랑수아 5세가 염력으로 해성은 숨을 멎게 만든 것이다.

"컥… 저, 저한테 왜 이러시는 거예요……."

신음소리조차 제대로 내지 못하고 해성은 숨을 헐떡였다. 프랑수아 5세는 혹시라도 해성의 잠재력을 끌어낼 수 있을까 염력의 강도를 높였지만 해성은 곧 의식을 잃었다.

"흐음……."

프랑수아 5세는 실망감을 감출 수 없었다.

'그토록 놈의 각성을 기다렸건만… 겨우 이 정도라니. 재미 없어! 재미 없다고!'

옆에서 지켜보던 바할이 그의 표정이 굳는 것을 보고 조심스레 덧붙였다.

"아까 1차 심문 때, 무엇 때문인지 약간의 정신 착란 증세를 보였습니다."

"…어떤?"

"저를 보고 괴물이 어쩌구 하더군요. 어쩌면 우리에 대해서 뭔가를 알고 있는 게 아닐까요? 누군가 얘기를 해주었을 수도……."

프랑수아 5세는 꺼져가던 흥미의 불씨가 다시 확 살아나는 것을 느꼈다.

'이놈 뒤에 뭔가가 있다!'

베그너나 도로시가 아니다. 이놈의 잠재력을 끌어내고, 운명을 각성시키려고 하는 어떤 존재가 있는 것이다. 그게 아니면 평생 8구역의 노동자로 갇혀 살던 놈이 지도층에 외계인이 섞여 있다는 정보를 알고 있을 리 없다.

"바할 대장."

"네, 폐하."

"이 놈의 뒤에 누군가 있다. 우린 그놈들을 잡을 거다."

"네? 어떻게요?"

"놈을 아일랜드에 보내는 거야."

"그렇다면 녀석의 배후에 있는 사람들이 이 녀석을 구하기 위해 달려들겠군요!"

"맞아. 그러면 우린 함정을 파두고 있다가 그놈들을 붙잡기만 하면 되지."

프랑수아 5세는 자신의 계획이 꽤나 마음에 드는지 흡족한 미소를 지으며 말했다.

예상대로, 해성이 아일랜드로 유배된다는 사실은 빠르게 아리아에게 들어갔다.

"아리아 님, 우리는 이제 어떻게 해야 하죠?"

모드가 물었다.

"일단 해성 님의 트래킹 팔찌가 넘어갔을 가능성이 높아. 그럼 여기가 노출되겠지?"

"만약의 경우에 대비해둔 안전가옥이 세 곳 있습니다."

"일단 플랜 212로 간다. 그리고 아일랜드에 매수할 만한 교도관이 있는지 알아봐줘."

"그 말씀은……."

"해성 님을 아일랜드에서 구해내야 하지 않겠어?"

*

아리아의 예상대로 해성은 도착하자마자 트래킹 팔찌를 빼앗겼다. 팔찌는 피부 안쪽에 장착되어 겉으론 보이지 않았지만 AI 스캔 로봇을 속일 수는 없었던 것이다.

한편 아일랜드에 수감된 해성은 주변의 다른 재소자들에게 괴롭힘을 당하고 있었다. 처음엔 해성이 파이터 출신이라 경계했지만 해성이 싸우지 않고 피하기만 하자 무시당하는 처지가 되고 만 것이다. 그러다 보니 점점 더 많은 사람들이 해성을 괴롭히는 데 가담했고, '가짜 파이터'라는 별명까지 얻게 되었다.

그러던 어느 날, 해성의 생활에 작은 변화가 생겼다.

그날도 해성은 건장한 재소자들에게 에워싸여 궁지에 몰려 있었다. 재소자들은 해성을 괴롭히다가, 해성이 싸울 의지가 없어 보이자 주먹을 날렸다.

아니, 그러려고 했다. 하지만 그날은 다른 날과 달리 그 주먹을 뒤에서 잡는 손길이 있었다.

크루거였다.

크루거는 해성을 괴롭히는 무리들에게 다가가 팔을 꺾고, 그중 우두머리로 보이는 놈의 얼굴을 바닥에 처박은 뒤 그의 귀에 조용히 속삭여주었다.

"싸우기 싫어하는 사람을 괴롭히는 것보다 조금 더 생산적인 일을 찾아보는 게 어때?"

재소자들은 분한 표정을 지으면서도 그대로 도망쳤다. 앞이 제대로 보이지 않을 정도로 얼굴이 부어오른 해성의 모습을 본 크루거는 그에게 손을 내밀었다.

"교도관! 이 정도면 의무실은 가게 해줘야 하는 거 아냐?"

그러고는 해성이 떠나기 전에 표정 없이 말했다.

"너, 내일부터는 내 옆에 붙어 있어."

다음 날 아침, 식판을 든 해성은 크루거를 발견했다. 어제 그가 한 말이 있었기에 그는 크루거의 앞에 가서 조용히 식사를 했다. 왠지 모르겠지만 크루거의 주변에는 사람이 없어서 오랜만에 무탈하게 식사를 마칠 수 있었다.

"걱정 안 해도 돼. 나는 여기서 미친 플릭으로 불리니까 아무도 다가오지 않을 거야."

"아… 네. 감사합니다."

"감사하지도 말고. 그냥 조용히 밥만 먹어줬으면 좋겠는데."

"예… 알겠습니다."

무뚝뚝한 말투였지만, 그럼에도 불구하고 그 안에 깃들어 있는 묘한 따뜻함이 느껴졌다. 해성은 속에서 올라오는 울컥한 감정을 참으면서 영양죽을 먹었다.

"8구역 출신인가보군."

크루거는 해성의 이마에 새겨진 고유번호를 힐끔 보더니 무심하게 말했다.

"네. 맞아요."

해성은 그렇게 대답하고 크루거의 이마를 보았다. 대부분의 재소자는 이마에 번호가 있었는데 크루거의 이마는 깨끗했다.

"나는 센트럴시티에서 태어났어. 물론 시민 출신은 아니고 고아원에서 자랐지."

크루거는 해성의 생각을 눈치채고 여전히 무심한 표정으로 말했다.

"그리고 그곳을 탈출해서 거리를 헤맸지. 그러다가 플릭에 들어갔고… 지금은 보시다시피."

옛이야기를 하다 보니 갑자기 지난 일들이 생각났는지 크루거가 말이 많아졌다.

"그게 이곳 놈들이 나를 미친 플릭이라고 부르는 이유지."

"어쨌든 센트럴시티에서 이곳까지 오다니… 꽤 파란만장한 인생을 사셨군요."

크루거는 그런 해성을 재밌다는 표정으로 쳐다보았다.

"자네도 만만찮을 것 같은데… 대회에서 우승한 파이터였다면서? 이름이…….."

"해성이라고 합니다. 아저씨는요?"

"나는 크루거일세."

통성명을 하고 난 뒤 둘 사이엔 조금 어색한 침묵이 흘렀다. 크루거는 아무래도 둘 사이가 급속도로 가까워진 것에 대해 민망한 기분을 느끼고 있는 것 같았다.

"그 잘 나가던 파이터가 여긴 어쩌다가?"

침묵을 깨기 위해서 크루거가 다시 한번 입을 열었다.

"8구역의 시장을 죽였어요."

"어쩌다가?"

"괴물이었거든요."

크루거는 해성의 말을 이해할 수 없어서 다시 물었다.

"시정을 아주 못하고 끔찍하게 했거나… 뭐 그래서, 사람들이 시장을 괴물로 부르고……."

"아뇨. 그런 뜻이 아니에요. 정말 괴물로 변하는 외계인이었어요. 믿지 못하시겠지만, 그래도 상관없어요."

"그 괴물… 어떻게 생겼지?"

그 순간, 크루거가 눈을 반짝이며 해성의 말을 끊었다.

"네? 아니, 설마… 아저씨도 그 괴물을 본 건가요?"

크루거는 주변을 한번 둘러본 뒤 말을 더이상 아꼈다.

"조용히 해. 큰 소리로 말하지 말고."

갑자기 과묵해진 크루거를 보며 해성은 뭔가 심상치 않은 낌새를 느꼈다. 둘 사이에 다시 짧은 침묵이 찾아왔다.

어느 정도 시간이 지난 후, 다시 크루거가 입을 열었다.

"파이터 출신이라면… 싸움을 못하진 않을 것 같은데, 왜 얻어맞고 있는 거지?"

"그냥… 싸울 의미를 잃었어요."

"여기서는 싸움에 의미가 필요 없어. 그렇게 계속 맞으면 죽으니까 싸우는 거야."

"상관없어요. 죽는다고 해도……."

그 순간 크루거는 묵묵히 음식을 먹던 손을 내려놓았다. 그리고 한참 동안 말없이 해성의 얼굴을 빤히 쳐다보았다.

"나도 너처럼 생각했을 때가 있었어."

"……?"

"죽어도 상관없다고 생각했을 때. 사랑하는 사람을 잃고 난 뒤였지."

해성은 크루거의 눈을 바라보았다. 그 속에는 알 수 없는 슬픔이 서려 있었고, 그 복잡한 감정들은 그의 목소리에 고스란히 담긴 듯했다.

"근데 난 지금까지 살고 있어. 이곳에서 살아남기 위해 싸우고, 나를 사랑해준 다른 여자를 희생양으로 삼으면서까지 살아남아서……."

 크루거의 말에는 사람의 마음을 움직이는 어떤 힘이 담겨 있었다. 그것이 오래동안 닫혀 있던 해성의 마음의 문을 조금씩 열고 있었다.

 "너는 싸우는 의미가 없다고 말했지? 하지만 때론 살아남는 것, 그것만으로도 충분히 의미가 될 수 있어."

 해성은 크루거의 말을 묵묵히 듣고 있었다. 뭐라고 말해야 할지 모르겠지만, 그의 말이 점점 더 그 안에 쌓일수록 살아볼 용기도 함께 불어나는 것 같았다.

 식사를 마친 크루거는 벌떡 일어났다. 그리고 해성을 향해 손짓했다.

 "따라와. 같이 갈 데가 있어."

 식사를 끝낸 재소자들은 모두 한 공간에 모여 자유시간을 가졌다. 해성은 크루거와 함께 외진 곳에서 조용히 그 재소자들을 바라보고 있었다. 그때 누군가가 문을 박차고 들어왔다. 바로 크루거에게 덤볐다가 한쪽 눈을 잃은 자였다.

 그는 하나밖에 남지 않은 눈으로 한참 동안 크루거를 노려보았다.

 "잘 봐. 저 놈 눈을 내가 저렇게 만들었어. 그리고 저 놈은 그날 이후로 나를 볼 때마다 저렇게 죽일 듯이 노려봐."

"……."

"놈은 언젠가 나에게 복수하는 그 날을 꿈꾸겠지. 그게 저 놈에겐 삶의 의미이고, 싸워야 하는 이유가 된 거야."

크루거는 해성을 바라보며 말했다.

"내가 여기서 배운 건 그거다. 삶의 의미가 꼭 가족이나 사랑 같은 것일 필요는 없어. 싸워야 하는 이유도 대단하지 않아도 돼. 그냥 네 눈앞에 있는 뭔가를 붙잡아. 그러면 그게 네 삶의 이유도 되고, 싸워야 하는 이유도 될 거야."

그렇게 말하고는 손가락으로 집게를 만들어 입가에 가져갔다.

"나는 마지막 담배 한 개비를 더 피우기 위해 살고 있어. 너도 그런 걸 만들어봐."

해성은 자신의 과거를 떠올렸다. 그는 사랑했던 모든 가족을 잃었다. 파이터로서의 꿈도 무너졌다. 이웃들도 괴물이 되어 죽었다.

'그럼 나는 뭘 붙잡아야 하는 거지?'

문득 헤나가 보고 싶었다. 또 아리아도 보고 싶었다. 어린 시절부터 사랑했던 소녀, 그리고 자신을 찾아주고 믿어준 사람. 괴물일지도 모르지만, 적어도 자신을 위해주는 사람들.

생각해보면 해성에겐 아직도 자신을 아껴주는 많은 사

람들이 있었다.

그리고 그 순간 해성의 마음속에 처음으로, 이곳을 나가 그들을 만나고 싶다는 생각이 싹트기 시작했다.

7.
탈주

 아일랜드에 새로운 수송선이 도착했다. 그 수송선 안에는 새롭게 이송된 범죄자들이 타고 있었다. 그리고 또 한 명, 범죄자들과는 상관없는 인물이 하나 더 있었다.
 타케시였다.
 그는 수송선에서 내려서 미리 약속한 교도관에게 다가갔다. 교도관은 그를 CCTV가 없는 사각지대로 데려갔다. 타케시는 그에게 코인이 담긴 디지털칩을 건네주었다. 코인이 전송되는 것을 확인한 교도관은 고개를 끄덕이고 뒷문을 통해 타케시를 세탁실로 데려갔다. 교도관은 그렇게 자리를 비웠고, 자신의 동료 중 하나가 그 틈을 이용해 죄수로 위장한 또다른 무리에게 스캔에 걸리지 않는 옛 지구인들의 무기를 건네주는 것을 전혀 모르고 있었다.

대신 그는 수갑을 채운 크루거를 데리고 잠시 후 세탁실에 나타났다. 그리고 타케시와 크루거가 CCTV가 없는 사각지대에서 이야기를 나눌 수 있도록 해주었다.

"딱 10분이야. 그 이상은 안 돼."

교도관은 그 말을 남기고 자리를 비웠다. 세탁실 안에는 타케시와 크루거 둘만 남았다.

"꼴이 말이 아니로군."

"누가 나를 체포한 덕분이지. 여기는 왜 왔어?"

"진실을 알고 싶어서."

타케시의 말이 의외였는지 크루거는 잠깐 놀라는 표정을 보였다.

"난 솔직히 자네가 재판도 없이 이곳에 수용될 거라곤 생각도 못했어. 바할이 자네를 이곳에 보낸 이유가 뭔지 계속 고민했거든. 그러다가… 그걸 봤어."

"……!"

"그 괴물에 대해서 너도 알고 있지?"

크루거는 잠시 말이 없었다.

"혹시 담배 한 대 있을까?"

타케시는 품에서 담배를 꺼냈다. 이유는 모르지만 크루거를 만나러 올 때 담배를 챙겨야겠다고 생각했던 것이다.

"맞아. 나도 그 괴물을 본 적이 있어. 또 싸워도 봤지."

크루거는 허공에 담배 연기를 내뿜으며 말했다.

"아주 강한 힘을 가지고 있어. 인간이라고는 볼 수 없었지… 하지만 그것들의 정체는 나도 아직 모르네."

하지만 타케시는 그 대답만으로도 충분한 것 같았다.

"나도 알고 싶어. 그것들의 정체를… 또 그들이 숨기고 있는 진실이 무엇인지도. 하지만 보다시피, 난 이곳에서 생을 마감해야 하고, 그걸 알아낼 수 있는 방법은 없지."

"만약 이곳을 나갈 수 있다면?"

"…그게 무슨 소린가?"

타케시는 이번엔 주머니에서 디지털키를 꺼냈다.

"아까 코인을 넘겨주면서 잠깐 슬쩍 했네."

그러고는 크루거가 차고 있는 메탈 수갑을 풀기 시작했다.

"이게 무슨 짓이야?"

크루거는 진심으로 당황했다. 하지만 타케시는 거기에서 멈추지 않았다.

"이것도 받아."

타케시는 또다른 선물을 크루거에게 던졌다. 그것은 다름 아닌 크루거의 나노 아머였다.

"그것만 있으면 여기서 빠져나가기 어렵지 않을 거야."

"이게 무슨 짓이냐고! 여기를 지키는 교도관이 몇 명인지나 알아? 나노 아머를 써서 여길 쑥대밭을 만든다고 한들, 어떻게 여길 빠져나가겠어?"

"그래 불가능하지."

흥분한 크루거를 향해 타케시는 마치 약을 올리듯 그렇게 말했다.

"너 혼자만 탈옥한다면."

"……?"

"플릭의 정보망에 따르면 오늘 여기서 폭동이 일어난다. 너 말고도 여기서 나가야 하는 사람이 더 있는 것 같아."

타케시는 바할에게 보고되는 보고서를 통해 이곳에서 무슨 일이 벌어질지 이미 알고 있었다. 그래서 크루거를 만나기 위해 일부러 오늘을 택했던 것이다.

아니나 다를까. 잠시 후 비상벨이 울리며 세탁실 안에 연막탄이 터졌다.

"준비해."

타케시는 건네준 나노 아머를 장착하라고 크루거에게 손짓하며 그렇게 말했다.

죄수로 위장해 침투하는 데 성공한 아리아의 부하들은 연막탄을 던지며 감옥을 장악하기 시작했다. 미리 매수한 교도관은 재소자들의 방문을 모두 열었고, 재소자들은 소리를 지르며 뛰어나왔다.

모든 것은 아리아의 계획이었다.

재소자들이 날뛰는 틈을 타 아리아의 부하들은 일사분란하게 움직여 해성을 찾았다. 그들은 방문이 열리자 상황을 파악하지 못하고 어리둥절해 하는 해성을 발견했고, 재빨리 다가가 그의 신병을 확보했다.

"해성 님! 아리아 님께서 보내서 왔습니다!"

"아리아 님이요?"

"네, 저희를 따라 오시면 됩니다."

아리아의 부하들은 해성을 데리고 연기 속을 뚫으며 전진했다.

*

한편 우주에서는 투명 보호막을 작동시킨 A(RIA)-Ⅱ 전함 세 대가 달 표면을 향해 날아가고 있었다. 하지만 이미 정보를 확보하고 있던 우주 경찰들은 특수 레이더를 통해 투명 보호막을 무력화하고 전함의 존재를 파악했다.

두 번째 달에 있는 우주 경찰 정거장에서 전투기인 갤럭시 파이터들이 출격을 시작했다.

"레이더 망에 발각되었습니다, 아리아 님!"

전함을 조종 중인 항해사가 급박하게 말했다.

"공격 대비해!"

아리아의 전함은 보호막을 해제하고 본격적인 공격태세로 전환했다. 그들은 달에 배치된 레이저 포의 공격을 피해가며 은하 전투기를 하나씩 파괴하기 시작했다. 그러면서 달 표면에 근접한 첫 번째 전함에서는 아리아를 비롯한 수행원들이 하강을 준비하고 있었다.

하강 전, 아리아는 작은 병에 담긴 푸른 액체를 마셨다.

"선발대 하강 시작!"

아리아의 명령과 함께 기체 하단의 해치가 열렸다. 우주 전투복을 입은 아리아와 수십 명의 수행원들이 모두 달 표면으로 뛰어내린 뒤, 아일랜드의 방어체계를 공격하기 시작했다. 이윽고 두 번째 전함에서 후발대가 내려왔고, 달에서는 아리아가 이끄는 부대와 아일랜드 쪽 방어체계의 지상전이 벌어졌다.

한편 모드는 아리아를 대신해 우주전의 사령관 역할을 하고 있었다. 그녀는 세 대의 전함을 지휘해 갤럭시 파이터와 잘 맞서고 있었으나, 우주 경찰의 집요한 공격에 만만치 않은 피해를 입기도 했다.

"실드 30% 상실! 반복합니다, 실드 30% 상실!"

외벽에 레이저 공격을 맞았음을 알리는 경고 메시지가 전 함대에 울려퍼졌다. 모드는 공격당한 전함에 후퇴를 명령했고, A(RIA)-Ⅱ 전함은 서둘러 달에서 멀어졌다.

전함은 후퇴했지만 아리아는 계속해서 전진했다. 그녀는 빛의 검을 소환해 자신을 포격하는 레이저 포를 베어버리며 수용소로 전진하고 있었다.

"기다려요, 해성!"

그녀는 미칠 듯한 속력으로 해성을 향해 달려가고 있었다. 그런 그녀의 마음속엔 어서 해성을 다시 보고 싶다는 여자로서의 바람도 함께 있었다. 그녀는 그런 자신의 마음을 잘 알고 있었고, 부정하지 않았다.

수용소 안은 난장판이었다. 교도관들은 로봇 기동대로 냉혹하게 레이저 빔을 쏘며 폭동을 일으킨 재소자들을 제압하고 있었다.

아리아의 수행원들과 함께 그들 옆을 지나 도망치던 해성이 발걸음을 멈췄다.

"해성 님! 시간이 없습니다!"

하지만 해성은 재소자들만 남겨두고 떠날 수 없었다. 그는 레이저 빔을 맞고 죽어가는 재소자에게 달려갔고, 그러자 당황한 아리아의 부하들도 그 뒤를 따라갈 수밖에 없었다.

해성이 기프트의 힘을 끌어올려 거대한 실드를 만들자

기동대의 레이저 빔은 빛의 실드에 중화되었고, 꼼짝없이 통구이 신세가 될 뻔했던 재소자들은 어리둥절한 채 해성을 멀뚱히 보고만 있었다. 그들 대부분은 해성을 가짜 파이터라고 비난하던 사람들이었다.

레이저 공격이 조금 잦아들자 해성은 넓게 전개했던 실드를 접으면서 그 에너지를 주먹에 집중시켰다. 그리고 기동대의 중심부로 달려들어 주먹을 날렸다. 기동대의 로봇들은 해성의 공격 앞에 고철로 변해버렸다.

재소자들은 눈앞에서 로봇들을 물리치는 해성을 보며 탄성을 질렀다. 그리고 그것을 지켜보는 사람들 중엔 타케시와 크루거도 있었다.

해성은 공격을 멈추지 않았다. 해성이 마지막 기동대를 파괴하는 순간 재소자들은 모두 그의 힘에 열광하며 해성의 이름을 외쳐댔다.

하지만 작은 승리에 취해 방심한 탓일까. 아직 작동을 완전히 멈추지 않은 기동대 로봇 한 대가 레이저 빔을 발사했다. 앞에 있던 재소자들이 두 동강 나면서 피를 흘리며 쓰러졌다. 이번엔 크루거와 타케시가 나섰다. 그들은 나노 아머를 활용하여 기동대 로봇들을 박살냈다.

자신의 할 일을 마친 크루거는 해성에게 다가갔다.

"다시 싸우기로 한 건가?"

해성은 말없이 고개를 끄덕였다. 그리고 크루거의 옆에 있는 타케시에게 경계의 눈빛을 보였다. 타케시는 해성을 체포한 인물이니 그런 반응을 보이는 것도 무리는 아니었다.

"긴장 풀어. 이 녀석도 지금은 우리 편이니까."

크루거가 그렇게 말했지만 해성은 타케시를 믿을 수 없었다. 계속 경계를 풀지 않고 있는데, 연기 속에서 교도소장과 교도관들이 나타났다.

"이런 소란을 피우다니… 이거 곤란해졌는걸."

하지만 소장의 얼굴에는 당황한 빛은 전혀 없었고 오히려 여유로운 미소까지 띠고 있었다.

"제대로 본때를 보여주지 않으면 큰일 나겠어."

그렇게 말하고 소장과 교도관들은 변신을 시작했다. 그들도 괴물로 변할 수 있었던 것이다.

"뭐야! 저것들은!"

재소자들은 처음 보는 괴물의 모습에 겁을 집어먹었다. 하지만 그들이 당황할 틈도 주지 않고 괴물들은 재소자들을 사냥했다. 아리아의 부하들이 괴물들을 향해 총을 쏘아댔고, 해성도 기프트를 끌어올려 그들과 맞섰다.

크루거와 타케시도 나노 아머에서 레이저 빔을 발사하자 빔에 맞은 괴물 하나가 그들을 향해 빠르게 달려왔다. 괴물이 휘두른 주먹에 벽이 박살 났다. 공격을 피한 크루거는 다시 나노 아머에서 레이저를 쏘아 그의 얼굴에 명중시켰다.

레어저를 맞은 괴물의 눈에선 검은 피가 흘러나왔고, 놈은 크루거를 공격했다. 그러자 이번엔 타케시가 레이저 에너지를 모아 괴물에게 발사했다. 엄청난 폭발음과 함께 괴물은 벽을 뚫고 날아갔다.

해성은 교도소장을 상대하고 있었다. 그는 다른 교도관들에 비해 훨씬 강력했다. 해성은 기프트의 힘을 모아 일격을 날렸지만, 소장은 검은 에너지를 전개해서 가볍게 그의 공격을 막아내더니 재밌다는 표정을 지었다.

"역시 대단한 혈통이야! 소문이 사실이군. 싸울 맛이 나는데, 그래!"

소장은 자신만만한 표정으로 해성을 향해 검은 에너지를 날렸다. 해성은 재빠른 동작으로 공격을 피하긴 했지만, 소장의 빠르고 날카로운 동작에 제법 고전하고 있었다.

'맞아! 눈에 의존하지 말라고 했지!'

해성은 과거 경기에서 아리아가 해주었던 충고를 기억했다. 소장의 빠른 공격을 눈으로 따라잡으려고 하면 여지 없이 동작이 늦어지기 때문에 이번엔 눈이 아닌 에너지를 느껴보려고 했다. 눈을 감고 소장의 에너지를 느끼는 순간, 에너지의 흐름을 따라 소장의 공격 패턴이 머릿속에 그려졌다.

　해성은 소장의 공격을 피하며 기프트를 집중한 주먹을 소장의 배에 박아 넣었다. 해성의 주먹을 맞은 소장은 철창문을 부수면서 나가떨어졌다.

　그러나 소장은 검은 에너지를 모아 다시 해성에게 돌진했다. 해성의 몸을 붙잡고, 그를 잡아먹기 위해 입을 벌렸다. 하지만 해성도 그대로 당하고 있지는 않았다. 오히려 그때를 노려 기프트를 조정하며 어퍼컷을 날렸다. 무방비 상태였던 소장은 천장까지 날아가서 다시 바닥으로 떨어졌다.

　해성과 크루거, 타케시는 나름 괴물과 대등하게 싸우거나 이기고 있었다. 하지만 아리아의 부하들은 괴물 앞에 추풍낙엽처럼 쓰러지고 말았다. 타케시와 크루거도 그들을 도왔지만, 그럼에도 불구하고 마지막 남은 괴물은 쉽게 해치울 수 없었다.

　타케시는 마지막 괴물을 향해 레이저 공격을 퍼부었으나 괴물은 재생 능력을 이용해 금세 회복했다.

　바로 그 순간, 괴물의 뒤에서 눈부시도록 밝은 빛의 검이 나타나 괴물의 몸을 반으로 갈랐다.

　마침내 아리아가 전투 현장에 도착한 것이다.

　"아아아아악!"

괴물이 끔찍한 비명을 질렀다. 괴물은 몸이 반으로 갈라진 상태에서도 버티며 아리아를 쳐냈고, 아리아는 괴물에게 맞아서 날아가 떨어졌지만 생각보다 충격은 크지 않았다. 아리아는 다시 가볍게 일어서서 괴물과 맞섰다.

다시 공격 채비를 갖춘 타케시와 크루거 역시 레이저 건의 모든 파워를 모아 비틀거리는 괴물에게 발사했다. 강력한 레이저 공격을 받은 괴물의 신체는 급격히 녹아내리기 시작했다. 여기에 아리아가 빛의 검으로 최후의 일격을 날렸다.

레이저 건과 아리아의 빛 에너지를 합쳐 괴물을 날려버렸지만 동시에 거대한 충격파가 수용소 공간을 강타하면서 천장이 부서졌다. 수용소에 거대한 구멍이 생기자 중력이 사라지고 그 빈 공간으로 공기가 빠져나가기 시작했다.

해성과 소장 역시 모든 에너지를 걸고 사투를 벌이고 있었다. 해성이 기프트를 집중한 주먹을 날리자 소장 역시 검은 에너지를 자신의 주먹에 모아 맞섰다. 두 개의 주먹이 한곳에서 맞부딪쳤고, 그것은 거대한 에너지 폭발로 이어졌다. 주위의 건물들이 모두 날아갈 정도로 큰 폭발이었다.

이미 천장이 부숴져 중력이 약해진 상황에서 이 폭발은 치명적이었다. 사람들은 모두 우주로 튕겨 나가기 시작했고, 크루거와 타케시는 바닥에 꽂힌 철근을 붙잡고 어떻게든 버텼다. 충격파에 직접적인 영향을 받은 해성은 정신을 잃고 공중에 떠다녔고, 소장은 손상을 입은 신체부위가 재생되지 않은 채 소멸하고 있었다.

"안 돼! 이, 이렇게 끝나면······."

비명을 지르며 안타까워하는 소장을 아리아가 빛의 에너지로 공격하자 그는 우주 공간에서 완전히 소멸했다.

이후 아리아는 의식을 잃고 우주 공간으로 날아다니는 해성을 붙잡아 비상구조복을 해성에게 장착했다. 아리아의 따뜻한 몸을 느낀 해성이 조용히 눈을 뜨자, 그녀는 말없이 자신의 산소마스크를 그에게 나눠주었다. 넓고 어두운 우주 공간에서 유일하게 빛나고 있는 두 사람의 눈빛이 서로 마주치며 그들은 서로의 감정을 느끼고 있었다.

"얼른 전함으로!"

상황은 두 사람에게 싹튼 감정을 여유롭게 느끼게 해주지 않았다. 가만히 있으면 모두가 넓은 우주 공간으로 빨려 들어갈 판이었다.

"저들도 함께 가야 해요!"

함께 전함으로 향하는 도중 크루거와 타케시를 발견한 해성이 아리아에게 소리쳤다. 아리아는 잠시 고민했지만 이내 해성의 뜻에 따르기로 했다. 살아남은 자들은 모두 전함으로 향해 무사히 탑승했다. 그렇게 폐허가 된 아일랜드 수용소를 뒤로 하고 전함은 다시 우주로 날아올랐다. 아리아와 남은 두 대의 전함 덕분에 도망치는 그들을 요격할 레이저 주포들은 모두 파괴된 후였다.

전함이 이륙하고 안전을 확인하고 난 뒤, 누가 먼저라고 할 것도 없이 해성과 아리아는 서로를 바라보았다. 그동안 쌓였던 오해, 해성이 아리아를 떠나며 던졌던 아픈 말들이 두 사람의 타는 듯한 눈빛 속에서 먼지처럼 바스러졌다.

"미안해요. 그렇게 떠나버려서……."

해성이 겨우 사과의 말을 꺼냈다. 말을 마치기도 전에 아리아가 해성의 품에 안겼다.

"괜찮아요. 내가 설명하는 방법이 너무 서툴렀어요. 처음부터 하나하나… 당신이 이해할 수 있게 설명할게요. 하지만, 하지만 그전에……."

아리아는 더 말을 잇지 못하고 해성에게 입을 맞췄다. 두 사람의 입술이 뜨겁게 엉겼다.

바닥에 앉은 크루거와 타케시는 그 모습을 바라보며 시덥잖은 농담을 했다.

"이 전함은 탑승객에 대한 환영 인사가 아주 성대한데."

"그러게. 내가 다음 차례지? 줄은 어디로 서야 하나?"

크루거의 농담에 타케시는 피식 웃었다. 그동안 있었던 안 좋은 기억은 저 멀리 날아가버린 것 같았다.

*

하지만 평화로운 순간은 오래 가지 않았다. 제3지구 대기권에 거의 다가갔을 무렵, 그들의 전함보다 두 배 정도는 커 보이는 배틀 크루저가 그들의 앞을 가로막은 것이다. 해성의 배후를 추적하고 있던 바할이 준비해놓은 덫이었다.

"적함이 플라스마 캐논을 장전합니다!"

조종사가 다급한 목소리로 외쳤다.

"실드를 최대로 끌어올리고 사막지대로 항로를 바꿔!"

아리아는 해성의 품에서 벗어나 재빨리 브릿지의 중앙에 서서 전함을 지휘하기 시작했다.

그녀는 실드를 끌어올리고 전속력으로 방향을 틀어 날아갔다.

"전속력으로!"

아리아가 다시 한번 외치자 조종사는 속도를 최대로 올렸다.

하지만 추격하는 배틀 크루저도 만만치 않았다. 적함이 플라스마 캐논을 발사하자 아리아의 전함에 명중했고, 순간 큰 충격을 받았다.

"실드 90% 상실! 경고! 실드 90% 상실!"

조종사의 목소리가 브릿지에 울려퍼졌다. 배틀 크루저는 공격을 늦추지 않았다. 아리아가 탄 전함은 그나마 상태가 괜찮은 편이었다. 뒤를 따라오던 모드의 전함은 플라스마 캐논의 공격을 정통으로 맞았고, 실드가 완전히 파괴돼 엔진에도 손상을 입었다.

"모드! 괜찮아?"

전함이 공격당하는 것을 본 아리아가 무전으로 모드를 불렀다.

"엔진에 치명적인 손상을 입었습니다. 회복이 불가능할 것 같습니다."

"우리가 우회해서 모드의 전함을 엄호한다!"

아리아가 항해사에게 명령했지만 돌아온 대답은 절망적이었다.

"불가능합니다. 우리도 이미 실드의 90%를 잃었습니다. 무리해서 우회하다가 공격을 당하면 우리가 먼저 침몰할 겁니다!"

이 상황은 무전을 통해 모드에게도 전해졌다. 이대로라

면 아리아와 모드의 함선은 모두 격추당하고 말 것이다. 모드는 자신이 중요한 결심을 해야 할 때가 왔음을 알았다.

"모든 에너지를 끌어올려 적진으로 돌진한다."

모드가 조용히 명령을 내렸다. 그리고 무전을 통해 아리아에게 마지막 말을 전했다.

"아리아 님!"

"모드… 뭐 하는 거야! 안 돼! 안 된다고!"

무전을 통해 아리아의 안타까운 목소리가 전해졌다. 하지만 모드는 수신기를 끄고 송신기만을 작동시켰다. 아리아의 말을 듣지 않을 결심이었다.

"그동안 함께해서 행복했습니다. 저는 먼저 가서 아리아 님의 어머님과 함께 있겠습니다. 어머님의 못 다한 꿈, 꼭 이뤄주세요. 기다리고 있을게요."

그게 마지막이었다. 그리고 모드의 전함은 통신을 끊었다.

날아오는 플라스마를 돌파하며 방향을 튼 전함은 레이저 포에 모든 동력을 집중시킨 채 배틀 크루저를 향해 돌진했다. 둘이 충돌하기 직전, 아리아는 레이저 포를 발사했다. 레이저가 배틀 크루저의 외벽에 균열을 만들었고, 그 균열을 전함이 들이받으며 치명적인 피해를 입혔다.

모드의 전함이 폭발하며 배틀 크루저도 함께 추락했다.

8.
사막의 사투

모드의 전함이 배틀 크루저와 충돌하면서 생긴 폭발은 아리아가 타고 있는 함선에도 영향을 미쳤다. 그 폭발의 여파로 인해 실드가 파괴된 아리아의 전함 역시 사막에 불시착해야 했던 것이다.

그러나 다행히 외벽은 멀쩡했고, 사막의 모래도 충격을 흡수해 탑승자들은 큰 부상을 입지 않았다. 전함에서 내린 일행은 수평선 너머로 추락하는 거대한 배틀 크루저를 보며 모드의 명복을 빌었다.

아리아는 어릴 때부터 함께 했던 모드를 잃은 슬픔에 빠져 있었다. 해성도 아리아의 마음을 아는지 그녀의 어깨를 조용히 감싸주었다. 하지만 사막에 불시착한 그들에겐 오랜 시간 슬픔에 빠져 있는 것조차 사치에 불과했다.

조종사들은 전함에서 플라잉 모빌인 PT-1을 여러 대 꺼내왔다. 해성을 비롯해 많은 사람들이 나눠서 탑승하고 있었는데, 크루거와 타케시는 탈 생각이 없어 보였다.

"함께 가지 않으실 거예요?"

해성이 크루거에게 묻자, 크루거는 고개를 끄덕였다.

"여기까지 구해준 것도 고맙네. 하지만 우린 따로 행동하기로 했어."

"어디로 가시려고요?"

끝도 없이 펼쳐진 사막을 바라보며 해성이 걱정스러운 듯 물었다.

"몰라. 뜻이 있다면 어딘가 길이 열리겠지."

"그건… 너무 무모한데요."

"글쎄. 두고 보자고. 그럼 또 만나."

크루거는 해성과 악수를 하고 타케시와 함께 사막을 걷기 시작했다. 해성은 그런 크루거를 한참 동안 바라보았다.

남은 사람들은 모두 10대의 PT-1에 나눠탔다. 시동을 걸자 크리스털 에너지가 기체를 공중으로 부양시켜 저공으로 사막을 비행하기 시작했다. 그들은 센트럴시티를 향했다.

얼마나 달렸을까. 사막을 질주하던 그들 앞에 모래바람

을 휘날리는 검은색 비행체가 나타나 앞을 가로막았다.

아리아와 해성을 태운 PT-1의 조종사는 방향을 틀어 비행체를 피해가려 했다. 그러자 비행체는 장착된 크리스털 레이저 포를 이용해 플라잉 모빌들을 공격하기 시작했다. 날아가던 모빌들이 연기를 내며 추락했다.

모빌들이 모두 추락하자 검은색 비행체도 사막 위에 착륙했다. 그리고 기체에서 바할과 플릭 요원들이 내려와 플라잉 모빌의 주변을 포위했다.

"잠시 검문이 있으니 모두 하차해주세요."

해성과 아리아가 문을 열고 밖으로 나갔고, 그러자 아리아의 수행원들도 모두 함께 하차해 플릭 요원들과 대치했다.

"양손 머리 위로 올리고 무릎 꿇어!"

아리아의 수행원들이 모두 무기를 내려놓았다. 메탈 수갑을 든 플릭 요원들이 항복한 이들을 체포하러 다가갔다. 그때 해성은 아리아와 시선을 교차했다. 아리아는 텔레파시로 해성에게 자신의 생각을 전달했다. 자신의 부하들에게도 손가락으로 신호를 보냈다.

플릭 요원들이 수갑을 채우려고 다가왔을 때, 그들은 마치 약속이라도 한 듯 동시에 움직여 요원들을 제압했다. 아리아의 수행원들은 재빨리 다시 무기를 들고 플릭 요원들의 레이저에 맞서 싸웠다.

당황한 폴릭 요원들은 비행체에 장착된 레이저 포를 발사하며 수행원들을 무차별적으로 사살하기 시작했다. 그러자 해성이 기프트를 끌어올려 거대한 실드를 만들었고, 날아오는 강력한 레이저들이 모두 중화되어 사라졌다.

"내가 나서야겠군!"

해성이 자신의 잠재력을 끌어올리는 것을 본 바할은 그가 만만치 않은 상대로 성장했음을 깨달았다. 바할은 거대한 몸집의 늑대를 닮은 괴물로 변신하고 날카로운 이빨을 드러내며 해성에게 달려왔다. 하지만 그보다 먼저 아리아가 빛의 검을 소환해서 달려오는 바할의 배 아래를 갈랐다.

"빛의 기사?"

바할의 상처는 빠르게 아물었지만 뜻밖의 일격에 당황한 것 같았다. 바할은 이번엔 검은 에너지를 모아 늑대의 얼굴을 작은 덩어리로 만들어 아리아에게 날렸다. 아리아는 거대한 빛의 에너지로 그 에너지 덩어리들을 소멸시켜 버렸다.

아리아는 공격을 계속했다. 빛의 검으로 바할의 팔을 잘라낸 후 그 부분을 집중 공격했다. 하지만 바할의 잘려나간 팔은 순식간에 재생되었다. 성급하게 달려드는 아리아의 공격을 가볍게 피한 바할은 재생된 팔로 아리아의 머리를 가격하고 커다란 발로 아리아를 짓밟았다.

"아악!"

여전히 실드에 힘을 쏟고 있던 해성은 아리아의 비명을 듣고 그제서야 그쪽으로 시선을 돌렸다. 바할은 아리아의 등을 다시 한번 짓밟았다. 뼈가 부서지는 소리와 함께 아리아는 콜록이며 피를 토했다. 아리아의 부하들이 바할에게 레이저를 쏘았지만 별 효과는 없었다.

그때 갑자기 사막의 모래가 갈라지며 거대한 아구라가 튀어나왔다. 비행체 안에 있던 요원들이 아구라를 공격했지만 소용없었다. 크게 입을 벌린 아구라는 비행체와 함께 반경에 있던 플릭과 아리아의 부하들, 바할까지 집어삼켰다.

배를 채운 아구라는 다시 모래 속으로 들어갔다. 그러면서 생긴 모래 절벽에 아리아의 부하들이 함께 추락했다. 아리아 역시 사구 속으로 빨려 들어갈 뻔했지만 해성이 달려와 필사적으로 그녀의 손을 잡았다.

그렇게 아리아를 건져내는 것까진 성공했지만, 아구라가 또 한번 사막 위로 올라와 사람들에게 달려들자 해성은 무력함을 느낄 수밖에 없었다. 아리아는 이미 바할과 싸우면서 자신의 힘을 다 소진해 움직일 수가 없었고, 해성 혼자 상대하기에 아구라는 너무나 크고 강했다.

'정말… 나에게 감춰진 힘이 있다면… 지금 필요해!'

해성이 속으로 그렇게 중얼거렸다. 그리고 그 순간, 해성은 자신이 사막이 아닌 암흑으로 가득 찬 공간에 서 있다는 것을 깨달았다. 그리고 그 앞에는 또다시 검은 불에 휩싸인 자가 서 있었다.

"내가 증명해주마. 너에게 감춰진 힘이 무엇인지……."

그의 목소리에 또 한번 해성은 저절로 무릎을 꿇었고, 검은 불에 휩싸인 자는 그의 얼굴에 손을 올렸다. 다시 한번 해성의 몸이 검은 불길로 타오르기 시작했다.

"아악!"

거대한 기합소리와 함께 해성은 자신의 몸속에 있는 뜨거운 기운이 솟아오르는 것을 느꼈다. 실제로 해성의 몸은 검은 불꽃과 오라로 환하게 빛나고 있었다. 아구라가 입을 벌리고 달려들자, 해성은 사막을 박차고 올라 아구라의 턱을 향해 일격을 날렸다. 아구라의 얼굴이 불에 타며 거대한 구멍이 뚫리고 그 불길은 아구라의 몸 전체로 번졌다.

날카로운 손톱이 쇠를 긁는 것 같은 끔찍한 비명이 사막을 가득 채웠다. 그리고 곧, 거대한 아구라가 모래 위로 쓰러졌다.

아리아의 부하들은 쓰러진 아구라를 보며 환호성을 외쳤다. 절반은 아구라를 물리친 것에 대한 기쁨이었고, 절반은 해성의 놀라운 능력에 대한 감탄이었다.

하지만 해성은 아직 완성되지 않은 자신의 능력을 소진해버린 대가로 다시 의식을 잃고 쓰러질 수밖에 없었다.

다행히 얼마 지나지 않아 아리아의 긴급 호출을 받고 출동한 지원군이 A(RIA)-I 전함을 타고 도착했다. 아리아의 수행원들은 지쳐 쓰러진 해성과 아리아를 데리고 전함에 올라탔고, 모두를 태운 전함은 집으로 돌아가는 길에 올랐다.

*

얼마나 지났을까. 그들이 떠난 사막 위, 죽어 있는 아구라의 시체 안에서 움직임이 느껴졌다. 시체 위로 검은 에너지가 모여들더니, 아구라의 뱃가죽이 찢기고 소화액에 뒤덮인 손이 몸통을 뚫고 나왔다. 그리고 그렇게 벌어진 틈 사이로 늑대의 형상을 한 바할이 천천히 몸을 내밀었다. 그의 얼굴은 아구라의 위 속에서 소화되어 반쯤 녹아 있었지만, 밖으로 완전히 빠져나오자 녹아내린 신체들은 다시 재생되기 시작했다.

마침내 원래의 모습을 회복한 바할은 천천히 어두운 사막 속을 비틀거리며 걸어갔다.

9.
괴물은 되지 않도록

해성은 어디선가 들려오는 물소리에 눈을 떴다. 낯선 공간이었지만 느껴지는 분위기는 왠지 모르게 익숙했다.

의도하지 않았는데 마치 무언가에 이끌리듯 해성의 발걸음은 물소리가 나는 방향을 향했다. 그곳은 욕실이었다. 커다란 욕조 안에는 옷을 모두 벗은 아리아가 들어가 있었고, 시녀 두 명이 병에 든 치료제를 욕조 안에 붓는 중이었다. 따뜻한 물에 치료제가 섞이자 물이 가벼운 기포를 내면서 상처 입은 아리아의 몸을 치유해주었다.

하인들은 욕실 앞에 있는 해성을 보고 문을 닫으려 했다.

"괜찮아요, 문은 닫지 않아도 돼요. 그리고 우리 둘이 있을 수 있게 나가줄래요?"

아리아의 말을 들은 하인들이 모두 밖으로 나갔다. 아리아는 해성을 바라보며 말했다.

"들어와서… 같이 있을래요? 해성 씨."

해성이 아리아를 향해 다가갔다. 그러자 투명한 물속으로 실오라기 하나 걸치지 않은 아리아의 새하얀 피부가 눈에 들어왔다.

"해성 씨도… 들어와요. 많이 다쳤으니까 같이 치료받아요."

아리아의 손짓을 따라 물이 찰랑거리는 소리를 냈다. 해성도 옷을 벗고 욕조 안으로 들어오자 아리아가 해성의 단단한 가슴을 쓰다듬었다. 해성도 아리아의 예쁜 어깨에 손을 올렸다. 물속의 치유제는 여전히 작은 기포를 내면서 두 사람의 피부 속으로 스며들고 있었고, 상처는 치료되면서 두 사람의 몸에 따뜻한 열을 발생시켰다. 서로를 만지는 손의 감정을 따라 그 따뜻함이 전해졌다.

천천히 두 사람의 입술이 포개졌다. 아리아의 어깨를 잡고 있던 해성의 손이 더 안쪽으로 움직였다. 아리아는 해성의 손길에 자신을 맡기고 더 간절하게 해성의 입술을 탐하고 있었다.

"사랑해요……."

뜨겁게 달아오른 아리아가 가쁜 호흡으로 해성의 귓가에 속삭였다.

다음 날 아침, 해성과 아리아는 같은 침대에서 눈을 떴다. 해성은 따스한 아침 햇살을 맞으며 누워 있는 아리아의 모습을 바라보다 자기도 모르게 그녀의 머리결을 어루만졌다.

잠에서 덜 깬 아리아가 해성의 손길을 느끼고 약한 신음을 토했다. 해성은 그런 아리아를 귀엽다는 듯 바라보다가 천천히 그녀의 목을 애무했다. 아리아도 해성에게 입맞춤했다.

해성이 현재 머물고 있는 곳은 아리아가 마련한, 센트럴 시티 외곽의 안전가옥이었다. 전체적인 구조나 인테리어는 전에 머물던 아리아 가문의 저택과 비슷했다. 아침 식사를 마친 둘은 서재로 자리를 옮겼다.

"내가 말 못한 진실을 다 얘기해주겠다고 했죠?"

아리아는 그렇게 말하고는 서재의 홀로그램 영상 장치를 작동시켜, 그녀의 고향 페르다 왕국에 대한 자료를 보여줬다.

"아름답죠? 저도 가본 적은 없어요. 예전의 지구와 비슷하게 60%의 바다와 40%의 육지로 이루어진 행성이래요. 여기에 있는 자료들은 모두 돌아가신 어머니가 저에게 물려준 거죠."

해성은 자료를 보며 감탄했다. 사막지대만 봐온 해성에게 넓은 바다와 울창한 숲으로 이루어진 페르다 왕국의 모습은 큰 충격이 아닐 수 없었다.

"어머님은 어떻게 돌아가셨나요?"

"지병이 있으셨어요. 레볼트 전쟁이 끝나고 10년 뒤, 제가 14살 때 돌아가셨죠."

아리아의 얼굴에 잠시 슬픈 표정이 스치고 지나갔다.

"전에 말씀드렸죠? 황제가 식민지 행성을 찾기 위해 군대를 만들어 전 우주로 보냈다고. 그들 대부분은 왕국의 미래를 위해 헌신을 약속한 충성스러운 사람들이었어요."

"대부분이란 말은, 그렇지 않은 사람들도 있었다는 뜻이군요?"

해성의 말에 아리아는 고개를 끄덕였다.

"네. 바로 이곳, 그러니까 제3지구로 불리는 행성으로 향했던 페르다인들은 황제의 눈밖에 난 망명자들이었어요. 숙청되어야 할 운명이었죠."

그리고 아리아가 보여주는 영상 속에 케이라는 인물이 등장했다.

"케이라는 인물은 그중에서도 나름 자신의 세력을 갖고 있는 군인이었다고 해요. 그는 이곳에 도착해선 자신의 추종 세력을 집결해 힘을 모으고 다른 꿈을 꾸기 시작했어요."

"어떤 꿈이요?"

"이 행성을 지배하겠다는 꿈이죠."

홀로그램 화면에는 어느새 케이가 사라지고 이마에 다이아몬드가 박힌 황제 프랑수아 5세가 등장했다.

"지금 지구인들을 통치하고 있는 제3지구의 황제, 프랑수아 5세가 바로 케이에요."

"말이 안 돼요. 어떻게?"

"원래 프랑수아 5세는 지구인이었어요. 그런데 정확한 이유는 밝혀지지 않았지만, 신비한 힘을 갖고 있는 다이아몬드 영향력으로 케이와 프랑수아 5세가 융합되어 버렸어요. 더 정확히는 프랑수아 5세의 육체가 케이의 영혼에 잡아먹혀 버린 거죠."

"그래서… 지금은 그 케이라는 자가 우리를 지배하는 황제 노릇을 하고 있는 건가요?"

"네."

아리아는 무거운 표정으로 그렇게 말했다.

"그리고 케이와 그 추종자들은 알아냈어요. 지구인들의 DNA가 자신들과 결합하면 그들이 진정으로 꿈꾸던 선물을 가져다준다는 것을요."

"그게 뭔데요?"

"영생이요."

어느새 홀로그램 속의 영상은 괴물들이 사람을 잡아먹는 장면으로 바뀌어 있었다.

"지구인들을 잡아먹은 페르다인의 유전자에는 변이가 일어나요. 그래서 끔찍한 괴물로 변하게 되지만 대신……."

아리아는 한참 동안 망설이다가 말을 이었다.

"노화와 질병이 없는 육체로 변화하게 돼요. 일종의 진화인 거죠. 그래서 케이와 그의 추종자들은 지구인들을 사냥하기 시작했어요. 그러다가 문득 이런 생각을 했죠."

지금까지도 만만치 않았지만, 여기서부터가 진짜 끔찍한 설명이었다.

"…매번 사냥을 하지 않고 지구인들을 잡아서 보관해놓으면 어떨까?"

"도로시가 만든 그것……."

"맞아요. 예전에 어머니에게 케이가 저장소라는 걸 만들려고 한다는 얘길 들은 적이 있어요. 하지만 정말 그런 걸 만들었을 줄은……."

"끔찍해요, 너무……."

분노가 치밀어 오른 해성은 몸을 부르르 떨었다.

"하지만 모든 페르다인이 케이의 방식에 동의한 건 아

니에요. 저희 아리아 가문과 케이를 따르지 않는 이들은 영생을 포기하고 육체적 죽음을 받아들이기로 했어요. 우주의 섭리대로 자식을 낳고 대를 이어갔죠. 그중에서도 가디언은 지구인과 두 아이를 낳은 거고요."

"그중에 하나가… 나란 말이죠?"

"네."

"궁금한 게 있어요."

해성이 아리아의 눈을 바라보며 물었다.

"왜 당신들은 지구인을 먹지 않기로 한 거죠? 영생이라는 건 뿌리치기에 쉬운 유혹이 아니었을 텐데."

"그 대답은 우리 어머니의 말씀으로 대신하기로 하죠."

아리아는 홀로그램 장치를 작동시켰다. 아리아의 어머니인 아리아 3세의 얼굴이 나타났다. 그녀는 마치 아리아를 바라보듯 다정한 표정으로 이야기했다.

"얘야, 이것만은 명심해. 지구인이든 페르다인이든 상관없어. 사람은 그냥 사람이 되는 게 아니란다. 끊임없이 내면의 악, 또 욕심과 싸우면서 완성되어가는 거지. 하지만 영생이라는 단꿈에 취해 그 싸움에서 패배하게 되면 말 그대로 괴물이 되어버릴 거야. 그래서 우린 선택했단다. 사람이 되긴 힘들어도 괴물은 되지 않겠다고."

해성은 아리아 3세의 말에 깊이 감동했다.

"당신은 참… 훌륭한 어머니를 두셨군요."

아리아는 옛 생각에 잠겼는지 한참 동안 말이 없었다. 그녀의 표정이 어두워진 것을 눈치 챈 해성이 화제를 돌렸다.

"가디언은 어디에 있나요?"

"30년 전 레볼트 전쟁 이후 사라졌어요. 가디언의 첫째 아들인 예리엘과 제 어머니 아리아 3세는 케이에게 패한 뒤 서로 연락이 끊겼어요."

"흠……."

"사실 가디언에 대한 정보는 찾아볼 수 없어요. 어머님의 일기장에 몇 번 언급이 된 걸 제외하곤……."

홀로그램 영상 속에 다시 아리아의 어머니가 등장했다. 그녀가 영상 형태로 남긴 일기장이었다.

"가디언은 도무지 종잡을 수 없는 인물이다. 너무 제멋대로야. 그에게 우리의 미래를 맡기는 건 불가능해."

영상이 끝나고 또다른 날짜의 일기가 재생됐다.

"예리엘과는 다시 연락이 닿을 가망이 보이지 않는다. 두 번째 아이를 찾아야 할 것 같다."

해성은 가디언에 대해 조금씩 알아가고 있었지만, 전해 내려오는 이야기만으로는 여전히 의문을 지울 수 없었다. 그렇다면 그의 어머니는 누구였으며, 가디언은 왜 사라졌던 것일까?

10.
사랑할 땐 누구나

케이는 센트럴타워 최상층의 창가에 서서 아래를 내려다보고 있었다. 여느 날과 다름없이 벌레처럼 느껴지는 인간들을 하늘 위에서 바라보며 고급 술을 마시고 있었지만, 그의 기분은 예전처럼 신이 나지 않았다.
'아리아 가문이 아직 남아 있었다고?'
그는 분명히 아리아 3세의 죽음을 알고 있었다. 그리고 그것이 자신의 아픈 과거의 끝이라고 생각했다. 그런데 바할이 그녀의 뒤를 이은 누군가가 있다는 정보를 가지고 온 것이다.
케이는 창밖을 내다보며 조용히 옛 기억을 떠올렸다. 그 기억 속에는 자신과 함께 두 명의 여자가 등장했다. 도로시와 아리아 3세.

"저는 이제 8구역으로 떠날 거예요."

도로시가 케이에게 작별인사를 전한 날이었다.

"가긴 어딜 간다고? 이제 막 저장소 프로젝트가 시작되었는데 네가 가버리면 우린 어쩌란 말이야?"

케이는 도로시를 말리려고 했지만 도로시는 단호했다.

"남은 일은 미스터 창한테 맡기면 될 거예요. 그 정도를 처리할 능력은 있으니까요."

도로시는 그렇게 말하고 케이의 집무실을 나왔다. 케이 옆에는 늘 그렇듯 아리아 3세가 서 있었지만, 그녀에겐 눈길도 주지 않았다. 이미 케이의 마음을 아리아 3세에게 빼앗긴 지금, 도로시가 그녀를 대하는 최고의 태도는 무시뿐이었다. 그녀는 케이와 관계없는 자신만의 세계를 만들겠다는 결심으로 머릿속을 가득 채웠다.

도로시가 나가고 아리아 3세는 케이를 향해 간절하게 애원하기 시작했다.

"케이… 제발 저장소 프로젝트를 그만둬요."

"아리아, 그건 안 돼. 우리 모두의 미래가 달린 일이니까."

케이의 단호한 대답에 아리아 3세의 얼굴은 더 슬퍼 보였다.

"우주의 섭리를 영원히 거부할 순 없어요."

그러자 케이의 얼굴은 분노로 달아올랐다.

"당신 같은 귀족들은 그렇게 생각하겠지. 선택받은 사람들은 주어진 대로 사는 게 섭리라고 생각하니까. 하지만 난 아니야. 날 지배하려는 놈들은 배신하고, 날 무시하는 것들은 짓밟으면서 여기까지 왔어. 죽음? 그것도 나를 지배할 순 없어! 이젠 내가 정복할 거야!"

흥분한 케이의 눈은 광기로 불타고 있었다. 결국 아리아 3세는 눈물을 터트렸다.

"난 당신을 도저히 이해할 수 없어요… 아무리 노력해 봐도……."

"아리아, 그러지 마. 난 당신을 사랑해. 우리가 함께하면 아무도 우리를 막을 수 없어. 쓸데없는 원로원 의원들도……."

"내가 할 말은 이것뿐이에요. 우리는 여기서 끝이라는 거."

아리아 3세가 나가려 하자 케이는 소리를 질렀다.

"가지 마! 정말 이대로 갈 거야?"

그러나 아리아 3세는 문을 나서기 전 잠시 걸음을 멈추고 케이를 향해 마지막 경고를 할 뿐이었다.

"우리가 다시 만난다면, 그땐 우리 중 하나가 죽을 때까지 싸워야 할 거예요."

그녀가 남긴 그 말은 이루어졌다. 30년 전 레볼트 전쟁이 끝나갈 무렵, 파괴된 센트럴타워에는 부상을 입고 쓰러진 아리아 3세와 케이가 남아 있었다.

"아리아. 지금이라도 돌아와… 내 손을 잡으면 살 수 있어."

그녀의 부상은 너무 깊어서 이미 회복이 불가능한 상태였지만 케이를 향해 소리쳤다.

"허튼소리 마요. 우리가 다시 만난 이상… 누구 한 명이 죽을 때까지 싸우는 수밖에 없어요!"

아리아 3세는 손을 내미는 케이를 향해 빛의 검을 휘둘렀다. 무방비 상태에 있던 케이의 팔이 깨끗이 잘려 나갔다.

하지만 케이의 팔은 바로 재생되었다. 반면 너무 많은 피를 흘린 아리아 3세는 의식을 잃고 쓰러졌다.

케이는 그녀를 안고 자신의 연구실로 데려갔다. 당시 케이의 연구실에는 저장소 프로젝트의 초기 버전 약품들이 생산되고 있었다. 케이는 죽어가는 아리아 3세에게 생산된 약품을 망설임 없이 주사했다.

몇 시간 뒤, 가망 없어 보이던 아리아 3세의 상처가 치료되기 시작했다. 창백했던 피부에도 생기가 돌기 시작했다.

"폐하! 다행입니다. 아직 효과가 증명되지 않은 약이었는데……."

옆에서 지켜보던 연구원이 얼굴에 화색을 띠며 말했다.

"그래. 잘됐군. 이번 버전은 최대 지속 효과가 어느 정도로 예상되지?"

"10년에 한 번 정도만 투여하면 될 것 같습니다."

"10년이라……."

케이는 마치 한숨을 내쉬듯 말하고 멍하니 위를 올려다보았다. 그녀에게 10년의 수명을 더해준 대가로 그녀가 자신을 얼마나 더 미워할지 그는 알 수 없었다.

"나는 이제 그만 떠나겠네. 아리아는 몇 시간 후면 깨어나겠지?"

"네."

"깨어나면 아마 이곳을 떠나려고 할 거야. 그럼 막지 말고 그냥 내버려두게. 마음대로 할 수 있게."

늘 잔인하고 냉정했던 황제의 전혀 다른 모습에 연구실 직원은 약간 당황했지만 이내 정신을 차리고 대답했다.

"네, 알겠습니다."

케이의 말대로 몇 시간이 지나 연구소에서 눈을 뜬 아리아 3세는 자신이 살게 된 이유를 깨닫자 오열했다. 그녀는 눈물을 흘리며 황급히 연구소를 떠났고, 연구소 직원들은 황제의 명령대로 따랐다.

케이가 마지막으로 아리아 3세를 만난 건 그로부터 10년 후였다. 그녀가 갑자기 케이의 집무실을 찾아왔다. 케이는 생명 연장을 위해 다시 한번 약을 투여 받을 생각이 있는지 물었다.

물론 케이에게 돌아온 것은 그녀의 싸늘한 비웃음 뿐이었다.

"당신은 아직 그 꿈을 버리지 못했군요."

"버리다니… 지난 10년 동안 우린 끊임없이 앞으로 나아가고 있는걸. 이제 저장소가 완성될 날도 얼마 남지 않았어."

"됐어요. 그것보다 정말 물어보고 싶은 게 있어요."

"얼마든지."

"날 살려준 이유가 뭔가요?"

질문하는 아리아 3세의 눈빛은 날카로웠다.

"뭐?"

"앞으로 내 목숨이 얼마 남지 않은 것 같으니 답을 듣고 싶어요. 그때 나를 왜 살려줬어요? 그러고도 10년 동안 한번도 찾지 않은 이유가 뭐죠?"

"정말 그 답을 몰라서 묻는 거야?"

케이는 아리아 3세의 눈을 빤히 바라보며 그렇게 물었

다. 그녀의 눈엔 자신도 모르게 눈물이 고였다.

"…그래요. 난 모르겠어요. 모르겠다고요."

"아냐, 당신은 알고 있어. 그냥 모르고 싶을 뿐이지."

자신의 마음을 외면하는 아리아 3세를 똑바로 바라보며 케이는 말을 이었다.

"몰라도 상관없어. 그럼 알 때까지 살면 되잖아. 약을 줄께."

"내 수명은 이미 10년 전에 끝났어요. 당신도 알잖아요!"

"아니, 결국 안 끝났잖아? 살면서 나를 계속 미워해도 좋아. 나를 10년 더 미워할 수 있는 기회를 받으라고!"

케이도 악을 쓰듯 말했다. 아리아 3세는 대답하지 않고 울기만 했다. 케이의 애틋한 마음이 와닿는 만큼, 그의 집착이 두렵기도 했다. 원래는 딸이 있다는 사실도 알리고 싶었지만, 차마 그 이야기까지는 할 수 없었다.

"한 가지만 기억해줘요."

그녀는 문을 나서기 전 케이를 돌아보며 알 수 없는 마지막 인사를 남겼다.

"혹시라도 우리가 또 만날 수 있다면, 그때 나한테 말해줘요. 우리가 새롭게 시작한 곳을."

"그곳이 어딘지는 당신도 알고 있잖아. 왜 그걸 또 말해줘야 하지?"

"그래도 말해줘요."

케이는 말없이 고개를 끄덕였다. 케이의 대답을 확인한 아리아 3세는 집무실을 떠났다. 케이는 이번에도 그녀를 잡지 않았다.

그리고 그것이 두 사람의 마지막 만남이었다.

케이는 옛 일을 돌아보며 그녀가 마지막 만남에 자신에게 하고 싶었던 말이 무엇인지 짐작하게 되었다. 아마 바할이 가져온 소식과 관련이 있을 것이다.

창밖을 내려다보던 케이는 이내 외출 준비를 시작했다. 갑자기 꼭 가보고 싶은 곳이 생긴 것이다.

평소 그는 이렇게 충동적인 편이 아니었다. 그가 지금까지 걸어온 삶은 모두 치밀한 계획을 세우고 하나하나 그 단계를 밟아온 과정이었다. 하지만 단 하나, 아리아 3세에 관련된 일들만은 그렇게 되지 않았다. 죽어가던 그녀를 살려낸 것도, 10년 만에 찾아온 그녀를 잡지 않고 그대로 보낸 것도 모두 순간적이고 충동적인 선택의 결과였다.

아무리 치밀한 자라도, 아무리 사악한 자라도 사랑할 땐 누구나 뇌가 마비된 듯 평소와는 다른 행동을 하게 된다. 그건 케이에게도 예외가 아니었다.

11.
시간이 머무는 곳

    해성은 아리아와 함께 수련을 시작했다. 해성은 자신 안에 있는 잠재력을 최대한 끌어내는 게 급선무였고, 아리아 역시 강한 자들 앞에서 늘 실력의 부족함을 보인 자신을 느껴왔던 터라 더욱 강해지고 싶은 욕심이 있었다.

    이제 두 사람은 사랑을 확인했으니, 함께 수련하며 강해지는 것에도 그만큼의 시너지가 있을 거라 생각한 것이다. 재능은 뛰어났지만 기술적인 세심함이 부족한 해성은 어릴 때부터 엄격한 수련을 계속해온 아리아에게 그런 부분을 많이 배울 수 있었다. 반면 아리아는 강한 재능을 끌어올리는 능력에 대해서 해성의 케이스가 많은 참고가 되었다.

    "이거… 한 번 마셔볼래요?"

아리아는 해성에게 자신이 마시는 푸른 액체를 권했다.

"이게 뭔가요?"

"힘을 일시적으로 부스팅 해주는 약물이에요. 우리 가문 대대로 내려오는 비법이죠."

흥미를 느낀 해성이 액체를 마셔보았다. 그 약물은 해성에게도 효과가 있었다. 갑자기 넘치는 힘을 느낀 해성은 아리아에게 대련을 청했다. 두 사람은 가벼운 근접전을 통해 약물이 자신의 힘과 스피드를 얼마나 상승시켜주는지를 확인했다.

"이거 정말 대단한데요. 평소에 비해 몇 배나 강한 느낌이 들어요."

"하지만… 그래도 케이를 상대하려면 멀었어요."

아리아는 아직 만족스럽지 않은 모양이었다.

"케이는… 얼마나 강한가요?"

"오래 전에 그의 힘을 느껴본 적이 있어요. 파이터들의 시합에 모습을 드러냈었는데, 아주 멀리서도 제가 숨을 쉬기 힘들 정도였죠."

케이에 대해 얘기를 하는 아리아의 표정은 어두웠다.

"하지만 걱정 마요. 해성 씨는 가디언의 후예니까. 또 아무리 강한 상대를 만나도 어느 순간이든 불에 타는 자를 만날 수도 있고……."

"그 검은 불에 휩싸인 자…는 정체가 뭘까요?"

"글쎄요. 솔직히 저도 잘 모르겠어요. 해성 씨 안에 있는 가디언의 정신이라고 생각할 수도 있는데… 가디언에 대한 정보가 워낙 없어서…….."

"가디언에 대해선 아리아 님의 어머니 일기에 있는 정보가 거의 전부라고 했었죠?"

"맞아요, 근데……."

그 일기에 대해서, 아리아는 아직 해성에게 완전히 말하지 않은 부분이 남아 있었다.

"제가 일기를 전부 다 읽어본 것은 아니예요."

"네?"

"일기의 어떤 부분들은 엄마가 암호를 걸어놓았어요. 왜 그 부분만 암호를 걸어놨는지는 모르겠는데… 어쨌든 암호를 풀어보려고 별의 별 짓을 해봤지만 풀 수 없었어요. 엄마와 관련된 모든 단어, 숫자, 음성, 이미지를 다 넣어봤는데도……."

"그렇다면 그 부분에 감춰진 가디언에 대한 기록이 더 있을 수도 있겠군요?"

"네, 하지만 암호를 풀 수 없으면 아무 소용 없죠."

"혹시 어쩌면 새도우 님이 알려줄 수도 있을까요? 그분은 저에 대해 예지하신 분이니까 그 이상의 것도 알고 있을 수 있잖아요."

아리아는 해성의 말이 일리가 있다고 느꼈다.

"그래요. 섀도우 님이 알고 계실지도 몰라요. 상황이 잠잠해지면 찾아가도록 하죠."

대화를 끝낸 두 사람은 다시 수련에 들어갔다.

"섀도우 님의 예언대로 정말 제가 피로 물들 세상을 구할 수 있을까요?"

"저는 그렇게 믿고 있어요."

"그러려면 케이와 맞서야 하겠죠?"

*

대련이 끝난 후, 해성과 아리아는 수영장에서 피로를 풀고 있었다. 그때 정문 쪽에서 소란스러운 소리가 들렸다.

무슨 일인가 싶어 해성과 아리아가 달려가보자, 문을 지키던 수행원들이 쓰러져 있었고, 케이가 문앞에 서 있었다.

"미안. 아침부터 너무 소란스러웠지? 초인종을 못 찾아서."

케이는 안쪽으로 성큼성큼 들어와 정원의 식물을 어루만졌다. 아리아는 무방비 상태인 케이를 바라보며 공격의 기회를 노렸으나 기에 눌려 꼼짝할 수 없었다.

"내가 왜 찾아왔는지 궁금한가?"

케이는 여전히 시선을 돌리지 않고 말했으나 아리아는 그것만으로도 엄청난 압박감을 느꼈다. 반면 해성은 케이의 기운을 느끼면서도 그에게 가까이 다가가고 있었다. 그는 자신의 내면에 있는 기프트로 케이의 기운을 중화시키며 공격할 기회를 노렸다.

"아리아의 딸이 바로 자네인가?"

케이는 천천히 고개를 들어 아리아의 얼굴을 빤히 바라보며 그렇게 물었다.

"엄마를 많이 닮긴 했어. 하지만 미모도 실력도 엄마에 비하면 부족해보이는데."

그렇게 독설을 뱉은 케이는 고개를 돌려 해성을 힐끔 바라보았다.

"이 친구는 조금 낫네. 지난번보다 많이 발전했어."

그 말을 하며 케이는 손가락을 가볍게 튕겼다. 그러자 해성이 수영장 물속으로 처박혔다. 해성은 발버둥쳤지만, 케이의 강력한 염력이 그를 짓누르고 있었다.

그 틈에 아리아는 케이의 압박에서 살짝 벗어날 수 있었다. 모을 수 있는 모든 힘을 모아 빛의 검을 꺼냈다. 하지만 그녀가 검을 휘두르기도 전에 케이의 검지 손가락이 검에 닿았고, 그 순간 검은 다시 소멸해버리고 말았다.

'틀렸어. 힘의 차이가 너무 커.'

아리아는 절망했다. 한편 해성은 물 속에서 다시 검은 불에 휩싸인 자를 만났다.

"아아악!"

거대한 기합소리와 함께 불타는 해성이 수영장에서 튀어나와 케이에게 달려갔다. 케이는 안전가옥에 들어온 후 처음으로 당황한 표정을 보였다. 해성이 주먹을 날리자, 케이는 그것을 양손으로 막았다. 거대한 충격파가 주변을 흔들었다.

해성의 공격에 케이는 뒤로 몇 발자국 물러났고, 해성의 공격을 방어한 팔은 불에 탄 것처럼 연기를 내며 녹아내렸다. 하지만 그의 팔은 금세 원래대로 재생되었다.

"제법이군. 이제 좀 상대할 맛이 나는걸. 그런데……."

케이는 아쉽다는 표정으로 안전가옥의 정원과 구조물을 둘러보며 말했다.

"여기서 싸운다면 이곳은 곧 폐허가 되어버리고 말겠지……."

그의 목소리에는 진심으로 이곳이 파괴되지 않기를 바라는 마음이 묻어 있었다.

해성의 공격이 다시 시작되었다. 하지만 이번에는 케이

도 대비가 충분히 되어 있었다. 해성의 공격을 가볍게 피한 케이는 에너지를 담아 그의 뒤통수를 강하게 내리쳤다. 해성은 정신을 잃었고, 해성의 몸에서 타오르던 검은 불길은 순식간에 사라졌다.

"내면에 강한 힘이 있으면 뭐 해. 감당하지 못하고 지배당하면 무용지물인 걸."

케이는 안타깝다는 듯 혀를 차며 말했다.

"싸움은 여기까지 하지. 잘 모르는 모양이지만, 여긴 내가 사랑하는 장소이기도 하거든."

아리아는 그의 말이 이해가 가지 않았다. 하지만 케이는 아랑곳 않고 식물이 가득한 야외 정원 한가운데 있는 테이블에 자리를 잡았다.

"손님이 왔으면 차 한 잔 정도는 대접하는 게 아리아 가문의 법도라고 알고 있네만."

마음에 들지 않았지만, 케이를 조용히 돌려보낼 수 있다면 충분히 받아들일 수 있는 제안이었다. 아리아는 하인들에게 신호를 보냈고, 그들은 따뜻한 차를 준비해왔다.

"당신… 도대체 여긴 어떻게 알고 온 거야? 우리 어머니는 왜 자꾸 언급하는 거고?"

그의 뻔뻔스러운 태도를 도저히 참을 수 없는 아리아가 입을 열었다.

"나와 자네 어머니는 한때 연인이었네. 그리고 여긴……."

케이는 다시 한번 주변을 둘러보며 말했다.

"우리가 새로운 시작을 한 곳이지."

"뭐라고?"

아리아는 도저히 그의 말을 믿을 수 없었다.

"어머니는 당신을 증오했어!"

"그래, 그 말도 맞을지 모르지……."

방금 전까지 하인들을 죽였던 잔인하고 냉혹한 케이의 얼굴에, 갑자기 뜻밖의 쓸쓸함이 어렸다. 그리고 케이는 찻잔을 바라보며 이야기를 시작했다. 자신이 아리아의 어머니와 만나고 사랑한 이야기. 또 둘이 의견의 차이로 그녀가 자신을 미워하게 된 이야기. 그녀가 죽을 뻔했고, 자신이 그녀를 다시 살려낸 이야기까지.

이야기를 다 듣고 난 아리아는 혼란스러웠다. 그의 말을 어디까지 믿어야 할지 알 수 없었기 때문이다.

하지만 케이는 개의치 않고 자리에서 일어났다.

"차 잘 마셨네. 오늘 인사는 여기까지 하기로 하지. 다음에 만나면 그때도 내가 자네들을 살려둘 수 있을지는 잘 모르겠네."

케이는 아리아의 얼굴을 빤히 바라보며 말했다.

"나의 자비를 구하려면, 어머니를 조금 더 많이 닮아야 할 거야. 외모든, 실력이든."

"천만에요. 우리가 당신을 죽일 거예요."

"기다리지. 꼭 죽어야 한다면 그녀의 얼굴을 보며 죽고 싶거든."

문을 나서던 케이가 갑자기 걸음을 멈추었다.

"이곳의 감춰진 이름을 알고 있나?"

"……?"

"프리갈레이. 그녀와 나는 이곳을 그렇게 불렀어. 시간이 머무르는 곳, 이란 뜻이네."

"프리갈레이……."

아리아는 자기도 모르게 그 이름을 되뇌어보았다.

"그렇게 많은 것들이 변했는데… 정말 이곳은 그대로군. 시간이 머무른 것처럼."

아리아는 귀를 의심했다. 그렇게 말하는 케이의 목소리에 울음이 섞여 있는 것처럼 들렸기 때문이었다.

"마지막으로 그녀를 만났을 때, 그녀는 자신을 또 만나면 그 이름을 말해 달라고 했네. 문득 지금 든 생각인데 어쩌면 그때 말한 자신이란 게, 자네였을지도……."

아리아는 그가 떠난 뒤에도 한참 동안 문 쪽을 넋이 나간 듯 바라보고 있었다.

12.
인연의 고리, 악연의 사슬

　자신만만하게 사막으로 떠난 크루거와 타케시는 이내 모든 사막 여행자들이 겪게 되는 어려움에 노출되고 말았다. 끝을 알 수 없는 사막, 그 위를 불어오는 강력한 모래바람, 더위, 배고픔, 고갈되는 체력과 갈증 등.
　그나마 나노 아머가 작동할 때는 실드를 작동시켜 모래바람을 피할 수 있었다. 하지만 에너지를 다 소비해버리자 나노 아머 역시 무용지물이 되어 버리고 말았다.
　한동안 말없이 사막을 걷고 있는 두 사람의 눈에 한 무리의 사람들이 사막을 건너는 것이 보였다.
　그들은 아리아의 명령을 받고 우림지대로 향하던 태양과 말룬다, 그리고 그들과 함께하고 있는 레볼트 지원군들이었다.

사막 한 가운데서 만난 낯선 두 무리 사이에 경계의 눈빛이 오고 갔다.

"조심해, 크루거."

레볼트 지원군들은 모두 무기를 갖고 있었다. 반면 크루거와 타케시에게는 동력이 다 된 나노 아머가 전부였다.

"어디로들 가시나?"

"우린 우림지대로 향하는 중입니다. 당신들은 누구고, 어디로 가십니까?"

"우리는 뜻이 있는 곳으로 간다."

"그건 정해진 목적지가 없다는 것처럼 들리는데……."

사실 그 말이 맞았다. 하지만 크루거와 타케시는 인정하지 않고 침묵했다.

"잠깐! 나 저 사람들 본 적이 있어!"

크루거, 타케시와 무리들의 리더가 대화를 나누고 있을 때 갑자기 레볼트 지원군 중 한 명이 큰소리로 외쳤다.

"저 두 사람 플릭 출신이야!"

갑자기 분위기가 험악해졌다. 무기를 든 이들이 크루거와 타케시를 둘러싸고 위협했다.

"맞아! 나도 본 적이 있어. 특히 저 자!"

그들 중 한 명이 타케시를 가리켰다.

"저 자는 아주 잔인하기로 유명한 플릭이었어!"

크루거가 쓴웃음을 지으며 타케시에게 귓속말을 했다.

"그러게, 좀 착하게 살지 그랬어."

또다른 레볼트 지원군이 크루거를 가리켰다.

"저 자는 레볼트 대원을 심문하다가 머리를 터트렸어!"

이번엔 타케시가 크루거를 비웃었다.

"누가 누구한테 뭐라고 하는 거야?"

두 사람은 쓴웃음을 지으며 자신들의 과거를 후회했지만 겨우 그것으로 끝날 일이 아니었다. 레볼트 지원군 몇몇은 무기를 들이대며 그들을 죽이자는 의견을 내놓았다.

분위기가 과열되자, 태양이 나서서 일단 사람들을 진정시켰다.

"잠깐만요! 여러분! 그렇게 무턱대고 죽이기엔 이 사람들 뭔가 좀 이상해보이지 않나요?"

"뭐가?"

"플릭이라면 다들 똑똑하고 악독한 사람들이잖아요. 근데 무슨 플릭이 목적지도 없이 사막을 걸어가요? 저렇게 멍청한 플릭이 어디 있어요?"

태양의 말이 그럴듯했는지 순간 분위기가 누그러졌다.

"무기도 없는 주제에 대놓고 저렇게 플릭 유니폼까지 입고 건너다니… 심지어 우리 같은 사람들을 만나면 죽임을 당할 텐데 먼저 아는 척까지 했어요. 너무 멍청한 행동 아니에요? 저 사람들이 똑똑한 플릭이라고 믿을 수 있냐고요!"

자신들을 살리기 위해 하는 말이지만 타케시는 태양의 말을 들으며 이상하게 기분이 나빠지고 있었다.

"저기… 나 그냥 죽여주면 안 될까? 얘기를 듣다보니 그게 나을 것 같아서 그래……."

타케시는 그렇게 말했다.

"그리고 이 옷, 플릭 유니폼 아니라 죄수복인데… 감옥에서 탈옥한 거라 갈아입을 시간이 없었어."

크루거도 그렇게 말해봤지만 이미 태양의 말에 설득된 사람들은 총구를 내리고 있었다.

"맞아. 설사 플릭이라 하더라도 저렇게 거지꼴을 하고 있는 자들을 죽여서 뭐 하겠어."

"그래, 정말 이들에게 죄가 있다면 카이로 님께서 벌하시겠지. 아니, 그전에 저렇게 대책 없이 굴다간 그냥 사막에서 죽을지도……."

사람들이 총구를 내려놓고 다시 걸어가자 크루거와 타케시는 투덜거리면서도 그들을 따라갔다. 어차피 달리 갈 곳도 없었다.

"어때요? 제 설득이 딱 먹혔죠? 저 덕분에 산 거예요."

태양이 어느새 크루거와 타케시 옆으로 와 생색을 냈다.

"저는 태양이라고 해요. 여기는 말룬다. 고맙다는 말씀은 안 해도 됩니다."

"도와줘서 고맙네."

크루거는 무뚝뚝하게 대답했다.

"에이, 안 하셔도 된다니까. 다들 성함이?"

"나는 크루거라고 해. 이쪽은 타케시고."

"아, 그러시구나. 사실 다들 말이 없어서 그동안 말할 사람이 없었는데, 잘됐네요. 저는 파이터 출신이에요. 이번에 최강자전 우승했던 해성 아세요? 제가 그 해성과 대등하게 싸웠거든요······."

끊임없이 이어지는 태양의 수다를 들으며 크루거와 타케시는 말없이 사막을 걸었다. 고요하고 외로웠던 여행길이 이젠 시끄러워졌지만, 그것도 나쁘지 않았다.

해성은 아직 정신을 회복하지 못한 상태였다. 하인들은 쓰러진 해성을 침실로 옮겨놓았다. 그리고 아리아는 어머니의 일기를 다시 실행시켰다. 그녀는 암호가 걸린 페이지를 로딩했다.

"암호를 입력하십시오."

"프리갈레이."

그녀가 음성 암호를 입력하자 마침내 그동안 볼 수 없었던 일기장의 숨겨진 부분이 펼쳐졌다. 그리고 그 일기장에는 케이의 말대로 그녀의 어머니와 케이가 나누었던 그동안의 역사와 행적이 그대로 기록되어 있었다.

'그냥 거짓말이기를 바랐는데……'

아리아는 혼란스러웠다. 결코 열어서는 안 될 판도라의 상자를 연 것 같은 느낌이었다.

"아리아? 뭐 하고 있어요?"

깨어난 해성이 아리아를 찾아 서재까지 찾아온 모양이었다. 아리아는 일기장이 재생되고 있던 홀로그램 장치를 껐다.

"아니에요. 아무것도."

"몸은 좀 괜찮아요?"

"네, 아무렇지 않아요. 근데… 케이는? 아무 일 없이 그냥 간 거예요?"

"네. 하지만 우리는 이제 이곳을 떠나야 해요. 케이가 이곳을 알게 된 이상 여기에 머물러 있을 수는 없으니까요."

말은 그렇게 했지만, 아리아가 이곳을 떠나고 싶은 이유는 케이와 어머니의 추억이 있는 곳이기 때문이기도 했다. 물론 해성에게 그런 이야기까지 할 필요는 없었다.

"어디로 가나요?"

"우림지대로 가서 카이로를 만날 거예요. 저희 가문은

오래 전부터 레볼트와 동맹관계였는데, 그녀의 지원병 요청이 왔거든요."

"카이로……."

해성은 카이로라는 이름을 듣자마자 레볼트로 떠난 헤나를 생각했다.

'헤나가 정말 레볼트의 일원이 되었다면, 우림지대에 가서 헤나를 만날 수도 있지 않을까?'

이제 자신이 아는 8구역 사람들은 모두 대학살의 피해자가 되었다. 그에게 어린 시절의 추억을 함께 나눌 수 있는 사람은 헤나가 유일했다. 그리움이 솟아올랐다.

"우림지대에 케이가 만든 저장소가 있어요. 우리는 그걸 파괴하는 걸 도울 거예요."

"좋아요. 나도 있는 힘을 다해 도울게요."

두 사람은 레볼트와 합류하기 위한 준비를 시작했다.

*

사막을 지나온 레볼트 지원군은 드디어 우림지대에 도착했다. 그리고 그곳에서 태양과 말룬다는 예리엘을 찾아 또다시 떠나야 했다. 특히 태양은 크루거와 헤어지는 것을 몹시 서운해했다. 둘 사이에는 해성이란 공통분모가 있어서 그동안 이야기를 많이 나누었던 것이다. 물론 대부분은 태양의 일방적인 말이었지만.

태양과 말룬다는 우림지대 깊은 곳으로 들어갔다. 숲은 울창하게 우거져 있었고 눈앞에는 나무와 바위 말고는 아무것도 보이지 않았다.

"여기가 맞아?"

"틀림없이 신호는 여기에서 잡혔어요."

하지만 아무리 둘러봐도 주변은 사람이 살았던 흔적은 보이지 않는 야생 그 자체였다. 말룬다는 포기하지 않고 주위의 흙냄새를 맡았다.

"이쪽으로 가보죠."

태양도 말룬다를 따라 걸어갔다. 말룬다는 아리아가 아끼고 신뢰하는 유능한 여전사였고, 정글에서의 경험도 풍부했다. 무기를 다루는 솜씨도 뛰어나서 지금과 같은 상황에선 누구보다 믿을 수 있는 존재였다.

'다만 말수가 없고 유머감각이 제로인 점이 아쉽달까…….'

말룬다는 사냥감을 발견하고 자세를 낮추어 서서히 다가갔다. 울창한 나뭇잎 사이에 몸을 숨기고 숨을 죽인 채 기다리던 말룬다는 타이밍을 재다가 창을 던졌다. 그녀가 던진 창은 짐승의 목에 명중했다. 가까이 다가간 말룬다는 아직 숨이 끊기지 않은 짐승의 고통을 덜어주기 위해 목을 베었다.

주변을 살핀 뒤 두 사람은 불을 피워 고기를 구워 먹었다. 사막을 건너오는 동안 한정된 식사를 나눠 먹어야 했던 태양은 처음 먹어보는 야생고기를 게걸스럽게 먹어치웠다.

그때 갑자기 다가온 누군가가 두 사람에게 말을 걸었다.

"맛있는 사냥감을 잡았군. 좀 나눠줄 수 있을까?"

두 사람은 동시에 소리가 난 쪽을 향해 시선을 돌렸다. 그곳에는 해진 가죽으로 얼기설기 만든 옷을 입고 있는 노인이 서 있었다. 오랜 시간 씻지도 않았는지 그의 몸에선 지독한 냄새까지 풍겼다.

"아니, 도대체 어디서 나타난 거야!"

태양은 그의 냄새에 얼굴을 찌푸리면서도 남는 고기를 조금 찢어 던져주었다.

"저 노인, 수상합니다."

"뭐가? 그냥 숲을 떠도는 거지 노인이잖아."

"우리가 오는 동안 사람의 흔적이라곤 전혀 발견할 수 없었어요. 근데 저 노인이 이 근처에 산다면 자신의 흔적을 완벽히 지우고 있다는 얘기가 됩니다."

그 말을 듣고 태양도 약간 의심스러운 마음이 들었다. 하지만 아무리 봐도 그의 눈에는 그냥 배가 고픈 평범한 거지처럼 보였다.

"한 가지 더. 저는 저 노인이 우리에게 다가오는 기척을 전혀 느끼지 못했어요."

방금 전, 정글에서 말룬다의 감과 경험이 얼마나 대단한 것인지 지켜본 태양은 그녀의 말이 의미하는 바를 정확하게 알 수 있었다.

두 사람은 한참 동안 말없이 노인을 보고 있었다.

13.
과거의 굴레

    카림이 그의 군대를 이끌고 우림지대를 향하고 있었다. 그가 탑승한 비행체는 한참 동안 사막을 비행한 뒤, 마침내 우림지대로 들어서고 있었고, 그 안에는 카림의 든든한 지원군인 알렉스와 제타, 그리고 다시 충실한 카림의 수하로 리셋된 키아라가 함께 타고 있었다.

    알렉스는 창을 통해 히콘의 알을 발견하고 호들갑을 떨었다.

    "제타! 저것 좀 봐! 히콘의 알이야."

    그러자 카림도 알렉스 옆으로 와서 히콘의 알을 함께 구경했다.

    "그러게. 꽤 오랜만에 보는 장면이군."

    히콘의 알은 늪지대에 넓은 반경으로 분포되어 있어 멋

진 조형물처럼 보이기도 했다.

"제타, 이리 와서 보라니까! 그냥 거기 있을 거야?"

알렉스는 제타가 이 장면을 못 보는 것이 안타까워 계속 그녀를 불렀지만 제타는 히콘의 알에는 관심이 없었다. 그녀의 시선은 키아라에게만 고정되어 있었다.

키아라는 영혼 없이 흐리멍텅한 눈으로 앞을 보고 있었다. 카림과 그의 연구원들이 그녀의 뇌를 자신들이 조종하기 편하게 만진 대가였다. 제타는 그것이 마음에 들지 않았다.

제타와 알렉스는 카림이 만든 연구실에서 자랐다. 그곳의 연구원들은 블루와 블랙 다이아몬드를 이식받은 아이들의 능력을 테스트하는 것이 일이었다. 블루팀의 실험체는 육체적 전투능력을 가지고 있었고, 블랙팀은 염력을 사용할 수 있었다.

그들은 모두 아직 미숙한 아이들이었지만, 실험실에선 높은 점수를 받기 위해 안간힘을 써야 했다. 몇 개월 동안의 집중적인 테스트를 받은 후, 점수가 낮은 아이들은 실패로 분류되어 다이아몬드가 제거된 후 다른 곳으로 옮겨졌기 때문이다. 아이들은 실패한 아이들이 어디로 가는지는 알지 못했다. 하지만 사람들이 그곳을 비밀스럽게 '저장소'라고 부르는 것은 알고 있었다. 아이들은 모두 저장소로 가는 것을 바라지 않았다.

연구소에선 성인과 아이들, 남성과 여성을 가리지 않고 모두 다이아몬드 이식을 시도했다. 그리고 그중에서 부작용 없이 생존하고, 또 테스트에서 좋은 성적을 거둔 사람만이 실험의 다음 단계로 넘어갈 수 있었다.

제타와 알렉스는 염력 테스트에서 항상 높은 점수를 받고 있는, 성공적인 케이스로 통했다. 특히 둘이 힘을 합칠 때 나오는 시너지가 커서 연구소에서는 그 둘에 대해 각별한 공을 들이고 있었다.

다이아몬드 프로젝트를 책임지고 있던 카림 역시 둘에 대한 관심이 대단했다. 카림은 피실험자들의 능력을 테스트하기 위해 종종 대련을 마련하기도 했다.

어느 날, 블루 다이아몬드의 키아라와 블랙 다이아몬드를 사용하는 제타의 대결이 열렸다.

얼핏 보면 당연히 염력을 사용하는 제타 쪽이 유리할 것 같았지만, 블루 다이아몬드를 잘 다루는 숙련자의 경우엔 상대의 염력을 무력화시키는 능력을 가지고 있었고 키아라의 경우 그 능력이 더욱 뛰어난 편이었기에 결국 키아라는 제타를 때려눕혔다.

그러자 동생의 패배에 흥분한 알렉스가 폭주하기 시작

했다. 알렉스는 허락도 없이 둘의 대련에 끼어들었다. 그러자 제타가 화를 내며 그를 나무랐다.

"알렉스, 그러지 마! 진 건 진 거야! 내 대련에 끼어들지 말라고!"

"무슨 소리야! 우리가 지다니 난 용납할 수 없어!"

아무래도 알렉스는 제타의 패배까지 자신의 패배라 여기는 것 같았다. 그는 앞뒤를 가리지 않고 눈 안에 들어온 금속들을 염력으로 모으기 시작했다.

알렉스가 키아라에게 거대한 쇳덩이를 날리자, 그녀는 거기에 깃든 염력을 중화시켜 쇳덩이를 작은 쇳조각으로 만들었다. 자신의 회심의 공격이 어이없게 무산되자 알렉스는 자신이 가진 능력을 끝까지 끌어올렸다. 연구소 전체가 흔들릴 정도였다.

"진짜… 말릴 수가 없다니까."

그 모습을 바라보던 제타는 키아라에게 다가가서 손을 내밀었다.

"미안. 내 동생이지만 가끔 저렇게 말썽을 피울 때가 있어. 우리 힘을 합쳐보지 않을래?"

키아라는 망설였지만 이윽고 제타의 손을 잡았다. 제타는 자신이 가지고 있는 염력의 파동을 키아라에게 조금 나눠주었다. 키아라는 제타의 파동을 느끼고 알렉스가 일으키고 있는 염력과 일치시켰다. 제타와 알렉스의 염력 파동은 동일했기 때문에 키아라의 능력으로 알렉스의 염력을 무력화시킬 수 있었다.

알렉스가 공중에 떠 있다 순식간에 땅으로 떨어졌다. 키아라가 떨어지는 알렉스 쪽으로 뛰어가는 동안, 제타가 염력으로 주변의 기다란 강철 막대를 키아라에게 보냈다. 키아라는 강철막대를 휘어서 알렉스를 옴짝달싹 못 하게 묶어버렸다.

"뭐야! 이거 안 풀어!"

키아라가 알렉스의 염력을 중화시켰기 때문에 알렉스는 움직임을 봉쇄당한 채 아무것도 할 수 없었다. 그렇게 알렉스는 마침내 모든 에너지를 다 쏟아내고 정신을 잃었다.

알렉스를 막아낸 둘은 땀을 닦으며 하이파이브를 했다.

하지만 지금 제타 옆에 있는 자는 껍질만 키아라일 뿐, 이미 속은 텅 빈 무언가였다. 그걸 보는 제타의 마음속엔 깊은 상실감이 자리 잡고 있었다. 그녀와 감정적으로 연결된 쌍둥이 알렉스는 그것이 상실감이라는 것을 모르고 있었다. 다만 그 기분 나쁜 절망으로부터 벗어나기 위해 붉은 소금을 흡입하며 현실로부터 도피하고 있었다.

저장소 공장에 비행체가 착륙하자, 카림은 알렉스와 제

타, 키아라를 데리고 내렸다. 수백 명의 군인과 탱크, 로봇들로 구성된 카림의 군대가 또다른 수송기에서 쏟아져 나오고 있었다.

카림은 제일 먼저 저장소 안으로 들어갔다. 하지만 그곳에서 카림이 느낀 것은 실망뿐이었다.

'역시… 딴 생각이 있었어.'

케이는 이미 저장소의 핵심 시설은 다 빼돌리고 카림을 보낸 것이었다. 레볼트에게도 함정을 파놓은 것이지만, 동시에 카림과 그의 부하들이 가치 없는 싸움에서 최대한 희생당하기를 바라는 의도이기도 했다.

'케이… 이런 잔머리를 굴리다니.'

고민 중인 카림 옆으로 알렉스가 다가와서 물었다.

"어떻게 하죠? 우린 여기서 대기할까요?"

그때 카림에게 좋은 생각이 하나 떠올랐다.

"아니, 나를 따라와봐."

카이로의 군대는 선발대와 다시 만나 저장소 공격을 준비 중이었다. 카이로는 정찰병의 지도를 보며 어떻게 저장소를 파괴할 수 있을지 작전을 구상했다.

"지원군 요청은 제대로 전송되었나?"

그녀의 질문에 옆에 있던 통신병 겸 해커가 빠르게 대답했다.

"네, 지시하신 대로 암호화된 코드로 각 구역의 거점과 동맹군들에게 전달했습니다."

"좋아. 가용할 수 있는 인력이 많아지면 더 많은 공격 루트를 생각해볼 수 있지."

"지금 우리 병력만으로도 충분합니다!"

옆에서 벤이 자신만만한 목소리로 떠들어댔지만 그건 그의 주장일 뿐이었다. 렌쳉은 정찰병이 가져온 지도의 병력 배치를 신중하게 살펴보고 있었다.

모두가 저마다의 고민으로 회의장의 분위기가 무거워진 그때, 작전 캠프 바깥쪽에서 소란스러운 소리가 들렸다. 무슨 일인지 파악하기 위해 렌쳉과 벤이 밖으로 나갔다.

천막밖에선 새로운 지원군들이 계속해서 합류하고 있었다. 그들 대부분은 카이로의 모병 소식을 듣고 비밀리에 구역을 탈출한 노동자들이었다.

하지만 그들 사이에 섞여 있는 크루거와 타케시를 보고, 지원군 중에 전직 플릭이 있다는 소문을 듣자 사람들이 충돌하기 시작했던 것이다. 다른 레볼트 군들이 먼저 크루거와 타케시에게 시비를 걸었고, 이번엔 타케시도 가만히 있지 않았다.

"뭐가 이렇게 시끄러워!"

소란스러워진 곳으로 다가온 벤이 소리치자 레볼트 지원군 중 한 명이 답했다.

"여기 이 자들은 플릭 출신입니다."

그의 말을 듣고 벤과 렌쳉은 크루거와 타케시를 바라보았다. 그들이 팔목에 착용하고 있는 나노 아머가 이 소동을 일으킨 원인임을 알려주고 있었다. 크루거가 벤을 보며 말했다.

"전에 플릭이었던 건 사실이지만, 여기 온 건 진실을 찾고 불의와 싸우기 위해서요. 과거의 직업에 따라 사람을 차별하는 곳인 줄은 몰랐소만."

"과거도 과거 나름이지! 플릭은 우리 동료들을 잡아가고 해친 놈들이야!"

다혈질인 벤이 불같이 화를 내자 옆에서 렌쳉이 가로막았다. 이 문제가 그렇게 단순한 것이 아님은 렌쳉도 잘 알았다. 크루거의 말대로 그들이 과거의 삶을 버리고 자신들과 함께하기 위해 온 거라면 그것이 결격 사유가 되어서는 안 되었다. 레볼트는 과거를 버린 사람들에게 차별을 두지 않았기 때문이다.

하지만 과거도 과거 나름이라는 말도 틀린 것은 아니었다. 무엇보다 이곳에는 플릭에 의해 희생당한 피해자들이 너무 많았다. 렌쳉은 주변을 둘러보며 큰소리로 말했다.

"이들에 대한 처분은 카이로 님이 판단하실 거다! 모두 동의하는가?"

살벌한 분위기였지만 모두 고개를 끄덕였다.

멀리서 무기들을 정리하던 헤나도 새로운 지원군들 사이에 요란한 소리가 나는 걸 보고 관심을 가졌다.

"무슨… 일이에요?"

"전직 플릭이 지원군들과 함께 왔대."

그 사실에 헤나도 당혹스러움을 감추지 못했다.

"전에도 플릭 출신이 레볼트에 지원한 적이 있나요?"

"아니 한 번도 없었어. 그래서 소란이 좀 커졌나봐."

"잠시만요!"

헤나는 정리하던 일을 잠시 던져두고 소란이 생긴 쪽으로 급하게 뛰어갔다. 그러자 크루거와 타케시가 카이로의 천막으로 들어가고 있었다.

아주 짧은 순간이었지만 헤나는 두 사람의 얼굴을 똑바로 보았다. 두 사람은 헤나에게 낯선 얼굴이 아니었다.

*

"플릭 출신이라고?"

천막 안으로 들어선 크루거와 타케시를 보며 카이로가

그렇게 물었다.

"당신이… 카이로인가?"

타케시는 처음 보는 레볼트 리더의 실체가 믿기지 않는 듯 놀라는 얼굴로 되물었다.

"내 얼굴을 본 사람에게는 두 가지 선택이 있네. 하나는 우리를 위해 싸우다가 죽는 것."

카이로 옆에 있던 벤이 어디선가 거대한 해머를 가져와 바닥에 내려놓았다. 육중한 소리가 땅을 울렸다.

"아니면 지금 여기서 벤의 해머에 죽는 것. 어느 쪽을 선택할 건가?"

타케시는 카이로의 얼굴을 빤히 바라볼 뿐 아무 말이 없었다. 크루거가 침묵하는 타케시를 대신해 대답했다.

"죽는 것 따윈 상관없소. 하지만 그전에 우린 진실을 찾아 여기까지 온 거요. 이 세상에 감춰진 진실… 당신들은 그걸 알고 있는지, 그게 궁금합니다."

"진실을 알게 된다면… 우리를 위해 싸울 것인가?"

그러자 지금까지 침묵을 지키던 타케시가 입을 열었다.

"당신들이 무엇을 위해 싸우는지, 그게 중요하겠지."

가시가 돋힌 것 같은 타케시의 말이 마음에 들지 않는 듯 벤은 그를 매섭게 노려보았다. 하지만 카이로는 타케시의 태도를 이해한다는 듯 친절하게 답해주었다.

"우리가 싸우는 것은 단 하나네. 이 세계를 지배하는 자들이 만들어내는 불균형이지."

"불균형?"

"지금의 지배층이 만든 세상은 정상적이지 않아. 에너지를 생산하고 관리하고 세상을 더 풍족하게 만드는 노동자들에겐 권력도 부도 없네. 아무것도 하지 않고 그들의 고혈을 빼먹는 자들에게 그 이익이 편중되어 있지."

타케시와 크루거는 말없이 듣고 있었다. 그들도 각 구역과 빈민층의 삶, 그리고 센트럴시티의 실상을 알고 있기에 딱히 반박할 수 없었다.

"당연히 모두가 평등할 수는 없어. 하지만 세상을 더 좋게 만드는 사람들에게 더 많은 권리와 이익이 주어져야 한다고 믿네. 힘과 폭력, 그리고 알 수 없는 능력을 동원해 억지로 세계를 지배하려 해서는 안 돼. 우리의 싸움은 그런 지금의 세상을 유지하려는 자들과의 싸움이야."

"그들과 싸우면… 정말 균형 잡힌 세상이 오는 겁니까?"

크루거가 물었다.

"그걸 장담할 수 있는 사람은 아무도 없어. 하지만 다른 방법이 있을까?"

플릭 출신의 두 사람은 원하는 대답을 들었다고 생각했다.

"당신들이 플릭 출신이라는 것에 대해 우리 동료들이

적대적인 건 이해해줘야 해. 당신들은 그들이 세상을 유지하는 도구였으니까. 하지만 진실을 몰랐을 땐 그럴 수 있다고 내가 얘기하겠네. 이제 내 얘기를 들은 지금, 어떤 결정을 할지는 당신들의 몫이야."

그 말을 하고 카이로는 손을 내밀었다. 타케시와 크루거는 잠시 말없이 그녀의 손을 바라보았다. 그러다가 크루거가 먼저 그녀의 손을 잡았다. 곧이어 타케시도 악수를 했다.

"레볼트의 일원이 된 걸 환영하네."

카이로가 엷은 미소를 띠며 그렇게 말했다.

크루거와 타케시가 텐트를 나오자, 주변 사람들의 시선이 모두 그쪽으로 향했다. 헤나 역시 두 사람을 보고 있었다.

"카이로 님께서 이 두 사람을 레볼트 군으로 받아들이셨다! 더는 소란 피우지 않도록!"

벤은 큰 소리로 카이로의 결정을 알렸다. 대원들은 별로 만족하는 것 같진 않았지만 아무도 반론을 제기하진 않았다. 그 소식을 알린 벤 역시 불만스러운 것은 마찬가지였다.

저녁식사 시간이 되자 크루거와 타케시도 저녁을 배급받았다. 하지만 그들과 함께 식사를 하려는 사람들은 없었다. 두 사람은 눈치를 보다가 외진 곳에 자리를 잡았다.

"이런 대접을 받으려고 사막을 건너온 건가?"

타케시가 쓴웃음을 지으며 투덜거렸다.

"그래도 다행이지. 혼자가 아니라 둘이라서. 미움도 나눠 받을 수 있으니까."

"재밌는 게 뭔지 알아? 우린 플릭 시절에도 별로 환영받는 사람들이 아니었다는 거야."

두 사람이 시답지 않은 이야기를 나누고 있는 사이, 헤나는 단도를 숨긴 채 조용히 크루거에게 접근했다. 뒤에서 갑자기 나타나 크루거에게 칼을 들이댄 그녀는 낮은 목소리로 말했다.

"나, 당신들을 알아. 본 적이 있어."

타케시는 자기도 모르게 그녀를 공격하려고 했다. 하지만 크루거가 말렸다.

"타케시, 괜찮아. 일단 얘기를 들어보자고."

크루거는 차분히 헤나를 향해서도 말을 건넸다.

"나한테 뭔가 원한이 있다는 건 알겠는데, 조금만 자세히 얘기해주면 안 될까?"

"10년도 더 된 일이지만, 난 똑똑히 기억해. 당신들 8구역에 와서 시위대를 잡아갔었지?"

헤나의 말에 크루거는 오래된 기억을 더듬어보았다. 10년도 더 된 일이라면 플릭 초창기의 일일 것이다. 그때 타케시와 크루거는 플릭 소속 병사라기 보다는 명령을 수행하는 로봇에 가까웠다.

정확하게 기억은 나지 않지만, 8구역에서 시위가 벌어졌다면 그때 분명 자신들은 명령을 받고 누군가를 진압했을 것이다. 그때는 그들이 누군가의 아버지고 어머니라는 생각을 할 틈이 없었다. 자신들이 연행한 그들이 어떤 일을 겪을지도 관심이 없었다.

"당신들이 그때 우리 부모님을 잡아갔어! 그러고는 나한테 그랬어. 그냥 잠깐 갔다오는 거라고… 곧 돌아올 거라고! 하지만 부모님은 돌아오지 않았어……."

그래, 분명히 그렇게 말했을 것이다. 그들도 그런 줄 알았으니까. 하지만 크루거는 알았다. 그렇게 잡혀간 그들이 재판도 없이 죽음의 수용소로 끌려갔을 수도 있다는 사실을.

"말해! 그때 우리 부모님을 어디로 데려갔어!"

칼을 쥔 혜나의 손에 힘이 들어갔다. 크루거의 목에서 약한 핏줄기가 보이기 시작했다.

"몰라. 우리는 그때 위에서 시키는 대로 했을 뿐이라고!"

타케시가 답답한 듯 말했다. 하지만 그 대답은 혜나를 만족시키지 못했다.

"그게 다야? 그딴 변명이나 할 거면서 과거의 죄를 다 씻고 우리랑 같이 하겠다고?"

헤나는 울먹이며 말했다.

"나는 용서 못 해! 카이로 님이 용서했건 인정했건 상관없어! 나는 용서 못 해!"

그 말을 들은 크루거는 마음이 아팠다. 그 말이 맞았다. 카이로가 인정한다고 그가 용서를 빌어야 할 사람들이 모두 그를 용서한 것은 아니었다.

"미안해."

크루거는 헤나를 향해 진심으로 이야기했다.

"그때 난 아무것도 몰랐어. 내가 살아남을 방법은 그것뿐이었고, 그래서 시키는 대로 했을 뿐이야. 그게 잘못인지조차 몰랐네. 내가 무지했고, 어리석었어."

"왜… 왜 갑자기 여기에 와서……."

"내 목을 베어서 원이 풀린다면 그렇게 해도 좋아. 어차피 죽었다고 생각한 목숨이야. 자네의 마음이 풀린다면, 그 손에 죽는 것도 가치 없진 않겠지."

크루거의 목에 닿은 단도의 힘이 조금씩 약해졌다.

"하지만… 염치 없이 부탁하는데, 나한테 마지막 기회를 준다면, 남은 인생은 내가 잘못한 그분들을 위한 세상을 만드는 데 쓰고 싶네……."

헤나가 쥐고 있던 칼을 놓았다. 그러자 그들을 지켜보던 렌쳉이 다가와 그녀를 안아주었다.

"잘했어. 복수는 누구나 할 수 있지만 용서야 말로 용기 있는 사람이 할 수 있는 일이야."

참았던 눈물이 쏟아졌다. 헤나는 렌쳉의 품에 안겨 펑펑 울었다.

14.
뜻밖의 함정

크루거와 타케시를 둘러싼 갈등이 봉합되고, 레볼트 군은 모두 다가올 전투에 분주히 대비하기 시작했다. 특히 전투능력이 뛰어난 대원들은 저마다 자신에게 주어진 무기들을 살펴보고 있었다. 벤은 큐가 만들어준 해머와 연구소에서 훔쳐온 레이저 포를 챙겼다. 스카이는 울프와 함께 자신의 듀얼 블레이드를 정비했고 렌쳉은 권총의 상태를 꼼꼼히 확인했다.

크루거와 타케시는 큐가 개조한 나노 아머를 받았다. 큐는 기존의 나노 아머에 블루 다이아몬드의 파편을 장착해 장비를 업그레이드해주었다.

"방어복이 작동하는 건 기존과 똑같아요. 하지만 일단 실드가 더 강력해졌고요."

큐는 신이 나서 나노 아머의 향상된 기능을 하나씩 설명해주었다.

"기존에는 레이저 건만 작동할 수 있었지만 이젠 다양한 무기를 소환할 수 있어요. 검, 도끼, 진압봉 등등……."

크루거와 타케시는 왼팔로 실드를 만들고 큐가 말하는 무기들을 소환했다. 소환된 무기들은 일종의 에너지가 물리적 형태로 변형된 것에 가까웠다. 타케시가 도끼를 소환하자 큐가 말했다.

"던져보세요."

타케시는 의아했지만 그의 말대로 나무를 향해 도끼를 던졌다. 도끼는 날아가면서 나무 하나를 깨끗하게 베어냈고, 그 이후 공중에서 서서히 소멸했다.

"엄청난 기술력이죠? 다 블루 다이아몬드의 힘이에요."

"이건 뭔가?"

크루거는 홀로그램에서 보이는 다양한 무기들 중 수류탄 모양의 무기를 보고 큐에게 물었다.

"옛 지구인의 수류탄입니다. 그 기능도 비슷해요."

"레이저 폭탄인 셈이군."

"맞습니다."

크루거와 타케시는 솔직히 큐의 솜씨에 감탄했다. 중요한 작전을 앞두고 제대로 된 준비를 해준 것 같아서 마음이 든든해진 것이다. 레볼트에 합류한 뒤 처음으로, 두 사람은 이곳에 오길 잘했다는 생각을 했다.

저장소 근처에 도착한 수백 명의 레볼트 군은 카이로의 명령 하에 모두 대기 태세에 들어갔다. 저장소 앞에는 백 대가 넘어 보이는 S급 기동대 로봇이 대기하고 있었다.

카이로는 잠시 신중하게 주변을 살피다가 마침내 공격 명령을 내렸다.

벤이 제일 먼저 레이저 포를 날리며 선공을 시작했다. 강력한 폭발이 일어났고, 기동대 중 일부가 고철덩어리로 변했다. 하지만 그 공격으로 그들의 위치가 노출되었고 다른 기동대들이 그들을 향해 몰려왔다.

"돌격!"

카이로가 외치자 스카이와 울프가 빠른 기동력으로 적진을 향해 달려 나갔다. 메탈 이빨을 가진 울프가 적의 기동대를 물어뜯었고, 스카이의 듀얼 블레이드가 사방으로 춤을 추며 적들을 박살냈다. 벤으로부터 레이저 포를 넘겨받은 레볼트 요원들이 그들을 엄호했다.

그 사이에 벤은 해머를 들고 적진으로 돌진했다. 그의 해머 한 방에 여러 대의 기동대들이 한 번에 부서졌다. 렌치는 명사수답게 기동대의 머리를 노려 레이저 빔을 무력화시켰다. 헤나와 그의 팀도 수류탄을 던져 렌쳉이 파괴한 기동대가 새생되는 것을 막았다.

무엇보다 대단한 것은 업그레이드된 나노 아머를 장착한 크루거와 타케시의 공격력이었다. 블루 다이아몬드 파편이 보강된 실드는 기동대의 레이저 빔 공격을 문제 없이 막아냈고, 그들이 쏘아대는 레이저 건의 파워는 기존보다 두 배 이상 향상되었다. 무엇보다 전직 폴릭 출신답게 그들은 이런 상황에서 제대로 된 전투를 벌일 수 있는 자원들이었다.

"하핫! 제법인데!"

두 사람이 레볼트에 들어온 것을 계속 불만스럽게 여겼던 벤은, 그들이 전장에서 활약하는 모습을 보며 처음으로 환한 미소를 지었다.

최전방에서 합류한 벤과 타케시, 크루거의 활약은 눈이 부실 정도였다. 하지만 그럼에도 불구하고 아직 많은 숫자가 남은 기동대 로봇은 레볼트 군이 공장 안으로 진입하는 것을 쉽게 허락하지 않았다. 그 과정에서 카이로는 수많은 부하들을 희생해야 했다.

그렇게 레볼트 군은 기어이 저장소 안에 진입하는 것에 성공했다. 그런데.

"뭐야… 이게?"

그렇게 간신히 도달한 저장소 안은 텅 비어 있었다.

"함정이다!"

기동대는 애초부터 미끼에 지나지 않았던 것이다.

"하지만 텅 비어 있는 것뿐이라면 별다른 위험이……."

벤이 그렇게 말하는 순간, 정찰대 중 한 명이 겁을 잔뜩 먹은 목소리로 말했다.

"히… 히콘의 알입니다! 수십 마리의 히콘이 지금 부화하려고 하고 있어요!"

그 말이 끝나기가 무섭게 알의 껍질이 깨지고 히콘들이 대가리를 내밀기 시작했다. 당황한 카이로가 병사들에게 급하게 명령했다.

"모두 철수하라!"

하지만 이미 수십 마리의 히콘이 알을 깨고 밖으로 나오고 있었다. 그들은 배가 고팠고, 독침과 산성 타액으로 눈앞에 보이는 생명체를 사냥해서 잡아먹기에 바빴다. 해머를 든 벤이, 나노 아머를 장착한 크루거와 타케시가, 듀얼 블레이드를 든 스카이가 저마다 히콘에 대항하고 있었지만, 하나씩 쓰러뜨리기엔 숫자가 너무 많았다.

산전수전 다 겪은 카이로였지만, 이번만큼은 당황하지 않을 수 없었다. 이렇게 악독한 함정에 제대로 걸려본 적은 처음이었다. 그녀는 자신의 실수를 책망했다.

함정을 예상하지 못한 것이 카이로의 첫 번째 실수였다면, 그 실수에 너무 정신이 팔려 있었던 게 두 번째 실수였다. 빨리 상황을 파악하고 다음 행동을 준비해야 했는데 그러지 못했다.

"빨리 철수해야 돼……."

그녀가 정신을 놓고 그렇게 중얼거리고 있을 때, 렌쳉이 쓰러뜨린 히콘이 카이로를 향해 타액을 분사했다. 헤나가 잽싸게 몸을 날려 그녀의 목숨을 구했지만, 이미 그녀의 팔은 녹아내리고 있었다.

"얼른 내 팔을 잘라……."

벤이 히콘의 머리를 박살내는 동안 헤나는 카이로의 말대로 그녀의 팔을 단숨에 잘랐다.

그 와중에 또 다른 히콘들이 쓰러진 카이로를 향해 날아오고 있었다. 그중 한 마리는 스카이의 듀얼 블레이드에 조각난 채 땅으로 떨어졌다. 렌쳉 역시 카이로 쪽으로 다가와 권총으로 그의 리더를 수호했다.

어느 정도 탈출을 위한 루트가 확보되자, 벤이 카이로를 들쳐 업고 달리기 시작했다. 헤나와 렌쳉은 벤을 엄호했다. 크루거와 타케시, 스카이와 울프는 남아 있는 레볼트를 도우며 안전한 퇴각을 지원했다.

이미 패배가 확정된 상태에서의 후퇴는 몹시 힘들고 피로한 일이었다. 투입된 전력의 절반 이상을 잃은 채로 레볼트 군은 패잔병이 되어 자신들의 진영으로 돌아갔다.

그들의 상태를 본 남은 레볼트 군은 충격에 휩싸였다. 그나마 돌아온 이들 중 3분의 1은 부상자였다. 죽음을 앞둔 상황에서 아무런 성과도 거두지 못한 채 퇴각한 상태였기에 살아 돌아온 이들의 사기마저도 극도로 추락해 있었다.

카이로가 가장 먼저 치료를 받았다. 목숨은 건졌지만 리더로서의 자신감은 큰 상처를 받은 상태였다. 패배감과 절망이라는 악령이 레볼트 캠프 전체를 떠다니고 있었다.

해성은 아리아와 함께 A(RIA)-I 전함에 탑승해 야간 비행을 감행하고 있었다. 그러는 사이 틈틈이 정신 수행도 함께해야만 했다.

하지만 몇 번이나 수련을 하려 해도 아리아는 똑같은 악몽에서 벗어나지 못하고 있었다. 더군다나 그녀는 케이의 이야기를 들은 이후 더더욱 복잡한 감정에 시달리고 있었다. 아직 자신의 아버지가 누구인지 모르고 있었기 때문이다. 만에 하나, 혹시라도 자신이·······.

'아냐, 그럴 리가 없어!'

아리아는 애써 자신의 생각을 부정하려고 애썼다.

15.
예리엘의 정체

 이른 아침, 눈을 뜬 태양은 주변에 아무도 없는 것을 확인했다. 불을 피웠던 자리는 재밖에 남지 않았고, 남은 고기는 주변에서 온 들짐승이 뜯어먹고 있었다.
 "저리 가!"
 소리를 지르자 들짐승은 소스라치듯 놀라며 도망쳤다.
 "다들 어디 간 거야……."
 주변을 둘러보자 숲 한쪽에서 말룬다가 옷을 벗고 진흙을 짓이겨 몸에 바르고 있었다.
 휙! 순식간에 태양의 정면으로 창이 날아왔다. 태양은 빠른 반사 신경으로 창을 피했다. 창은 목욕 중이던 말룬다가 던진 것이었다.
 "무슨 짓이야! 죽을 뻔했다고!"

"남이 목욕하는 걸 훔쳐본 벌이에요."

"훔쳐보긴! 네가 사라져서 찾으러 온 것뿐인데……."

"그렇다면 목욕하는 걸 보자마자 시선을 돌렸어야죠. 날아오는 창을 피하는 것처럼."

태양은 말룬다의 말에 반박할 수 없었다.

"뒤로 돌아 있어요."

태양이 그대로 따르자 말룬다가 진흙에서 나와 옷을 챙겨 입었다.

"진흙으로 목욕을 하면 피부에 좋다는 얘긴 들었는데, 그걸 꼭 지금 해야 돼?"

태양의 질문에 말룬다는 한심하다는 듯 그를 바라보았다.

"우림지대의 깊은 곳에는 위험한 짐승들이 아주 많아요. 이곳의 짐승들은 냄새에 민감한데 진흙은 몸의 냄새를 지워주죠."

말룬다의 말에 태양은 말없이 진흙을 몸에 발랐다.

"그 정도로는 턱도 없어요. 저처럼 목욕을 해야 해요."

하지만 그녀도 태양에게 목욕을 강요할 생각은 없는 것 같았다. 대신 말없이 어딘가로 향했다.

"뭐야, 우리 어디로 가는 거야?"

"그 노인, 사라졌잖아요."

"응."

"찾아야 해요."

"왜?"

"그 노인이 예리엘이니까요."

태양이 황당하다는 표정을 지었지만 말룬다는 신경 쓰지 않고 가던 길을 갔다. 태양도 그녀의 뒤를 따라갔다.

두 사람은 서로 말 한마디 하지 않고, 아침부터 해가 질 때까지 계속 걸었다.

건조한 사막지대와 달리 우림지대의 습한 환경은 센트럴시티에서만 생활했던 태양에겐 너무 힘든 환경이었다. 생전 처음 보는 벌레들도 태양을 괴롭혔다.

날씨와 피로 때문에 태양이 거의 쓰러지기 직전에 말룬다의 발걸음이 멈췄다. 숲속 깊은 곳, 전혀 예상하지 못한 곳에 동굴이 하나 있었다.

"들어갈까요?"

태양과 시선이 마주친 말룬다가 그렇게 말했다.

"위험하지 않을까?"

"우림지대에 위험하지 않은 곳은 없습니다."

말룬다의 단호한 대답에 태양은 딱히 할 말이 없었다. 남자답게 그녀에게 앞장서라는 손짓을 하고 뒤를 따라 동굴 안으로 들어갔다. 그나마 다행인 것은 습하고 더운 바깥과 달리 동굴 안은 시원하다는 점이었다.

동굴은 깊었다. 그곳을 헤매던 그들은 생전 처음 보는 짐승을 만났다. 얼굴은 표범을 닮았고, 더 길고 두꺼운 이빨을 가지고 있었다. 덩치는 인간의 세 배는 될 만큼 무척 컸다.

말룬다는 망설이지 않고 창을 집어 들었다. 태양도 주무기인 드래곤 발톱을 장착했다.

"안 그래도 몸이 근질거렸는데 잘됐군."

태양이 자신만만한 표정으로 그렇게 말했다. 하지만 그 표정은 그리 오래가지 않았다. 뒷편에 그만한 짐승 세 마리가 더 나타난 것이다.

"이런……."

네 마리의 거대한 짐승과 맞서야 하는 두 사람은 잔뜩 긴장할 수밖에 없었다. 바로 그때, 누군가의 휘파람 소리가 들려왔다. 짐승은 모두 그 소리를 듣고 강아지처럼 꼬리를 흔들며 동굴로 돌아오는 주인을 반겼다.

그 주인은 바로 두 사람이 전날 만났던 노인이었다. 노인은 온몸을 환하게 빛내는 오라를 두르고 어두운 동굴을 밝히며 걸어오고 있었고, 방금 전까지 거대 괴수처럼 보였던 짐승 네 마리는 마치 반려견처럼 노인을 따르고 있었다. 심지어 그의 양손에는 꽤 큰 사냥감 두 마리까지 들려 있었다.

"용케 여기까지 찾아왔군."

"예리엘 님을 뵈려면 이 정도 수고는 해야죠."

말룬다가 조심스럽게 말했다.

"그 이름으로 불리는 거, 오랜만이군."

예리엘은 짐승들을 잠시 쓰다듬더니 태양과 말룬다에게 손짓하며 말했다.

"따라오게."

예리엘을 따라 들어간 깊은 동굴 끝에는 무척이나 아름다운 호수가 있었다. 그 주변엔 우거진 나무들이 숲을 이루고 있었고, 그 위엔 햇빛이 비추면서 적절한 밝기와 온도를 유지하고 있었다. 호수 속에는 처음 보는 물고기들도 보였다. 태양의 입이 쩍 벌어졌다.

'이런 자연은 지구인들의 책에서나 존재하는 줄 알았는데… 나무들 사이로 새들이 지저귀는 세상이 실존하다니…….'

"자네들은… 아리아가 보내서 온 거겠지?"

"네……."

두 사람은 주변의 풍경에 빠져 넋이 나갔던 정신을 바로잡고, 대답했다.

"아리아 님을 아시나요?"

"자네들이 말하는 아리아와 내가 말하는 아리아는 다르

겠지. 내가 아는 아리아는 이미 이 세상 사람이 아닐 테니."

"지금 아리아 님은 아리아 4세입니다."

말룬다가 대답했다.

"역시 세월이 많이 흘렀군. 그 친구가 자네들을 보낸 건, 아마 나를 끌어들여서 케이와 싸우려는 거겠지?"

"네, 맞습니다."

"그럼 돌아가게."

"네?"

예리엘의 단호한 말에 태양이 깜짝 놀라 반문했다.

"30년 전엔 나도 세상을 바꿀 수 있다고 생각했지… 그땐 내가 어리석었어. 케이가 얼마나 강한지 모르고 했던 행동들이야."

"그때 무슨 일이 있었는지 알고 싶습니다."

말룬다가 진지하게 물었다.

"뻔하지 않나? 나는 겁이 났어. 케이한테 죽고 싶지 않았고, 그래서 달아난 거야."

"뭐라고? 모두 당신을 믿고 있었는데 말도 없이 도망갔다고?"

태양은 예리엘의 멱살을 잡았다. 하지만 예리엘은 가볍게 손가락을 움직여서 태양을 날려 보냈다.

"이 영감탱이가!"

태양은 맹수를 상대하기 위해 준비해뒀던 드래곤 발톱을 꺼냈다.

"이런 겁쟁이를 찾으러 그 개고생을 한 거야?"

태양은 드래곤 발톱을 장착한 채 그의 특기인 연타 공격을 시도했다. 하지만 예리엘은 한 손을 움직여서 태양의 공격을 중화시켰다. 그러고는 태양의 가슴에 손을 얹었다.

"엇?"

단지 가슴에 손을 댄 것뿐인데, 태양은 미사일처럼 빠르게 날아가 호수에 풍덩 빠졌다. 비교할 수 없을 정도로 명백한 실력의 차이였다.

말룬다는 처음 만났을 때부터 예리엘의 강한 힘을 느끼고 있었다. 그에게서 느껴지는 힘은 차원이 달랐다.

"배가 고프군."

예리엘은 더이상 그 문제에 대해 이야기하지 않고 저녁 준비를 시작했다.

"진짜 끝내주는 식사를 대접해줄 테니까 그거 먹고 돌아가. 어차피 나 같은 건 늙어서 별 도움도 안 될 거야."

예리엘은 능력도 대단했지만 동시에 빼어난 솜씨를 가진 요리사이기도 했다. 잡아온 사냥감을 손질하고 직접 재배한 야채들을 썰어 근사한 요리를 선보였다.

분위기는 무거웠지만 모두가 둘러앉아 맛있는 음식을

먹는 시간만큼은 분명 즐거웠다. 말룬다와 태양은 오랜만에 먹어보는 제대로 된 음식에 흥분하지 않을 수 없었다.

식사를 마친 뒤 태양과 말룬다는 호숫가에 누워 잠을 청했다.

"이제 어떻게 해야 할까? 이대로 돌아가면 분명 아리아 님이 실망하실 텐데."

태양이 혼잣말처럼 말룬다에게 물었다. 하지만 말룬다는 대답하지 않았다.

"자는 거야?"

그 질문에도 대답이 없자 태양도 눈을 감았다.

"그래, 나도 잠이나 잘란다."

하지만 말룬다는 잠에 들지 않았다. 그녀는 어떻게 하면 예리엘을 설득할 수 있을지 밤새도록 고민하고 있었다. 그러다가 문득 그녀의 시선이 호숫가로 향했다.

호숫가의 중심에서 예리엘이 공중에 부양한 채로 정신을 수련하고 있었다. 그 순간, 말룬다는 자신이 본 것을 믿을 수 없었다.

예리엘은 분명히 살아 있는데, 그의 몸에서 영혼이 빠져나온 것이다. 육체에서 이탈한 예리엘의 영혼은 보름달을 바라보며 점점 커져갔다. 마치 거대한 산처럼.

"뭐… 뭐지?"

영혼이 호수를 걸어나와 움직이기 시작했다. 예리엘의 영혼은 말룬다의 육체를 가볍게 통과해 우림지대를 떠나 수평선 너머의 사막으로 걸어갔다. 말룬다는 영혼의 움직임을 더 자세히 보기 위해 나무를 타고 올라가야만 했다.

우림지대로 향하던 아리아는 전함 앞으로 다가오는 거대한 에너지의 움직임을 느꼈다. 그것은 예리엘의 영혼이었다. 그는 전함의 전면 유리창을 통해 브릿지에 있는 해성을 주시했다.
"반갑군. 나의 형제여."
해성을 비롯한 주변의 모든 이들이 그의 목소리를 들었다. 거대화된 영혼의 목소리를 듣는 건 굉장히 신비한 경험이었다.
"당신… 예리엘인가요? 말룬다와 태양을 만났어요?"
아리아는 그의 존재를 어렵지 않게 눈치챌 수 있었다.
"네가 아리아 4세인가? 어머니를 많이 닮았구나."
예리엘의 말에 아리아는 뭐라고 대답해야 할지 알 수 없었다.
"잠깐만. 파리떼를 달고 왔군."
그렇게 말한 예리엘의 영혼은 전함을 그대로 통과해 후방으로 향했다. 그의 영혼이 두 손을 모으자 그곳에서 환하고 거대한 빛의 구슬이 만들어졌다. 그가 두 손을 사막 쪽으로 향하자 구슬의 빛이 주변을 밝혔고, 그러자 클로킹 기술을 이용해 그 뒤에 몰래 숨어 있던 비행체들이 드러났다. 아리아의 뒤를 몰래 추격하던 센트럴오피스의 공격선들이었다.

추격을 들킨 공격선에서 레이저 포를 발사하며 반격했지만 예리엘은 빛의 구슬을 꾹 눌러 얇은 원판 형태처럼 펼친 뒤, 실드로 만들어 레이저 공격을 중화했다. 그리고 이번엔 그 원판을 다시 눌러 가늘고 날카로운 창으로 만들어 남은 전함을 꼬챙이처럼 꿰어버렸다. 뒤따라오던 공격선들은 모두 추락했다.

"말도 안 돼… 저런 강력한 힘이……."

예리엘의 활약을 지켜보던 해성과 아리아는 모두 입을 딱 벌린 채 감탄하고 있었다.

"남은 이야기는 직접 만나서 해야겠군."

그 말만을 남기고 예리엘의 영혼은 연기처럼 허공으로 사라졌다.

케이는 자신의 집무실에서 홀로그램 영상으로 그 장면을 보고 있었다.

"예리엘, 네놈이……."

아리아의 안전가옥에서 돌아온 이후, 케이는 그녀의 행적을 은밀하게 추적하고 있었다. 아리아의 가문이 레볼트와 협력하고 있는 건 분명했기 때문에, 레볼트가 카림과 전쟁을 치르게 되면 당연히 아리아가 지원할 것이고, 그럼 그 순간 그가 나서서 양쪽 진영을 한 번에 초토화할 계획을 세웠던 것이다.

하지만 전혀 예상하지 못한 변수 때문에 자신만만했던 그의 계획은 무너져버렸다.

"두고 보자고……."

단단히 화가 난 케이는 이를 악물고 홀로그램 화면을 계속 바라보고 있었다.

말룬다는 수평선 너머로 보이는 불과 연기를 보았다. 그리고 다시 그녀의 시선은 물 위에서 수련을 하고 있는 예리엘의 육체를 향했다. 영혼이 다시 제자리로 돌아온 것이다.

예리엘은 눈을 뜨고 물을 걸어 육지에 닿았다. 말룬다가 그를 맞이했다.

"아무래도 도움이 필요한 것 같군."

"누구한테요?"

예리엘은 희미한 미소를 띠며 불타는 사막 쪽을 돌아보았다.

16.
새로운 희망

 아주 오래 전의 일이었다. 먼 훗날 레볼트의 리더가 될 카이로가 아직 사춘기 소녀였을 때, 그녀는 또래 친구인 엘리와 8구역 공장에서 크리스털 분류 일을 하고 있었다.

 카이로와 엘리는 일을 하면서 때때로 감시자의 눈을 피해 크리스털 파편을 빼돌렸다. 그리고 그렇게 빼돌린 물건을 찰스의 가게로 가져가 술과 음식으로 맞바꾸곤 했다.

 찰스는 어린 시절부터 아버지를 도와 노동자들이 빼돌린 물건을 센트럴시티의 브로커들과 거래하는 일을 하고 있었다. 주로 취급하는 물건은 음식과 술, 그리고 붉은 소금이었다.

 배급되는 영양죽만으로는 만족할 수 없었던 카이로와 엘리는 그런 방법을 통해서 종종 센트럴시티의 음식을 먹을 수 있었다. 또 가게 옥상에서 술을 마시거나 붉은 소금을 흡입하기도 했다.

"센트럴시티의 밤하늘은 이것보다 훨씬 더 아름답겠지?"

엘리는 항상 밤하늘을 바라보며 말했다.

"글쎄… 밤하늘은 다 똑같지 않을까? 어쨌든 같은 하늘이니까."

카이로도 술에 취한 채 늘 그렇게 대답하곤 했다.

"아니야. 센트럴시티는 여기보다 모든 게 더 화려하잖아. 그러니까 하늘도 다를 거야. 훨씬 더 예쁘고 아름다울 거라고!"

카이로는 엘리를 보며 싱긋 미소를 지었다. 철없는 아이처럼 굴 때 엘리는 가장 사랑스러웠다. 엘리가 사랑스럽게 느껴질 때, 카이로는 그녀에게 키스를 하지 않고는 견딜 수 없었다.

"센트럴시티가 얼마나 좋을지는 몰라도, 나는 너 없는 곳에선 단 1초도 견딜 수 없어."

카이로는 엘리의 눈을 보며 그렇게 말했다. 그녀는 누가 뭐래도 카이로가 가장 사랑하는 연인이었으니까.

"그럼, 우리 같이 도망갈까? 센트럴시티로."

"말도 안 되는 소리."

"아냐. 찰스네 아빠가 그러는데 브로커랑 잘 협의하면

아주 불가능한 일은 아니래."

농담으로 생각한 카이로와 달리 엘리는 제법 진지했다.

"다만 조건이 있대."

"어떤 조건?"

"브로커 밑에서 1년 동안 일해야 한대."

브로커 밑에서 일을 한다는 것은, 1년 동안 온갖 불법과 위험에 노출된다는 뜻이다. 여차하면 목숨을 내놔야 할 수도 있다.

"그래도 여기 있는 것보단 낫지 않겠어?"

카이로의 표정이 어두워지자, 엘리가 눈을 반짝이며 말했다. 카이로는 그런 그녀 앞에서 차마 고개를 저을 수 없었다. 그 눈동자는 이 거지같은 8구역의 밤하늘에 떠 있는 별들보다 훨씬 아름다웠으니까.

며칠 후, 카이로와 엘리는 찰스네 가게 앞에서 찰스 아버지의 안내를 받아 센트럴시티로 향하는 리무진에 탑승했다.

하지만 그녀들이 도착한 곳은 센트럴시티가 아니었다.

이동 도중 잠이 든 카이로가 눈을 뜬 것은 사방이 하얀 실험실 안의 수술대 위였다. 몇 날 며칠을 깊은 잠에 빠졌다가 깨어난 듯 정신이 몽롱했다.

'분명히 음식에 약을 타거나 차에 있을 때 가스 같은 걸 뿌린 거야.'

겨우 정신을 차린 그녀의 머릿속에 그런 생각이 들었다.

잠시 후 수술대가 움직였다. 누워 있던 카이로의 몸이 거의 선 것처럼 느껴질 정도로 각도가 조정되었다. 곧 연구원이 와서 메스로 카이로의 이마 중심부를 도려냈다.

"으아아아악!"

마취도 없이 생살을 도려내는 고통에 카이로는 자기도 모르게 비명을 질렀다. 하지만 연구원은 익숙하다는 듯, 도려낸 자리에 아무렇지 않게 전자 장비를 올려놓았다.

다이아몬드 이식을 위한 어댑터였다.

그 방 안에 있는 피실험자는 카이로만이 아니었다. 주변의 많은 사람들이 같은 고통을 당하고 있었다.

카이로는 주변을 둘러보았다. 자기 바로 옆 사람은 다이아몬드를 이식받았지만 그 힘을 이기지 못해 온몸이 녹아내렸다. 카이로는 몸이 묶인 채 구토를 했다. 토사물이 옷에 묻었지만 아무도 닦아주지 않았다.

지독한 냄새를 피해 반대편으로 고개를 돌리니, 그곳에선 엘리도 자신과 똑같은 처지로 누워 있었다.

"엘리!"

카이로는 고통에 신음하면서도 있는 힘을 다해 엘리의

이름을 불렀다. 눈이 마주치자, 엘리는 두려움에 울먹이고 있었다.

곧 연구원 한 명이 다이아몬드를 가져와 엘리의 이마에 이식했다. 엘리가 비명을 질렀고, 곧 엘리의 얼굴은 펑 소리와 함께 터져버렸다.

"엘리!"

카이로는 그녀의 이름을 부르며 미친 사람처럼 소리를 지르고 발버둥쳤다. 그러자 그녀의 목에 강력한 마취제가 주사되었다.

그렇게 실험은 계속되었고, 사람들은 죽어갔다. 일부는 눈이 빠지거나 신체 일부가 변형되었지만 연구소 사람들은 신경 쓰지 않았다.

한 달 정도가 지났을 때 카이로는 자신이 다이아몬드의 힘을 이겨낸 유일한 생존자가 되었다는 사실을 알았다.

"축하해. 블랙 다이아몬드 시술에 성공한 첫 번째 사례가 되었군!"

연구원들은 자기들끼리 박수를 치고 격려했지만 카이로의 눈에는 그 모든 게 너무 이상하게만 보였다. 실험 성공의 대가로 그녀가 얻은 것은 지독한 두통뿐이었으니까.

시시각각 찾아오는 두통에 그녀는 매번 비명을 지르며 몸을 떨었다. 그녀의 몸은 다이아몬드를 받아들였지만, 그녀의 뇌는 여전히 거부 반응을 보이고 있었다.

연구소 직원들은 카이로를 묶어둔 채 몇 날 몇 주를 지켜보았다. 하지만 그녀의 상태가 진전되지 않자, 다이아몬드를 제거하고 그녀를 유리관 안에 격리 수용했다.

몇 번의 마취를 거쳐 다시 깨어나자 이번엔 두통 대신 오한과 구토가 몰려왔다. 연구원들은 그녀의 상태를 세심하게 기록했다.

그녀가 회복된 것처럼 보이자 그 모든 일이 반복되었다. 부작용이 나타나면 블랙과 블루 다이아몬드 두 가지를 번갈아가면서 몇 번이고 다시 했다. 그러는 동안 그녀와 비슷하게 이식에 성공한 사례들이 하나둘 쌓여갔지만 그들도 결국 마지막에는 뇌가 거부하는 똑같은 경과를 보였다.

결국 카이로 역시 폐기될 운명에 처했다. 그녀와 비슷한 경과를 보인 사람들은 '저장소 프로젝트'라는 곳의 실험체로 전환되었고, 그들은 모두 운송 차량에 실려 사막을 건너게 되었다.

불행일까 다행일까. 그들을 운송 중이던 차량이 아구라의 급작스러운 습격을 받았다. 다행히 카이로는 차량 뒤편에 탑승하고 있었다. 아구라가 물어뜯은 운송 차는 망가져 사막 위로 굴렀고, 그녀는 차량 밖으로 나와 필사적으로 뛰기 시작했다.

유일한 생존자가 된 그녀는 걸었다. 뜨거운 햇살을 받으며 목이 마르고 지쳐도, 더는 걸을 수 없을 정도로 힘들어도, 걷다가 쓰러지고 다시 또 쓰러져도 걸었다. 자신을 이렇게 만든 자들에게 똑같은 고통을 안겨주기 전까지 그녀는 죽을 수도 없었다. 쓰러지고 싶을 때마다 머리가 터지기 직전 보았던 엘리의 눈동자를 생각했다. 그 아름다운 눈동자가 팽창하며 핏빛으로 폭발하던 그 순간을 떠올렸다.

그리고 그녀의 그 끈질긴 걸음이 끝나는 날이 왔다. 쉬지 않고 걷던 그녀의 발이 갑자기 모래 속으로 빨려 들어간 것이다.

'결국 이렇게 죽는구나… 아무런 복수도 하지 못하고…….'

하지만 그녀가 도착한 곳은 저세상이 아니었다.

옛 지구인들의 창고였다.

그 안엔 무기를 비롯하여 오래된 책과 다양한 장비들이 쌓여 있었다. 몇 안 남은 통조림과 말린 고기들이 담긴 비상 식량도 있었다.

부패하지 않은 식품들을 먹으며 허기를 채우던 그녀는 옛 지구인의 책들을 보았다. 지구라는 곳의 역사와 다양한 문화… 모든 게 새로웠다. 그녀는 그 책들을 통해 8구역에서 배우지 못한 많은 것들을 배웠다. 그리고 지구의 역사도 지배계층에 대한 민중의 혁명으로 바로 잡혀왔다는 것도 알았다.

그녀의 눈이 조금씩 뜨이기 시작했다. 우연이었지만 그녀에겐 운명과도 같은 발견이었다. 그렇게 레볼트의 태동이 시작되고 있었다.

*

세월이 흘러 옛 지구인의 창고에는 피난민들이 하나 둘 모이기 시작했다. 각 구역에서 탈출한 노동자들 사이로 조금씩 소문이 퍼져갔고, 카이로는 모인 사람들에게 총기 사용법과 싸우는 법, 사막에서의 생존법, 그리고 무엇보다 세상을 바꾸는 다양한 방법들을 알려주었다. 그 외에도 지구인이 남긴 방대한 지식들은 레볼트가 오늘과 같이 성장하는 것에 막대한 영향을 주었다.

그러던 어느 날, 한 귀족이 레볼트를 찾아왔다. 그녀는 카이로의 뜻을 알고 그녀를 지원하기 위해 찾아온 아리아 3세였다.

아리아 가문과 손을 잡으며 레볼트는 막대한 자금력과 기술, 또 제국 내부에 접근할 수 있는 권한 등을 함께 얻었다. 그렇게 제3지구와 케이를 무너뜨릴 전쟁이 시작되고 있었다.

'그런데 그 긴 투쟁의 역사가 여기서 이렇게 망가져버릴 줄이야…….'

카이로는 텐트 안에서 지나간 과거를 되돌아 보고 있었다. 돌아보면 엊그제 같은데 여기에 오기까지 정말 많은 일들이 있었다.

'정말 참을 수 없는 건, 그렇게 수많은 일들을 겪으며 여기까지 왔는데 아직도 갈 길은 너무 많이 남았다는 거야.'

처음 실험체가 되었을 때 그녀는 10대의 소녀였다. 그런데 지금은 이미 쉰이 훌쩍 넘어 있었다. 그렇게 수십 년이 흘렀는데도 아직 세상은 조금도 바뀌지 않았다. 그리고 이제 자신의 실수로 그나마 여기까지 키워온 조직의 상당수를 잃었다.

큐는 카이로에게 잃어버린 팔 대신 로봇 팔을 이식해주었다. 인공 피부까지 덧씌워 얼핏 보면 로봇 팔이라는 걸 눈치채지 못할 정도였다. 하지만 그곳에서 파괴된 그녀의 열정은 다시 회복되기 힘들었다.

"카이로 님, 모두 사기가 너무 떨어져 있습니다. 나와서 한마디만 해주시면…….'

렌쳉의 부탁에 카이로는 한숨을 내쉬었다. 카이로가 이

렇게 절망에 빠진 모습을 렌쳉은 처음 보았다.

'카이로 님이 저러면, 더 심각한 위기가 왔을 때 누가 레볼트의 구심점이 되어주지?'

렌쳉의 머릿속에 갑자기 그런 질문이 떠올랐을 때, 밖에서 누군가가 소리쳤다.

"습격이다!"

렌쳉은 급히 밖으로 나갔다.

"하필 이럴 때······."

카림이 부대를 이끌고 레볼트 진영으로 진격해오고 있었다. 한눈에 보기에도 엄청난 숫자였고, 탱크와 기동대를 비롯하여 제타와 알렉스, 키아라 같은 다이아몬드 능력자들이 선봉에 서서 하늘을 날아오며 기선을 제압하고 있었다.

그 모습을 본 레볼트 대원들은 다들 벌벌 떨고 있었다. 예전 같으면 재빨리 방어 태세를 취했을 텐데 지금의 레볼트 군은 모두 혼돈에 빠져 우왕좌왕하기만 했다.

보다 못한 헤나가 높은 곳에 올라가 외쳤다.

"모두들 지금 뭐 하는 거예요! 지금 적들이 총력을 다해서 쳐들어오고 있잖아요. 그게 무슨 소린지 알겠어요? 저들을 물리치면 우리가 치명적인 타격을 줄 수 있단 말이에요!"

헤나는 멈추지 않고 계속했다.

"네, 저도 알아요. 죽는 게 두렵겠죠. 저도 그래요. 그런데 가장 형편없이 죽는 게 뭔지 알아요? 이렇게 아무것도 못하고 가만히 앉아 있다 죽는 거예요."

사람들이 아무 말 없이 헤나의 말을 듣고 있었다.

"어차피 여러분이나 저나 다들 한 번은 죽었던 사람들 아닌가요? 삶다운 삶, 세상 같은 세상을 위해서 발버둥치다가 죽어도 싸워보겠다고 여기 모인 거잖아요! 어차피 죽었던 삶, 무기 들고 발버둥이라도 쳐야 살아남는 거라고!"

사람들의 눈빛이 조금씩 달라지고 있었다. 카이로도 마찬가지였다. 그녀 역시 저 작은 소녀의 말과 표정에 용기를 얻었다. 카이로도 헤나의 뒤를 이어 레볼트 군을 향해 외쳤다.

"그래! 모두들 잘 들어라! 우리의 전쟁은 여기서 끝이 아니다! 오늘 내가 여기서 죽더라도 누군가 내 뒤를 이어받아 싸울 것이고, 우리가 이기든 지든 이 뜻을 함께하는 자들이 더 나은 세상을 위해 싸워줄 것이다! 우리가 싸워서 패한다면 다시 복수할 것이다! 하지만 피한다면 우린 영원히 도망쳐야 할 것이다! 레볼트여, 너희에게 묻겠다! 어느 쪽을 택할 건가?"

그 순간 모두가 한마음이 되어 대답했다.

"레볼트 만세! 싸우자!"

카이로가 헤나를 보며 미소 지었다. 그리고 헤나의 어깨에 손을 올리고 토닥여주었다. 자신에게 용기를 준 것에 대한 감사의 표시였다.

레볼트 군은 모두 무기를 들고 다가오는 적들과 맞설 준비를 하고 있었다.

17.
최후의 결전

"그동안 몸이 근질거려서 죽을 뻔했다고!"

돌격하는 카림의 부대의 최전방에서 알렉스가 하늘을 날며 이렇게 외쳤다.

사실 알렉스는 레볼트 전투원들이 텅 빈 저장소에서 히콘에게 습격당하는 모습을 카림과 함께 지켜보고 있었다. 그때도 몇 번이나 나서서 남은 레볼트 군을 공격하려고 했으나 카림이 저지했었다.

"놈들은 히콘이 상대하게 내버려둬. 이 패배로 사기가 떨어진 놈들이 본진에 가서 그 패배감을 전염시킨 뒤에 그때 일망타진하는 거다."

알렉스도 그 말을 따르긴 했지만 모처럼 싸움이 벌어졌는데 가만히 있는 게 불만이긴 했었다. 하지만 이제 전면

전이 벌어졌으니 신이 나는 게 당연했다.

한편 레볼트의 진영에서 적의 공격을 대비하던 크루거는 가장 앞에 서 있는 알렉스보다 그의 뒤를 따라 오고 있는 키아라에 시선을 빼앗길 수밖에 없었다.

"키아라?"

크루거의 마음이 묘하게 흔들렸다.

카림의 부대에서 레이저 포가 발사되었다. 레볼트 군은 각자 소대별로 모여 크리스털이 장착된 기기를 중심에 놓았다. 기기는 돔 형태의 실드를 전개시켜 날아오는 레이저 포를 중화시켰다. 그리고 그 후방으로 박격포, 바주카포, 다이너마이트 등 지구인들이 사용하는 구식 무기를 사용해 탱크와 맞섰다.

하지만 카림에게는 레볼트 군들이 가지지 못한 전력이 있었다. 바로 키아라와 알렉스, 제타 쌍둥이를 비롯한 다이아몬드를 이식받은 능력자들이었다.

쌍둥이의 염력은 막강했다. 그들은 공중에서 전장을 내려다보며 나무를 통째로 뽑아 던지고 땅을 흔들어놓았다. 키아라는 빠른 스피드와 강력한 완력으로 전장을 휘젓고 다니며 수많은 병사들을 날려 보냈다. 그 모습을 본 크루거가 키아라에게 접근해 그녀를 막아섰다.

"키아라, 나야! 나 기억 못해?"

크루거가 안타까운 목소리로 물었지만 키아라는 텅 빈 눈동자로 크루거에게 주먹을 날릴 뿐이었다. 크루거는 나노 아머로 실드를 전개해 그녀의 공격을 방어했지만, 차마 반격할 수는 없었다.

키아라와 크루거가 서로를 상대하는 동안, 타케시는 기동대의 레이저 빔을 막으며 나노 아머에서 수류탄을 소환해 던졌다. 다이아몬드의 능력이 포함된 수류탄은 폭발과 함께 수많은 기동대를 날려 보냈다. 벤 역시 그의 해머로 적의 보병들을 박살내고 있었다.

카림은 전선 최후방의 비행체 안에서 현재의 전세를 모니터링하고 있었다.

"생각만큼 쉽진 않군."

모두 절망에 빠져 있으리라고 생각했는데, 레볼트 군의 저항이 생각보다 거센 것은 카림의 예측 밖이었다. 그가 또 하나 예측하지 못한 건 주도면밀한 카이로의 움직임이었다.

언덕 너머로 숨어 들어간 카이로는 벤이 훔쳐온 레이저 포로 카림이 탑승한 비행체를 노렸다. 조준이 끝나자 최대 출력으로 맞춰진 레이저 포가 발사되었고, 카림의 비행체에는 커다란 구멍이 생겼다. 이윽고 카이로의 지원군이 바주카포로 지원사격을 시작했다. 카림의 비행체는 연속된 공격에 큰 타격을 입고 추락했다.

카림의 비행체를 격추하는 것은 성공했지만, 알렉스와 제타의 활약 덕분에 레볼트 군도 많은 피해를 입고 있었다. 스카이와 울프가 둘을 막기 위해 전장에 합류했다.

스카이는 빠른 스피드로 쌍둥이의 염력 공격을 회피하며 듀얼 블레이드를 휘둘렀다. 듀얼 블레이드에도 블루 다이아몬드가 장착되어 있었기 때문에 휘두르기만 해도 강력한 에너지가 방출되어 나무를 뚫고 쌍둥이를 향해 날아갔다. 하지만 그 에너지가 알렉스를 위협할 만한 거리에 오는 순간 제타는 염력으로 에너지의 방향을 바꾸어 그것을 빗나가게 만들었다. 그리고 다시 알렉스의 반격이 이어졌다.

쌍둥이답게 둘의 호흡은 척척 맞았다. 하나가 공격하면 자연스럽게 다른 한 쪽이 엄호와 방어를 담당하면서 서로를 보완하고 있었다.

'놈들은 염력을 사용하기 때문에 근접전에는 약점이 있을 거야!'

스카이는 원거리 공격으로는 쌍둥이들을 물리칠 수 없다는 것을 깨닫고 최대한 가까이 접근해 듀얼 블레이드를 사용하고자 했다. 스카이가 본인이 낼 수 있는 최대의 스피드를 이용해 알렉스의 뒤로 빠르게 접근했다. 하지만 제타가 그의 움직임을 읽고 있는 것은 예상하지 못했다. 듀얼 블레이드로 알렉스의 목을 쳐내기 직전, 제타가 염력을 이용해 스카이의 움직임을 멈췄다. 그리고 둘은 염력을 이용해 스카이의 팔과 다리를 뜯어냈다.

"아악!"

스카이가 비명을 지르며 바닥으로 떨어지는 사이, 울프가 달려와 방심한 알렉스의 팔을 물었다. 그러자 알렉스는 다시 염력으로 울프를 떼어낸 뒤 울프의 머리를 해체해버렸다.

이번엔 벤의 거대한 해머가 알렉스를 향해 날아왔다. 연속되는 공격에 계속 염력을 사용하던 알렉스는 이번엔 몸을 숙여 그것을 피해야 했다. 그러자 이번엔 타케시가 달려가 도끼로 알렉스를 공격했다.

레볼트 쪽의 정예 대원들이 연속해서 공격을 해대자 알렉스도 힘들었는지 일단 제타와 함께 공중으로 피했다. 공중으로 부상한 제타는 이번엔 크리스털 레이저 채찍으로 지상의 레볼트 군을 공격하기 시작했다.

하지만 레볼트 군도 만만치 않았다. 제타의 채찍이 타케시를 향해 날아오자 타케시는 실드를 전개하며 채찍을 막았다. 그리고 남은 동력을 모아 레이저 포를 발사했다. 하지만 이번엔 공중에 있던 알렉스가 염력을 사용해 날아오는 레이저 포를 되돌려 보냈다.

"피해!"

이런 상황을 상상도 하지 못한 타케시는 깜짝 놀라 외쳤지만, 어느 누구도 그렇게 빨리 움직일 순 없었다. 모두 되돌아온 레이저 포 공격에 꼼짝 없이 당하기 직전이었다.

바로 그 순간 타케시 앞에 거대한 에너지 홀이 생기며 포탈이 열렸다. 그리고 그 포탈을 통해 예리엘이 나타났다.

"다… 당신은?"

예리엘의 갑작스러운 등장에 사람들은 모두 놀랐다. 하지만 진짜 놀라운 일은 그다음에 등장했다. 예리엘이 가볍게 손가락을 튕겨 레이저의 방향을 틀어버린 것이다.

큰 폭발음과 함께 카림의 부대원 수십 명이 소멸했다.

"뭐지… 저 자는?"

알렉스와 제타는 빛나는 오라로 둘러싸여 갑자기 나타난 예리엘을 보며 당황했다. 여전히 포탈은 열려 있었고, 그 뒤로 태양과 말룬다, 그리고 예리엘이 키우는 짐승들이 속속들이 도착하고 있었다.

그 사이, 벤은 사지가 뜯겨져 나간 스카이와, 머리가 박살난 울프를 데리고 큐의 텐트로 향했다.

"금방 고쳐줄 테니까 조금만 기다려."

벤이 그렇게 말하자, 몸은 못 쓰지만 정신만은 멀쩡한 스카이가 인상을 구기며 대답했다.

"알았으니까 빨리 고쳐주기나 해."

"팔다리 말고 저 놈의 성질머리나 뜯어내지."

그렇게 투덜대며 벤은 다시 전장으로 돌아갔고, 큐는 스카이와 울프를 수리하기 시작했다.

예리엘과 함께 나타난 말룬다와 태양은 자연스럽게 레볼트에 합류하며 카림의 2차 공격을 방어하기 시작했다. 기동대와 레이저 건으로 무장한 군인들이 몰려왔지만, 태양은 드래곤 발톱을 장착한 채 연타 공격을 감행했고, 말룬다 역시 창술로 적들을 물리쳤다.

무엇보다 놀라운 활약을 보인 건 예리엘이 키우는 짐승들이었다. 거대한 체구와 힘을 자랑하는 짐승들은 기동대와 탱크를 공격하며 엄청난 파괴력을 뿜냈다.

새롭게 합류한 전투원들이 전장의 분위기를 바꿔가는 사이, 다시 돌아온 벤은 해머를 휘둘렀다. 타케시도 에너지를 다시 모아 원거리 레이저를 발사했다. 그리고 난 뒤 도끼를 소환해 근접전에도 뛰어 들었다. 물론 에너지 공격들로 인해 나노 아머의 재충전도 필요했지만 일단은 신경 쓰지 않고 싸움을 계속 이어 나가는 게 더 중요했다.

예리엘은 알렉스와 제타의 염력 공격을 가볍게 무마시

키며 빛의 에너지로 둘을 쓰러뜨렸다. 예리엘의 힘이 압도적으로 강하기도 했지만, 계속되는 교전으로 쌍둥이는 많이 지쳐 있는 상태였다.

비행체에서 탈출한 카림은 카이로에게 접근했고 여태까지 자신을 고전하게 만든 상대가 누구인지 알아보았다.
"이럴 수가. 오랜만이군. 실험체 1호!"
카이로는 그제야 카림을 발견하고 급하게 총을 꺼내 발사했지만 카림의 변신이 더 빨랐다. 거대한 사자의 형상이 된 카림은 순식간에 곁에 있던 카이로의 부하들을 처리하고 카이로를 공격했다. 카이로는 뜻밖의 습격에 언덕 아래로 굴러 떨어졌다.
카림은 이번엔 알렉스와 제타를 돕기 위해 예리엘에게 빠르게 달려와 공격을 시작했다. 예리엘은 재빨리 방어했지만 그럼에도 불구하고 몇 미터 정도 뒤로 물러나야 했다. 둘의 에너지가 충돌하며 생긴 충격파가 주변의 나무들을 파괴했다.
"예리엘도 늙었군! 예전같지 않은데?"
카림은 느물거리는 표정으로 미소를 지으며 예리엘을 자극했다.
예리엘의 가세로 레볼트 군 쪽으로 기울던 전세는 카림

이 합류하면서 다시 바뀌고 있었다. 그 사이 알렉스와 제타는 다시 힘을 회복하여 타케시, 벤, 헤나, 렌쳉, 말룬다, 태양의 움직임을 염력으로 봉쇄했다. 예리엘의 짐승들도 마찬가지였다.

"어디 한 번 당해봐!"

잠깐이지만 무력한 기분을 느낀 것이 화가 났는지, 알렉스는 필요 이상으로 잔인하게 굴었다. 렌쳉의 팔과 다리를 모두 부러뜨려버린 것이다.

"아악!"

렌쳉이 비명을 지르며 쓰러졌다. 그 비명소리에 알렉스는 냉혈한 같은 미소를 지었다. 지금 이 상황을 즐기고 있음에 틀림없었다.

알렉스는 다음 희생자로 타케시를 노렸다. 그의 손목을 꺾은 뒤 팔을 완전히 뜯어냈다. 뜯긴 팔에서 피가 분수처럼 솟구쳤다.

그 순간, 크루거는 그곳에서 조금 떨어진 곳에서 여전히 키아라의 공격을 방어하고 있었다.

"키아라! 그만해, 제발! 나라고! 기억 안 나?"

크루거는 계속 그렇게 말했지만, 애타게 외치는 그의 목소리는 키아라의 텅 빈 눈빛을 바꾸지 못했다. 그녀는 계속 거센 공격을 이어가며 크루거를 괴롭혔다.

'언제까지 이대로 방어만 하고 있을 수는 없어…….'

크루거는 이를 악물고 반격했다. 그러자 키아라가 블루 다이아몬드의 힘을 최대로 끌어올려 더욱 거세게 공격해 왔다.

상황은 오래 가지 않았다. 카림이 예리엘을 검은 에너지로 공격했는데, 그 충격이 예리엘과 함께 두 사람도 날려버린 것이다. 카림의 강력한 공격력 때문에 그들이 있던 곳에는 커다란 구멍이 생겼다.

언덕 아래로 떨어졌던 카이로는 다시 일어나 무기를 들고 전세를 살폈다.

'틀렸어… 난 이제 끝이야…….'

바로 그때, 어디선가 굉음이 들리더니 아리아의 전함이 나타났다. 하늘을 뒤덮은 아리아의 편대는 전장에서 카림의 부대를 향해 레이저 포를 발포했다. 그들의 등장으로 다시 전세는 균형을 맞춰가기 시작했다.

"하강!"

푸른 액체를 흡입한 해성, 아리아, 그리고 그녀의 부하들이 전함에서 내려왔다. 그들은 낙하하며 위기에 빠진 레볼트 군을 엄호했다.

알렉스와 제타 역시 레이저 포의 공격에 당해 바닥에 쓰러졌다. 제타가 쓰러지자 레볼트 군에게 작용하고 있던 염력이 사라졌고, 모두가 다시 무기를 잡고 반격에 나섰다.

"저 전함부터 처리해야겠어!"

쓰러진 알렉스는 제타를 보며 그렇게 말했다. 제타도 고개를 끄덕였다. 알렉스와 제타는 둘의 힘을 합쳐 공중에 뜬 아리아의 전함을 지상으로 끌어당겼다. 전함은 균형을 잃고 땅으로 추락하고야 말았다.

그 모습을 본 아리아는 해성과 함께 쌍둥이에게 돌진했다. 알렉스는 염력으로 지면을 양탄자처럼 들어 올려 그들을 덮치도록 만들었지만 해성이 기프트를 끌어올려 주먹으로 지면을 파괴하며 알렉스의 공격을 돌파했다. 아리아는 잽싸게 알렉스의 앞까지 다다랐다. 당황한 알렉스는 염력을 쓰려 했지만 아리아의 빛의 검이 알렉스의 염력을 중화시켰다. 그리고 빛의 검으로 알렉스의 몸 중앙을 수직으로 베었다.

"알렉스, 안 돼!"

제타는 뒤늦게 힘을 끌어모아 해성과 아리아를 날려 보냈지만, 이미 일어난 일을 되돌리기엔 너무 늦었다.

제타는 알렉스에게 달려갔다. 하지만 남은 건 이미 두 동강 난 알렉스의 몸뿐이었다. 충격에 휩싸인 제타는 바닥에 주저앉아 오열했다. 그녀에겐 더이상 누군가와 싸울 의지가 남아 있지 않았다. 그녀는 이제 전장의 한가운데, 유일한 형제를 잃고 혼돈에 빠져 있는 소녀일 뿐이었다.

제타의 염력을 맞고 날라간 해성이 떨어진 곳은 기동대 한가운데였다. 그곳에선 이미 헤나가 렌쳉의 권총을 들고 기동대와 맞서고 있었다. 해성도 일어나 기동대와 싸우면서, 역시 교전 중인 헤나의 얼굴을 힐끔힐끔 보았다. 그녀에게 하고 싶은 말들이 가득했지만 이 전투가 끝날 때까지는 그럴 수도 없었다.

팔이 잘린 타케시는 심각한 출혈로 의식이 점점 흐려졌지만, 정신을 잃는 마지막 순간까지 남은 적과 싸울 생각이었다.

그렇게 레볼트 군 한 명 한 명이 최선을 다해 카림의 군대를 상대하고 있었다.

*

계속 압도하고 있는 것처럼 보였지만, 사실 카림도 예리엘과 상대하는 것이 쉬운 일은 아니었다. 예리엘과 싸우는 동안 그의 신경은 모두 본인의 공격과 방어에 집중되어 있다 보니 전체적인 전세를 신경 쓰지는 못했다. 또 아무리 레볼트 군이 강하게 저항한다고 해도 알렉스와 제타가 활약하면 금방 궤멸시킬 수 있을 거라고 안일하게 생각하기도 했다.

'얼른 예리엘을 처리하고 다른 곳을 지원해야겠어.'

카림은 이를 악물고 검은 에너지를 잔뜩 끌어 모아 예리엘을 향해 쏟아부으려고 했다. 그런데 그 순간, 그가 주의를 기울이지 못한 옆에서 갑자기 아리아가 튀어나와 빛의 검으로 그의 몸을 갈랐다.

"크어억!"

전혀 예상치 못한 공격이었기 때문에 그가 입은 타격은 적지 않았다. 하지만 그의 몸은 빠르게 재생되었고, 작정한 듯 아리아를 향해 거대한 검은 에너지를 내뿜었다. 검은 에너지는 날아가며 포효하는 거대한 검은 사자의 모습으로 바뀌었다. 아리아는 빛의 실드를 전개하려 했지만 검은 사자의 날카로운 이빨이 실드를 찢고 들어와 아리아를 집어삼켰다. 아리아는 검은 에너지와 함께 땅에 처박혔다.

아리아를 해치우고 한숨을 돌리려는 순간, 이번엔 바주카 포탄이 날아와 카림의 얼굴에 꽂혔다. 얼굴 일부가 손상돼 재생하는 동안 또다른 미사일이 날아와 폭발했다. 분노한 카림의 눈앞에 카이로가 보였다.

카이로는 의도적으로 카림이 재생하기 전에 연속해서 카림을 공격하고 있었다.

또다시 미사일이 장착되고 카이로는 카림을 향해 발사했다. 하지만 이번엔 카림이 날아오는 미사일을 쳐내고 카이로 앞으로 걸어갔다. 카이로도 포기하지 않고 또다시 미사일을 쏘았으나 카림은 날아오는 미사일을 손으로 잡았다. 그것을 꽉 쥐자 미사일이 폭발했다. 카림의 머리가 터지며 검은 피가 사방으로 튀었다.

"으아아악!"

카림의 피에는 산성 성분이 섞여 있었고, 그 피를 맞은 카이로의 살갗이 녹아내렸다. 타들어가는 고통으로 그녀는 비명을 질러댔는데, 어느새 재생을 끝낸 카림이 그런 그녀를 붙잡아 우걱우걱 뜯어 먹고 있었다.

"아… 안 돼!"

팔다리를 잃고 누워 있는 것밖에 할 수 없던 렌쳉이 그 모습을 보며 비명을 질렀다. 벤은 그제야 상황을 파악하고 해머를 든 채 카림에게 달려왔다. 그는 엄청난 위력의 해머를 휘둘렀지만, 카림의 손동작 한 번에 저 멀리 날아가 버렸다.

결국 카림을 상대할 수 있는 건 해성밖에 없었다.

해성은 천천히 카림 앞으로 다가갔다. 둘 사이에 긴장감이 흘렀다. 해성이 먼저 기프트를 이용해 빛의 에너지를 담은 펀치를 날렸지만 카림은 검은 에너지를 이용해 그 공격을 가볍게 막았다.

잠깐의 부딪힘이었지만 둘은 서로가 만만치 않은 상대라는 걸 알 수 있었다.

카림은 신중하게 맞섰다. 그의 힘을 최대한 모아 해성에게 일격을 날렸다. 그 일격을 맞고 해성의 몸이 바닥에 꽂혔다. 옆에서 지켜보던 아리아가 해성을 돕기 위해 달려들었지만, 예상했던 카림은 아리아의 공격을 가볍게 쳐내면서 예리엘도 다가오지 못하게 견제의 시선을 던졌다.

그 순간, 카림의 한쪽 눈이 불의의 일격을 맞고 터져버렸다. 헤나가 가까이 다가와 렌쳉의 권총으로 카림의 얼굴을 명중시킨 것이다. 전혀 예상치 못한 공격이었기 때문에 카림은 대비하지 못하고 너무 고통스러워했다. 하지만 그 순간 반사적으로 발톱을 휘둘렀고, 그 발톱은 헤나의 가슴을 뚫었다.

"안 돼!"

그 장면을 본 해성의 몸이 갑자기 활활 불타오르기 시작했다. 그는 자신을 밟고 있던 카림의 다리를 붙잡아 하늘로 날려버렸다. 카림은 로켓처럼 까마득히 날아갔다가 다시 곤두박질쳤다. 해성이 팔을 하늘 위로 뻗고 솟아오르며 카림의 몸을 꿰뚫었다. 그 순간 거대한 에너지의 폭발이 일어나면서 카림의 온몸이 산산조각 나버렸다.

모든 에너지를 쏟아낸 해성은 또다시 정신을 잃고 쓰러졌다.

수백 개의 조각으로 갈라진 카림의 세포들은 다시 재생하기 위해 서로를 찾아다니고 있었다. 방금 전에 있었던 강력한 폭발의 여파로 모두가 쓰러지거나 나가떨어졌지만 간신히 자신의 힘으로 버티던 예리엘이 다가와 다시 합쳐지려는 카림의 살조각들을 빛의 에너지로 소멸시켰다.

"이제… 끝난 건가?"

예리엘은 그렇게 말하고 주변을 둘러보았다. 주변에는 멀쩡하게 서 있는 사람은 하나도 눈에 띄지 않았다. 모두 쓰러지고 땅에 처박힌 사람들 뿐이다.

"누가… 이긴 건가요?"

"누가 이겼는지는 모르지만 분명한 건… 우린 살아남았다는 사실이지."

예리엘이 아리아의 질문에 씁쓸한 웃음을 지으며 그렇게 답했다. 카림은 죽었고, 그들은 살아남았다. 하지만 그들도 카이로를 잃었다. 누가 이겼건, 이번 전투에서 너무 많은 것을 잃었다.

18.
살아남은 자들

헤나는 아직 숨이 붙어 있었다. 사람들은 그녀를 급히 의료 캠프로 옮겼다.

"긴급조치를 취하지 않으면 안 될 것 같아서 제가 부탁했어요."

큐가 의료진을 소개하며 말했다.

"아직 실험 중인 기술이긴 한데… 크리스털 원석으로 만든 에너지 장치를 심장에 이식할 거예요. 스카이가 쓰는 것과 같은 종류죠."

모두 헤나의 수술을 준비하느라 분주한 사이, 정신을 차린 벤이 몸을 움직일 수 없는 렌쳉과 타케시를 들고 캠프에 나타났다. 그는 두 사람을 안전하게 침대에 내려놓고는 의식을 잃은 헤나의 얼굴을 보았다.

"꼭 살려주게."

벤은 큐에게 그렇게 말했다.

"당연하죠. 최선을 다하고 있어요."

큐도 평소와 달리 진지한 얼굴로 대답했다.

벤은 높은 곳에 올라 자신들에게 용기를 북돋워주던 헤나의 모습을 아직 기억하고 있었다. 큐 역시 마찬가지였다. 그들은 어쩌면 카이로가 사라진 지금 남아 있는 레볼트 군을 하나로 모을 수 있는 건 헤나밖에 없을 거라고 생각하는지도 몰랐다.

헤나의 수술을 준비하는 사이, 타케시도 수혈을 받고 로봇 팔을 이식 받은 후 천천히 의식을 되찾고 있었다.

태양과 말룬다는 아리아와 만나 그동안 못 다 한 이야기를 나누고 있었다. 그때 해성도 몸을 회복하고 그들에게 합류했다.

"해성, 깨어났군요!"

아리아가 반가운 목소리로 해성을 맞았다. 하지만 해성은 아직 상황 파악을 하지 못하고 어리둥절한 상태였다.

"카림은… 카림은 어떻게 됐나요?"

"죽었어요. 당신이 멋진 일격을 날린 덕분에요!"

들뜬 목소리로 그렇게 전한 아리아는 해성의 품에 달려

가 안겼다.

"내가… 카림을 죽였다고요?"

그때 해성의 머릿속에 퍼뜩 무언가 떠올랐다.

"헤나! 헤나는 어떻게 됐어요?"

아리아를 밀어내고 해성은 헤나의 이름을 부르며 주변을 돌아다녔다. 해성에게서 밀려난 아리아는 가슴 한쪽이 저릿한 느낌이었다.

해성은 의료진이 있는 텐트로 급하게 뛰어갔다. 텐트 안에서는 헤나를 살리기 위한 대수술이 벌어지고 있었다.

"들어오면 안 돼요! 얼른 나가요!"

큐는 해성을 향해 소리쳤다. 해성은 밖으로 나와서 계속 서성거렸다.

예리엘은 죽은 알렉스의 시신을 안고 멍하니 앉아 있는 제타에게 다가왔다.

"나를… 죽이러 온 건가요?"

"그건 자네의 선택에 달렸지."

제타 정도는 충분히 제압할 수 있었지만, 예리엘은 제타에게 기회를 주고 싶었다.

"나에게… 선택권이 있나요?"

"누구에게나 선택권은 있네. 지난 잘못을 뉘우치고 올

바른 삶을 살기로 결심만 한다면. 우리가 싸우는 이유는 그런 세상을 만들기 위해서니까."

"몰랐어요. 내 삶의 목적을 내가 선택할 수 있다는 걸……."

"삶의 목적을 찾기까지는 시간이 필요하네. 지금부터 시작하면 되는 거야."

제타의 눈에서 눈물이 흘러내렸다.

크루거는 사막 위에서 키아라를 목놓아 부르고 있었다.

"키아라! 어디 있어? 키아라!"

모래 속에 얼굴을 파묻고 있던 키아라는 기침을 하며 눈을 떴다. 크루거가 달려왔다.

"…크루거?"

"뭐야, 드디어 날 기억하는 거야?"

아무래도 마지막의 거대한 폭발과 충격파가 키아라의 기억 장치를 리셋 시킨 모양이었다. 크루거는 키아라가 자신을 기억한다는 사실만으로도 너무 기뻐서 눈물을 글썽거렸다.

"다행이야, 정말 다행이야……."

크루거는 키아라를 세게 끌어 안았다. 키아라는 어떤 상황인지 알지 못했지만 오랜만에 느껴보는 그 따뜻한 체온이 싫지 않았다.

*

"저거, 프랑수아 5세의 공격선인 것 같은데?"

뒷수습을 하느라 정신이 없을 무렵, 하늘 저편에서 전함 편대가 날아오는 것이 보였다.

그리고 그중심에는 화려한 문양으로 기세를 뽐내는 프랑수아 5세의 전함도 있었다.

그것을 본 아리아의 얼굴은 굳어졌다. 방금 전 사투를 마친 레볼트 군에게 또다른 싸움을 할 여력이 남아 있을 리 없었다. 이런 상황에서 폭격이라도 시작된다면 전멸할 것이 틀림 없었다.

"어떡하죠?"

아리아가 예리엘을 바라보았다. 예리엘의 얼굴도 어둡기는 마찬가지였다. 한참 동안 고민하던 그는 무언가를 생각해냈는지, 주변의 사람들을 모았다.

"다들 내 옆으로 와! 어서!"

그는 수술 중인 의료진에게도 똑같은 말을 했다. 그러고는 자신이 이곳으로 이동할 때와 같은 포탈을 열었다.

"이리로 얼른 이동해!"

인원이 많아 포탈을 나가는 데는 체력 소모가 상당했다. 또 공격선으로부터 자신을 보호해줄 실드도 만들어야 했다. 예리엘은 남은 힘을 다 끌어모아 버티고 있었다.

포탈을 통과해본 경험이 있는 태양과 말룬다가 다른 사람들을 안내해서 질서 있게 이동시키고 있었다. 멀리서 망설이던 제타는 예리엘의 얼굴을 바라보았다. 예리엘이 그녀에게 고개를 끄덕이자 제타 역시 다른 사람들에 섞여 포탈을 통과했다. 크루거도 키아라를 데리고 포탈을 통과했다. 그러는 동안에도 적들의 전함은 점점 더 가까워지고 있었다.

"모두 서둘러요!"

태양과 말룬다가 사람들을 재촉했다. 다행히 적의 레이저 포가 발사되기 직전, 예리엘까지 모두 포탈을 통과하는 데 성공했다. 케이의 함선에서 발사된 레이저가 공격한 곳에는 결국 빈 땅밖에 남아 있지 않았다.

19.
후일담

 포탈을 통과한 레볼트 군은 모두 무사히 예리엘의 은둔처에 도착했다. 그들은 그곳에 펼쳐진 풍경에 모두 깜짝 놀랄 수밖에 없었다.
 "이런 곳이 있었다니……."
 아리아 역시 감탄하고 있었다.
 모두가 처음 보는 광경에 감탄하고 있을 무렵, 말룬다가 조용히 예리엘에게 다가가 물었다.
 "왜 마음이 바뀐 거죠? 케이와 싸울 생각이 없다고 하셨잖아요."
 그러자 예리엘의 시선이 해성에게 향했다.
 "저 녀석을 본 순간, 그런 생각이 들더군. 형제와 함께 싸워보고 싶다고."

해성 역시 예리엘의 시선을 느꼈는지 아리아와 함께 그에게 다가왔다.

"해성입니다. 예리엘 님이시죠?"

"예리엘 님은 무슨… 형이라고 부르게."

"노력해볼게요, 예리엘 님."

옆에 있던 아리아도 예리엘과 정식으로 인사를 나눴다.

"저는 아리아라고 합니다. 정확히는 아리아 4세죠."

"빛의 기사! 오랜만에 그 힘을 보니 감회가 새롭더군."

"어머님과 가까우셨다고 들었습니다."

"당연하지. 자네가 태어나기 전까지 그 저택에 살았으니까."

카림을 물리쳐서 그런지 예리엘은 아주 기분이 좋아 보였다. 그 모습을 보고 해성이 쭈볏대며 옆으로 다가왔다.

"저… 만나면 꼭 물어보고 싶은 게 있었습니다. 가디언은 어떤 분이셨나요?"

"난… 아리아 가문의 집에서 비밀리에 키워졌네. 사실 친 어머니를 본 적도 없었지. 그분께서는 나를 낳자마자 돌아가셨다는군."

"저기 저는 가디언이 어떤 분인지 물었……."

"들어보라고! 스토리가 순서가 있어!"

해성은 본론만 간단하게 듣기를 원했지만, 예리엘은 아

무래도 자신의 유년기를 다 들려준 후에야 가디언에 대한 이야기를 들려줄 셈인 것 같았다.

"아리아 가문에선 나에게 기대하는 바가 컸네. 가디언과 지구인 사이에서 태어난 혼혈아는 내가 최초였거든. 혹시나 뭔가 특별한 능력이 있지 않을까, 그런 기대가 있었던 것 같아."

"단순히 지구인과 피가 섞였다는 이유만으로요?"

하지만 이번에도 예리엘은 해성의 질문을 무시하고 자기가 하고 싶은 이야기를 했다.

"가디언 가문도 아리아 가문처럼 숙명이란 걸 믿는다네. 그들은 모든 삶이 우주의 섭리대로 흘러가야 한다고 믿었지. 규율도 매우 엄격했어. 하지만 가디언은……."

"…제멋대로였죠."

아리아가 예리엘의 이야기에 끼어들었다.

"내가 12살 때였던가? 나를 보살펴주던 분들이 모두 세상을 떠났네. 그때부터 나는 우림지대에서 살기 시작했어. 그때 우연찮게 어떤 백발의 남자와 만나 한동안 우림지대에서 생활했었다네. 그 남자가 바로 내 아버지였다는 건 나중에 알았지."

"……."

"함께 살면서도 그와 제대로 대화를 해본 적이 없었네.

그리고 그를 본 건 그때가 처음이자 마지막이었어. 카이로의 전쟁 때도 그가 도와주려고 했다는 얘긴 들었지만 그는 나타나지 않았네."

"왜죠?"

"나도 몰라. 내가 아는 건 그는 나타나지 않았고 나도 전쟁에서 도망쳤다는 것뿐이지."

예리엘의 이야기는 길었지만 알맹이는 하나도 없었다. 해성이 물은, 가디언이 어떤 사람인지에 대한 답은 '나도 잘 몰라' 한마디면 충분했다.

그때 의료진 사이에서 함성이 들려왔다.

"드디어 헤나가 깨어났어!"

그 소리를 듣고 해성은 뒤도 돌아보지 않고 헤나에게 뛰어갔다. 아리아는 그런 해성의 뒷모습을 찡그린 얼굴로 보고 있었다. 해성은 다시 일어난 헤나를 와락 끌어안았다.

"정말 다행이다… 다행이야……."

"그래, 나도 반가워, 해성아."

두 사람은 그렇게 한동안 서로를 안고 토닥였다. 등 뒤에 꽂히는 차가운 시선을 모른 채.

*

 헤나가 다시 살아난 이후, 벤은 그녀를 레볼트의 새로운 리더로 선포했다. 그녀는 아직 어리고 레볼트에 합류한지도 얼마 되지 않았지만 그것을 문제 삼는 사람은 없었다.
 함께 포탈을 통과한 제타와 키아라가 레볼트의 일원으로 합류하려 했을 때, 대원들 사이에서는 또 한번 불만의 소리가 있었다. 하지만 스카이가 저장소에 대해서 이야기를 꺼냈고, 아리아가 저장소와 제국의 진실에 대해 충격적인 이야기를 꺼내자 두 사람에 대한 증오는 어느새 케이와 그 일당들에 대한 분노로 바뀌었다. 키아라와 제타 역시 제국의 잔인한 실험과 저장소 프로젝트의 희생자라는 것을 알게 되자, 둘을 동정하는 사람들도 함께 늘어났다.

 모두가 떠난 전장에 뒤늦게 도착한 케이는 카림이 패배했음을 알 수 있었다. 그의 흔적을 찾아 텅 빈 저장소에도 가보았지만, 그곳엔 히콘과 레볼트의 시체만 가득할 뿐이었다. 몇 마리의 살아남은 히콘이 그들을 공격했지만, 케이는 쉽게 제압할 수 있었다. 그리고 히콘을 보던 케이는 새로운 계획을 떠올렸다. 케이는 부하들에게 히콘을 잡아서 사육할 수 있는 방법을 연구하라고 명령하고는 그곳을 떠났다.

텅 빈 저장소 밑에는 사실 비밀통로를 통해 들어갈 수 있는 진짜 저장소가 따로 있었다. 그리고 그곳엔 이미 완성된 약품과 그것을 개발한 연구진, 그리고 사실상 저장소 프로젝트의 책임자인 미스터 창이 케이를 기다리고 있었다.
"샘플은 준비되었나? 저들에게 먼저 테스트해볼까?"
케이는 실험실 한쪽 편에 서 있는 원로들을 가리키며 그렇게 말했다. 그들은 모두 앞을 볼 수 없도록 메탈 가면을 쓰고 있었다. 명목상으로는 저장소 프로젝트에 초대받은 사람들이었지만, 납치되어온 것에 가까웠다.
미스터 창이 눈짓하자 연구원들이 원로들의 메탈 가면을 한 명씩 벗겨주었다.
"여기가… 저장소인가?"
"네. 완성된 저장소를 처음 보여드리게 되어 영광입니다."
메탈 가면을 벗은 원로들은 저장소를 보고 놀라움을 감추지 못했다.
"그리고 완성된 약품을 테스트할 수 있는 기회도 드릴 수 있게 되어 더욱 영광입니다."
미스터 창의 말을 들은 원로들의 표정이 어두워졌다. 불완전한 약을 투여받은 이들의 부작용을 잘 알고 있었기 때문이다.

"걱정하지 마시죠. 제가 오래 전에 말씀드린 바로 그 완성품입니다."

케이는 섬찟한 미소를 지으며 그렇게 말했다. 디아고는 케이의 갑작스러운 호의가 미심쩍었지만, 그렇다고 황제가 권하는 약을 받지 않을 도리도 없었다.

그들은 주사기를 통해 약을 투여 받았다. 그리고 결과는 대성공이었다. 원로들의 얼굴에선 주름이 사라지고 피부는 팽팽해졌다. 그리고 모두 기운이 넘치고 활력이 생기는 것을 느끼고 있었다. 케이도 그 모습을 보며 만족스러운 미소를 지었다.

한편 전장 위, 완전히 소멸되었다고 믿었던 카림의 신체 일부가 아직도 흐물거리며 움직이고 있었다. 그것은 아주 천천히 움직여서 전장을 벗어나 사막을 향했다. 그리고 사막을 지나가는 사람들의 냄새를 맡아 그들에게 기어갔다.

그곳에는 그늘에 앉아 잠시 쉬고 있는 남자가 한 명 있었다. 그것은 남자의 몸을 기어올라 그의 코 안으로 들어갔다. 그리고 남자의 뇌를 장악하고 남자의 세포를 빠르게 변화시켰다. 남자의 얼굴이 녹아내리고, 카림의 얼굴 형태로 바뀌었다.

카림의 얼굴로 바뀐 남자는 주변에 있던 동료들을 먹어치우기 시작했다. 그가 사람을 먹을수록 그의 몸은 검은색 에너지로 둘러싸이며 세포 구조가 바뀌기 시작했다. 하지만 주변의 동료들까지 다 먹어도 아직 예전의 힘을 회복할 순 없었다. 희생자가 더 필요했다.

다시 사막으로 나가 그곳을 건너던 노동자 무리를 발견한 카림은 게걸스럽게 웃으며 그들을 습격했다. 몇몇은 무기를 들고 저항했지만 카림을 이길 수는 없었다. 결국 카림은 예전 자신의 모습을 완전히 회복할 때까지 사람들을 먹고 또 먹었다.

부활한 카림은 자신의 비밀 연구실로 찾아갔다. 그곳엔 이미 바할의 비행체가 착륙해 있었다. 그는 비행체로 들어가 그곳의 조종사들도 모두 먹어치웠다.

기운을 차린 뒤 연구소 안으로 들어온 그는 바할과 그의 플릭 부하들을 발견했다. 그들은 카림이 모아놓은 세 개의 다이아몬드를 보는 중이었다. 카림은 분노를 이기지 못하고 커다란 괴물로 변신했다.

"바할!"

우림지대에서 패한 카림은 화가 단단히 나 있었다. 죽은 줄 알았던 카림의 등장에 놀란 바할은 당황했다. 그러나 비밀연구실을 알게 된 이상 둘 중 하나는 죽어야 했다.

카림은 바할을 벽으로 날려버린 뒤 그의 머리를 잡아 땅에 내리꽂았다. 카림의 괴력은 바할을 충분히 능가했다. 카림을 발로 차며 가까스로 벗어난 바할은 고전했다.

"네 힘이 고작 이 정도냐?"

바할은 승산이 없어 보이자 도주를 선택했다. 하지만 카림은 빠르게 달려가 바할을 낚아챘고, 일대일 싸움에서 바할은 완전히 무너졌다. 바할은 카림의 괴력에 몸이 찢기고 그에게 물어뜯겼다. 카림은 바할의 마지막 살까지 갈기갈기 찢고 그의 육신을 맛있게 먹어치웠다.

그리고 곧바로 3개의 다이아몬드 모두를 자신의 이마에 이식하는 실험을 강행했다.

*

저장소의 실체를 들은 레볼트 군들은 모두 충격을 받았다. 그리고 그런 끔찍한 진실은 케이가 지배하는 세상을 바꿔야 한다는 명분을 모두의 가슴 속에 심어주었다. 그리고 그들은 크게 두 가지 입장으로 나뉘었다.

하나는 레볼트 군과 함께 그동안 해온 저항활동들을 계속해야 한다는 입장이었다.

근력보조 로봇을 장착한 렌쳉은 벤과 함께 남은 군인들을 훈련시켰고, 말룬다는 창을 비롯해 다양한 구식 무기를 사용하는 법을 전수했다. 태양은 예리엘로부터 전투 기술을 배웠다. 타케시는 렌쳉의 제안을 받아 레볼트의 행동대장이 되었다.

그리고 또 다른 무리는 저장소는 존재해선 안 되므로 찾아서 파괴하자는 입장이었다.

크루거는 타케시와 헤어져 저장소를 찾아 나서기로 했다. 키아라는 그런 크루거를 따라나섰고, 제타는 키아라와 함께하기로 했다.

헤나는 해성에게 자신들과 함께 남을 것을 권했지만, 해성은 저장소를 파괴하기 위해 떠나는 것을 택했다. 헤나는 눈물을 글썽이며 해성과 마지막 인사를 나눴다.

"우리 다시 만나자, 반드시."

"그럼 당연하지."

"난 이곳에서 군대를 모을게. 그리고 계속 투쟁하겠어!"

헤나는 그렇게 말한 뒤 해성과 작별의 포옹을 나눴다. 그리고 해성에게 길게 입을 맞췄다.

"꼭 살아남아야 해. 이건 내가 주는 약속의 징표야!"

그렇게 말하고 헤나는 동료들에게 돌아갔다. 날카로운 키스의 여운에서 헤어나오지 못한 해성은 한참 동안 그녀의 뒷모습을 바라보았다.

"우리도 어서 갈 길을 가야죠."

참다 못한 아리아가 해성에게 와서 말했다.

"네, 네… 그래요."

해성은 말을 제대로 못하고 더듬었다. 아리아는 아무 말도 하지 않았다.

그렇게 그들이 헤어진 지 1년이 흘렀다.

예리엘의 은둔처는 레볼트의 새로운 본부가 되었고, 많은 지원군들이 계속해서 몰려들었다. 레볼트의 행동대장들은 그런 신참 지원군들을 훈련시켜 강한 군인으로 성장시켰고, 예리엘 역시 그들을 도왔다.

제타는 떠나가며 큐에게 알렉스의 블랙 다이아몬드를 넘겨주었다. 큐는 그것으로 건틀릿을 만들어 헤나에게 주었고 헤나는 건틀릿을 이용해 고난도의 염력을 사용하는 강력한 리더로 거듭났다.

다이아몬드의 효과를 경험한 레볼트 군은 직접 다이아몬드를 채굴하기도 했다. 스카이와 타케시, 울프로 구성된 채굴 팀이 첫 다이아몬드 채굴에 성공했고, 헤나는 그 이후 채굴 팀의 인원을 확장했다. 덕분에 큐는 다양한 다이아몬드의 능력을 테스트하며 강력한 무기를 만들었다.

헤나가 이끄는 레볼트 군은 1년 전과는 비교도 할 수 없을 정도로 강력한 무기로 무장한 뛰어난 힘을 가진 집단이 되어 있었다.

하지만 케이의 저장소를 파괴하기 위해 떠났던 동료들에게선 아무런 연락이 없었다. 헤나는 가끔 해성을 생각했다. 그녀는 그와 자신이 연결되어 있다고 믿었다. 그리고 분명히 다시 만날 날이 올 것이라고 굳게 믿었다.

20.
끝나지 않은 전쟁

제국의 대기권에 거대한 우주 전함 한 대가 내려오고 있었다. 케이의 전함보다도 5배나 큰 것이었다. 그리고 전함의 겉에는 금빛의 페르다 왕국 문장이 도색되어 있었다.

"폐하, 페르다 왕국의 전함에서 통신이 들어왔습니다."

통신 장교의 메시지가 도착했다.

"채널을 열게."

케이가 명령하자 케이의 앞에 홀로그램 화면이 열리고 전함의 함장 얼굴이 보였다.

"페르다 왕국 성황께서 보내는 메시지다. 수신자는 이름과 신분을 밝혀라."

"페르다 왕국 보병부대 147사단, 케이 대령이다. 성황 폐하의 개척지 임무를 받고 이곳에 파견되었다."

함장은 그의 신분을 확인한 뒤 다시 물었다.

"남은 개척지 임무의 책임자들은 어디 있나?"

"그들은 모두 죽었다."

케이의 짧은 대답에 통신 채널 저편에서 웅성거리는 소리가 들려왔다.

"성황 폐하의 메시지는 메모리 칩을 통해 직접 전달된다. 직접 받으러 오겠는가?"

"알겠다."

"진입을 허가한다."

함장은 그 말을 마지막으로 채널을 닫았다. 케이는 자신의 전함을 타고 페르다의 거대한 우주 전함에 접근했다. 실드 안으로 들어가자 케이의 전함에서 모든 기능은 셧다운 되었다.

"하여튼 겁들은 많아 가지고……."

케이는 그들의 소심함에 혀를 차며 웃었다.

황제의 공격선들이 있는 선착장에 케이의 전함이 조용히 착륙했다. 전함의 함장을 비롯하여 페르다 왕국의 예언자와 메시지를 전하기 위해 찾아온 장교들이 케이를 기다리고 있었다.

케이는 혼자 선착장으로 내려와 그들 앞에 섰다.

"성황 폐하의 서신이네. 격식을 차리게."

성황의 신하처럼 보이는 사람이 그렇게 말했다. 케이는 얼굴에 비웃음을 잔뜩 머금고 있었지만, 마치 연극을 하는 배우처럼 한쪽 무릎을 바닥에 꿇고 고개를 숙였다.

신하가 메모리칩을 홀로그램 모니터에 넣었다. 그러자 성황의 얼굴이 떠오르고 그의 메시지가 전달되었다.

"페르다 왕국의 성황인 내가 명하노라. 앞으로 다가올 100년 동안 이 행성은 내 조카인 루나벤켄도르 6세가 통치할 것이다."

성황의 메시지를 듣는 동안 케이는 고개를 숙이고 있었다. 하지만 그곳에 있는 사람들 모두가 그의 목이 가볍게 흔들거리고 있는 것을 알아차릴 수 있었다.

케이의 입술은 성황의 명령을 비웃고 있었다.

"킬킬킬……."

"무슨 짓인가! 신성한 성황 폐하의 명령에 웃다니!"

"…웃기니까."

"뭐?"

케이는 더이상 무릎을 꿇고 있지 않았다. 그는 일어서서 성황의 신하를 똑바로 노려보았다.

"저장소도 완성하고 이제 영생할 일만 남았는데."

"그게 무슨 무례한……."

"이제 와서 나한테 이걸 내놓으라고?"

그 말과 동시에 메시지를 전달한 신하의 머리가 폭탄처럼 터져버렸다.

"반란이다!"

순간 선착장에 모여 있던 장교들이 황급히 그를 막아섰다. 하지만 케이는 전혀 당황하지 않고 시계를 보았다.

"이제 내 군대들이 출동할 시간인가?"

그 말과 동시에 케이의 전함에서 약물에 중독된 수천 명의 노동자가 뛰쳐나왔다. 케이는 도로시가 연구하던 약물을 투여한 사람들을 전함 안에 숨겨놓은 것이다. 그들은 검은색 눈동자를 한 채 황제의 군대를 공격했다.

케이는 장교들의 머리를 모조리 박살 냈다. 그리고 공중으로 날아올라 높은 곳에서 달아나는 왕족들을 보며 그들을 잔인하게 뜯어 죽였다.

야수로 변한 노동자들은 닫힌 문을 부수며 돌진했다. 그들이 열어놓은 길을 따라 케이는 함장이 있는 곳으로 향했다. 그리고 마치 개선장군처럼, 당당하게 브릿지에 들어서면서 소리쳤다.

"자, 이제는 내가 페르다 왕국의 황제가 될 것이다!"

2020년 신세계그룹이 설립한 마인드마크는 장르와 미디어를 넘나드는 앞서가는 크리에이티브 콘텐츠 스튜디오입니다. 영화, 드라마, 공연, 전시 그리고 출판에 이르기까지 마인드마크만의 오리지널 스토리로 전 세계 사람들과 만납니다. 마인드마크는 사람들의 마음과 기억(마인드)에 오래도록 남는 감동이자 잊지 못할 경험(마크) 그 자체입니다.

제3지구 Vol. 1
ⓒ 윤재호 & 마인드마크 2025

1판 1쇄 2022년 11월 3일
2판 1쇄 2025년 10월 13일

지은이 윤재호
스토리IP팀장 서언중
책임편집 원예지
편집 이어원

디자인 표지 김형균 본문 2NS
마케팅 서언중 원예지
제작처 영신사

발행처 ㈜마인드마크
출판등록 2024년 5월 9일 제2024-138호
주소 (06015) 서울 강남구 선릉로162길 35(청담동)
전화 02-2280-1301 팩스 02-2280-1398
이메일 mindmark-story@shinsegae.com

ISBN 979-11-988149-9-9(04810)
     979-11-988149-8-2(세트)

* 이 책의 판권은 저자와 마인드마크에 있습니다.
* 이 책의 전부 또는 일부를 재사용하려면 저작권자와 마인드마크의 동의를 받아야 합니다.